黑灵镇

heilingzhen

私闯禁地者死！

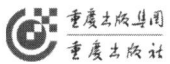

图书在版编目(CIP)数据

黑灵镇 / 兰樾著. — 重庆：重庆出版社，2011.3
ISBN 978-7-229-03650-8

Ⅰ.①黑… Ⅱ.①兰… Ⅲ.①长篇小说—中国—当代 Ⅳ.①I247.5

中国版本图书馆 CIP 数据核字(2010)第 260252 号

黑灵镇
HEILINGZHEN

兰 樾 著

出 版 人：罗小卫
责任编辑：刘 嘉 马春起
责任校对：郑小石
装帧设计：荆棘设计·张雪

重庆出版集团
重庆出版社 出版

重庆长江二路 205 号 邮政编码：400016 http://www.cqph.com
重庆出版集团艺术设计有限公司制版
重庆市伟业印刷有限公司印刷
重庆出版集团图书发行有限公司发行
E-MAIL:fxchu@cqph.com 邮购电话：023-68809452
全国新华书店经销

开本：720mm×1 000mm 1/16 印张：19.25 字数：273 千
2011 年 3 月第 1 版 2011 年 3 月第 1 次印刷
ISBN 978-7-229-03650-8
定价：28.00 元

如有印装质量问题，请向本集团图书发行有限公司调换：023-68706683

版权所有 侵权必究

楔 子　001

一个女子在雨林中仓皇奔跑,身上的衣物已经被划得支离破碎,浑身上下没有一处完整的肌肤,布满了大大小小的伤痕……

第一章　离奇车祸　003

女记者姜可云在靠近黑灵镇的一场离奇车祸中醒来,但却因此而失去了短暂的记忆。在住进医院后,她的身边便接二连三地出现了极其怪异而又令人惊惧的事件:同事的电梯坠落、调换病房的病人离奇自杀……

第二章　古怪网站　028

可云无意间发现了一个名为"黑灵镇"的神秘网站,并且惊异地发现自己出车祸的新闻竟然早就出现在网站,而接下来更令人惊惧不安的是:她忽然发现自己的住所前出现了两名古怪的黑衣人……

第三章　豪华婚礼

可云被主管要求为本地首席……礼现场,在现场她被那豪华惊人的华丽惊呆,而更令人惊异的是,新郎的面……的黄金面具!而可云无故被辞退后依然发现那两名古怪的黑衣人无时无刻……,这让她心头再次添上一层阴霾……

第四章　暗夜之灵　055

情感上出现危机的女警沙若欣主动提出和可云一同前往黑灵镇。几经周折来到黑灵镇之后,可云发现自己的记忆似乎在慢慢复苏,她感觉到有种强大的力量在阻止自己前往这个可怕传说中的小镇。紧接着,意想不到的事件发生了,沙若欣和可云被人袭击,危险随其至……

第五章　古怪山庄　070

女富豪莫愁请可云将婚礼的录影带送到莫氏山庄,在这里她遇见了莫愁弱智的妹妹——小林,并且对小林产生了莫名的同情。而此时,沙若欣却发现自己的丈夫似乎也在调查可云。而这个时候,以前同事刘豫对可云产生了感情,可云有些不知所措,却在自己住宅的小区后面,被三名歹徒追踪……

第六章　新郎潜逃　086

莫愁的新婚丈夫陈易泉将莫愁的三百万美金转移之后,就销声匿迹了。沙若欣趁着这个机会,想让可云接近莫愁调查她,可云硬着头皮答应了。来到山庄之后,可云再次发觉小林和莫愁以及吴姐之间有种奇怪的关系,而山庄似乎也隐藏着某种不可告人的秘密……

第七章　异国遇险　098

　　沙若欣举行完婚礼之后，和丈夫宋成航一同前往 H 国渡蜜月。但是就在抵达 K 市的第一晚，夫妇二人便遇到了一群歹徒追杀一名中国人的情形。宋成航出手相救，但却引来了杀机，沙若欣在第二天便被人劫持，巨大的危机顿时将宋成航包围……

第八章　神秘梦境　115

　　可云在莫氏山庄的那晚，无意间闯入了一条隐藏的通道内，并且似乎在那里她看到了无数的墓碑，而在山庄那片隐藏在密林深处的墓群中，她见到了如同鬼魅般令人毛骨悚然的东西……

第九章　离奇谋杀　127

　　可云的惊恐让刘豫想起了幼年时发生在自己身上的事情，他在对可云进行安慰的同时，也隐瞒了某些事情。可云再次遭遇到巨大的危险，一名歹徒闯入了她的住宅，企图将她杀死……

第十章　地狱之门　143

　　沙若欣醒来之后发现自己被人绑架到了一处惨绝人寰的地方，在那里还有很多年轻的女子在不同的时候被人拉出去施以某种野蛮的刑罚，她惊恐地发现自己将会是下一个被开膛破肚的祭品……

第十一章　报应显现　160

　　可云在黑灵镇的记忆在慢慢恢复，她再次看到了一张死亡的面孔，那是本市著名主持人蓝枫的娇美容貌，而她却在可云出事的那段时间，同样跌下了黑灵镇外面的山崖。可云在寻找真相的时候，似乎发现了"黑灵镇"网站上的一个令人毛骨悚然的恐怖规律……

第十二章　步入陷阱　170

　　可云在寻找真相的时候，在网站上留了言，但是在将"黑幽灵"加入自己的QQ之后，却发现这让自己陷入了更加无助的绝望之中，似乎这个"黑幽灵"对她的事情了如指掌。在之后寻求朋友帮助的时候，可云却不知道自己正在慢慢步入一个危险的陷阱……

第十三章　扑朔迷离　188

　　可云借住在刘豫家中的时候，两人之间的感情终于爆发。但是接下来可云却在刘豫的家中发现了古怪离奇的一间密室，而在那间恐怖的密室中，她惊讶地察觉出刘豫的某些秘密……

第十四章　幽灵古镇　212

刘豫说出了自己的身世，但却依然没有得到可云的信任，因为她看到了那古怪的黑衣人！可云慌乱地逃离刘豫那座令人惊惧的古屋。当她打开那只小林塞给她的玩具小熊之后，却惊讶地发现了藏在里面的秘密，而纸条里的内容也似乎与黑灵镇的秘密有关……

第十五章　坠入深渊　228

可云被吴小亮邀请出来，但是心里却都是刘豫的身影。而就在当天夜里，吴小亮被人杀死在黑暗的湖畔。可云被小林的纸条唤醒最初的记忆，猛然间那段恐怖的经历将她整个人包围起来……

第十六章　陷入危机　248

可云无助之中回到了刘豫的古屋之前，但却找不到刘豫。在被酒鬼骚扰之际，她遇到了一个名为张文宾的男人。这个文质彬彬的男人将可云约至他的别墅中，似乎一切都显得那么暧昧。而可云却丝毫察觉不出，在这个男人的另外一张面具之下，隐藏着怎样的杀机……

第十七章　无尽黑暗　263

当可云发现自己身陷危险的时候已经为时已晚，她和一些年轻的女孩即将被送到未知的危险地带。而这个时候她见到了珍妮，这个随时跟随着莫愁的女人，究竟是什么人？而在不远之处的宋成航，也发觉了可云的存在，一丝微笑涌上了他的脸颊……

第十八章　逃出生天　287

沙若欣被人发现躲藏在大树上，被人带到了一处人间地狱——山谷里四处充斥着被肢解的尸体！而就在沙若欣感到绝望之际，山谷中发生了巨大的爆炸，她被爆炸的气流炸晕了过去。当她醒过来之后，最后的真相就放在她的面前……

楔 子

潮湿而闷热的雨林之中,大片大片的热带雨林植物将整个天地都遮掩了起来。留下的,只是一片阴霾。

暗夜中的雨林,就像地狱般令人恐惧!

一个女子在雨林中仓皇奔跑,身上的衣物已经被划得支离破碎,浑身上下没有一处完整的肌肤,布满了大大小小的伤痕。

女子满脸惊慌,面容憔悴,面部已经肮脏得无法辨认。

在她身后,隐隐传来愤怒的吆喝声。

她已经两天粒米未进了,浑身虚弱不堪。但,她唯一的信念,就是要逃离这座人间地狱!

天地间划过一道闪电,照亮了某个地方,一张黝黑而又令人惊惧的面容骤然间出现在她眼前:青黑色的面孔上夸张地怒瞪着一双铜铃般的巨眼!

身后的吆喝声忽然消失,就像被突如其来的雕像吞噬了一般,陷入了无尽的黑暗!

这是一尊巨大的雕像!雕像的面容如同传说中的恶魔一般令人心悸,巨大而丑陋的头颅泛着诡异的光芒。

她出现在一片黝黑的雕像之中!

　　她心有余悸地望着眼前骤然出现的巨大雕像群，又朝后望望，很显然，身后的追杀者已经完全消失在视线之外。

　　隐隐地，透过黑色破损的雕像群，一团光亮奇迹般地出现在眼前！

　　依稀地，她似乎看到前方有座房子！房子里，闪耀着暖暖的灯光！

　　似乎，那就是未来的希望！

　　身体里散发出来的能量再次爆发，她朝那座房子奔了过去！

　　忽然，几道黑影犹如鬼魅般，悄无声息地出现在她眼前！面色阴沉，眼神里散发出狼一样的光芒……

　　就像是地狱的使者！

　　她不可思议地看着这几个人与雕像几乎一模一样丑陋的面孔以及他们手中泛着寒光的刀刃！

　　地狱的使者再次包围了她……她绝望的眼神望向深邃的天际……

　　女子倒在了地上，赤裸的身体就像一只待宰的羔羊！

　　随即一声凄厉的惨叫声响起！

　　雨林再次被黑暗笼罩，大雨倾盆而至，洗刷着地面上散开的血迹……

第一章　离奇车祸

　　黑暗,眼前是一片浓郁得化不开的黑暗……

　　可云慢慢地睁开眼帘,一道强烈的光线忽然射入瞳孔,眼睛骤然被外面的阳光刺伤。她不得不用手掌捂住双眼,让自己的眼睛适应了外界的强光之后,才慢慢地睁开眼睛。

　　可云发现自己正坐在驾驶室里,窗外是一处高悬着的山坡,汽车的发动机仍旧在轰鸣,车子前方冒出一大团浓烟。车身与正前方的一株大树相撞,已经变形。车头支离破碎,前面的挡风玻璃已经变成了网状,一些碎玻璃块散落在车厢内。

　　她出车祸了!

　　一旁的几个好心的村民发现了受伤的可云,急欲将她从驾驶室里拉出来。可云才发现自己的下身已经不能动弹了!

　　可云静静地躺在医院里,脸上和身体几个部位都有不同程度的伤口,好在没有生命危险。原本细致白嫩的脸颊此刻已经变了形,她心里叹一口气,不知道要多久才能恢复。

　　但这并不是她思考的主要问题,在睁开眼睛那一刻,一直到手术完成,她都在反复思考着一个问题:自己究竟是怎么出车祸的?

这个问题一直困扰着她,她失去了短暂的记忆,就连交警前来做笔录的时候,她都没能想起来。

看看墙上的电子钟,赫然显示着周一的字样,而可云的记忆,似乎只停留在前天,也就是周六。

她记得那天一大早,从家里出发,赶往一个神秘的地方——

黑灵镇!

她那辆红色的小夏利,便是在离黑灵镇大约五公里的一个山坡上,被一棵巨大的松树给拦了下来,如若没有那棵松树,她和夏利,可能已经支离破碎地躺在谷底了!

可云浑身不寒而栗,这场离奇的车祸,到底是怎么回事?

据目击的几位村民形容,当他们看到红色夏利车悬在山崖边的时候,是今天清晨六点多一点,也就是说,在今天清晨更早或者昨晚的时候,可云就已经出事了!

黑灵镇……

难道,真的如同人们传说的那样,凡是外来的人进到镇里,就会受到幽灵的诅咒而死于非命?

可云浑身颤抖不已。她是在上周五的时候接到办公室主任陈霞的命令,于第二天一大早,赶往那个鬼地方的。

可云所在的那家报社在本市只能算是一家二流的报社,平时专门刊登一些娱乐圈的八卦新闻或者是一些让人看得极不舒服的车祸事件以及一些小道消息,虽然卖得不算太好,但至少可以养活一大批人了。她一直在计划着,等到合同结束之后,如何跳槽去本市最大的那家官方报社。但是时机还未成熟,她只能每天四处奔波着,搜集着手中这些小市民关注的话题。

而这一次,则是去探寻那个传说有幽灵出没的黑灵镇!

可云打了一个冷战,翻看着手机最后拨打或者接听的电话,发现最近的一个号码是母亲的电话号码,那是两天前的电话记录了!想到这里,她头疼欲裂,本想给母亲拨一个电话,但是看到自己伤痕累累的身体,手松了下来。

之后她给报社的办公室打电话,简单地说了一下自己的情况,请了一个月的假,最后她问起陈霞,结果却得知她提前休假了!

第一章　离奇车祸

陈霞的手机居然关了,可云几乎要捏碎手里的电话。陈霞早不休,晚不休,偏偏在这个时候休假,什么意思?

手机又很快拨出了一串号码,但是她很快便又放弃了,她不能将此事告诉沙若欣,她下周便要结婚了,不能在这个时候打扰她。

沙若欣是一名女警官,是可云在一次警方与媒体联手进行案件侦破的时候认识的,两个女人都有着相同的刨根问底的脾气,曾为了某一个观点争论不休,但也因此而成了无话不说的好朋友。沙若欣的警察身份,让她在私底下获得了不少的工作素材,而同样,从姜可云那里,沙若欣也得到了一些鲜为人知的信息。两人之间几乎没有什么间隙。

但现在,这个脾气略带火暴的女警察就要结婚了,不能在这个时候让她为自己的事情操心!

可云逐渐让自己冷静下来,她翻开包里的笔记本。还算幸运,车祸之后,她的随身物品除了那支录音笔,一件也没有少。

翻开笔记本,她看到自己在6月15日,也就是周五的时候,记下了如下的文字:

6月16日,目的:黑灵镇,采访其古屋内传出的诡异之事。

后面就是一片空白了,采访的内容也没有,难道采访并没有进行过?

这是一个很简单的采访任务,陈霞给她这个地址的时候,只交代了寥寥几句话,说接到了一个陌生的电话,说黑灵镇上的一座古屋闹鬼,于是她便将这个任务交给了可云。

但是,可云怎么也回想不起来,自己在前往黑灵镇之后,到底发生了什么事情?而自己的车子为何会在远离镇上五公里的地方出事?

为何这一切,自己都没有了半点记忆?可云越想头越疼,似乎还牵连到了双腿以及身体上的疼痛,痛苦不堪。

病房里光线昏暗,这是一幢旧式的房子,窗户是那种木制结构的长形窗户,木地板早已看不出原本的质地,一些地方已经破损不堪,露出黑黢黢的夹层。

透过窗户望去,不远处的一幢现代化高楼正在紧张施工,那是医院的新医疗大楼,三个月之后,这里所有的旧楼房将被夷为平地。

天色黯淡下来,一方面是新大楼遮住了光线,另一方面是天又开始下起淅

淅沥沥的雨，顿时，病房里变得闷热潮湿，那股消毒药水的气味更是让人难受至极。

可云掀了掀被子，笔记本在白色的被子上翻滚了一下，露出了几页纸张，可云注意到了一个地方。

那是在6月16日的行程记载之后的几页空白页页缝的地方，露出了一点纸张的碎页！可云一惊，急忙翻到后面，果然，在后面的空白页中，还淡淡地显露出几行字迹！显然，前面几页的笔记被人撕掉了！

"轰"的一下，可云只觉得头脑一阵轰鸣，有人把她的采访笔记给撕掉了！

可云脑子里的迷惑像一阵浓烈的烟雾般，将她的整个人都掩埋得不知所措，昨天，到底发生了什么事？

她急忙拿过一旁脏兮兮的背包，在里面寻找着数码相机，里面应该有一些线索吧，但是搜寻了半天，可云的头忽然"轰"的一声——相机不见了！

头疼感更为剧烈了，那撕心裂肺的疼痛让她不得不按下了床头的呼叫器。

当医生为她检查完毕之后，可云紧紧地拉住了这位年轻的大夫："医生……为什么这两天发生的事情，我完全想不起来了？"

大夫看上去大约三十几岁，戴副眼镜，是个斯文的男子，他温柔地看看可云，似乎对这个柔弱的美女大有好感，轻声安慰道："如果你的头部仍然疼得厉害，我建议你做一下头部扫描，这样我能做出更科学的解释！"

"那么现在就做吧，我好像对昨天和前天两天里发生的事情，完全没有了记忆，我甚至不知道是怎么把车子开到悬崖上去的！"可云根本不理会大夫眼中流露出的柔情，她此刻急于想知道的，是这短暂失忆是否能恢复。

"你的脑部淤积了一些血块，压住了一些脑部神经，从而导致你暂时失去了记忆……"他停顿了一下，推推眼镜，"虽然已经动了手术清除了淤血，但是还是需要时间慢慢恢复……不会有什么大碍的……现在好好休息吧！"他再次打量眼前的可云，似乎这个女子看上去又没有表面上那样柔弱，只见她一脸铁青，嘴唇闭得紧紧的，眼神根本没有在自己身上停留片刻，顿觉自己的尴尬，便干笑着出去了。

护士将房门关好出去了，可云重新躺下，茫然无措地看着四周的墙壁，病房里充斥着难闻的消毒药水的味道，这令她更加心烦意乱，于是她迷迷糊糊地闭

第一章　离奇车祸

上了眼睛。

不知道睡了多久,天快黑了,可云的肚子开始咕咕地叫了起来,医院配置的晚饭还没有送过来。隔壁床位一直空着,还没有人住进来,整间病房就像一座坟墓一样,死气沉沉,百无聊赖。

坟墓!

可云不知为何会想起这个词语,而眼前则忽然出现了一大片如同密林一样的坟墓!成千上万白色的墓碑,在阴暗的树林间闪烁着诡异的光芒……

"叮叮……"手机忽然响起,打断了眼前的画面,她骤然间又回到了光线黯淡的病房之中。

"喂……"可云接起了电话,眉头稍稍皱了起来,"哦……妈……我啊……很好啊……昨天,哦……昨天去做一个采访,没有开电话……嗯……我很好……你要去一趟云南吗?好的啊……那就和章阿姨她们多玩两天吧!嗯……知道了!再见!"从电话里得知,母亲要和退休前的同事去大理旅游。为了不让她担心,可云只得编了一通谎话,她不希望母亲得知她此刻的情形之后,急急地赶过来,这又得让她操心许久了。

想起母亲,可云的心抽搐了一下。她本想将母亲接来住在她那处并不大的小公寓里,但是母亲拒绝了,她不愿意离开自己生活了五十多年的家乡。其实可云知道,母亲说不愿意离开家乡,其实是不愿意离开她那个不负责任的丈夫,可云的父亲。

想起父亲,可云心头一阵无明火。她那个所谓的父亲,自她记事开始,从来没有管过她们母女,永远都沉浸在那家麻将馆里,以致整个家庭几乎都被他败光。不仅如此,他对母亲和她,永远是拳打脚踢的,母亲已经不知道受了他多少的殴打。而她那个未来的弟弟,也就是在母亲肚子里五个月大的时候,被父亲的一脚给踹掉的!

可云双手紧紧地抓住被角,喘不过气来,对于那个父亲,完全没有任何感情,这也是可云一直发奋读书,考到这个陌生城市的缘故。她希望永远也不要再见到那个人!

"咚咚……"一阵敲门声响起,可云回过神来,可能是医院里的晚饭到了。

一名戴着口罩的工作人员礼貌地推开房门,将一份盒饭送了进来,可云签

了字,打开饭盒。这饭菜尽管看上去淡然无味,但是饥肠辘辘的她仍是很快就将它们一扫而光。她对自己如此饥饿的状态感到奇怪,难道她几天没有吃饭了?

大约八点多的时候,几名同事拎着一些水果和一只花篮来看望她,有穿着打扮永远最入时的小李,待人热情的张姐和那个憨厚的陈安。遗憾的是,可云没有看见她最想见到的人,而这个人,是她内心深处的一个秘密。

大家与可云寒暄了几句,当可云问到陈霞时,小李答话了:"她啊……休假了!"

可云蹙眉不已。

陈安是唯一来看她的男同事,好奇地问她:"对了,可云,你是不是去了黑灵镇啊?"

可云点点头:"是主任让去的……"

同事们忽然静了下来,面面相觑,小李忽然说道:"难怪了……"

可云抬起头来,有些诧异于她的神色:"怎么了?"

一旁的张姐说:"可云,你听说过黑灵镇流传的那个流言吧?"她的年纪稍大一些,四十几岁的人了,保养得却像个少妇,连可云和小李都羡慕不已。

可云点点头:"我知道啊,那座古屋闹鬼嘛。"

小李跺跺脚:"你这个傻瓜啊,可云,陈霞没安好心呐,她这是让你去送死……"说到这里,被张姐的眼神阻止住了:"小李,别乱说话!"

小李嘟着嘴:"我说的是实话啊,前两天去黑灵镇采访的记者全都出事了……"

"什么?"可云猛然一惊。

"你别担心,这不过是巧合罢了……"张姐急忙安慰道。

"张姐,你可别这么说,那几家报社的记者全都遭遇车祸,这会是巧合吗?我可不信!"陈安在一旁也说。

"你们这两个不懂事的孩子,这不是让可云心里更添堵吗?"张姐索性拉下脸来,平日里他们四人的交情最好,她在几人里,怎么说也是大姐的角色,说话还是有分量的。

可云却拉住她,神情慌张地问道:"张姐,到底出什么事了?"

第一章　离奇车祸

"你不知道吗？你这两天不是在那里吗？"小李诧异地看着她。

"我……我完全记不起这两天的事情了！"可云神情忧虑不已，"我都不知道是怎么发生车祸的？"

三人面面相觑，神色更为凝重。

"可云，除了你，其他三家大报社和两家电视台的采访车，全部都在黑灵镇外几公里的断崖处，掉了下去……也就是说，迄今为止，从周五开始到今天，去采访的记者，全部都有去无回，只有你还活着！"张姐沉重的眼神让可云心里一阵发慌。

"都是车祸……这也未免太过巧合了吧……"陈安看一眼可云，"难道你一点也想不起来了？"

可云摇摇头，茫然地看着三人："就像是一段录像带一样，被洗得干干净净……"

"这是不是幽灵的诅咒啊……"小李终于忍不住说出了自己的担忧。

可云心里涌起一阵无名的慌乱，这件事情，早就有人打电话来报社说过了。

黑灵镇，是离本市大约四百多公里的一个荒凉小镇。这个小镇毗邻老挝，大约有四分之三的山林都在国界线上，是个极为偏僻的口岸。它的闻名并非来自边境贸易，而是来自那个令人惊惧的传说。

传说这个镇上的居民全都是幽灵的后代。而"黑灵镇"这个镇名，也就来自于镇上居民的祖先。

几千年来，黑灵镇上的居民都过着一种简单而又封闭的生活，改朝换代的战乱，似乎并没有影响到这个小镇的正常生活，因此一直到晚清，这座深山里的小镇才被人所知。似乎到了20世纪末的90年代，小镇才开始了飞速般的发展。

随着经济的开放，小镇上的一些居民也开始明白了一些商机。由于镇名的奇特，吸引了无数来自国内外的游客，但因为交通的不便利，旅游的商机也少了许多。

直到上个月，镇上那位深谙投资之道的镇长，终于不辞劳苦，打通了从小镇通往县城的道路，也就开始了各种旅游项目的开发和投资。各个地方来的游客，陆续往黑灵镇拥去。

　　商机开始了,但是怪事也频频发生,一些游客无故失踪,一些旅游车直接翻下了镇外的山谷,一种恐怖的阴霾笼罩在整座小镇的上方。当记者前去报道的时候,却又有了车祸的连续发生,可云便是其中唯一幸存的一例。

　　因此,镇上,包括周围的县市开始有一个传闻,那就是那条通往黑灵镇的新修道路,打扰了黑灵镇祖们的清静,祖先们一恼怒,便派出各种鬼神来干扰强行进入镇里的外人,这一举动,让黑灵镇成为了一个名副其实的鬼城!

　　可云静静地没有说话,她不是一个无神论者,但也不是特别迷信的那种人,至于这一类的传说,实在是有些耸人听闻。但是,她这两天在黑灵镇上究竟遭遇了些什么?

　　张姐看她费神的样子,朝二人使了个眼色:"可云,今天时间也不早了,我们过两天再来看你,你先休息吧!"

　　可云心不在焉地点点头。

　　三人离开病房之后,张姐瞪着一双美目朝小李吼道:"你这丫头,没看到她的样子,哪壶不开提哪壶,她会害怕的……"

　　小李笑了:"张姐……这你就放心吧,可云她才不会害怕呢,她的胆子,可以和豹子相比。要不然陈霞也不会把这个采访交给她去做……只不过那个老女人也忒坏了,见到可云出事了,急忙就躲了起来,也太不厚道了!"

　　"在这里可以乱说,回到社里,你可得管紧你这张嘴!"张姐嗔笑一句。

　　"电梯来了……"陈安在一旁道。

　　电梯门开了,两个打扮怪异的男人从里面走了出来。两人都穿着黑色的衣服,戴着同一款黑帽子,都将帽沿压得低低的,帽沿阴影下的肌肤显得更加黝黑。

　　三人叨叨着进了电梯。

　　电梯门关上以后,陈安皱皱眉头:"刚才那两个人,怎么这么奇怪啊……"

　　"大黑天的,还戴着黑帽子?"小李笑道。

　　"不是,那两个人走路的步伐是一模一样的!"陈安神色凝重,"就像是一个人的动作!"

　　张姐的脸色陡然僵住了:"天啊……"

　　小李被吓了一跳:"怎么了,张姐?"

张姐脸色发白，神色慌乱地看着两人："我听说……黑灵镇上的人，就是这样子的……其中一个是本人，而另一个……则是他的祖先，一个幽灵！"

"不会吧……"小李浑身发抖。

"那……可云……"陈安开始慌张不已，急忙开始乱按电梯按钮，"我们回去看看……"

但电梯按钮出现了混乱的闪光，接着便猛然一黑，电梯停住了，陷入了一片黑暗之中。

紧接着，电梯就像脱了弦的箭，猛然朝地面冲去，最后"轰"的一声巨响，在最底层的电梯口激起一阵巨大的烟尘，电梯门被陡然下坠的电梯撞击得完全变形！

当可云在稍后得知这一消息时，几乎不敢相信自己的耳朵：张姐、小李和陈安，由于医院这座陈旧失修的电梯，全部遭遇不测！

她几乎昏死过去……两分钟前还是好好的大活人，此刻就全部烟消云散，简直令人难以置信！

可云无法控制自己的心情，却也无能为力，受伤的双腿甚至不能让她去现场看看他们！

她不知道自己是怎么熬过这一夜的，几乎都在一种极度的恐惧中战栗。

当晚，三人的尸体便被救护人员从已经变形的电梯中抬出。几个悲痛欲绝的家属冲进病房算账，可云差点被丢下六楼去，好在保安及时赶到，避免了另一场灾难。

看着那几个家属悲痛欲绝的样子，可云无法抑制自己的心情，真想跟着张姐他们就这样去了。

当晚，可云被医护人员转移了病房。那是位于走廊角落里的一间病房，基本上不会受到外人太大的打扰。

可云从几位护士的言语中得知，这座医院的电梯早就要请人来修理，只不过由于院方疏于管理，一直拖到此时，以为能再坚持一段时间，却没想到今晚便出事了。

可云呆呆地听着几名护士的述说，心里悔恨不已，如果不是自己受伤，他们三人就不会来看望自己，也不会遭遇如此祸事。

她几乎已经哭不出来,巨大的恐惧像巨石一样重重地压在她的心头。

当走廊上渐渐安静下来之后,已经快午夜三点了,可云被身上的痛楚和内心那种茫然无措的恐慌交替煎熬着,一直无法入睡。

病房区已经关上了门,两名护士坐在入口的值班室内,不断打着哈欠。走廊上,灯也被关掉了部分,黯淡了许多,大多数病房都已经熄灯,只有一两间病房仍然亮着并不明亮的床头灯。

可云的房间亦是如此,她不敢将床头灯关闭,一种无法言喻的恐惧仍然像水草一样紧紧地缠绕着她,令她无法呼吸。关于黑灵镇的传说,难道是真的?那些所谓的幽灵,难道真的会来惩罚那些扰乱他们宁静生活的外来人?

想到这里,可云浑身不寒而栗。虽然想不起来自己这两天究竟遭遇了些什么,但是估计自己一定也进到了黑灵镇上,难道张姐三人的意外,也与自己有关?可云止不住脑子里的胡思乱想,头越发疼痛起来。在护士查房离开之后,她才昏昏沉沉地睡去……

在病房区入口值班的两名护士也渐渐地将头低了下去,接近午夜四点钟的时候,是人最困的时候,神志或是精神也呈现出最为疲倦的状态。走廊的灯忽然暗了下去,但两名护士的肩膀已经靠在了靠背椅上,眼皮早已耷拉了下来,根本无法意识到走廊上的情形。

一团淡淡的影子忽然出现在走廊的"紧急出口"处,慢慢地来到了走廊上。当这团影子穿过每一间病房时,都会在病房门的玻璃窗前停留片刻,之后便又接着往下一间病房走去……

可云是在一阵嘈杂的人声中惊醒的,她听到了昨晚那名值班护士的尖叫声,接着听到一阵凌乱的脚步声奔向了某间病房。可云苦于双腿绑着石膏,无法动弹。她终于从给她换吊针药瓶的护士口中得知,昨晚一名女病人从六楼的窗户跳了下去,头部撞击在楼下的一个石台上,当场死亡!

而那一间病房,恰恰是可云昨晚住的608室!当时为了避免张姐等人的家属前来闹事,护士们便将她换到了最后的615室。却没想到,在十点多住进去的那个患乳腺癌的女人,竟在半夜跳了下去!

沙若欣静静地看着眼前的那一大叠资料,其中包括一张带有一张苍白面容女人的照片,靠右上角的地方有三个黑体字:"姜可云"!

她深深地叹了一口气,为何是姜可云?

但是,为何此次黑灵镇的事故,姜可云居然会是受害者?在得到消息之前,沙若欣根本没有从她那里得到任何消息!

沙若欣的脸上呈现出了一丝愤怒,原本秀丽的面容纠结起来!

再看下去,只觉得这份卷宗上只是简单地提到了姜可云的车祸,并无再详细的说明,而且她在右下角的某处看到了"转自交警大队"等字样。

这算什么?这还算得上是好朋友吗?

几乎是负气地拿起电话,已经将号码拨了,但是在通话键按下之前,她又松开了手!

不行!她得镇静!

沙若欣闭上眼睛,深深地吸了一口气,告诉自己一定要镇静!可云没有通知自己出车祸,应该是有她自己的原因吧!

再次睁开眼睛,案桌上的那一大堆资料旁边,有一个资料袋,资料袋的上方,大大地写了一个"宋"字。

这份资料是宋城航的!她不能擅自将资料随意泄露出去!

看看时间,宋城航大约会在半个小时后结束会议,那个时候他们俩便要一同离开警局,回到他们刚刚装修好的新居去。

婚礼预计在一周后举行,从昨天开始,沙若欣已经开始休婚假了,局里的领导特意给了她一个月的假期。如果不出意外,她和宋城航将在婚礼举行后,前往东南亚的一个国家,好好地度过一个蜜月。

看着桌上的那张亲密结婚照,沙若欣心里开始出现了一丝丝的惆怅,虽然一切都如她所愿,最终宋城航将心里的那个女人放弃,选择了她。但是不知为何,沙若欣的心里,仍是觉得有那么一丝丝的不确定。这种不确定,归根结底,还是来自那个已经失踪一年的林如云!至于林如云,在沙若欣看来,永远是隔在她和宋城航心之间的一根小小的荆棘,不会太伤人,但是总会有那么一点点不舒服。

最初宋城航的初恋是林如岚,那个犹如林黛玉般的温柔女子。他们俩在大学里出双入对的时候,沙若欣在宋城航眼里不过是一个男孩子气的学妹。每次看到林如岚那副温柔可人的模样,沙若欣连想都不敢想,自己那张长满青春痘的面容会打动宋城航。

林如云是林如岚的妹妹,但是却是性格迥异的两姐妹。她一直在暗恋自己的未来姐夫,为了达到目的,她利用自己的心理学专长催眠了自己的姐姐。

确切地说,这个女人在设计让自己的姐姐自杀之后,若即若离地想要替代姐姐在宋城航心中的位置。尽管宋城航一再坚持说他没有爱上林如云,但是沙若欣却总是在某个夜晚看到失眠的他,在袅袅香烟里一副孤独的模样。每每这个时候,沙若欣心头一阵抽搐,他还是忘不了林如云。

而林如云,一年前参与到一件心理催眠的连环杀人案中,最后却又离奇消失在空气中人间蒸发。而宋城航却因此差点丧命,也正是因为那个连环杀人案,宋城航和沙若欣最后走到了一起。但不管怎样,那个林如云始终像一个永远也挥之不散的阴影,一直盘旋在宋城航和沙若欣的心头上。(沙若欣、宋城航和林如云的故事已在《秘境传说》中精彩呈现。)

办公室外的走廊传来了熟悉的脚步声,沙若欣急忙将资料收回资料袋中,重新丢回那排被放置得密密麻麻的文件夹中。

房门被推开,传来了一个沉稳的声音:"沙沙!"高大的身影静静地站在门口,略带歉意的笑容望着她。

"快完了吗?"沙若欣欣喜地问他,令她失望的是,他摇摇头:"待会儿我还要去一个地方……"

可能是意识到沙若欣的失望,宋城航又改口道:"要不你陪我去一趟?"

沙若欣点点头,笑着看看他:"去哪里啊?"

"去了就知道了!"

沙若欣露出了一个笑容,眼前的宋城航让她将刚才那些不快丢开,她很快站起身来,朝门口走去,将身体靠向那个让她觉得无比安全的肩膀。

"最近社区的失踪案好像增加了许多,上个月有五起,这个月就增加到了八起,这还是那些报案的,如果加上一些失踪之后却无人关注的人,可能数目会更多。"宋城航转动着方向盘朝大门驶去。

"那么……他们之间,有什么样的共同点?"沙若欣习惯性地问了一句。

"年纪都不超过三十岁!有三名不超过二十岁……籍贯遍布全国各地。"宋城航递给她资料夹。

"受害者有几名女性?"沙若欣看到了几张女性的照片,看上去都非常清秀。

"最近一个月,一共有五名男性,三名女性失踪。你告诉我上面的内容……"宋城航已经习惯了在上班时间之外让沙若欣充当助手。

沙若欣翻看着资料,轻声阅读:"……年龄最小的十六岁,在本市第八中学就读,报案时间在昨天清晨。还有一个是本市一名大学生,好像也是与父母发生争执离家出走,已经三天未归,同宿舍的同学都说他几天没有回去了。还有……"

根据宋城航的经验,这些失踪的年轻人大多数是意气用事之人,有的是和父母发生争执,有的则是和恋人产生了矛盾,一时想不开,离家出走。

"你直接翻到最后一页!"宋城航示意了一下,"那就是我们今天要去调查的人。你读一下刚才小李的记录。"

"男性,王易青,年龄在二十六岁左右。据他的未婚妻交代,他是在三个月前来到本市找工作,两周前还给未婚妻打电话说,找到了一份很好的工作。结果未婚妻来到本市之后,依照他所给的地址找过去的时候,却被那里的房主告知这半年来根本没有一名男性租住过房屋……未婚妻立刻报案。他寄给未婚妻的信件中,用的正是那位租住户的地址,但是租住户却一再喊冤枉,说自己住在这里快一年了,从来没有与人合租……"

沙若欣有些吃惊,抬起头来看看宋城航。

"继续!"宋城航点点头。

"……租住户是一名刚刚毕业的年轻人,名叫孙小明,他租的房子就在风华小区内。工作地点就在风华小区的电信营业厅,而且他的同事和房东也都证明,孙小明独自一人住在风华小区二十三栋三单元501已经快一年了……我们去查看了他的住所,那里的确只有一间卧室,根本不可能有别人和他合租的痕迹。"沙若欣沿着小李的记录读下去,在最后的地方她看到了一个信封和一张纸条。

沙若欣打开信封,却什么也没有,信封的寄件人地址则是:"风华小区二十三栋三单元501"。

"这究竟是怎么回事?"她不解地问道。

"王易青的未婚妻名王芝,是王易青老家同村的人,两人都是来自易县的农村……王芝把那封信件交给我们的时候,上面的寄信地址真的就是风华小区二十三栋三单元501。"

当她将疑惑的目光转向宋城航的时候,他解释道:"王芝说,王易青没有写什么信,只是每一次在信封里寄给她几百元钱……"

"王芝现在在哪里?"沙若欣望着空荡荡的信封,一丝疑惑涌上心头。

"地址在旁边!"宋城航示意那张写得歪歪扭扭的纸条。

"龙运修理行……"沙若欣低声念道。

宋城航的吉普车来到修理行的时候,修理行的工人们正在吃饭。

"修车吗?老板!"一名满身油腻的年轻男孩看到宋城航和沙若欣下车,急忙热情地跑过来。

"不是的,我找一下王芝。她现在住在这里吗?"宋城航温和地笑笑。

男孩非常年轻,看上去不到二十岁,听到这两名警察说要找王芝,他愣住了,有点不知所措。

"她住在这里吗?她给我们留下了这个地址……"宋城航将王芝那张纸条递了过去。

"哦……这样啊!她在的,不过,她出去了……"男孩似乎松了一口气。

"她什么时候回来?"

"不知道。我姐姐说,她要一直等到姐夫回来!"男孩无意间说出了自己的身份,原来他正是王芝的弟弟。

"她去哪里了?"

"风华小区。哼!那个浑蛋,总有一天让我遇到他,有他好看的……"男孩握着拳头愤愤道。

宋城航的吉普车直接开到了风华小区二十三栋三单元楼下。上楼的时候,两人听到了从5楼传来的争执声。

一名长相普通的年轻女孩,正站在501室门口大声地说着什么,神情有些激动,这大概就是王芝。她脸上带有一种执著的神态,狠狠地盯着她面前的那个年轻人。

而另一个可能就是现在的租户,一个戴眼镜的年轻男孩,憋红了脸,一手紧紧地抓住门把手,和女孩争执着。

"我知道他就在这里……你让我进去!"女孩大声道。

"你再这样,我就报警了……"年轻男子手持电话反驳。

宋城航不用猜测,就知道这两人是王芝和孙小明。说明来意之后,两人似乎都有点诧异。当宋城航提出进房间看看时,孙小明神色有些紧张,而王芝则露出胜利的微笑。

进到屋内,发现整个居所只有一室一厅,布置非常简单,客厅里有一张双人沙发,一张小小的茶几,外加一个电视机柜。卧室门是开着的,里面有一张单人床、一张书桌及一个简易衣柜。除此之外,客厅延伸出去还有一个打通了的小阳台,挂着一些晾晒的衣物。客厅的另一侧是一个小小的厨房,旁边是一个卫生间。

整个居室,好像是无法容纳两个人居住,所以当宋城航和沙若欣环顾一周之后,孙小明的脸色明显地得意起来:"看吧……这里怎么能住得下两个人?"他得意地瞥一眼一旁一言不发的王芝,冷笑不已。

王芝的脸色黯淡下来,继而抽泣了起来:"难道……他真的……骗我?"

沙若欣看着眼前这个茫然无措的女孩,轻轻地走过去拍拍她的肩膀:"不要着急,可能……他有些什么难言之隐呢?"

"之前……他在电话里说……等他……赚到了钱……就回来……和我结婚……可现在……呜呜……"王芝显然已经承受不了这样的压抑,索性放声大哭了起来。

沙若欣搂着她的肩膀,叹一口气,不好再说什么。

宋城航则一直在沉默。他一言不发地看看四周的环境,阳台上的一些杂物吸引了他的注意力。他又打量了一下孙小明,忽然开口道:"看到他的未婚妻这样,你还不说实话?"

这句话让所有人都愣住了。

孙小明神情紧张起来:"警……官,您说什么呢?"

"说实话!"宋城航脸色一变,厉声喝道,"是有人让你故意隐瞒真相的吧!"

孙小明低下头去。

沙若欣开口了:"你知不知道,知情不报也是犯罪!"

孙小明脸上露出惊慌的神色:"什……什么?"

"你知道知情不报,会被判几年吗?"沙若欣冷冷地看着他。

孙小明的额头上开始冒出细细的汗珠。

原来,王易青在半年前就已经住在这里了,不过他是睡在阳台的钢丝床上,也就是宋城航在阳台上发现的那张折叠钢丝床。王易青是主动找到孙小明的,孙也不知道王易青的真实身份。唯一让他留在这里的原因,其实很简单,王易青住了不到三个月,就一次性付给了他三千元钱!

孙小明租住在这里,一年房租也不过六千元,这样的划算买卖,他怎么也不想错过,因此也就答应了和王易青合租。

令孙小明感到奇怪的是,王易青似乎从不愿意主动和他说什么,住在这里的三个月时间里,除了生活上的一些琐碎之事,王易青从来不主动和他说话。孙小明收了高额的租金,也不好再多过问什么,只是觉得王易青那份工作颇有点古怪。

他几乎不出去工作,成天待在家里,永远窝在他那张钢丝床上,翻看着各种各样不同的书籍。书籍内容也是五花八门,涉及生活的各个方面,文学、天文、地理……

尽管他从来不出去工作,但是单从他一次性付给孙小明的房租就看得出,他似乎并不缺钱。

大约三个月前,王易青搬出了孙小明的蜗居,临走的时候特意交代不要向任何人透露他在这里住过的事实。为了王易青临走时给他的两千元钱的"封口费",孙小明向所有人隐瞒了王易青曾住在这里的事实。

"你撒谎……"王芝大叫起来,"既然他不愿意告诉所有人他的行踪,为什么他写信给我的时候,要留这个地址?"

"那不是他写的,那是他让我给你寄的钱。我也不想留地址的啊,可那天我有事,急着去加班,让女朋友帮填一下信封就给你寄过去,谁想到她把地址填得那么详细,真是的……"孙小明懊恼不已,就那么一丁点的疏忽给自己惹来了那么大的麻烦。

王芝呆住了,猛地摇头:"我不信!我不信!"眼泪扑簌扑簌地掉了下来,"他明明知道,我是要来找他的……"

第一章　离奇车祸

沙若欣皱眉,轻轻地揽住王芝。

宋城航看着孙小明的眼神,这一次他的话似乎是真的了。

"我也感到很奇怪,他既然不缺钱,为什么不单独租住?为何住在你的阳台上?"这个案件或多或少已经和失踪案无关了,但让他奇怪的是王易青的古怪举止。

"我也问过他,他好像是说,不想太麻烦,他只住三个月,单独找房子,房东也不愿意租给他的。反正他是这样说的。具体情况我就不知道了。"孙小明抓抓脑袋。

"对了,他告诉你他的名字是王易青吗?"宋城航又想到了一个问题。

"他让我叫他阿易!全名不知道,是警察来找的时候我才知道的。"

"他为什么要这样对我……"王芝哭得一塌糊涂,"电话里他还说……让我等他……他开始赚钱了……马上就让我过上城里人的日子……"

"他后来还和你联系过没有?"沙若欣问道。这样的情形她似乎看得太多了,农村的男人在城里赚了钱,就抛弃了乡下的糟糠,他们的希望,不过是变成一个彻底的城里人。

"怎么会有联系。"孙小明一副自认倒霉的样子。

"他在你这里有没有留下什么东西?"宋城航又问。

"好像没有吧!他来的时候就只带了一个旅行袋,还有他那一大堆的书,走的时候也带走了……不过好像临走的时候给了我两本书,我拿给你们。"孙小明进屋拿了两本书出来。

一本是纪昀的《阅微草堂笔记》,一本是大仲马的《基督山伯爵》。两本书看上去都很陈旧了。

王芝几乎是扑了上去,将两本书抢了过来,捧在怀里大喊道:"怎么会?怎么会这样?"

"王芝……"沙若欣有些诧异于她的反应。

"他……的这两本书,几乎算是他的宝贝,是他过世的父亲给他买的最后两本书!他是从来不会给别人的,我有时候翻一下,他都不高兴,怎么就……这么轻易地给人了?"王芝将这两本书紧紧地抱在怀里。

沙若欣有些同情这个痴情的女孩了,回头望向宋城航,而他则微蹙眉头,在

思考着什么问题。

"这是什么?"王芝忽然轻轻地叫了一声。

沙若欣凑了过去,看到了《阅微草堂笔记》扉页上的一个小小的图案。

"这不是他的书……"王芝的声音忽然低了下去。

"为什么这么说?"沙若欣注意到,那个小小的图案,通体用一种红色勾边,里面的线条则全都是黑色的,有点像是一种动物的头部,勾勒得虽然简单但却栩栩如生,这个类似于犬狼类的图案,面目表情狰狞,嘴角露出的两颗獠牙让人极不舒服。

翻开另一本,《基督山伯爵》扉页的一角上,也有一个类似的图案。

"你……"王芝忽然抬起头来,眼神变得恶狠狠的,瞪着孙小明,"是不是你?"

孙小明被她的样子吓坏了,往后退去:"什……什么……是不是我?"

"你杀了阿易!"

"你……你胡说什么呢?"孙小明大惊。

"这两本书不是他的!"王芝有点歇斯底里了。

"这……这是他给我的啊……"

"你骗我,这两本书根本不是他的,你故意拿了另外两本书来骗我!"王芝满脸通红,"你杀了他!"

沙若欣看着语无伦次的王芝,急忙拉住她。

王芝的表现着实吓倒了孙小明,他急得几乎要哭了:"冤枉啊我哪有那个胆子啊!警官,你可得明察啊!"

宋城航看看不知所措的孙小明,对王芝道:"王芝!你别为难他了,他不可能干这种事。"

"是啊!给我十个胆子,我也不敢啊……"孙小明一听此话,如释重负。

"我记得这两本书的,上面没有这两个东西,天!这里还有……"王芝忽然浑身发抖,紧紧地咬住了嘴唇。

沙若欣接过那本书,发现除了那个红黑的狼头之外,旁边还有一行细细的文字:"赠送给心爱的易——心"。

"心?"沙若欣轻轻念道,同时望向一旁的宋城航。

第一章　离奇车祸

王芝几乎站不稳了,摇摇欲坠。

"看吧……不是我……"孙小明虚惊一场,不满地嘀咕道。

"他是不是有了另外的女人?不要我了……"王芝泣不成声。

"这个'心'到底是谁?"沙若欣皱眉翻看着扉页上的这行娟秀的钢笔字,心里沉重不已。她早就猜到这个结局了,估计是王易青在城里找到了新欢,便将村里那个旧爱抛弃了。

孙小明忽然道:"对了,我想起来了,王易青好像在临行之前,手上也弄了这么一个东西。"

"什么东西?"宋城航问道。

"喏……"孙小明用嘴示意扉页上的那个图案,"那个文身什么的?"

"文身?"宋城航接过书本,细细地观察起来,那上面的图案用红色的线条包裹着黑色的狼头,看上去虽然简单,但是整体形状却极为狰狞。

他皱眉思忖着,没有说话,忽而被一旁的沙若欣拉拉袖子,回头一看,王芝在一旁哭得极为伤心。

"王芝,要不,你先回去,我们会帮你找到他的!"沙若欣话才出口,却被宋城航严厉地瞪了一眼。

沙若欣回瞪过去,故意道:"你放心,这位宋警官会帮你的!"

王芝悲痛欲绝地望向宋城航。

"现在不好说。不过,你先回去吧。我想,说不准,他什么时候就会回去找你。"宋城航无奈道,他能说的,也只有这些话了,尽管这让王芝的痛苦减轻不了多少。

王芝摇摇头,眼泪扑簌扑簌地掉:"我已经没脸回去了,村里人会看不起我的。"

沙若欣和宋城航对望一眼,有些无奈。

"对了,我还想起一件事。"孙小明忽然开口,有些讪讪地说,"他在临走前好像说,要到什么外国去……"

宋城航神色凝重:"说下去……"

王易青是在孙小明傍晚下班回家的时候向他告别的,为了辞行,王易青还请他到附近的馆子里吃了一顿。

孙小明有些惊诧于王易青的突然离开："怎么，阿易！你找到好工作了？"

王易青笑笑，将两本书递给他："就算是吧！这个送给你，我看你也喜欢读书。"

"那就多谢了！怎么，看你的样子，像是挖到金矿了。是不是要迎娶富婆了？"孙小明见王易青神色和悦，开起了玩笑。

"哈哈哈，富婆就那么好娶的？"王易青大笑道，"那些富婆，脾气古怪得很呢。"

"哎，我们相识一场，有什么发财的项目，要介绍给老弟我哦？"孙小明索性厚着脸皮相求了。

王易青望着他，淡淡一笑："如果我这次出去，成功了！我一定回来找你合作！"

"去哪儿？"

"离开这个国家！"王易青的脸上忽然闪过一种淡淡的哀愁，"就是觉得有点遗憾。"

"去外国捞金啊，这还遗憾？"孙小明不以为然，"换成是我，高兴还来不及呢。"

"你不明白。"王易青的脸上难得呈现出了一种伤感，这与以往那个喜怒不形于色的他有点不一样。

两人吃完了那顿晚饭之后，王易青就走了，临走时请孙小明将一些钱寄给王芝，之后就再也没有联系过。

王芝听得泪流满面："他去哪里了……怎么不告诉我一声？"

"可能，他真的出去赚大钱了吧。"孙小明看看王芝，很明显，这个女孩是深爱着那个男人的，他有些可怜起她来了。

"王芝，你能具体说一下王易青是个什么样的人吗？"宋城航问了一句，出于直觉，他觉得王易青的确古怪。

"阿易……"王芝抬起头来，眼泪仍是不停地往下流。"他喜欢看书！以前在老家的时候，就喜欢看书，要不是他爸爸去得早，他早去上大学了。他为了几个弟妹，只有放弃高中的学业，出去打工。就在去年年底，他说这里有两个同学在房地产公司上班，收入很不错，所以也跟着来了……可是这还不到半年时间呢,他怎么就……"王芝说不下去了。

"同学? 你和他们联系过吗?"

"我问过了,这几天我都找过他们,他们是高中时的同学。他们俩都说,就在三个月前,阿易忽然从他们那家公司辞职,从此再也没有和他们有过任何联系……"王芝神情哀伤。

"阿易,他来这里多久了,我是指来到这个城市的时间!"宋城航拿出了笔记本。

"就在去年年底,大概有八个多月了。"

"这八个月中,你见过他几次?"

王芝听到此话更是伤心了,摇摇头:"一次都没有! 他连过年都没有回来过,说是公司要加班……"

"你也没有来看过他?"沙若欣忍不住问道。

王芝摇摇头:"家里人不让,说是这样很丢脸。"她的声音低了下去,显然这一次她的前来,已经给她家里造成了不小的震动,难怪她不敢回家。

"你就没有察觉到他的任何异常? 比如……他三个月前,与这三个月,有什么样的变化?"宋城航眉头深深地皱了起来。

"他也不是经常给我打电话的,他没有手机,只能用公用电话。公用电话亭说话不方便,他也不能多说什么。"

"那你为什么这一次要来找他?"宋城航问。

王芝抬起头来,眼睛红红地望着宋城航:"他最后一次给我打电话的时候,是在半个月前,他说,要和我分手。我不相信,所以就来了……"

"你为什么不相信?"

"我觉得他也不是那种一来到城里,就喜新厌旧的男人,而且,他在说那话的时候,我觉得……他好像很为难……"王芝摇头,坚信她的阿易不是一个陈世美。

"傻丫头……"沙若欣递给她一张纸巾,"现在的男人呐,不好说的……"

宋城航没有说话,望着屋内的某个地方沉思着。

临走的时候,孙小明有些怯怯地将那两本书递给王芝:"这书……你还要吗?"

王芝看看，凄然一笑，没有回答，头也不回地走了。

沙若欣迟疑了一会儿，接过两本书："我帮你给她。"

坐在越野车中，沙若欣还是稍稍露出了一丝忧郁。宋城航观察了她几次，终于开口了："你怎么了？"

沙若欣不是一个能藏得住心事的人，她觉得憋下去只能让自己越来越郁闷，无奈地道："你为什么不告诉我可云发生的事情？"

"你看过我的资料？"宋城航的口气平和，也没有责怪她的意思，"我以为她会给你打电话的！但是她没有！为什么？"

"为什么？"沙若欣有些恼怒了，"我怎么知道为什么？"

"你是她的好朋友，居然猜不到她的心思？"宋城航笑了起来，他觉得自己和沙若欣在一起之后，原本在自己身上的那种冷冰冰的性格变得温和了许多。从这一点来说，他还是很感谢她的。

"什么……心思？"沙若欣仍是不解。

"我估计她一定是不想让你在婚礼前操心，才不告诉你的！"宋城航安慰她，"我让小刘他们去了解了一下，她脑部里的淤血已经被清除掉了，大概下周就可以出院了。放心吧！依照她的做法，她会来当你的伴娘的！"

沙若欣心里好过了一些，但紧接而来的便是对可云身体状况的担心："不行！我还是得去看看她！"

"嗯！"宋城航点点头，方向盘一转，越野车朝着一个地下车库入口驶去。

第二天上午，沙若欣便带着一只热乎乎的保温桶来到了可云的病房。

"沙沙！"可云正躺在病床上发呆，看到沙若欣悄无声息地摸进来，惊呼一声，"你怎么来了？"

沙若欣故作生气状："哼！这么大的事情，你居然不告诉我！"

"还不是不想让你担心！你不是在操办你们的婚礼吗？"可云心里涌出一阵暖意。

"都差不多了！我们的婚礼简单得不得了！根本没啥可操心的！"沙若欣将保温桶打开，里面冒出一股热腾腾的香气，可云顿然觉得饥肠辘辘起来。

看着可云狼吞虎咽地喝着自己熬的鸡粥，沙若欣笑了起来："几天没吃饭了？"

"别说了……这医院里的'营养餐'真是让我倒足了胃口!"可云头也不抬地喝着碗里的鸡粥,"嗯!好吃!"

等保温桶里的鸡粥只剩下一点点的时候,可云才满足地放下了粥碗。

收拾好了一切之后,沙若欣静静地看着可云,没有说话。

"你怎么了?沙姐!"可云有些不自然地笑了起来,"你的眼神看得我浑身起鸡皮疙瘩了!"

"为什么会去那里?"沙若欣不想兜圈子,她今天来的目的,除了看望可云之外,还想弄清楚的,是另外一个问题。

"哪里?"可云故作糊涂。

沙若欣的口气硬了起来:"别装了!黑灵镇!为什么去那里?"

可云的头又开始疼了起来:"是社里让我去采访……沙姐……你别说了……"她的脸上出现了痛苦的表情,然后将自己出差并且遭遇车祸,但失去记忆的事情说了出来。

沙若欣满脸惊惧:"你完全不记得了?"

可云无奈地点点头:"医生说淤血虽然清除了,但是我的记忆力还需要时间来恢复!"

"真的只是去采访?"沙若欣还是有些疑惑,从昨天宋城航的那份资料来看,似乎可云在黑灵镇出事不仅仅是交通意外那么简单,否则为何会出现在刑侦大队长的桌上?

但昨晚宋城航对沙若欣的提问一个字都没有回答,只是简单地说了一句:"沙沙!既然你是'无意'间看到的我的资料,那么现在就当什么事都没发生,好吗?至于可云,她不会有事的!"

宋城航显然是不愿意向她透露那份卷宗的内容,而从那卷宗来看,沙若欣只看到了姜可云以及其他几个人的个人档案,至于详情,卷宗里根本没有一个字的解释。而她也明白,凭自己现在的身份,她是没有任何权力获知刑侦大队的任何情况的。

想到这里,沙若欣叹了一口气,自从和宋城航确定关系之后,她便被调离了原来的岗位,现在被调去管户籍去了,再也不能和他一起共事了。

她也明白宋城航为何做这样的决定,他不希望未来的妻子和自己一样,处在一种随时都有危险的境地。

但是此刻,黑灵镇在沙若欣心里有着一种无法抗拒的吸引力。那无关于黑灵镇频繁发生的事故,而是来自幼年时期听说过的那个神秘传说。

传说中的黑灵镇,在一片无人知晓的地下城堡中,隐藏着一个巨大的秘密,而获得那个秘密的人,将会获得无上的智慧。但是,在黑灵镇,想要获得这种无上的智慧,便要付出巨大的代价,那个代价便是要将自己的灵魂出卖给那座城堡的主人。

沙若欣小时候就从自己的外婆口里得知了这个传说,大学毕业之后她也去过几次,都是和同学或者朋友一起去的黑灵镇,但是却从来没有在镇上某个地方找到那个地下城堡的入口。

大概只是一个传说吧!当时沙若欣觉得自己好幼稚,居然将老人哄小孩的故事当真,于是便再也不去想那个神秘地下城堡的故事了。外婆也已经作古好几年了,沙若欣几乎都已经忘记那个地方了,但是在前不久的某一天,她无意中进入了一个私人的网站。

"网站?"可云匪夷所思地看着沙若欣,她有些吃惊。

"那是一个地狱般的网站……"沙若欣的面色有些发白,身体微微颤抖起来,"网站上,都是那些关于地狱的东西……都是那些做了坏事的人的下场,还在一旁配上了各种地狱的解释,还有图片……"

可云静静地听着,这与同事们说起的那个传说又有些出入,虽然她心里仍是不太相信这些东西,但是却开始觉得身体不由而来的一阵发冷。

沙若欣一想起那个令人压抑的网站,心头不由而来一阵郁闷,她也让宋城航看过那个网站,但是却没有看到他的任何反应。他只是淡淡地点点头:"我知道了!"除此之外再也没有任何言辞了。

听完沙若欣的描述,两个人都陷入了短暂的沉默。沙若欣想起宋城航的冷淡反应而有些闷闷不乐,可云则是在想另外的一件事。

"你什么时候出院?"沙若欣忽然打破了沉闷,看得出来可云似乎也在为黑灵镇的事情心神不宁,她现在需要休息,自己真不该在病床前提到这些令人压抑的事情。

"哦……下周吧!"可云神思恍惚,她似乎看到了黑灵镇上那些四处游荡的幽灵！自己到底在黑灵镇上遇到了什么？

一想到这里,她的头越发疼得厉害了。

沙若欣急忙将她扶着躺下："我看你还是多休息几天吧！不要那么早出院！"

"不行！我还得当你伴娘呢！不准换人哦！"可云仍是惦记着这事,紧张地拉住沙若欣的手。

"好了啦！"沙若欣笑了起来,"我不会换人的！"

从医院出来之后,沙若欣的心一直是沉甸甸的。不知为何,她觉得可云有事情瞒着自己,难道她真的失去了记忆？抑或黑灵镇真的存在那些诡异的传说？不由而来的一阵寒意涌上了她的心头。

沙若欣有些心烦意乱地慢慢朝医院附近的车站走去。在车站上等了一会儿,她的公车来了,当她的身影消失在公车上之后,一道黑色的身影也随之消失在车站的附近。

第二章　古怪网站

沙若欣走后,可云才断断续续地从两名值班护士口中,听说了发生在昨晚那个女人的事情。

可云没有见到过那个跳楼死亡的女人,但是从值班护士的口中得知,那个女人一直都患有极度的忧郁症,本来昨晚十点多住进来,是要第二天一大早接受手术的,却没料到在当晚就跳楼自尽了!

可云听到这个消息的时候,心里猛然一惊,为何偏偏是她所在的那间病房?

但护士们似乎没有想那么多,毕竟在这家医院里发生的类似事情太多了,很多病人不愿意面对自己的病情,导致病人因心理上的压力过大而精神错乱或是自杀。

这类事件在每一家医院都有过例子,因此大多数医院都将病房里的窗户弄得只能开小小的一道缝,病人便无法选择这类极端的方法。但是可云住进的这家医院,因为在扩建本部大楼,因此也就疏于对这幢有三十年历史的旧式楼房的维护了。

虽说如此,但是医院仍然逃脱不了家属的追究,加上可云同事的事故,此事很快便被媒体炒得沸沸扬扬,住院部前围满了各种各样看热闹的人。

一周后,可云在主治医生的许可下,终于出院了。

第二章 古怪网站

报社得知可云的消息,便准了她半个月的病假。可云终于松了一口气,尽管双腿不灵活,但毕竟争取到了这短暂的休息时间。

回到她位于"枫林小区"的家之后,可云做的第一件事,就是立刻打开电脑,开始上网。

医院里的两起古怪事件,始终是她心头的巨石,一直压得她喘不过气来,她必须得解开那个黑灵镇的秘密!

难道传说是真的?

天色暗了下来,一阵闷热潮湿的风吹了过来,撩起了窗户上的窗帘,柔软的窗帘在电脑前来回飘荡,可云的心里忽然有种异样的感觉,这种感觉很奇怪,但是她却说不出来。

打开电脑之后,她开始搜寻有关"黑灵镇"的信息。

黑灵镇:西南某省的一处偏远地区,民风古朴,镇上的建筑保持着原始的风貌,黑灵镇地域富含金属矿藏,是少有的金属矿聚集地……地处 C 县与 D 县交界之处,背靠陡峭险峻的北冥山脉,南临汹涌澎湃的乌鱼河,地势险峻,风景优美,是难得的度假休闲之地……

这条信息是官方旅游网站上的广告,基本上没有可云想看的内容,她又找了一下,加上了"鬼屋、不死灵魂"等关键词,发现了一个私人的博客。

黑灵镇——博客的名称就是如此,整个页面就是一种浓浓的黑色,就像一团浓得化不开的墨。网页首页的左上方,赫然有一个简单的黑红色相间的图腾,一眼看上去,很像是一只张牙舞爪的动物,面部表情有些狰狞,细细看下来,应该是一头狼!

页面的文字是一行行红色的隶书,有些刺眼,但给人更多的感觉则是诡异!

可云皱皱眉,这样的博客估计又是那些寻求刺激的小孩们做的,本想立刻跳开,但几行血红色的字跳进了她的视线。

"禁地警示图"!

不知为何,可云觉得这些画面看上去有些熟悉,但是仔细想想,似乎以前从来没有上过这个网站。

这是一个链接,一只小手掌出现在这行文字的上方,可云点击了一下,屏幕里跳出了另一个画面。

这是一系列的图片,确切地说,应该是一系列的中国画!

这些国画应该是扫描上去的,画面不仅有些模糊,而且都已经发黄了,有几页都出现了残破的样子。

整个页面哗啦啦地一下子出现了大约一百多张图片,大多数是用黑色笔墨画成,其中夹杂着一些朱红的色彩。

可云随便点击开了一张小图,一张分辨率较高的相同画面立刻清晰地出现在眼前。

整幅画面非常简单,线条流畅,形象逼真,用笔恰到好处,是一幅难得的工笔画,但内容却极为触目惊心——

画面上,是一个男人变形的样子,男人穿着开襟的服装,看上去大约是宋以前的式样,他的样子却极为骇人。男人的脸已经痛苦得变形,胸口裂开,一些红色的液体流了出来,而另一旁,一只没有主人的手,伸着尖尖的指甲,紧紧地抓着一团红色的心脏,那团红色的心脏,还流下了一些血红的液体。

这个男人的心脏被人挖了出来,但人却还是活着的!

这样一幅画,让可云想到了《聊斋》里的《画皮》,那个恶鬼就是装成美女的模样,将王生的心脏活活地挖了出来!

她又点击了另外一张,但这张画面的主角是个穿着清代服装的女人。女人头发凌乱,浑身是血,血液的来源,是她的嘴,她嘴里的舌头已经被一把无形的剪刀给剪去了,舌头在空中飞舞着,四处滴着朱红的血液。

这幅画的年代可能已经很久远了,那原本是红色的血液也变得黯淡之极,这让整幅画显得更为压抑。

而下一张,则是两名偷情的男女,被几辆马车活活撕裂了身体,扔在荒郊野外,一只饿狼正在吞噬着两个偷情者的尸体。

图片大多数都是如此血腥残忍,可云越看心情越难过,这一百多幅画的内容,就像是《地狱变相图》一般,全部都是警惕世人的报应图。

但是这些图画,和前面的那句话里提到的"禁地",有什么关系?

可云不想再往下看了,她回到了首页,首页上除了那句最醒目的"闯入禁地者死",接下来是第二条:"禁地禁令"。

点击之后,出现了一些文字说明,和第一个链接的内容是吻合的,解释图画上的那些人为何会遭到如此惩罚,大约有几十条,都是一些惩罚罪人的条款。

大约都是诸如此类,估计是古代惩恶的一些简单例子。

接下来,便是这样一行文字:"黑灵镇族谱"。

可云点击了一下,画面跳了出来,是一个金字塔形的分布图,金字塔最上面的一层画着一头张着翅膀的狼,而接下来,则是用黑色的剪影画着几个张着翅膀的人形,从第四层开始,便散开了多处分支,开始出现确切的人名了,姓氏大多是"狼"氏。

狼氏?

可云摇头,她从未听说过这个姓氏。

到了最后的一层,却只剩下了一个名字,也就是说,到了最后一代,这个狼氏,只剩下了一个人,而之前的那几十个人,在金字塔的最底层戛然而止!

可云紧蹙着眉头,望着最后的那个名字——狼莫之,心头猛然一紧,这个名字,她好像在哪里听说过。

但是此刻可云的头脑里一片混乱和迷惑,她根本无法回忆起这个名字的出处,但是她肯定这个名字在她脑海里出现过!

她摇摇头,只得先将这个念头跳过去,继续往下看,最后的一行不是文字,而是那幅狼的图案,周身泛着一道红光。

点击了这个狼图案之后,页面陡然又是一片黑暗!

可云诧异了一会儿,发现黑暗渐渐减淡,出现了一个三维的图形,这个图形像是一头狼,很快,这头狼变成了一个男人,这个男人长出了一双翅膀,男人挥动着翅膀飞了起来,穿越各种山川河流,来到了一处绿林之中,最后在绿林之中遇到了一个半裸的女人,两人相聚之后,一群小孩出现了,小孩继续长大,变成了成年人,然后成年人继续变老,最后躺下去死亡,但是在死亡之后,居然变成了一个透明的黑影,而这个逝者的黑影,又盘绕在一些新生儿的身旁,成为了这些新生儿形影不离的影子!

可云看着这一段做得并不高明的三维动画,浑身开始发冷,难道这就是黑灵镇的传说?逝者的灵魂会选择一个自己的子孙,并永远地追随在其周围,永远也不离开……

动画结束之后,画面豁然明亮起来,出现了一张张分辨率很小的图片,可云随手点开，发现这些图片都是一些狼的照片，各种各样的狼，各种毛色和体形，大约有几百张之多。

可云有些诧异，这些狼的照片放在这里有何意义？她注意到，在这几百张照片的下面，都有一个六位数的数字，可能是照片的编号之类的。

随便翻看了几张，可云渐渐地失去了兴趣，再次回到了首页，发现这个博客的访客居然很多，大约有上百个朋友或访客的留言。有的留言批判得很犀利，但有的留言却大赞不已，各种各样的都有，可云逐渐失去了兴趣，这个网站上没有她想要找的东西，正当她准备将网页关闭的时候，一个窗口忽然跳了出来，几张照片忽然出现在页面的中央。当可云将这些照片逐一打开之后，忽然目瞪口呆起来，这几张照片居然都是几天前在黑灵镇外出车祸的情形！

看看照片上的时间，6月16、17、18三天内，在黑灵镇居然发生了六起交通事故，其中赫然出现在页末的，正是可云那辆红色夏利！

令她更为震惊的是，那张照片上，驾驶室中依稀可见一个穿红衣的女孩，她自己还躺在车厢里！

也就是说，这张照片拍摄的时候，自己仍然在昏迷之中！

可云浑身开始发抖，忍住惊惧，翻开前面的几张照片，那几张照片都是从上而下拍摄到的跌入山谷的车辆残骸，还有两辆是直接撞在山边的石壁上，车毁人亡！

除了可云，几乎所有在那三天进入黑灵镇的人，全都死于非命！

可云浑身发冷，她颤抖着，打开了本市的一个新闻网站，看到了如下的报道：

……黑灵镇发生重大交通事故，三天一共发生六起车祸，地点都在黑灵镇外五公里的"死亡坡"，其中三辆车跌落山谷，车上的十二人无人生还；两辆轿车车身前部猛烈撞击在山谷一侧的石壁上，车内七人全部遇难；唯一幸运的是一辆红色夏利，正好撞击在一棵松树上，车主是这几起重大事故中的唯一生还者……

新闻网页上的照片都是在事后警方所提供的照片，山谷里的那三辆车被吊了上来，已经变形得无法辨认，而可云的那辆车也是在她被送进医院之后拍摄的。

她反复对比了一下两处的照片，发现新闻网页上的照片拍摄时间是白天能见度很高的时候。而这个博客上的照片，则是在一种清晨的朦胧状态下拍摄

第二章 古怪网站

的,因为山谷里的雾霭,能见度非常低,这些在清晨青灰色雾气下的几张照片,让人觉得更加诡异,犹如地狱!

可云捂住胸口,浑身战栗不已,这个博客上的照片,究竟是谁拍摄的?

博客上的那个窗口下面,登出了十几个人的照片,可云看了看,其中有几个人是别家报社的记者,还有一个是电视台的女主持人,总共有十七个人的照片。可云看了看,上面并没有自己的照片,心下恍然:这十七名遇难者,都已经是亡灵了!

一股寒意忽然涌上她的脊梁,如果不是那棵粗壮的松树,她的照片也已经被登在这里了!

但接着,可云发现这些照片上的背景几乎都是在同一个地方。那个地方有着浓郁的树木,树木间散落着一些白色的石碑,由于照片很小,分辨率又低,可云根本看不清楚这些人身后的具体情形。

脑子里一片混乱,她仍然想不起来,自己究竟有没有去过那里?

而这网页最下面的那行字,则让可云心惊胆战——

闯入禁地者——死!

可云瘫软在椅子上,一股令人窒息的感觉像一只无形的手,紧紧地勒住了她的脖子,让她无法呼吸!

一道闪电忽然从窗外闪过,划破了即将进入黑夜的黄昏,房间里猛然像换了个空间,一间陈旧简陋的房间出现在眼前!

可云不可思议地望着眼前的情形,这是一间古老而阴暗的房间,破烂的窗棂上斜斜地悬挂着一块已经腐朽了的布帘,房间的每一个角落里,都布满了如棉絮一样厚重的蜘蛛网,四处都是满目疮痍的什物,在这一堆破烂的什物之前,一个人影陡然出现!

可云一声惊呼,眼前的景象忽然消失,又回到了她的卧室!

大滴大滴的雨滴忽然从窗外扑了进来,可云急忙起身将窗户关上。已经接近七点多了,天色昏暗无比,天空中聚集着黑沉沉的乌云,整个城市又将遭受一场大雨的洗涤。

此时窗外则是一片模糊的雨幕,从十三楼望下去,楼下的花园中,没有任何人,这个时候,家家户户都在灯火辉煌的家中做着晚餐。但可云的随意一瞥,却看到了一个人！

那个男人穿着一件开襟的外衣,纯黑色,就像是葬礼上穿的衣服一样。男人手上没有任何避雨的工具,直挺挺地站在雨幕之中,就像是一尊雕像！虽然看不清他的面容,但是可云发现,这个男人的面孔正正地对着自己的窗户,而且一动不动！

可云打了一个冷战,她下意识地将身体朝一旁避开,在窗帘后继续观察着那个男人。

十分钟过去了,那个男人仍是面朝着可云的十三楼,一动不动。可云开始觉得手心发冷,这个究竟是什么人?

就在这时,旁边走来了一个人,那个人同样穿着深黑色的外套,同样没有任何雨具,直直地朝刚才那个男人走去。

第二个男人的出现让可云心里的惊惧更甚了。这个男人和那个雕像般的男人穿着一模一样,动作僵硬缓慢,就像一具僵尸,慢慢地朝雕像般的男人走去,直到他身边。此时变成了另外一种情形,两个男人直挺挺地站在花园中,在大雨滂沱下,齐齐地抬着头,一动不动望着十三楼！

可云忽然浑身发软地跌坐在窗台前,恐惧感顿时将她淹没。

她手忙脚乱地急忙拨打了"枫林小区"物业管理处的电话,值班室里传来一声懒洋洋的声音:"喂……"

"物管处吗?我是5栋的业主,我看到楼下有两个男人很可疑……对……"可云挂上电话后,又瞥了一眼楼下,那两个男人仍旧像两尊雕像一样,一动不动抬着头,尽管浑身湿得如同落汤鸡。

这古怪万分的情形令她蹙眉不已。转身到餐桌上倒了一杯水压压惊,当她再次回到窗前的时候,她看到一名撑着伞的保安出现在花园里,当她的目光再度扫向那两尊雕像的时候,手中的水杯差点跌落在地上！

那两个男人不见了！

就像融化在空气里一般,两个男人刚才所站的位置,只有雨点溅起的水花,不见人存在过的迹象！

保安诧异地四处张望,又找了找,没看到任何人影,大概是咒骂了几句,然后离开了。

第二章 古怪网站

可云心中的惊惧无法形容,就在她倒水的那半分钟,那两个怪诞的男人居然消失不见了!

一种难以言喻的恐惧感涌遍了她的全身。

"叮叮"手机忽然响了起来,可云一看,是陈霞打来的。

电话那头传来一个声音,很简洁地交代了几句话,可云有些诧异地问道:"莫氏集团?"

沙若欣站在窗户前,呆呆地望着玻璃窗上滑落的雨滴,心里压抑极了。可云为何要向自己隐瞒在黑灵镇发生的一切呢?难道真是失去了记忆?

她已经是第二次问自己了。想起刚才可云的表情,真的很像是忘记了一切,但是这种可能性又有多大呢?沙若欣无法说服自己,她始终觉得可云在对自己撒谎。

大概是因为自己的身份吧,可能可云有一些不能向警方透露的消息。沙若欣只能如此解释安慰自己。想到这里,她犹豫了一会儿,给宋城航拨去了一个电话。但是电话通了却无人接听。

沙若欣苦笑一下,估计又在开会了。每次在研究案情或者开会的时候,宋城航的电话永远是在静音状态,他从来不接任何与案情无关的电话。

天色渐渐暗了下来,沙若欣随意吃了一碗面条,然后发了一条短信给宋城航,便百无聊赖地开始上网。

挂上QQ之后,沙若欣意外地发现可云居然上线了!

"你怎么会在网上?出院了吗?"她简短地打了一行字过去。

"对!今天刚刚出院!"可云很快便回了一句话。

沙若欣皱皱眉头:"为什么不通知我去接你?"

"还不是怕扰乱新娘的休息!"可云倒是在为她着想。

沙若欣飞快地打了一行字,但又将那行字给删了,犹豫了好半天才又说:"身体觉得怎么样了?"

"恢复得还不错!我正在网站上寻找合适的礼服呢!"可云撒了一个谎,她不愿意将自己的担心带给即将新婚的沙若欣。

沙若欣显然不明白她的想法,相反她越发怀疑起可云来。草草地聊了几句之后,她很快便将自己隐身了。

想起昨天在宋城航办公室看到的卷宗,沙若欣觉得疑惑重重:在可云身上发生的不过是一起交通意外,但为何她的卷宗会出现在宋城航那里?总的来说,她觉得可云在撒谎,至于原因,她只能猜测了。

宋城航一直到夜里十二点半才回到家里。当他看到坐在电脑前已经睡熟了的沙若欣,不由得无奈一笑,轻轻地将她抱回了床上。沙若欣低低地说了一句什么,在床上换了一个舒服的姿势沉沉睡去,丝毫没有察觉宋城航的到来。

宋城航愣住片刻,他刚才从沙若欣的口中听到了三个字,顿时他的眉头皱了起来,面色变得凝重不已。

黑灵镇!

沙若欣在睡梦中说的就是这三个字!

宋城航回到客厅,目光瞥向靠近阳台的小书房,电脑屏幕是一片蓝色的海洋,电脑三维制作的水波极为逼真,在屏幕上泛出淡蓝色晶莹的光芒。

他的手轻轻地动了一下鼠标,屏幕上的蓝色水光骤然消失,一片阴郁的黑暗将整个屏幕包围。

整个画面都是一种深深浅浅的黑暗,宋城航皱眉不已,用鼠标点击开了其中的一个页面。

页面被打开之后,出现了一幅幅惊悚异常的画面,宋城航皱眉思忖不已。

"黑灵镇……"他低低地念着网页上方那三个异常诡异的文字。

沙若欣醒过来的时候已经是第二天早晨了,身边的枕头上没有人,难道宋城航一夜未归?

沙若欣皱皱眉头,刚要起身,便听到门外的客厅里传来一阵窸窸窣窣的声音,紧接着一阵早饭的清香味顺着房门飘了进来。

看到饭桌上两碗热腾腾的粥,沙若欣有些吃惊,不解地望着在厨房里忙碌的宋城航:"你……怎么起那么早……还熬了粥?"

宋城航端着一盘金灿灿的鸡蛋饼走了出来,浓郁的蛋香味顿时让沙若欣饥肠辘辘起来。

"我刚好有时间啊……"他笑着递给她一张香味扑鼻的蛋饼,"赶紧趁热吃!"

第二章 古怪网站

沙若欣吞咽着热乎乎的鸡蛋饼,直到食物将整个空空如也的胃填满之后,才长长地叹了一口气。

"昨晚又吃方便面了?"宋城航头也没抬地问了一句。

沙若欣有些心虚,宋城航最反对自己独自在家的时候吃方便面,不但毫无营养,而且还充斥了大量的防腐材料。

她急忙端起粥碗喝了一口粥,转移话题道:"你昨晚什么时候回来的?"

宋城航抬起头来,静静地望着她,眼神里有一种让她不安的距离。

"你想去黑灵镇?"

沙若欣没想到他会冒出这样一句话来,忽然结结巴巴起来:"什……什么黑灵镇?"

宋城航专注地看着她的眼睛,沙若欣便心虚地左顾右盼。

"好了!"他转移视线,吃着蛋饼,"我没有别的意思,只是不想你自己跑去那里!如果我没有特殊的安排,等蜜月的时候,我陪你去!"

"真的?"沙若欣惊喜得大叫起来,宋城航猜中了她的心思,她昨晚上网的时候就已经决定一定要去一趟黑灵镇,但又不敢开口,这下可好,宋城航就像自己肚子里的蛔虫一样,居然猜透了自己的心思。

"但是……"令她失望的是,他的那个"但是"又来了。

"你不能自己去做任何事!你可别想背着我去查这件事!"宋城航说这句话的时候面色冷了下来,沙若欣低下头嘀咕道:"什么事啊?"

"姜可云的事!"宋城航也不绕圈子,直接就打消了她的念头。

沙若欣这下可有些郁闷了:"可云是我的好朋友,我……"

"不行!"宋城航眉头皱了起来,声音也提高了。

沙若欣顿时满脸委屈,脸色也随之冷了下来。每逢两人出现矛盾的时候,宋城航就像是一个毫无情趣的大铁锤,从来不会考虑到女孩子的心思,俨然摆出一副他在局里冷冰冰的姿势,沙若欣从心底里讨厌极了,但却从来拗不过他。

他永远也不会像电影里那些罗曼蒂克的男主角,抱住自己好好地哄上一哄!她在心底里如此哀怨叹息。

第三章　豪华婚礼

本市的五星级酒店"金色殿堂",二楼,"金碧辉煌"厅内,觥筹交错。厅内的布置陈设如同其名,金碧辉煌,流光溢彩。厅内的宾客均衣着华丽,举止不凡,其中不乏市里的大小官员以及各界名流商贾,更有来自欧美的宾客。

所有人的目光,却都集中在大厅的正中央!

大厅正中央的位置,站着一对璧人。

女子一身华丽的雪白婚纱将她高挑的身材衬托得完美无瑕,面容皎洁如满月,头上的镶钻皇冠璀璨夺目,全身流泻着一道炫目的光芒。

但是令众宾客惊异的,不是来自新娘那迷人的面容和雍容华贵的打扮,而是来自她身旁的另一半,那位新郎!

新郎身材高大魁梧,完美的倒三角形的体形几可媲美欧美明星,面容俊朗无比,整个人流动着不亚于新娘的动人光彩。

但是,所有人的目光,均投向了他那俊朗脸上的半张金色面具!

就像是化装舞会一般,新郎的面容上,由高挺的鼻梁右侧开始,沿着脸颊的弧度,一直延伸到耳部,有半张金光闪烁的精致面具!

金色面具恰到好处地呈弧形,紧紧地贴在新郎右侧的半张脸上,丝毫没有影响到他那俊朗的面容,反而为他增添了一股难以言喻的神秘气质。

第三章　豪华婚礼

可云自然也惊诧于新娘的美貌,令她奇怪的是,她觉得在哪里见到过这新娘,虽然之前在各种媒体杂志上看到过新娘的照片,心头总是隐隐有种熟悉感,却一时想不起来。

站在豪华殿堂一侧,端着一台 DV 摄像机的可云,今天的样子已经焕然一新。虽然手肘处的伤口还在隐隐作痛,但是至少脸上已经露出了原来细嫩的肌肤。她随意化了一点淡妆,虽然是受命来拍摄的,但是在对方的要求下,她也穿上了一套款式简单的小礼服,头发在左侧盘成了一个小小的发髻,一小朵粉色绢花压在发髻的底部,模样丝毫不亚于在场的名媛淑女们。

新娘莫愁是本市一名著名的美女企业家,刚刚过三十的年纪,资产上亿。这样的女人,几乎让本市所有未婚男子都垂涎三尺。但是这样一个女富豪,居然在短短两年时间里,与四名男子结过婚,眼前的这场婚礼,已经是她的第五次了!

尽管外界的流言传得沸沸扬扬,说之前与其结婚的四名男子,都已经在婚后获得大量资金后,卷铺盖走人,但据传他们离婚的真正原因,是莫愁有虐待丈夫的癖好!

基于这个原因,在四名前夫离去之后,莫愁仍然不放弃对男色的追求,于是有了第五次下嫁!

但莫愁的新郎陈易泉,却有点高深莫测,不仅婚礼前从未有人在本市见过他,而且他的来历颇有些不明。大家只知道他今年二十六岁。

陈易泉忽然出现在本市的时候是两个月前,仅仅两个月,他就闪电般与莫愁结婚。于是,就有了今天这场豪华异常的婚礼!

莫愁本人年轻漂亮,又有亿万资产的身家,这两点已经足够让人妒忌得喷鼻血了。而眼下,她的如意郎君居然是一位年轻英俊得像明星一样的男子,这几乎让所有女性都要好几夜睡不着觉了!

可云惊诧于眼前的一幕,心里觉得社里的安排欠妥当。虽然她的身体已经痊愈了,但是第一天上班就接到这样一个任务,未免有些懊恼。她并非想作为一个病号博取社里的同情,但是从踏入办公室的那一刻开始,她就隐约察觉出气氛不对劲。

大概是张姐三人的意外,让大家对可云的出现感到不适,虽然嘴上没有说出来,但可云仍然感觉到,几乎所有的人对于她的出现都有些忌讳。

主任陈霞也停止了休假,但对可云的那次任务绝口不提,似乎有些隐讳。一见到可云的出现,她立刻笑容满面地派给她这样一个任务,似乎想让她尽快远离办公室。

在办公室里待了不到十分钟,不但没有听到任何嘘寒问暖,反而尽是一些冷漠而排斥的目光。可云心里一阵难过,但又无可奈何,慢慢地离开了办公室,前往这个豪华婚礼。

可云的烦恼仅仅只维持了半分钟,很快,她就被那个戴着金色面具的新郎所吸引!

吸引她的不是新郎的俊俏,而是他脸上的那副面具!

可云来报道之前,曾经看过莫愁前几次婚礼的报道,如出一辙的是,从第一次婚礼开始,莫愁的丈夫脸上都有一个面具,所不同的是面具的质地不一样,有银质的,还有青铜的。而这次的面具,则是金色的!应该说是黄金质地的!业界传闻说,莫愁喜欢给自己丈夫标上特殊的标志,也就是他们脸上那张面具的质地。有人嘲笑说,如果有一天钻石面具登场,莫愁大概就会停止再婚的念头了!

说是如此,但是莫愁对外从来不解释新郎的面具的含义,知道她脾气的人,也没有人会贸然去问这个问题,因为她对于这个问题永远是报以美丽的微笑。

可云此刻关注的不是面具的质地,而是面具上的那个图案!

如果她没有记错的话,那个刻于面具眉骨上的几乎看不清楚的图案,正是"黑灵镇"博客上那副狰狞至极的狼图腾!

可云几乎在原地怔住了半分钟,但很快便被周围来来往往的宾客扰乱了思绪。

婚宴上的自助餐精美可口,但可云却没有时间去品尝,她的任务是围绕在莫愁的身边,拍摄下她动人的各种姿态。

当莫愁风情万种地接受各种道贺之时,那个金面新郎就像座活着的雕像一般陪伴在莫愁身边,面带一丝神秘的微笑,但却始终没有说一句话。

可云不觉打量了他几眼,却发现莫愁的眼神有意无意地望着她微笑,这让她有些尴尬,于是急忙收回眼神。

一直到午夜时分,婚礼才算告一段落。

对于那些起哄想闹洞房的人,莫愁并不回应,而是笑容满面,语气委婉地告

第三章 豪华婚礼

诉他们，自己有些疲倦，请宾客们到客房休息。

新人不配合，宾客也不能勉强，于是三三两两地各自领了房卡散去。

可云也有一张房卡，但她却不能这么早休息，她还得陪着新人将所有的来宾送走之后，才能收工。

陈霞交代过，这个采访本来就是莫愁本人的意愿，她希望媒体将她的整个婚礼过程全程拍摄下来，直到第二天的蜜月起程，而期间不能随便向莫愁提任何问题，直到她自愿透露婚礼的信息。这个采访更像是一个索然无味的婚礼随行陪护，可云估计陈霞收了不少好处，才答应了这样一个要求。

金色大厅里最后一个宾客离开的时候，莫愁轻轻地拍拍可云的肩膀："你去休息吧……辛苦了……"

可云感激地点点头，收起摄像机，朝电梯口走去。

"等一等……"莫愁在身后忽然又叫住她。

可云诧异地转过身去。

"姜记者……"莫愁袅娜地走了过来，轻声问，"你……真的想不起来了？"

"什么？"可云被问得不知所措，笑得有些勉强，"莫董！我不明白你的意思？是不是刚才有什么事情我没做好？"

莫愁脸上浮现出一丝奇怪的笑意，摇头道："没事……你去休息吧！"

可云有些莫名其妙地走进了电梯。

当电梯门在可云眼前关闭的那一刻，她下意识地朝金色大厅门口的两人望去，莫愁轻轻地将身体斜靠在陈易泉的身上，眼睛微微闭着，睫毛颤抖不已，似乎仍沉浸在新婚的激动与幸福之中。

电梯门慢慢合拢，可云将视线收回，放松下来，浑身就像被擀面杖碾过一样，酸痛不已。

回到房间的时候，已经是午夜两点多了，可云冲了一个澡，清醒了一些，坐在床上打开摄像机，回看之前的那些影像。

可云将画面定格在那个新郎的脸上，再次放大了他脸上的那副面具——

面具上的那幅狼图腾清晰可见，虽然式样极其简单，但面目狰狞，嘴角露出锋利的牙齿，斜斜地以阴刻的形式浮现在新郎的眉骨位置！

可云倒抽一口冷气，自己果然没有看错，那面具上面的图案，就是"黑灵镇"

博客上出现的那个图腾！

这究竟是怎么回事？这个男人，和"黑灵镇"，有什么样的关系？不知为何，一想到"黑灵镇"这三个字，她的头就像被锯开那样疼痛不已，可能是脑震荡留下的后遗症发作了！

可云躺在床上，让自己的神经尽量放松下来，大约几分钟后，头部的疼痛感渐渐缓和了，她浑身顿时舒缓下来。

摄像机里的影像还在播放，可云注意到一个奇怪的现象，在近十几分钟的录像中，只听到新娘莫愁对来宾的寒暄，而新郎陈易泉则一直沉默不语，自始至终都没有说过一句话！

难道他是哑巴？可云有些疑惑，但立刻又打消了这个念头，因为在刚才拍摄那些影像的时候，莫愁曾经有一度站不稳，他立刻上前挽扶了她一下，其间曾经"啊"了一声，但即刻又恢复了沉默的状态！

可云摇摇头，有钱人的古怪举止难以猜测。一阵浓浓的睡意袭来，不知不觉便进入了梦乡……

第二天一早，她是被总台的 Morning call 叫醒的。

扛着摄像机下楼，莫愁和她的新郎已经精神饱满地出现在了酒店大堂之中。两人都穿着一套大红色系的休闲服，夸张的色彩和两人出众的容貌吸引着所有人的眼球。

只是陈易泉的脸上，仍是戴着那副古怪的金色面具！

可云的目光不自觉地朝面具上的狼图案望去。莫愁则不着痕迹地拦在她面前，优雅地拉起可云的手道："昨晚辛苦了，你今天只要陪着我们到机场，就可以收工了……"

"莫董言重了，这是我应该的……"可云有些尴尬，急忙收回目光笑笑。

"走吧……"莫愁亲热地挽着新婚丈夫的手臂，朝大堂外走去。

门口早就停了一辆白色的高级房车，司机极有礼貌地打开车门，将莫愁夫妇和可云让进了房车。

一上车，可云便开始了她的工作。

坐在正对面的莫愁夫妇，只是极为亲密地靠在一起，并不言语。车厢里播放着柔和的轻音乐，让可云的尴尬稍稍缓解了一些。

第三章 豪华婚礼

"亲爱的……"莫愁突然开口。

陈易泉伸出手,轻轻地将莫愁的柔荑握在手里,表示应答。

"希望你不要离开我,永远和我在一起……"可云从摄像机的镜头中似乎看到一丝甜蜜滑过莫愁的脸颊。

陈易泉则紧紧地将她搂入怀里,轻轻地在她额头上吻了一下。

可云心中被触动了,看来这个女富豪已经动了真心了!刚才的那一幕,似乎是这两人的真情流露。

还好,两人就如此靠在一起,没有过激的行为,这也让可云松了一口气,至少不用那么尴尬。

大约四十分钟之后,房车驶入了机场。

最后,可云和司机将莫愁夫妇送入了候机厅。离开机场的时候,那位彬彬有礼的司机将一个信封递给她:"这是董事长交代,一定要给姜记者的酬劳……"

"这个啊?"可云不是一个贪心的人,之前她得到的酬劳已经是她三个月的薪水了,现在又是一叠厚厚的纸币,这让她有些不安。

"哦!董事长交代过,之前给的是姜记者拍摄和制作的酬劳,而这一份,则是请姜记者将这些影像制成DVD之后,妥善保管的费用!"

妥善保管?可云一愣,即刻明白了莫愁的意思,点点头,接过信封:"我明白!你请董事长放心!这份影像资料,是不会传到外面去的!"

"好的!姜记者辛苦了!"司机用惯用的客气语言告别了可云。

可云回到社里的时候已经是下午四点多了,陈霞随便询问了一下。可云回到座位上,身体才刚刚痊愈,昨晚又被折腾一番。这让她觉得有点吃不消。

周围的同事静悄悄的。但在刚才她进来之前,她是听到一些喧嚣的,但此刻,似乎所有人都缄默了,各自坐在自己的办公桌前没有了动静。

可云随意用眼角瞥了一眼在身后某个角落的人影,黄色T恤的背影还在埋头伏案,似乎没有看见自己,心里不由得冷了一下。

似乎有人忍不住了,站起身来,故意朝可云走了过来,嫌恶地朝她瞪了一眼。这是黄雁,年纪三十多岁,打扮入时的少妇,闪烁着缤纷色彩的眼影让可云觉得像吞了一只苍蝇。

黄雁来报社的时间比可云早,平日里有点不近人情的意味。可云来上班的第一天,大家就觉得这两人的相貌上有点相似,而且又都是那种娇小型美女。这一点让黄雁尤为恼火,女人嫉妒的天性让她有意无意地时刻为难可云。好在可云的工作大多数是往外跑,也就忽略了这只花瓶的刁难。

但这一次黄雁却似乎想要闹到底了,她干脆走到陈霞的办公桌旁,故意大声说了一句:

"主任,这样的人还能让她待在这里啊,不怕我们都被她的煞气冲了好运?"

陈霞沉下脸来:"你胡说什么?"

"我可不想被一个背时鬼连累了!"黄雁朝可云方向大声道,眼神中充满了憎恶。

可云冷冷地回看她一眼,没有说话。黄雁愣了一下,神色恼怒起来,继而大声道:"主任,要不我们举手表决吧,同意让姜可云回去休假的人举手!"

办公室里的人纷纷犹豫着,但却逐一地慢慢举起了手臂,大多数都不敢正眼来看可云!

可云望向陈霞,见她没有说话,冷笑起来:"怎么,什么时候报社变成幼儿园了?"其实她心里明白,黄雁有个广电局副局长的姐夫在背后撑腰,所以尽管大家都觉得这样的做法未免幼稚可笑,但也只能明哲保身地充当一回幼儿园小朋友了。

可云再次用眼光望向角落里的那个人,那个人终于抬起头来了,但他的手臂却没有丝毫动作,而是平静地望着可云。俊朗的脸颊上没有丝毫的表情。可云心里一阵五味杂陈,眼神急忙投向别处。

他是刘豫,也是可云心里的那个秘密!

陈霞有些尴尬,大声喝道:"黄雁!你太不像话了啊!"

黄雁冷冷笑道:"主任,吃午饭的时候,你不是还在头疼怎么让她走吗?现在我想出了这个主意,怎么,你倒怕了?"

陈霞被噎得满脸通红,说不出话来。

可云忽然站了起来,朝陈霞走了过来。黄雁挑衅地看着她,满脸得意。

"我休假,不会违反社里的规章吗?我的工资和奖金呢?"可云冷冷地看着陈霞,没有理会黄雁。

"不会……不会……我会给你一个月的假期,什么都不会扣你的,你放心!"陈霞急忙赔笑道。

"那好,我今天就休假!"可云微微一笑,然后朝黄雁说,"谢谢了……我还正想休息呢!"

可云慢慢地走回座位,旁边的同事在可云的扫视下,纷纷低头不敢看她。她冷笑一声,开始收拾东西。

"我送你!"一个声音响了起来,那是刚才办公室里唯一没有举手的刘豫,他毫不犹豫地站了起来,脸上依然带着冷冷的神态。但是就这么一个简单的动作,已经让可云的眼泪在眼眶里打转了。

"对不起,那几天太忙,没有来得及去医院看望你!"刘豫轻轻地凑近她,可云甚至感觉到了他的体温,不由得一阵心慌。

刘豫望着可云,眼神里流露出来的是一种极为复杂的情感,似乎有太多的东西在里面。他对可云一直有种很微妙的情愫,但苦于某种原因,他始终无法接近她。

可云尽量让自己保持镇定,慌乱地看了他一眼,避开自己的眼神:"谢谢你……"

黄雁愣了一下,刘豫是社里比较抢手的英俊男之一,此刻居然站在可云这边,尽管她俩的长相有些相似,但是至少自己比可云更懂得怎么去安抚男人!真是有点出人意料,她脸上抽搐起来:"哟……没想到啊……刘豫,你会来这一手?"

刘豫冷冷地看着她:"这样你高兴了?"说完便轻轻地拉起可云的手一起越过她,径直朝门口走去,丝毫没有理会她的反应。

黄雁面色尴尬不已,有些恼怒:"浑蛋刘豫!"

"回去喝醋吧……黄雁!"办公室里有人说了一句,一阵哄笑顿时响起,黄雁的脸色更是红得发了紫。

将可云送上出租车之后,刘豫轻轻地拍拍她的肩膀道:"这几天……不要想太多了,毕竟已经过去了……"

可云微笑一下,点点头:"我明白的,只是不知道为何他们会如此排斥我。"

"还不都是因为那个传说……"刘豫的神色黯淡下去,停顿了一下,"算了,你不要多想了,回去好好休息吧……过两天我来看你!"

出租车开动了,望着身后刘豫的身影渐渐变小,可云心里翻腾起一阵难以言喻的滋味,一丝微妙的甜蜜涌上心头。

但很快,过多的黑暗就将那丝甜蜜给生生地挤开了!

传说?黑灵镇的传说?

私闯禁地者死!

可云只觉一阵昏天黑地的头疼,眼前似乎出现了一幢黑色的房子,房子的造型是那种传统的四合大院,有三层楼房的四合院,大院的旁边,有两棵巨大的银杏树。树上淡黄色的叶子是这幢房子里唯一的亮色。

整幢房子就像是在地狱里浸泡过,通体都是那种黯淡和诡异的黑色,压抑得人喘不过气来!

一阵激烈的晃动,眼前的那座房子顿时消失不见。

原来是出租车一个急刹车,停在了街道的中央,可云差点撞到了头部。

"该死的俩浑蛋!"司机破口大骂起来,"你们站在那里找死啊!"

可云探出头,看到在出租车前还有一辆吉普车,吉普车的车轮在地上划出了一道清晰的轮胎印子,有两个人直挺挺地站在吉普车的前面!

那两个人穿着一样的黑色外衣,一样的姿势,一样的面容,正朝着出租车的方向望来……

可云猛然一惊,这两个人正是前几天出现在她家楼下的那两个!他们身上的衣服可云记得非常清楚,是一种开襟的外衣,纯黑色,就像是葬礼上穿的衣服一样……

两人的面容是那种不见天日的惨白色,长相一模一样,眼神都统一地朝可云的方向望过来!

可云惊惧万分,不知所措,这两个人的出现,很快引起了交警的注意,交警将两人带离了行车道,秩序很快恢复正常。

当出租车从警亭旁驶过的时候,可云注意到,这两个男人的面孔正齐刷刷地再次随着可云的车子摆动,目光一直死死地追随着她!

"真像两个鬼!"司机咒骂一声。

可云大气也不敢喘,也不敢回头,她希望这两个怪人的再次出现,只是一种

第三章　豪华婚礼

巧合！

回到公寓之后,可云第一件事就是将门窗统统锁好,将窗帘也一一拉上,打开电视机,让寂静房间里有了一点别的声音,显得有些人气。

夜晚渐渐降临,可云根本不敢朝窗外看上一眼,她生怕看到那两个鬼一样的人又出现在楼下。

客厅里的灯全都被她打开了,在这种柔和明亮的光芒笼罩中,可云慢慢地将心放宽了。

百无聊赖地切换着电视上的各种节目,她在沙发上渐渐地闭上了眼睛……

在城市的另一隅,一间灯红酒绿的酒吧里,一个衣着暴露的妖艳女人正在舞池里摇晃着蛇一般的身躯。

女人浑身是汗,气喘吁吁,脸色红润,酒精混合着亢奋从她体内释放出火一般的激情。她跳了一会儿,大概是有些累了,从舞池里退出来,回到了吧台边上,端起了一杯绿色的液体。

忽然,她的高脚杯里显出了一个人影。她慢慢地放下酒杯,望着身边忽然出现的人,花枝乱颤地笑了起来:"你是谁?"

"你很在乎我的身份?"一旁的男人伸出手掌,轻轻地抚上了她的手腕。

她觉得这个男人还不错,身上没有时髦男人那种浓重的古龙水香味,而是带有香皂的干净气息,淡淡的,却又有点撩人。

但她却一把将这个男人的手给甩开了。这与男人身上的味道无关,只是因为今天下午被钟爱的男人伤了心的缘故!

"该死的臭丫头!"一想起他看那个黄毛丫头的神态,她便被气得浑身发抖。看着身旁那个男人的靠近,她心烦意乱地吼道,"你给我滚开!"话虽如此,她的身体却不可抗拒地倒向身旁这个陌生的男人。

男人笑了起来,一把紧紧地搂住了她,将半醉的女人拉出了吧台,随后丢给酒保几张钞票,便拉着女人从门口离开了。

酒保面无表情地收起钞票,神情漠然地望向舞池,舞池里的男女一片混乱,仿佛地狱里的群魔在乱舞。

男人将半醉的女人带上了一辆白色的越野车,很快离开了酒吧。

半个小时后,妖艳的女人静静地躺在地板上,浑身不着丝缕,就像一朵洁白的百合花,这让文山身体某个地方开始燥热。

他不知道她是谁,也不知道她从哪里来,他只知道,她长得像极了他过去的女朋友!

文山在酒吧里看到她的时候,这个女人已经喝得半醉了。他看得出来,这个女人急需男人的抚慰。

于是他没有花多大的工夫,便在这个妖艳女人的半推半就下,将她带了回来!

但是文山勒死了她,就像勒死一只母鸡那样随意!

女人可能至死都不明白,他杀她的理由,只是缘于她的长相!

就像很多变态杀手一样,他杀人的理由,只是缘于被以前女友抛弃而产生的仇恨。

在女人窒息而亡之后,他剥光了她,将她放在卫生间的地板上慢慢欣赏,并且用数码相机从各个角度将她那诱人的身体拍摄下来。

但他从来不碰她们,她们在他的眼里,不过就是一尊雕像,一尊用血肉组成的雕像。他是不会去触碰这些雕像的!

女人已经死去,他慢慢地将她凝固在陶土之中!最后她真的成了一座雕像!

文山的住所有个很大的后花园。这座豪华的别墅,属于他那富有但不负责任的父亲。父亲将这座超过一千平米的别墅给了他的母亲,让她在这里甘愿守着那永远等不到的春天。

他的母亲是父亲的情妇。这一点,自从他懂事以来,就让他觉得是一种耻辱!

而母亲,在甘愿担当情妇近二十年之后,终于醒悟过来,在一个深秋的夜晚,睡在那个漂亮的浴缸里,用刀片割断了自己的静脉。

当时的文山只是站在浴室门外,静静地看着母亲雪白的身躯慢慢被那种令人兴奋的血液覆盖,然后她以一种奇怪的表情哀求他,请他原谅他的父亲!

他就像一尊雕像一样,在门口站立了二十分钟,看着母亲的身体渐渐僵硬,最后成了一具尸体。

而后,文山用他大学时练就的陶艺手工,将美丽的母亲,做成了第一尊位于后花园的雕像!

那一年,他十九岁。

而后的第二尊雕像,便是他大学时的女友——何琳。

何琳背叛了他,在和他交往的同时,还和其他的男人来往,并且还怀上了别人的孩子!

他在听到这个消息的时候,没有任何表情,只是冷冷地安慰着在他面前痛哭流涕表示要痛改前非的她。

就在当晚,他们俩第一次做爱之后,何琳成了后花园里的第二尊雕像!

后花园里的雕像如今已经有五尊了,除了母亲和何琳,还有其他的女人,他根本不知道她们是谁,来自何方。

他痛恨女人,带着莫名其妙的因素,他的欲望,来自这些已经成为陶土的女性雕像。

晚风袭来,后花园里的雕像已经冷却,在暗夜中继续着没有生命特质的生活。

男人将女人身上的东西都用剪刀剪碎之后,扔在后院的一只小炭炉里焚烧,衣服、坤包、化妆品等等,全部都进了那只炭炉,在炭火中慢慢变形,直至变成一团灰烬。一张身份证被丢了进去,上面的人像开始变形,但很快便被风卷了出来,上面仅仅露出了两个字:黄雁!

男人捡起残余的身份证,脸上露出厌恶的表情,这样的东西会弄脏他的院子的!他必须得在入睡前将这些脏东西统统销毁!

男人重新将它投入了火炉之中。

一片黑暗,一片伸手不见五指的黑暗。黑暗中,有某种东西在慢慢蠕动,渐渐地朝自己靠了过来,并抚上了自己的颈部……

可云在一阵窒息中醒了过来,她做了一个噩梦!

噩梦中的情形非常熟悉,那种环境,那种令人窒息的黑暗甚至连那股霉味冲天的气息,都让她有种经历过的熟悉感,但是她却想不起来!

可云浑身是汗,看了看茶几上的小钟,半夜两点!

她浑身酸痛，大概是在沙发上曲了太久身体的缘故。

回到卧室，可云不经意地朝窗外一望，浑身的血液瞬间便凝固了！

那两个黑衣男人又出现了，还是那个动作，那个姿势，眼睛齐齐地望向可云的方位！

可云惊叫一声，跌倒在地板上。她慌乱不已，只得战战兢兢地给物管处拨打电话。

但是当她再度探出头的时候，两个男人又消失了。保安很快赶来，却什么也没有发现，只得骂骂咧咧地离开了。

可云又惊又惧，那两个男人到底是人是鬼？难道刚才自己看到的，只是一个幻象？

她一直不敢入睡，将房间所有的灯全部熄灭，坐在床头，把被子紧紧地裹在身上，一直熬到天亮。

天亮后不久，可云急忙拨通了沙若欣的电话。

"你说什么？两个黑衣男人？"沙若欣一接到电话便立刻跑了过来。听完可云的讲述之后，诧异万分。

可云嘴唇发白，索性将之前发生的事情都说了出来。

沙若欣陷入了沉思，片刻之后忽然抬起头来，神色凝重地看着可云："要不……我们去一趟？"

可云有些不解："去哪里？"

沙若欣的头扭向电脑屏幕的那片黑暗："那里！"

望着屏幕上令人压抑的画面，可云愣住了。

黑灵镇！

"你不是说老宋不让你去吗？"可云不解地问道。

沙若欣狡黠地笑了起来。

宋城航在此之前便反对沙若欣前往黑灵镇。但令她意外的是，宋城航临时被局里派往北京去开一个紧急的会议，时间为半个月。他们的婚期自然便往后推了。

"这么说，他明天就走？"可云有些吃惊。

"嗯！"沙若欣点点头笑道，"在他回来之前，我们俩有充裕的时间去调查这件事!"

"没见过你这样的,婚期被耽误了还这么高兴!"可云调侃了一句。

"不管了,我反正是要去一趟黑灵镇啦!跟你的关系不大!"沙若欣瞪了她一眼,起身准备离开,"老宋明天走,我得赶紧去给他准备准备。明天我们电话联系吧!"

一切都为宋城航准备好了之后,沙若欣发现他一直是眉头紧锁,心事重重地在看他那台手提电脑。

"这个会议……是不是非常重要啊?"她小心翼翼地问了一句,看看时间,现在是上午九点,还有四个小时他便要离开了。

"嗯……"宋城航头也不抬地应了一声。

沙若欣嘀咕一句,有些郁闷。

忽然,一阵陌生的手机铃声响了起来,沙若欣诧异地四处张望,她记得自己的手机不是这个铃声的。

接着她看到宋城航从口袋里掏出一只小巧的手机,那个银灰色的手机沙若欣居然从未见过。

宋城航皱皱眉头,看看电话,又看看沙若欣,立刻站起身来,转身便进了卧室,随手便将门给关上了。

在房门被关上之前,沙若欣隐隐地听到了宋城航恼怒的声音:"谁让你打电话的……"

沙若欣心里别是一番滋味,这陌生的手机原本就很值得怀疑了,现在接电话还偷偷摸摸的,口气也熟悉得让她抓狂!他从来不会用这种口气对待除自己之外的任何人!

大约十分钟之后,宋城航面无表情地出来了,什么也没说,继续回到他的电脑面前。

沙若欣坐了一会儿,实在忍不住了,猛地站起身来大声道:"谁的电话?"

宋城航眉头紧锁,抬起头来瞥了她一眼:"你吃错药了?"

"谁的电话?"沙若欣的声音提高了,内心里的火气渐渐地炽盛起来。

宋城航察觉出了她的怒火,将电脑关上,冷冷道:"这与你无关!"

"什么?"沙若欣浑身发抖,这样的口气就是男人出轨后掩饰的口吻,和电视剧里一模一样!

"这电话哪来的?"她哆嗦地指着被他放回口袋里的手机。

"新买的!"宋城航回答得极为干脆,他被沙若欣的无理取闹弄得有些厌烦了。

"你新买的手机……"沙若欣没想到他的态度竟如此冷漠,"那你……为什么不告诉我?"

"有这个必要吗?"宋城航站起身来,开始收拾行李,他已经很累了,不想和她解释什么,准备提前离开。

"你……你……是不是在和别的女人……"沙若欣被气得浑身发抖,这样的话他居然说得出口。

"少在那里胡思乱想!"宋城航厉声呵斥道,"你是电视剧看多了吧!我这个手机是工作用的!"

沙若欣忽然委屈得不得了,眼泪顿时掉了下来,抽泣不已:"那……刚才是谁?"

宋城航的脸色越发铁青了,他瞪着沙若欣一字一句道:"你没有必要知道!"说完便提起行李,一把拉开房门走了出去。

"砰"的一声,关门声在身后重重响起,沙若欣就像是在梦中被惊醒一般,浑身陡然一软,抽泣得哭倒在地。

"你说什么?老宋他骂你了?"可云惊诧不已地望着身旁的沙若欣,她的眼睛已经肿得像两个桃子,身旁的一只旅行袋的袋口半开着,里面胡乱地塞了一些衣物,袋口处露出一只衣服的袖子,看样子沙若欣的心被伤得不轻。

"没有……"沙若欣将事情的原委道了出来,连她自己都莫名其妙,不知道为什么就和宋城航吵架了。

可云不知道该怎么安慰她,只得轻轻地拍拍沙若欣的肩膀叹了一口气。

想起一个多月前的那场车祸,可云仍然心存余悸,把握方向盘的手会不自觉地微微发抖。要不是沙若欣答应过由她开车,她会任由车子永远停留在地下车库接灰尘。

红色的夏利车慢慢地驶出了"枫林小区"的大门。原本想让沙若欣驾驶车辆的,但是看到她的情绪不稳,可云在心里叹了一口气,只有亲自上阵了。

第三章　豪华婚礼

沙若欣仍沉浸在昨天早上和宋城航发生争执的那一幕,心头一阵阵烦闷,到底宋城航在接什么人的电话?女人?她急忙摇摇头,将这个愚蠢的想法赶出脑海。马上就要举行婚礼了,宋城航不可能移情别恋吧,更何况他根本就不是那样的人!那样的榆木脑袋,会有女人喜欢吗?

想到这里,沙若欣又暗暗松了一口气,忽然为自己的胡思乱想感到可笑。

可云的嘴唇闭得紧紧的,小心翼翼地转动着方向盘,夏利车朝着城外的高速公路驶去。

"你真的什么都想不起来了?"沙若欣注意到了可云的紧张,担心地问了一句。

可云皱皱眉头摇摇头:"就像是硬盘被格式化了一样!"

沙若欣盯着她看了一会儿,忽然道:"在下一个加油站停一下,我来开吧!"

可云朝她露出一丝微笑:"怎么?怕我得后遗症?"

"不是!"沙若欣注意到她的手在微微发抖,"你应该多休息!"

"好吧!"可云看看她,也没有继续勉强,在下一个加油站停了下来。

沙若欣将车子驶上高速路的时候,看了看地图:"帮我看看,还有多远?"

可云看了看地图,在西南的方位,看到小小的"黑灵镇"三个字,心头不由得袭来一阵心慌:"大概……还有三百多公里吧!"

沙若欣熟练地加快了速度:"那我们得快一点了,得赶到镇上吃晚饭!"她们出来的时候就已经快中午了,高速路只到达距离黑灵镇一百多公里的邱县,从邱县到黑灵镇都是坑坑洼洼的老路,时间会耽误好一阵。

可云见沙若欣的情绪似乎稳定了一些,便轻轻地闭上了眼睛:"我想休息一下,可以吗?"

沙若欣打开了CD,播放出一段柔和的音乐:"你睡吧!"

可云疲惫地闭上眼睛,这段时间她基本上没有好好睡过一觉,自从出院之后,一直都在惶恐中度过,尤其是自从见过那两个幽灵一般的男人之后。

黑衣男人!

一想起那两个身影,可云的身体不由自主地颤抖起来。

"嘀铃铃",一阵手机声忽然响了起来,打破了车厢里的柔和音乐。

可云被吓了一跳,手机声从自己的腰包里传了出来,紧接着她的心头便涌起了一阵暖潮。

这个手机的特殊声音是专门为刘豫设定的。

"喂……"可云接听电话的时候,都能感觉到自己的脸颊滚烫得厉害,声音微微颤抖起来。

"可云!你还好吗?"刘豫的声音传了过来。

"我……很好啊……"可云急忙将身体坐正,清清嗓子。

"那就好!"电话那头的刘豫似乎松了一口气,"今天我会早点下班,想……过来看看你!"

"啊?"可云愣住了,一阵惊喜过后又无奈地看看沙若欣,避开了沙若欣促狭的鬼脸之后轻声道,"我……出门了……"

"出门?"

"我……"可云顿了一顿,"我在前往黑灵镇的路上!"

"什么?"刘豫的声音忽然大了起来,但很快他便恢复了平静,"哦……这样啊!那好,你路上小心!"

"哦……"可云没有听到希望得到的关切话语,只觉得刘豫的口吻变得有些古怪了。

"那么……你一个人吗?"他又问了一句。

"不是!"可云看看一旁的沙若欣,"和一个朋友……女的!"

"扑哧"一声,一旁的沙若欣再也忍不住,笑了出来:"我的天哪!"

可云狠狠地瞪了她一眼,急忙对刘豫道:"好了!我不说了!等我到了再联系吧!"说完便又羞又慌地挂上了电话。

"哈哈哈……"沙若欣索性放声大笑起来,"如果那个男的不喜欢你,那么你就是天下最自作多情的女人了!还去解释什么'女的',哈哈哈……"

可云的脸蛋红得像红鸡蛋,狠狠地在她大腿上掐了一把:"瞎说什么呀!"

"亲爱的可云小姐……终于有了心上人了!"沙若欣龇牙咧嘴地毫不介意,继续调侃道。

"讨厌!"可云嗔怪道。

车厢里的气氛顿时轻松起来,完全没有了刚出城那个时候的沉闷与阴郁。

车窗外的天空却渐渐地累积了不少云层,变得暗淡起来,大雨将至。

第四章　暗夜之灵

到达邱县的时候,天空突降大雨,将沙若欣和可云困在了高速路旁的一处休息站内。

两人在休息站吃了一顿索然无味的晚餐,等待着大雨过去。但是天色渐渐地变得黑暗,时间也快要九点多了,大雨似乎仍然没有停的征兆。

"看样子今晚只有在邱县住一晚了!"沙若欣看着黑暗的天空和密密的雨幕,周围的空气被雨水过滤之后变得清冷无比,不由得打了一个寒战。

"真是倒霉!"可云缩缩肩膀,后悔自己没有多带一件衣服,不由得打了一个喷嚏。

"走吧!"沙若欣拉开车门,"看样子雨不会停了,我们绕到县城里去吧!"

车子再次上路,当沙若欣沿着雨幕中的路径朝县城方向驶去的时候,却没有注意到路旁斜斜地插了一块临时路牌:"通往县城的道路正在施工,请绕道而行!"

当夏利车行驶到县城外的那段施工路段时,才意识到已经迟了。前面已经没有了通往县城的道路,一大段被挖得面目全非的路基在大雨中变得泥泞不堪,而旁边只有一条坑坑洼洼的道路通往南面的方向。

"是不是那里?"可云指了指那条朝南的道路。

"不管了！只能朝那边去了！"沙若欣低声咒骂一声，打着方向盘朝南面驶去。黑暗中被车灯照亮的道路就像怪兽血盆大口中长长的舌头，充满了不可预知的危险。

当车辆行驶上那条坑洼路段时，两个人的心头都充满了一种不可预知的恐慌。不知过了多久，当夏利车行驶到下一个路段时，两人才在缓慢的车行速度中看到路旁的一块路牌，路牌上有一个岔路口的指示，左边写着："邱县"，而正前方则写着："黑灵镇"！

"我们早就过了邱县了！"可云惊叫一声，两人不约而同地心慌起来，她们早就迷路了，远远地越过了邱县的路段，正往前方驶向那个令人惊惧的黑灵镇！

沙若欣将车子停了下来，细细地看看路牌："现在我们离邱县大约有五十公里，离黑灵镇七十公里！"

"这里是哪里？"可云瞪大眼睛朝窗外望去，雨幕中根本看不见任何光亮，隐隐约约地看到路旁在风雨中摇曳不停的高大树木。

"不知道！"沙若欣朝邱县的方向望去，"还要倒回去五十公里……不如今晚就去黑灵镇吧！"

可云心头一紧，她也不知道为何自己会心慌。

"要不换我来开？你都开了好几个小时了！"她发现沙若欣的神情开始变得疲惫和焦虑不安。

"没关系！"沙若欣皱皱眉头，伸手摸摸鼻子，不知何时她也学会了宋城航的这个动作。

哦！现在想起那个大头，沙若欣忽然觉得自己太怀念他了！如果宋城航开车的话，就不会出这样的状况了，自己也不会那么害怕了！要是他知道自己不看路牌乱开车，又要劈头盖脸地一顿教训了。

但是一想起昨天他对待自己的那个样子，沙若欣的火气又不打一处来，咬咬牙："哼！我就不信今晚到不了！"

看着沙若欣忽然恢复精力的样子，可云被吓了一跳，但很快她便放下心来，毕竟沙若欣也是一名受过训练的警察，她可不是一般胆小怕事的小女人。

夏利车在雨幕中朝黑灵镇的方向一路颠簸而去，车窗上飞溅起了不少的泥浆，可云心头一阵烦闷，要是刘豫陪在身边就好了。

第四章 暗夜之灵

大约在晚上十一点多的时候,刘豫又打过来一个电话:"你们到了吗?"

可云望着窗外黑沉沉的天色,无精打采地解释了一通走错路的过程。

刘豫在电话里安静了一会儿:"别担心!你们不会有事的!"

"我也希望不要有事啊……"可云说着说着,又看看沙若欣,她在专心地开着车,眉头紧锁,脸色凝重。

挂了电话之后,可云望向挡风玻璃前那片被灯光照得刺眼的光芒,心头越发沉重了。

不知道过了多久,可云几乎要睡过去,终于听到沙若欣的一声大叫:"到了!"

她急忙揉揉眼睛,坐起身来,望向正前方——

那是一个通体黝黑的牌坊!

她们从来没有见到过这样的牌坊,从上至下通体都是一种深邃的黑色,远远地矗立在一条通往更深更远的道路之中。牌坊与南方桂式牌坊在样式和大小上相差无几,有着南方牌坊秀丽精巧的特色,但是整座牌坊的色泽却是黑色的,看上去极为特别。

沙若欣摇下车窗,车窗外的大雨已经变成了丝丝的小雨,视线也明亮了许多。

两人不约而同地走下车,可云拿出一支手电筒朝前方照射过去。看着眼前的这片黑色,心情顿感压抑,伸手摸去,质地光滑冰凉,隐隐有一种透明的感觉,像是某种黑色的玉石。她并不深谙玉石,但也能感觉到这牌坊的不一般,彻骨透凉的感觉让她如触冰块。

沙若欣惊讶了,一般的牌坊也不过是采用质地普通的石头,但是用黑色玉石建成的牌坊,她倒是头一回见,这样的成本究竟有多高啊!可见这黑灵镇的独树一帜。

顺着手电筒朝上方望过去,牌坊的上方刻着笔画刚劲有力的三个字"黑灵镇",可云心里浮现出一股奇怪的感觉。除了那三个字,整个牌坊看不见任何多余的花鸟蝙蝠类的装饰性雕刻和暗纹,这一点又是有些异于常情了。

而整个牌坊处在距离黑灵镇几公里之外,周围是一片密密的树林,几乎不见任何人烟,纵眼望去,黑暗中丝毫不见任何有亮光的人家。

"我想我们还是尽快进镇吧!"一阵凉风忽然吹过,沙若欣拉拉衣服的拉链提议道。

这坎坷不平的道路是通往黑灵镇唯一的道路,整条道路完全由碎石和泥土组成,真是晴天灰尘满天,雨天泥水四溅!

沙若欣被颠簸不平的道路弄得手腕都酸了,但她还必须绕过一个很陡的山坡,回旋一个山头之后,才能进入那个处在一片凹地之中的黑灵镇。

但她却不明白为何那个标志性的黑色牌坊会离小镇如此遥远。小镇还要翻过一个山头才能到达,或许这个镇的老祖宗建设黑灵镇的时候,在牌坊处设立了特殊的监视设备。

当两人眼前出现了那些并不明亮的光亮时,可云和沙若欣同时发出了一声欢呼!

小镇不算大,但也不算太小,她们找到了一家看上去还算干净的旅社住了下来。

当两人饥肠辘辘地在旅馆前的小吃店中填饱肚子之后,便迫不及待地回到房间中洗澡去了。

两人都收拾完毕之后,已经是夜里两点多了。她们再也没有任何精力聊天,各自沉沉睡去。

一觉醒来之后,天色已经大亮了,灰扑扑的窗帘外透出了一丝光亮,可云醒了过来。她从小就有一个习惯,不喜欢在太明亮的环境中入睡,她现在的卧室都是双重的厚窗帘。

另外一张床上传来沙若欣均匀的呼吸声,可云看看时间,已经上午八点多了,她动作轻巧地起了床,再也睡不着,便悄悄地打开房门出去了。

小镇街道上的人越来越多,看来这个镇上的居民也不少。他们的衣服几乎都是黯淡的深灰色或是黑色,男人穿着简单的开襟的单褂,下身是一条宽大的灯笼裤。女人们的服饰也大多是深色,式样有些像民国时期的那种中袖短褂,下身是一条百褶裙,只不过年纪稍大的女人穿着深黑色,但年纪尚幼的却是一身洁白。

尽管其中也夹杂着五颜六色的T恤和牛仔裤,但是这里的居民大多数还是穿着他们民族特有的服饰。

第四章 暗夜之灵

可云掏出数码相机,对着其中几名一身洁白的少女按下了快门。她的举动却让那几名少女有些惶然,匆忙地离开了可云的视野。正当可云诧异地望着那几名少女仓皇离去时,一名老太太忽然冲到了她的面前,极为粗鲁地一巴掌打掉了可云手中的数码相机!

老太太满脸皱纹,穿着一套深黑色的服装,满脸通红地对着可云大叫,从她脸上的表情可看出,她极为愤怒!

可云对这个突然出现的老太太一无所知,甚至她所说的每一句话可云都无法听懂,但很快她便猜出了老太太的意思,她似乎在阻止可云继续拍照。

老太太的叫声引来了周围一些农人的注目,可云又急又惊,急忙捡起数码相机,匆匆上车,逃也似的离开了。

回到小旅社之后,沙若欣已经起床了,正在洗手间里洗漱着。

两人收拾了之后,又在楼下的小吃店吃了一碗当地的米粉,便再次驾驶着夏利车上路了。

"你知道要去哪里寻找那座老屋吗?"可云看着沙若欣操纵着方向盘,有些吃惊。她现在最希望的是自己恢复记忆,能够直接带着沙若欣前往。虽然眼前的景象似曾相识,却是无法回忆了。

"看看这个!"沙若欣丢过来一张打印纸,上面打印着一幅地图,"我估计你去的那间老屋,应该在这几个地方!"

"黑灵镇……"可云不得不佩服沙若欣的细心,她居然将网站上的地图都打印了出来。

"但是这不过是一张旅游地图啊……"她没有找到有关"老屋"之类的字眼,只是在几个不同的地方看到了用铅笔画着的圆圈。

"那几处都是我根据网友叙述猜测的几个地方……"沙若欣瞥瞥地图,"帮我看看,距离我们现在最近的地方在哪里?"

可云看了看地图,又看看车窗外:"我们现在在城门的附近……这边是南门……距离最近的应该在前面第二个路口右转!"

"好嘞!"经过一夜的休息,沙若欣的精力显然已经恢复,兴奋地大叫一声,加快了速度。

街道两旁的建筑物显现出鬼城丰都的特征,通体都是一种令人压抑的黑色建筑!

这些建筑大多数已经年久失修,外观斑驳,呈现出一种败落的气象。

从南门出去的道路是一条青石板的道路,两旁都是两层的黑色木制建筑物,式样与西南地区的相似,是典型的"一刻印"结构。

快要到达沙若欣在地图上注明的那个地方时,她们才发现无法将车子驶入镇内,因为路太狭窄了。沙若欣注意到了一块杂草丛生的空地,空地是在一座古老的四合院旁边,四合院的门口挂了一块匾,上面写着"郎氏祠堂"四个大字。她们看到了一块空地上的两辆私家车,便将车子停靠在了一旁。

下车后,可云看了看那两辆私家车,才发现其中有一辆的车身上印有"某某电视台"的字样。

"电视媒体也来了?"可云诧异道。

"不管他们!"沙若欣将背包背好,并锁上车门,和可云一起慢慢地步入了那黑色建筑群内。

不知为何,一走进小镇那条青石板路,可云就浑身感到一阵寒冷,是否是此地终年不见阳光的原因?那些青石板路两旁的建筑物,都以一种奇怪的角度向中间倾斜,将主路上的阳光遮得严严实实,永远不见天日地长年处在阴冷之中。

与黑灵镇城门附近相比,这条街道上,几乎看不见一个人影,但临街的店铺却都是敞开着大门的,店里面也罕见人迹,偶尔遇到一两个无精打采呆呆坐在门口的老人,神色茫然地望向街道。

街道旁有一块木制的牌子,上面用篆书写着四个字:"朱雀府邸"。

"朱雀府邸?"可云研究了半天,也没弄明白这四个字与后面那幢破落的建筑物有何关系。

"大概是以前的名称吧!"沙若欣看看牌子前那幢木制结构的房子,周围都已经用铁条和木头在不同的部位固定起来,整幢房子已经开始明显地朝着一个方向倾斜,破烂的窗棂斜斜地挂在墙上,从格子窗花透望过去,黑暗的房间中隐约露出一些杂物。

照了几张照片之后,沙若欣让可云站在这幢建筑物前冥想了一会儿。

最后可云睁开眼睛摇摇头:"我好像没有来过这里!"

"我想也是!"沙若欣看着这幢危房,"看这样的情形,不可能有人住在里面啦！所以也就不会出现什么鬼怪了！"

两人越过这幢年代久远的建筑，慢慢地朝道路的更深处走去。

可云和沙若欣的出现似乎很快引起了街道上人的注意，她感觉到一些人从二楼的窗口探出身来，有的则低声地交谈着什么，使用的语言根本无法听懂。

她们慢慢地朝前走去，一些居民神情有些讶异地看看她，大多数人的面色是那种阴郁而麻木的，甚至带有一点点憎恶。

可云和沙若欣有些不知所措了，她们不知道该不该向人询问那座老屋的所在，正在犹豫着，一盆黄色的脏水忽然从身旁的一间店铺中泼了出来，可云急忙朝后一退，才避免了被浇个浑身湿透！

她惊讶地看着这个端着一只铁皮脸盆的胖女人。女人正用一种极度憎恶的眼神狠狠地盯着她，忽然大声地朝她叫了起来，还用手不住地挥动着。

虽然听不懂胖女人所说的话，但从她这个动作两人都看出来了，她是在赶她们尽快离开此地，说不好听一点，就是让她们快滚！可云被吓了一跳，和沙若欣一起急忙离开了胖女人朝前跑去。

"到底怎么回事啊？"沙若欣莫名其妙地看着那些对她们含有敌意的居民，有些愤愤不平。

而可云沿着那些古朴而奇特的建筑物望过去，眼前似乎出现了相似的情形，几个影像猛地跳了出来，就像电影的片段一样在眼前闪个不停，继而一座耸立着高高尖顶的大建筑物猛然出现在眼前，但很快便消失无踪了。

可云想极力留住脑海里的影像，但是越是如此，头越是剧烈地疼痛起来，伴随着一阵阵眩晕，她忽然感到浑身无力。

"可云……可云……"耳边传来一阵阵忽远忽近的大叫声，紧接着人中处传来一丝痛楚，可云逐渐清醒过来。

"你吓死我了！"沙若欣在一旁，忽然发现可云不由自主地朝地面倒了下去，急忙一把将她扶住，"是不是病了？"

可云浑身被冷汗湿透，虚弱地摇摇头，这才发现自己坐在一层冰冷的石阶上，转头望过去，这是一家当地居民的大门外的石阶。大门被关得紧紧的，建筑风格与街道上的如出一辙，只不过看上去年代要久远得多。大门边残留着一些风干植物的枝叶，门边零零散散地散落着一些陈旧的杂物。大门原来的颜色已经黯淡得无法辨认，墙壁上残缺了不少砖块，从缝隙中还可以窥探得到里面萧瑟的情形。

沙若欣急忙掏出一瓶矿泉水递给可云，又拿出一瓶风油精涂抹在她的太阳穴上。可云顿感一阵清凉，感觉好多了。

"休息一下吧！"沙若欣回头看看这座民房，"反正没有人。"

话音刚落，两人忽然听到一阵奇怪的声音从身后传了过来——

嘎——吱——

身后那扇几乎已经腐朽的大门忽然打开了！

沙若欣和可云不约而同地感到浑身一阵冰冷，这样的房子里，会有人吗？

两人透过墙壁的窟窿朝里望去，没有看见任何人影。但是大门却古怪异常地自己开了一条缝隙，刚刚好够一个人通过。

一股诡异莫名的恐惧感慢慢地向她们袭来，沙若欣和可云急忙站起身来，顿感头皮发麻。

在瞬间，可云忽然看到了一个黑色的身影从眼前飘然而过！但是当她眨眨眼睛再次定睛时，眼前却什么也没有。

两人惊诧之余，再次回过头来，顿然发现刚才还有人的街道上，此刻就像蒸发了一般，人影消失得无影无踪，就连刚才那个向她们泼水的女人，都立刻退回了门内，将大门紧闭了。

一阵凉风吹过，房门前的枯枝败叶被风吹得满地飞旋，一派萧瑟凄凉的景象。此刻的情形就像是几百年都没有人烟似的，两人心头一阵发冷，不可思议地感到了一股巨大的恐惧。

沙若欣望着大门内黯淡的景象，喉咙"咕咚"一声，声音微微颤抖："我……我们……要不要进去？"

可云忽然觉得一阵诡异的寒意迎面扑来，那黑沉沉的门洞内，似乎隐藏着一只巨大的怪兽，随时会冲出来将她们吞没。

手中忽然多出了一样东西，可云甚至不知道这东西是什么时候出现在手里的。

那是一缕发丝！

一缕雪白的发丝！

第四章　暗夜之灵

她大叫着用力将手里的发丝扔了出去："不！不要！"

沙若欣被她的激动吓了一跳，转过头来看到了一张惨白的脸和几乎要昏厥的神态。

"好吧……好吧……那我们赶紧离开这里……"沙若欣急忙一把扶住摇摇欲坠的可云，慢慢地朝来时的方向走去。

可云浑身冒出一股莫名的冷汗，身体虚弱不堪，她心里那种感觉越来越强烈了，她曾经来过这里！

"我……想我之前来过这里！"可云轻声说了一句。

"我猜到了！"沙若欣神色凝重地看着她，"而且一定发生了什么事情！你能想起来吗？"

可云无力地摇摇头："现在不行！"

沙若欣没有勉强她，叹了一口气："我们先回到车上再说！"

可是当两人回到之前停车的地方时，却傻眼了——

车子不见了！

就像消失在空气里一样，可云的那辆红色小夏利消失在那片空地之上！

而一旁的两辆标有"某某电视台"字样的媒体车也不见了，就像是进入了另外一个时空般，停在那片杂草丛生空地之上的三辆车全都消失了！

"是不是走错地方了？"沙若欣不敢相信自己的眼睛，当她打量这片空地四周的环境时，心里越来越冷，看到空地旁边那座写有"郎氏祠堂"四个大字的四合院时，心已经跌至谷底。

有人将她们的车子弄走了！

两人都感觉到大脑一片空白，各自思索了半分钟才回过神来。

"天哪！有人将我的车给偷走了！"可云大叫起来。

沙若欣也慌张了，不住地在车子停放的地方走来走去。

"怎么办？怎么办？"可云几乎要哭出来了。

"别急！别急！等我想想！"沙若欣连忙安慰她，她尽量让自己冷静下来，但是思绪一片混乱，怎么也想不出解决的办法。

"我想……我们应该去一趟这里的派出所！"想了半天，沙若欣终于说出了这样一句话。

"对啊！对啊！去报警！"可云也反应过来。

两个人慌慌张张地不知道该到哪里去报警，只得沿着来时的道路走着回去。

可云的身体颤抖得更厉害了，她的双手几乎抓不住相机了。就在两个人沿着原路返回，路经一条小巷的时候，一个人影忽然冲了出来。

那个人影出其不意地冲到可云身边，一把抢过她手中的相机，转身就跑！

"站住！浑蛋！"沙若欣放眼望去，小巷中显出一个身材矮小的身影，火气不由得冲了上来，想都没想立刻就追了过去。

等可云反应过来的时候，沙若欣和那个黑影都已经消失在那条僻静的小巷之中。

"沙沙！沙沙！"可云不由得跟了上去，可是一进入到那条小巷中，一股阴冷之气迎面扑来！

小巷的两旁均是高高的围墙，中间是一条水沟，大概是两旁的民居特意留出来的一条排水通道。距离过近使小巷永远接收不到阳光，阴冷潮湿的水沟中散发着令人作呕的腐烂气息，可云越往里走，越是几乎要晕厥过去。但她必须找到沙若欣，于是只得硬着头皮慢慢地朝里走去。

小巷两旁的围墙都来自黑灵镇上那些古老而陈旧的四合院，虽然高度不高，但是却形成了狭窄的一道通道，使得天空看起来极为遥远，更多的则是阴暗和诡异。

可云深一脚浅一脚地往里走去，渐渐地她感觉到了一股莫名其妙的寒意。这股寒意并非来自阴沟里的气息，而是来自她身后的某个地方！

可云从背脊直到头皮忽然一阵发麻，那是有什么人出现在身后的一种本能的感觉！

她甚至感觉到了那个人身体上的某种气息，那是一种令人作呕的恶臭，甚至比脚下阴沟里的臭气更加剧烈！

可云的脚步似乎不听使唤了，想加快速度却不能，仿佛有种什么东西将自己的双腿紧紧地绑在了一起。

当那股恶臭越来越近的时候，可云猛地转身，她看到了一张脸——

啊！！她的叫声还没来得及冲出喉咙，头部便被什么东西击中了，身体立刻

第四章 暗夜之灵

软软地倒了下去……

而沙若欣,在阴暗的小巷中跑了一阵,便发现前面的那道黑影在转了几个弯之后,立刻消失在视线之中。而她此刻才发现,小巷开始出现了岔路,在转了几圈之后,她发现这条小巷的岔路越来越多,就像一座迷宫一般。沙若欣猛地站住身形,她忽然发现自己迷路了!她急忙转身,凭借着记忆朝来时的路线走去,但是似乎眼前出现的岔路都是一模一样的,她已经分不清楚东南西北了。

随着天色的越来越晚,沙若欣开始冒出一股股的冷汗,她居然迷失在了一条小巷之中!

就在她不知所措的时候,一阵急促的脚步声忽然从某个方向向自己跑了过来。她只看清楚了一道黑影,在被击倒之前,她闻到了一股令人作呕的恶臭……

可云和沙若欣就像是粽子一样,被人紧紧地捆在了一个大袋子之中。

沙若欣先醒了过来,她觉得自己的身体都几乎消失了一般,已经疼痛得失去了知觉。另外一个带有体温的身体软软地压在自己的腿边。她从这个身体上闻到了可云那熟悉的香味,才稍稍松了一口气。

"……丢下去吧……"

忽然从不远处传来一个声音。

黑暗。

沙若欣眼前是一片化不开的黑暗,当她试图睁大眼睛的时候,才发现眼前被厚厚地蒙上了一层眼罩。不仅如此,嘴巴也被胶布紧紧地封住了,身体仍是被捆得紧紧的,无法动弹。

她嘴里"呜呜"地奋力挣扎起来,但是无济于事,沙若欣无法让自己自由起来。

一股令人作呕的恶臭从某个地方传了过来,沙若欣想起来了,那是她在被人击晕之前闻到的那股味道。

她忽然感到全身血液直冲脑门,愤怒至极,挣扎得越发厉害了。究竟是什么人那么大胆,将自己和可云给绑架了!

对!绑架!

沙若欣脑海里跳出了这个词语。

"……丢下去……"一个声音轻轻地响了起来。

那是一个女人的声音,没有什么特别之处,口音听上去有点像是边境那边的人。她像是在对另外一个人说话,但是另外的那个人没有说话。

沉默了一会儿,沙若欣忽然听到那个女人的声音再次响起:"什么?她是警察?"

显然,他们发现了自己背包里的证件。沙若欣暗暗窃喜,这样的话,她和可云应该不会遭遇更坏的境遇。

"……"又是一阵沉默。

大概只有两个人,沙若欣再也没有听到其他的声音。

她又开始挣扎不已,但突然颈部传来一阵猛烈的剧痛,眼前顿时一黑,又晕倒在地……

一束光。

一束柔和明亮的光线渐渐地窜入眼帘,可云恍若一场大梦,慢慢地睁开了眼睛……

她看到了面前的一个男子,正低着头安静地翻看着手里的一本书。

可云疑惑了,不由自主地嗯了一声。

男子抬起头来,惊呼一声:"可云!"

可云呆呆地看着眼前的刘豫,她不明白为何自己会躺在医院的病房里?

"你们晕倒在黑灵镇的一处房子里……有人报了警……"刘豫轻轻地将她扶了起来,可云闻到了他身上一股清新洗发水的味道,心里不觉慌乱起来。

"沙沙呢?"可云这才想起来,四处张望,看到了旁边病床上仍在沉睡中的沙若欣,心里才暗自松了一口气。

"房子?"可云皱皱眉头,她觉得好像不是这么回事,不知为何她忽然想起了那股恶臭,不由自主地干呕起来。

"来,喝点水!"刘豫递过来一杯温开水,关切地看着她。

可云接过水杯,一口气便喝光了。

"我被人打晕了……"可云镇定了片刻之后,陆陆续续地将发生在黑灵镇上的事情说了出来。

第四章 暗夜之灵

刘豫一言不发,沉思不已。

等可云完全说完之后,他抬起头来,若有所思地看着她:"你……没有什么事吧?"

可云摇摇头,眼神瞥向一旁的沙若欣,神色担忧起来:"我只是担心沙沙,她当时追那个人去了!"

"你这一次……"刘豫用手示意了一下大脑,"这里没有受影响?"

可云摇摇头,忽然愣住了,她似乎从刘豫的话语中听出了什么。

"我很好!"她的神色黯淡下去,"这一次没有受伤……"

刘豫点点头,笑了一下:"别乱想!我只是好奇,你还没有回想起上个月的事?"

可云看了看他,有点不知所措:"我……我也不知道……"

"好的,没关系!慢慢来!"刘豫伸手摸摸她的头,"我只是想帮助你回忆起上一次的经历……"

可云没有说话,她自己也不明白其原因,那一段历史就像是被人为地用某种特殊橡皮擦去了一般,似乎找不到半点可追忆的依据。原本以为再次去探险黑灵镇对自己恢复记忆有帮助,但是现在看来,似乎没有半点熟悉的景象,除了那座像底片般闪烁在脑海里的房子,就再也想不起当时的情形。

"那座房子里好像有什么人似的?"可云皱眉努力地回想道。

"房子?"刘豫的眉头高高地挑了起来,他看可云的眼神中似乎还带有一些别的什么东西,可云无法猜测。

"嗯……"一旁的病床上传来一声低低的呼声,沙若欣醒过来了。

她也诧异于眼前的一切,当她的目光望向一旁的可云和刘豫的时候,差点从床上跳了起来:"可云!可云!你没事吧!"

"别激动啊!沙警官!"刘豫急忙一把摁住她,小心地将她手腕间的点滴针管恢复原位。

"嗯?你是谁?"沙若欣有些奇怪地看着眼前的这个陌生男子,总体看上去还不错。

"他是我的……朋友啦!"可云急忙介绍。

"朋友?"沙若欣看看刘豫,又看看可云,她脸上流露出来的那种羞涩忽然让她明白了什么。

"哦……原来你就是可云那个……"

"沙沙!"可云猛地大叫,打断了沙若欣的话语。

沙若欣一脸坏笑地看着可云憋红了的脸,笑得越发厉害了:"不打自招了!哈哈……"

可云的脸忽然阵红阵白地,尴尬得不知如何是好,索性一把拉过被子将头蒙了起来。

"要不你们谈?我先出去抽口烟?"刘豫笑了起来,站起身来走了出去,然后将门轻轻地关上了。

"你真是浑……"可云一屁股坐了起来,差点没将床头柜前的水杯扔过去。

"直接跟他说不就得了,干嘛弄得自己这么辛苦?"沙若欣翻翻眼皮。

"你真是!"可云不想跟这个男人婆继续废话了,将话题转移开去,"对了!你最后是怎么回事?是你送我来医院的?"

"我?"沙若欣的记忆慢慢浮出脑海,将被人袭击的事说了出来。

"我也是啊!"可云惊呼一声,"那个人身上有一股臭味!"

"但是后来……"沙若欣想起第二次被袭击的情形,浑身不寒而栗。

"你是说……有人想谋财害命?"可云瞪大了眼睛,身体颤抖起来。如果沙若欣说的是真话,那么她们已经在鬼门关前转了一圈了。

"具体不清楚,我听见他们说'警察'什么的……"沙若欣神色凝重,"我估计是看到了我的证件,才不敢动手,否则不知道要被他们丢到什么地方去了!"

"丢下去!"那个苍老的声音让她浑身发冷。

两人忽然各自沉默起来,这件事看上去还是挺诡异的,两人心中都同时产生了一种不可言喻的恐惧感。

"咚咚!"房门响了起来,门上的玻璃窗前露出了刘豫的笑脸。

"怎么样?交流完了?"刘豫笑眯眯地走了进来,忽然从身后拿出一只保温桶来。

"我做的味道大概不如你们,就请将就吧!"他将两碗香气扑鼻的汤药递给沙若欣和可云,然后起身,"我还有事情要赶回报社!你们好好休息,明天我再来!"

第四章　暗夜之灵

等刘豫离开之后,两个人狼吞虎咽地将保温桶里的汤药一扫而光。

将保温桶里最后一滴汤汁倒进肚子之后,沙若欣长吁了一口气,望着一旁若有所思的可云,她忽然想起了一件事。

"对了!你以前向刘豫提起过我吗?"沙若欣冷不防地问了一句。

可云的思绪被打断:"什么?提过一点!怎么了?"

"哦!我还以为他未卜先知呢!"

"为什么这么说?"

"他刚才叫我沙警官来着!"

可云愣住了,她想不起来自己什么时候对刘豫说过沙若欣是警察这件事。

第五章　古怪山庄

接到莫愁的电话时,可云与沙若欣刚刚出院不久。她按照要求将已经制作完成的DVD和数码相机都带到了办公室。

莫愁的公司没有设在市区,而是在靠近城市边缘的一座山头上。

那里本是一处著名的旅游景点,但是由于经营者不善管理,几年前濒临倒闭,不得不将这座私人开发的小山庄以超低的价格卖给了莫愁。现在,这座山庄便在莫愁的手中,变成了一处环境优雅的办公地点。

虽说是办公地点,但是二十几座三层高的办公楼均匀地散布在山庄的各个角落,每一幢办公楼之间,都有一条水泥路相连,除此之外,其余的地方均是芳香怡人的绿色植被,环境几乎不亚于任何公园。

可云第一次来到这里的时候,惊诧于眼前所看到的一切,心里万分羡慕在这里工作的人。

红色的夏利车已经被完整地送回到了她的寓所,她不知道刘豫是如何办到的,问了几次他只有简单的一句话:"通过朋友帮忙找到的。"可云知道他的脾气,也就不再多问了。

当她的车从入口处通过严厉的检查之后,心里才松了一口气。这里什么都好,就是防范过于严密,进入办工区的入口处,有数十名保安,神情严肃地检查

第五章 古怪山庄

着进入的车辆及行人,如果不是知道内情,旁人一定会以为这里是一个军事基地呢。

其实,莫愁集团,不过就是一家上市的房地产集团公司罢了,市里无人不知,无人不晓,但是一个房地产集团的内部何以如此防范,倒有点让人好奇了。

可云很能理解这些有钱人的怪癖,像莫愁如此年轻却又身价上亿的女富豪,不管怎么说,她的那些来历不明的家产,似乎都有点难以解释清楚。不过就算如此,也并不妨碍她的楼盘在各地疯狂销售的事实。

一旦资产由黑转白,几乎就没有什么人能够去探寻资产的来源,而是在考虑如何与她合作的问题了。

四处弥漫的青草香味透过车窗飘进来,可云深深地吸了几口,顿时觉得神清气爽。

沿着水泥路缓缓地朝山头最高点驶去,那里唯一的一幢五层楼高的哥特式建筑是整个山庄的焦点,也是莫愁专属的办公地点。

当可云的小车正欲转弯的时候,一个身影忽然猛地从一旁灌木丛里冲出来。一个急刹车,可云的脸颊差点贴到了车窗玻璃上。

那是一个女孩!

一个身穿白裙的女孩,正呆呆地站在路中央,怔怔地望着可云!

女孩的年纪很轻,看上去不到二十岁,脸上流露出一种奇怪的神色,那是一种令人惊异的神色,近似于痴呆儿的木讷和呆滞!

可云急忙下车,朝女孩走去。

女孩忽然"嘿嘿"地傻笑起来,指着可云的红色小车:"嘿嘿……嘀嘀……嘀嘀……"

可云回望一下自己的车子,忽然明白了女孩的意思,她口里的"嘀嘀"可能是指汽车。

"小姑娘……你没事吧!"可云更关心的是女孩的安危,尽管她及时刹车,但是仍然担心女孩有没有被擦伤。

女孩毫无反应,仍是傻笑着"嘀嘀"说个不停。她的表情看上去与痴呆儿无异,但是整个脸庞却是异常清秀。可云弯下腰,检查女孩的身体,看上去似乎没事,但是当她看到女孩臀部的位置时,忽然愣住了!

白色的裙子上,有一滩红色的血渍!

可云被吓了一跳,又看看女孩,她似乎没有什么痛苦反应,应该不像是受伤的样子。

一个大脸盘的中年女人连忙跑过来,身上穿着莫愁集团的员工制服。

"小林!你怎么又跑出来了……"中年女人的神情颇为担忧,看到可云不知所措的样子,急忙道歉,"对不起啊!小姐!小林是不是又冲过来看汽车了?"

可云似乎明白了,这个名叫小林的女孩,一定经常在这个地方忽然冲出来,拦住来往的车辆。

小林仍是望着可云的车子,无动于衷地傻笑着。

"没什么,大婶,只是,小林这里……是怎么回事?"可云对小林忽然产生了一种难以言喻的感情,这一点,连她自己也感到有些莫名其妙。

中年女人看了看女孩身上那摊血渍,摇摇头:"这孩子,一定又是来潮了……她根本不知道自己是个女人……"言语中,对女孩也是充满了无限的同情。

可云看着小林秀丽的脸庞,忽然想到了什么,从手袋里拿出一包女性用品递给了小林,柔声道:"小林,给你用这个,你知道怎么用吗?"

小林缓缓转过头来,看着可云,眼神仍是呆滞的,但是在某一瞬间,可云似乎从中看到了什么!

忽然,小林将那包女性用品抛向空中,嘴里"哦西哦西"地乱叫着,朝一旁的另一条林间小路跑去了。

中年女人尴尬地朝可云说:"对不起啊!小姐。小林是个痴呆儿,她没法理解这些……"

"没关系……"可云望着消失在树林里的白色身影,心里叹息不已。

来到办公楼的时候,莫愁已经在顶楼的空中花园里等她了。

整个楼顶花园被玻璃围栏围了起来,正中央有一座木制的小亭子,周围则用各种色彩艳丽的花卉围成了几个抽象的几何形状,间隔之间用细碎的小石子拼成了几条小径。

莫愁着一身简单的白衣,已经坐在亭子中央了。她此刻正在专心地阅读茶几上铺开的一张纸,看上去像是一张地图,黑白简单的线条,有点类似古图。当

第五章 古怪山庄

可云走过去的时候,她便示意身旁那个高个女子小心地将地图收了起来。

当地图被收起来的时候,地图的右上角出现了一个黑色的狼头图案。

看到可云惊奇的目光,莫愁笑了起来:"怎么?姜记者也喜欢研究古代的地图?"

"哦……不是,只是觉得那个图案有点熟悉!"可云一时想不起来在哪里见到过。

莫愁不动声色地观察着可云:"那大概是你以前见过的?"

可云想了一会儿,抱歉地一笑:"真不记得了!"

"姜记者,来……请坐。"莫愁岔开了话题。

高个女子又端来一盘精致的点心和一壶弥漫着浓香的茶水。

"我喜欢喝茶,你呢?"莫愁笑盈盈地看着可云,可云也只好点点头。

"姜记者,你都做好了?"莫愁指了指一旁的DVD播放机和小电视机。

可云闻言忙将DVD放入机子,屏幕上开始播映婚礼当晚的画面。

莫愁看得很专注,给可云的感觉,她更像是在观赏旁人的影像,而非她自己的。

"你应该多给他一些镜头……"莫愁指着画面上那副金光闪烁的面具。

"我想,新娘子那么漂亮,才是焦点所在啊……"可云笑了笑,她有点不明白莫愁的意思,她给的镜头,都是围绕着两个人的。

"不过没关系,做得已经很好了!"莫愁淡淡一笑,抿一口茶水,望着镜头里出现的新郎的全身画面微笑不止。

镜头刚好沿着陈易泉的全身做了一个特写,从神采焕发的面容,一直到笔挺的双腿,他的样子,几乎可以媲美国际男模了!但他脸上的那副面具,却让可云心里不舒服起来。

莫愁似乎对这个镜头感到颇为满意,嘴角露出的微笑让可云忽然想到了草原上的狼!她的样子,更像是一只发情的母狼!

可云不知不觉间浮想联翩,当她想到莫愁和陈易泉两人在床上的情形时,猛地打了一个寒战!她仿佛看到一只热情澎湃的母狼扑在一头羔羊身上!

"对了,我的司机那天转交给你的东西……你收到了吗?"莫愁忽然收回目光,望着她。

"收到了,谢谢莫董。"可云忙将思绪拉回。

"那就好,你知道该怎么做了吧。"莫愁为可云拿了一块奶油点心。

"嗯,这是摄像机!里面还有原始影像,您以后还可以慢慢欣赏……"可云急忙将摄像机递给了一旁的助理,这台摄像机是莫愁在婚礼前出钱让可云购买的。

"你做得很好,姜记者!"莫愁笑笑,又抿了一口茶水,"以后我们公司有什么活动,还可以请姜记者来帮忙吗?"

"当然可以!"可云笑笑。

莫愁将视线收回,望向楼顶花园外的山头:"姜记者喜欢我这里的布置吗?"

可云暗自松一口气,不知为何,她被这个女人注视的时候,总感到万分紧张。

"这里啊……很好啊!不比植物园的环境差。"可云并非恭维她,而是出于真心话。

莫愁忽然浮现出一个奇怪的微笑:"你……真的什么都不记得了吗?"

可云懵住了,不知道她说的这句话是什么意思。

"你刚才说什么?"

"没什么,算了……"莫愁起身,朝一旁的花丛走去。

可云感到有些莫名其妙。

"过来看看……"莫愁向疑惑不解的可云招招手,那是一丛色彩艳丽之极的花,但可云却叫不出名字。

"知道这是什么花吗?"莫愁转过身来问道。

可云摇摇头。

"这个啊……是罂粟!"莫愁笑了起来。

可云感到非常意外,她看看那些艳丽异常的花朵,这些花给她一种说不出来的怪异感。

"不喜欢是吗?"莫愁瞅瞅她,微笑道,"是不是将它们和那些毒品联想起来了?"

"这个……"可云不好回答。

"其实,这些花朵本是没有任何害人欲望的,只是因为它们与生俱来的独特

第五章 古怪山庄

麻醉性,才被人利用,用来牟取暴利。"莫愁似乎在哀叹这些被称为"毒药"的花朵的命运。

可云似乎也觉得她的话有些道理。

可云的注意力很快被转移开去,因为她看到了一个白色的身影!

小林不知从哪里又跑了出来,正在不远处的一簇花丛中摆弄着什么。身后那滩红色的血渍在绿色的灌木丛里,显得有点触目惊心。

可云的心里顿时别扭起来。

莫愁沿着可云的视线望过去,轻轻地叹了一口气:"小林是不是跑去拦你的车了?"

可云点点头:"嗯……她……"

"她是我妹妹……"莫愁的声音有些哽咽了。

可云有些诧异,看着莫愁微微红了的双眼,一时之间不知道该说什么好。

"幸好有你这个姐姐。"可云似乎只能如此说了。

莫愁微微叹一口气:"我也只能如此了。看了多少国内外的专家学者,都不能医好她的病。唉……"

可云轻轻地拍拍莫愁的手背:"你能如此,也是尽力了……"

这时莫愁笑道:"是啊……除了我,她在这个世上,已经没有任何亲人了……"

小林抬起头来,望向莫愁和可云,眼神仍是茫然无措。

不知为何,可云的心被小林的眼神紧紧地揪住了。

莫愁将她送到停车场,可云看着她,欲言又止。莫愁似乎察觉出了可云的异常,轻轻地拍拍她的肩膀:"怎么?有话想说?"

"我……"可云看着她笑盈盈的眼神,到了嘴边的话又给生生地咽了下去:"我……挺喜欢小林的……"

莫愁意味深长地看了她一眼:"谢谢……"

可云松了一口气,想说的话始终没有说出口,那是关于莫愁丈夫脸上的面具!

带着一种怅然,可云离开了莫氏山庄。

傍晚时分的山庄,渐渐被袭来的夜色弥漫,就像一个独立王国,莫氏山庄以它独特的面容,傲立在喧嚣的闹市之巅。

　　沙若欣和宋城航原定的蜜月被延期之后,她便立刻回到了局里,开始了忙碌的工作。一方面是为了结束短暂的家庭主妇的烦闷枯燥生活,另一方面也是为了在宋城航离开之后排遣内心的不快。

　　宋城航远去了东南亚,一直都没有任何消息回来。尽管沙若欣也知道他这一次的会议非常重要,但也不至于忙得连个电话都不来吧,已经整整三天了!

　　沙若欣郁闷地甩甩头,力图将三天前发生的不快给抛开,但是却是徒劳的,她的脑子里始终萦绕着那个令她怀疑的电话。

　　究竟是不是一个女人呢?

　　她在心里问了自己不下一百遍,但是都没有找到答案,烦恼却越来越多。

　　她和宋城航谈恋爱已经半年了,但是两人实际相处的时间,还不到两个月。而绝大多数时间,沙若欣是陪着他在办公室里度过的。她在心底叹了一口气,她一直以为自己很了解这个男人,但此刻想起来却不是那么一回事儿。

　　"沙姐!"一个声音打断了她的思绪。

　　沙若欣抬起头来,看到了一张戏谑的脸庞。

　　"是不是开始想我们队长了?"小李一脸坏笑。

　　"没有啦!"沙若欣本能地反驳道,但声调的提高却出卖了她。

　　"什么事?"幸好她看见了小李手中的一叠资料,将话题转移了。

　　"请你帮忙把这几份稿件打出来,分类归档!"小李笑道,将资料递给她。

　　"知道了!"沙若欣急忙接过资料,打开电脑故意忙碌起来。

　　"嘿嘿!被我说中了!相思那个相思哟……"小李看出来她是在装模作样,离开的时候又坏坏地说了一句。

　　"小心我抽你!"沙若欣故作凶恶。

　　小李离开之后,沙若欣打开了资料开始了在电脑上的整理工作。当她翻到后面的某一页,输入页面上的一行字"……6月17日黑灵镇的车祸调查……"

　　沙若欣手中的键盘停止了敲打,她看着这一行字,心头猛然一跳——

　　6月17日!不正是可云被人发现的那一天?沙若欣又想起那天在宋城航办公室里偷看到的那份卷宗,上面也只是简单地转自交警大队的一些情况说明。那天看到的时候没有细想,为何一份普通的交通事故案卷会放在刑侦大队长的办公室里?

沙若欣的眉头深深地皱了起来,她觉得这里面有点蹊跷,继续翻看小李交过来的资料,却再也没有看到相关的东西,而这一页也只是陈述了一下姜可云车祸的实情,并无再多主观性的赘述。

但是在往后的某一页,沙若欣看到了几份关于莫氏集团的失踪案件。

第一个是王大同的失踪案,他是本市著名的企业家,隶属于资产超过亿元的莫氏集团,是集团的大股东之一,前段时间传闻他和董事长莫愁之间发生了不小的内部矛盾,没有多久,莫愁便神秘地失踪,而紧接着,王大同也离奇失踪。据王大同的年轻妻子道,他失踪的当天,曾有两个穿着黑衣的神秘男人出现在他们那套豪华别墅中,但是具体两人的体型和容貌,却无法看清。

黑衣的神秘男子?

沙若欣觉得古怪莫名,又翻看到后面的内容,眉头皱得更深了。

莫愁也曾经失踪过一段时间,直到今年婚礼前的两个月才又神秘出现。

很简单的陈述,没有过多的描述,沙若欣觉得这两起失踪案件太过古怪,却又看不出其中的联系,心头郁闷极了。

莫愁!

她鼠标在这两个字外绕了几圈,拿起手机拨打了一个电话。电话那头传来一阵齐豫悦耳的《大悲咒》,许久之后听到了一个慵懒的声音:"喂……"

"姜可云!起床了!"沙若欣大吼一声,将那边仍在睡梦中的可云给惊得差点从床边滚了下去。

"沙沙?"可云被惊醒了,吓了一大跳。

"下班后我过来吃晚饭啊!记得出去买菜!"沙若欣有点恶作剧地暗笑着挂上了电话。

可云清醒过来后,看了看时间,已经下午两点半了,浑身酸痛不已,脑袋一片混沌。

昨晚一直待在电脑前查看那个"黑灵镇"的网站,但看来看去也没有看出一点名堂,而越来越多的则是一种令人毛骨悚然的黑暗感,最后关机的时候已经是凌晨六点多了,倒下去一觉便睡到了现在,顿觉得浑身疲惫不堪。

下午六点半的时候,沙若欣拎着两个油汪汪的塑料袋过来了。

"估计你这里只有豆腐和黄瓜,我自己带荤菜过来了!"沙若欣看看餐桌上的几份清淡小菜,撇撇嘴巴,打开了塑料袋将里面的卤菜倒入了盘子。

可云一脸憔悴地扒拉着碗里的饭菜,一副食不知味的样子。

晚饭之后,沙若欣递过来一张打印纸:"你看看这个!"

可云瞥了一眼,抬起头来,眼神有些诧异:"莫氏集团?"

"嗯!"沙若欣点点头,"这个莫愁也曾经失踪过一段时间!"

"你为什么要给我看这个?"可云觉得有点奇怪,这则消息在前不久的报纸上都刊登过了。

"你再看看这个王大同……"沙若欣指指后面。

"……"可云看到那两个黑衣人的描述的时候,浑身颤抖了一下,抬起头来神情渐渐变得惊惧,"怎么……怎么……"

"和你见到的那两个神经病很像是吗?"沙若欣接过她的话头。

可云觉得一阵古怪莫名,看着沙若欣有点不知所措。

"如果我的胡乱猜测恰好是对的,那么我想这两个黑衣人就是你见到的那两个!"沙若欣用一支圆珠笔在纸上画了起来,"那么接下来如果这两个黑衣人就是你见到的那两个,也就是说王大同也见到过……"

"那又如何?"

"而王大同是莫愁的合作伙伴……所以我一直在思考莫愁为何偏偏要请你去帮忙制作她婚礼的DVD……"沙若欣眉头深锁。

"你的意思是莫愁是刻意接近我的?"可云疑惑地看着她。

"不排除这个可能!"

"目的呢?"可云反问道,她觉得沙若欣有些过于神经紧张了。

"暂时想不到!"沙若欣苦笑一声。

"难道……与黑灵镇有关?"可云忽然想到了这一点。

"但是我今天查过了,莫氏集团在黑灵镇上没有任何投资项目或者房产什么的!"沙若欣有些沮丧。

"那不就排除了?这不过是你的一种牵强的想法罢了!"可云耸耸肩膀,在她看来以莫愁这样身份地位的女人,是完全没有任何理由故意来接近自己的。

第五章 古怪山庄

"但是……"沙若欣的脑子有些乱了,但是她仍然觉得莫愁这个女人一定有问题,否则不会将她的失踪的事件放在宋城航的资料中。

"那么你最近还见过她吗?"沙若欣又问了一句。

"有啊!昨天!"可云简单地将昨天送DVD的情形说了一下。

"她有个白痴妹妹?"沙若欣有些吃惊了。

"不是白痴啦!应该是有点智障!"可云有些不满沙若欣的措辞。

"让我想想……"沙若欣忽然想到了什么,她思忖了片刻,抬起头来望着可云笑了起来。

看着沙若欣一脸诡异的笑容,可云有些莫名其妙:"怎么回事……你的样子有点可怕……"

"听我说……"沙若欣凑到可云的耳边,说了一阵悄悄话。

"可是这样……行吗?"可云神情有些惊诧。

"试试看不就知道了!"沙若欣满怀信心地端起茶几上的一杯咖啡品了起来,"不过你要答应我,不能对任何人说起这事,包括你的那个刘豫!味道不错啊……"

可云忧心忡忡地看着窗外的夜色,黑沉沉的云层又将天空遮蔽起来,空气湿度增加,使人顿感一阵闷热,大雨又要来了。

天空一直下着雨,沙若欣是在她这里蜗居了一晚再去上班的。阴郁的天空一直在下雨,可云在家里待了整整一天,给刘豫拨打了两个电话,但都在关机的状态,令她心头烦闷不已。晚上七点以后,渐渐露出了湛蓝的天空,雨终于停了。

"枫林小区"的花园里人渐渐稀少起来,可云这才下楼。她一向不喜欢人多的地方,散步亦是如此,她总要等到小区那些喜欢大声喧哗的人回家之后,才会独自一人在小区内散步。

她本来想回家一趟,但是一想到父亲,怎么也没有了回家的欲望,只是给母亲打了几个电话。

"枫林小区"的花园紧挨着一片山坡,从小区的后门转出去,便可以直接走到通往那片山坡的小路。

山坡上的景色很美,可云自从无意间发现此地之后,便舍弃了小区内的人造景观，经常在晚饭后出来散步。

悠长的小径一直蜿蜒到山坡的顶端，然后转入更深的大山之间。每每从这条小径往绿色深处走的时候，可云的心便会暂时感到惬意，这也是她从事工作以来每天里感到最舒适的时刻。

偶尔会出现一两辆农用车在小径上驶过，那是给山顶上的一座寺院送蔬菜的车辆。其余的时候，这条小径几乎就像是一片净土，没有任何尘世的打扰。

但是，宁静很快被打破。不知从何处出来了几个人，紧跟着可云走上了山坡。可云有些吃惊，这里几乎不会有人来，更何况那几个人的打扮，更是让她诧异不已。

那是三个年轻人，穿着时下流行的窄口紧身牛仔裤和闪着金属光亮的T恤，头发像硬邦邦的扫把，在头顶上晃来晃去。

三个年轻人看上去都不超过二十岁，眼神阴郁，直直地朝可云走来。

可云心里产生了一种警觉，最近治安越来越差，很多沉迷于网络的年轻人为了筹集上网费而四处抢劫、偷窃。

她急忙加快脚步，朝山坡高处走去，只要走到山顶上那间寺院，应该就安全了。

可身后的三人也加快脚步朝自己追来，她有些慌乱，不得不急速朝山顶的寺院跑去！

"快！"她听到身后的一人叫了出来，心中大惊，这三个人果真是朝着自己来的！来不及细想，可云加快了速度。

可能是由于平日锻炼的缘故，可云的速度远远比那三个面色苍白的网虫要快，但是由于慌乱，她跌倒了几次，跑得快的黄发男孩差点就抓住了她。

好不容易看到了寺院的大门，可寺院的大门已经关上，可云用力击打着大门："开门！开门！"

身后的三个年轻人越来越近，"臭女人！害得老子跑这么远！"黄发男孩骂骂咧咧地走了过来，看到紧闭的大门，得意地笑了起来："看你还往哪里跑！"

可云慌乱不已，只得朝寺院另一侧跑去，她知道寺院还有一道后门，希望可以得救。

"追！"身后的三人很快追了过来。

第五章 古怪山庄

转到寺院的后门处,可云看到那扇窄窄的小门后停了一辆农用车,那扇红色的木门正好敞开着。

可云一阵惊喜,快步奔了进去,直直地撞到了一个人身上。

"哎哟……"被自己撞的一人发出叫喊:"小姑娘,你没事吧?"

可云抬头,满脸通红地看着眼前的一个胖胖的出家人,急忙作揖合礼:"对不起……大师……有坏人在后面追我!!"

胖师父朝门外望了一眼,看到了那三个追来的气势汹汹的年轻人,顿时喝道:"站住!"

三个年轻人看到可云被寺院里的出家人护着,觉得强取也不是办法,只得撤退,走前神色阴郁且凶狠地看着可云,冷笑一声:"你等着……"说完便转身离开。

可云惊魂未定地急忙作揖:"谢谢大师!"

之后她搭乘了运送蔬菜的农用车,一直下到"枫林小区"的大门。一路上,未见那三个年轻人的踪影。

"现在这些年轻人啊,不是吸毒就是疯狂上网,太浪费生命了……"听说了可云的遭遇后,农用车的司机感慨道。

可云心惊胆战地在"枫林小区"大门下车,道谢之后便急忙回到了家中,给110打了电话,警察来录口供时,她叙述了当时的过程,并将那几名年轻人的模样描述了出来。

等警察离开之后,几乎快要到午夜了,犹豫了片刻又拨打了刘豫的电话,但依然处在关机的状态,本想又给沙若欣打电话,但一想起她昨晚几乎整晚未合眼的亢奋状态,便打消了这个念头。

可是第二天,当可云看到新闻报道时,几乎不敢相信,不慎将手中的茶杯跌落。

电视上的画面恰好就是在"枫林小区"后门的那个山坡上。在一片树林深处,有三个二十岁左右的年轻人死在地上,身体上有一片血污。

新闻上说,警方在现场还发现了一些痕迹,根据初步判断,这三名年轻人都是死于一种古怪锐器的袭击。

可云呆呆地望着屏幕中的画面,心中的惊讶久久不能平息:那三个年轻人,正是昨天傍晚想要对她行凶的三人！恰在她惊讶之时，警察登门拜访，由于她昨晚的报案和命案有千丝万缕的联系，警察便想找可云了解更详细的情况。警察走后，疑惑涌上心头。

他们为什么会死在那片树林里？而且是在离开她之后。

一种令人窒息的恐惧忽然涌上心头。

手机很不适宜地忽然响了起来，吓了她一跳，看看来电显示，便笑了："喂，刘豫！"

"怎么样，这两天休息得如何？"

"嗯，还不错。"听到刘豫的声音，可云心里顿时缓和了下来。

"不打算回家一趟？"

"这段时间我想整理一下房子，所以……"可云想起昨晚沙若欣所说的那件事，便撒了一个谎。

"哦……"刘豫沉默了一会儿，似乎也不知道该说什么，"那好，我只是问问你近况。"

"要不……"可云冲口而出，"你晚上来我这里吃个晚饭吧？"

"今天可能不行，因为手上还有一堆事情。"他在电话里笑了起来，"大概是少了你这个强将，陈霞将好多工作都丢给我了，我都快吃不消了，哈哈。"

可云有些失望："那好吧。"

"不过，我可以在下班后过来看看你。"刘豫像是听出了她的失落，又改口道。

"那好，来吃宵夜吧！"

放下电话之后，可云心头轻松了不少。

夕阳倾斜，穿过客厅通明透亮的大窗户，透过米黄色的窗帘，照射在整个客厅里，房间里的一切都呈现出奇异梦幻般的景象。她斜躺在沙发上，惊奇地发现原来自己的房间居然如此舒适。

她站起身来，轻轻地撩开窗帘，一阵热浪扑了过来，但可云还是将大窗户打开了，她需要的是新鲜的空气。

整个"枫林小区"的景色就在脚下，此刻已是晚餐时间，大部分的人都匆匆地回家做饭，楼下小区的花园中几乎没有什么人。

第五章　古怪山庄

但是可云又看到了那两个幽灵般的男人!

两个男人仍然穿着密不透风的黑色外衣,戴着古怪的帽子,齐齐地站在一丛灌木中,两张脸同时望向可云所在的方向。

她猛然一惊,差点跌坐在地上。

这两个人真是阴魂不散啊……

她又小心翼翼地看着楼下,那两个人显然引起了小区里一些路人的注意,接着保安过来了,对着两人说了一些什么,两人再看看可云的方向,一言不发地离开了。

可云松一口气,也许自己神经过敏了,这两个人也不一定是冲着自己来的。

天色渐渐暗了下来,八点多了,夕阳的余晖还未散尽,刘豫便已经到了。

可云给他开门的时候,闻到了他身上沐浴露的清香,心里暗笑了一下,这也算是下班后"顺便"过来？感觉他是经过精心修饰的。

刘豫大概看出了可云的猜测,干笑了两声,有些不自然地递给她一盒巧克力:"迟到的礼物! 你住院的时候我买的,忘记给你了!"

可云笑了起来,接过巧克力,回到厨房里,端出一碗银耳粥给了刘豫。她顺手将窗户全部打开,不经意地看看楼下,还好,那两个怪人没有出现。

"你在看什么？"刘豫忽然从身后凑过来。

"没什么……"可云回头一笑,她不想好好的气氛被楼下那两个鬼魅般的东西给扰乱了。

"你的假期那么长,不准备回家或是出去玩一玩？"刘豫风卷残云般扫光一碗银耳粥,放下空碗,满足地说。

"我哪里也不想去,只想在家里好好休息。"可云回答道,她和沙若欣还有一个重要的计划呢。

"对了,海南岛最近的旅行团票价打折,要不要去看看？"刘豫从口袋里掏出一张广告画页,递给可云。

"是吗,"可云心不在焉地接过去,"三亚我去过了啊。"

"九寨沟呢？"

可云抬起头来,笑道:"刘豫,你干嘛这么急着要我出去旅游啊,是不是怕我麻烦你？"她调侃地朝他笑道。

刘豫一愣，神情有些尴尬，随即哈哈一笑："那倒不是。"

"对了，昨天……"可云不知怎么叙述昨天发生的事情，她本不想说，但是此刻却又特别想得到刘豫的关怀，于是便不经意地提了，"你听说昨天我们这个'枫林小区'后山发生的那个案件了吗？"

刘豫抬头看她一眼，点点头："三个无业游民死于非命！"

"他们……"可云心头不觉沉重起来。

"那可能是一个意外，被什么野生动物咬伤了，然后失血过多而死的！"刘豫看看她，"你的脸色不太好，怎么了？"

可云沉默了一会儿，说："我昨天……"

于是她将昨晚发生的事情和盘托出，刘豫的神色凝重起来："为什么他们会跟踪你？"

"我也不知道……"可云摇摇头。

"报警了吗？"

"嗯。"可云点点头。

"那就没关系了，警察会查清楚的。"刘豫伸出手拍拍她的肩膀，安慰道。

"但为什么，"可云摇摇头，"他们当晚就出现了那样的'意外'？"

刘豫沉默了一会儿。

可云叹一口气，"我心里总是有种怪异的感觉！"

"什么感觉？"

"就是这一次到黑灵镇的采访发生意外以后，我身边似乎多了很多古怪的事！"可云抬起头来，眼神中透出淡淡的哀伤。

"你是说，张姐他们？"

"嗯……要不是为了去看我，他们也不会……"可云的眼眶红了起来。

"嗯！据我了解，张姐他们的确是出于意外，因为那架电梯实在是太陈旧了，医院那边正在和家属协商赔偿的事情……这件事你不必太过在意。"刘豫轻轻地伸出手，犹豫了一会儿，还是揽过了可云的肩膀。

她轻轻地靠在他身上，心里顿感一阵温暖，之前两人之间的那种隔阂也就在此刻被消除了。

两人似乎都觉得这是一个难得的机会，拥在一起许久还不肯放开。

打断他们的,是刘豫的手机。

刘豫的神情有些懊恼,打开了手机翻盖:"你好……"

可云有些面红耳赤,故意起身去倒水。

可当她回到客厅的时候,却看到了刘豫阴沉的脸,大概是刚才的电话所致。

"怎么了?"可云有些诧异。

"对不起,我得走了,忽然有点事情,所以……"刘豫立刻恢复了常态,勉强露出一丝微笑。

"没关系。"可云笑笑,将心底的惆怅收了起来,将刘豫送到了电梯口。

"回去吧,将房门锁上,我会给你打电话的!"刘豫将可云推进房间,将门带上。

可云呆呆地站在客厅中央,有些缓不过神来。

窗帘高高地掀了起来,窗外刮来一阵大风,外面的天空中乌云密布,看来大雨将至。

第六章　新郎潜逃

当可云从报纸上看到那则新闻的时候，已经是三天之后了。这三天，她几乎没有开电视，也没有买报纸。

那是一个爆炸性的新闻，新郎陈易泉将莫愁的三百万美金转移之后，就销声匿迹了！而他们的婚姻，仅仅维持了两个月！

几乎各大媒体都争相报道这一消息，各家媒体纷纷派出能干的记者，四处打探陈易泉的各种消息。若是在平时，这样的机会可云一定会去争取，但是此刻，自己正在休假，倒也落了个清闲。但是，可云很快便接到了主任陈霞的电话，让她作为本报社的特约记者，前去采访莫愁。

紧接着她又接到了沙若欣的电话。

"可云！"沙若欣兴奋地看着报纸压低声音道，"这一次可找到机会了！"

"沙沙……"可云犹豫着是否答应她之前的建议，心里有些不安，"这样好吗？"

"可云，你不想弄清楚你失忆那段时间发生的事吗？"沙若欣皱皱眉头，这丫头怎么了，这个时候优柔寡断的。

"但这和莫愁有什么关系？"

"黑衣人啊……那两个黑衣人！"沙若欣提醒她。

"你的想象力也太丰富了吧！王大同家里的黑衣人不一定就是我见到的那两个，而且就算是同样的两个人，也不能代表莫愁就一定知情吧！"可云觉得沙若欣太神经过敏了，只看到一点点只言片语，就武断地下结论。

"你不试试怎么知道！"沙若欣有些恼怒了。

"好啦！"可云也有些不高兴了，"我会看着办啦！"

挂了电话之后，可云的情绪被弄得很低落。事实上，她是不愿意去蹚这浑水的，她不希望这一次的采访结束她和莫愁之间那种微妙的友谊。但工作使然，自己不能意气用事，可云硬着头皮给莫愁打了一个电话，接电话的是她的助理，那个年轻漂亮的女孩子——刘珍妮。

珍妮一开始委婉地拒绝了可云的采访，但很快改变了主意，让她在傍晚时分过去。

可云挂了电话，松了一口气。她知道，珍妮接电话的时候，莫愁一定在旁边，估计是她临时改变了主意。

傍晚时分，可云的车子缓缓驶入莫氏山庄，夕阳的余晖仍在山头上挥之不去，顺着山头往上看去，整座山庄被染成了一片灿烂的金黄，天空中的深蓝映衬着山庄中各种浓绿的植物，一切都是那么浑然天成，那种远离尘嚣的境界顿然呈现在此地。

可云心里暗暗佩服莫愁的独特想法，将自己的办公地点和住宅区融合在这样一个环境之中，闲云野鹤般的日子不过如此！

莫愁的住宅位于山头最高处的二层小别墅，与办公地点之间隔着一排浓绿的高大乔木，四周的视线极为开阔，远远地，可望得见远处被一层灰蒙蒙的雾气笼罩着的市中心。

可云被珍妮带入屋内的时候，被客厅的高大窗户里射过来的夕阳余晖刺痛了眼睛，穿过明亮简洁的客厅，她们来到了后院里，一把太阳伞下，莫愁那动人的身姿正慵懒无比地躺在一张贵妃卧榻上！

可云走了过去，莫愁慢慢起身，身上穿着一件款式简单至极的中袖长袍，上面布满了阿拉伯风格的艳丽花纹，质地很轻，不时紧贴在她身上，将她那曼妙的体形展露无余。

此时的莫愁正如她的名字，愁容满面，眼睛还有些红红的，估计没少哭过。

尽管如此,她看上去仍是让人心动不已。

可云心里半羡慕半妒忌着:像她这样的女人,想要什么都有了,这辈子还需要什么呢?

"你来了,姜记者。"莫愁从一旁的小茶几上抽了张纸巾,轻轻地按了下眼角,声音颤抖不已。

可云看着她的样子,又在心里叹了一口气。老天还是公平的,这样的女人,什么都可以轻而易举地得到,唯独得不到男人的真爱。

"我……"可云欲言又止。

"我知道,你一定是被派来搜集消息的吧。"莫愁调整了一下坐姿,淡淡地说了一句。

"嗯……"可云点点头,"希望你不要介意。"

"不会,怎么会?对于那种负心人,我怎么会介意。"莫愁轻轻地苦笑道。

"莫董……"

"可能大多数人都在嘲笑我呢,养了这么一头白眼狼。"莫愁将旁边一堆报纸递给了可云。

可云大概看了看,上面的报道言辞大多写得极为犀利,安慰她:"这又不是你的错,明明你是一个受害者,这些记者怎么写得这么伤人?"

"算了,可云!我可以叫你可云吗?"莫愁的礼貌有时候让人怪不自然的。

"当然。"可云点点头:"不过我的朋友大多数不赞成叫我这个女性化十足的名字!"

"为什么?"

"她们觉得我更应该叫可恨!"可云笑道,"有时候我的确会让人觉得很可恨的……"

"哈哈哈……"莫愁一愣,继而大笑起来,"可云啊,你可真会逗人呐。"

"莫董……"

"叫我莫愁姐好了。"

"莫愁姐,看到你笑,我的心情也好得多了。"

莫愁之前的那丝忧虑渐渐淡去,她朝可云点点头:"谢谢你,看来,让你来帮我澄清事实,还是有必要的。"

第六章　新郎潜逃

"你打算让我采访你了?"可云感到一阵惊喜。

莫愁点点头:"不过,有个条件……"

"条件?"

"你得陪我吃晚饭!"莫愁朝可云眨了眨眼睛。

晚饭很丰盛,偌大明亮的饭厅,几乎可以容纳二十人就餐,但此时只有可云和莫愁两人,静静地在那张漂亮的水晶餐桌上用餐。

看到空寂的客厅,可云不由得为莫愁感到寂寞了。

"对了,那个小林呢?"她忽然想起那天见到的弱智少女。

"她……她不喜欢在我这里,我让她跟着吴姐,她们住在旁边的员工宿舍区。"莫愁似乎不太想提到小林,说话的时候皱了皱眉。

可云见她如此,也就打住了后面想说的话头。

一顿近似沉默的晚饭之后,莫愁提议在山庄里走走,这建议正中可云的下怀。于是,两人在珍妮的陪同下,朝山头的后方走去。

山头的后方靠南的地方,有一排两层楼高的房子,看上去像联排别墅,估计那里就是莫愁所说的员工宿舍区了。

果然,还在半路的时候,可云就看到了那个白色的身影。

虽说是员工宿舍区,但是除了那个照顾小林的吴姐,可云似乎没有看到更多的人。

"一般有家室的员工,是不喜欢住在这里的,除非加班的时候。这幢房子,大部分是吴姐、小林和轮流值班的保安住!"像是看出了可云的疑惑,莫愁笑着解释道。

"珍妮呢?"可云注意到,珍妮几乎是寸步不离地一直跟在莫愁身后,估计她也一定住在这里。

"珍妮和我住。"

可云又偷偷打量着珍妮,发现她的身形比较高大,手脚也有些粗壮,似乎明白了些什么,珍妮是莫愁的私人保镖。

"嘀嘀……嘀嘀……"小林大叫着朝三人跑过来,冲可云喊道。

"嘀嘀?"可云笑了,指指自己,这个名字倒是有趣。

小林点点头,满脸笑容:"嘿嘿……嘀嘀……嘀嘀……"又伸出手亲热地拉住可云的手腕。

"你好啊！小林！"她被小林突如其来的亲密弄得有些不知所措，但很快便适应了。小林除了脸部表情有些痴呆，其余的地方发育得已经是个成熟的女孩了，她的身上带着一股淡淡的清香。

小林拉着可云朝一旁的花丛走去，那里开满了艳丽异常的罂粟花。

莫愁不动声色地看着小林对可云表现出来的亲热，冷冷地朝一旁的吴姐走去。

吴姐的表情一直是笑嘻嘻的，她看着可云和小林的热乎劲，似乎很欣慰，但是当莫愁朝她走过去的时候，她的脸色稍稍变了。

可云无意中朝莫愁和吴姐瞥了几眼，她有种感觉，莫愁和吴姐的关系，似乎不像是老板和职员之间的关系，倒更像是亲人或是别的什么。

"吴姐一直带着小林，她在某种意义上，更像是小林的母亲。所以，我很尊重她！"莫愁在后来可云提及此事的时候如是说。

但可云的感觉却并非如此，似乎她们之间的关系有点不同寻常，只是她想不到罢了。

和小林、吴姐告别之后，已经是晚上九点多了，莫愁似乎才想起可云来这里的目的。

"可云！我把采访这事给耽误了！都这么晚了，要是你今晚没事的话，不如……住在我这里，我倒可以好好跟你谈谈那个……负心汉的事！"说到这里，莫愁的声音低了下去，似乎带有无尽的忧愁。

可云一直在等着这句话，忙不迭地答应了："没关系，只是不打扰你吧？"

"你想什么呢？你看看，这么大一幢房子，只有我和珍妮，怪冷清的，今天请你住在这里，你可不要嫌弃啊？"

"怎么会？"可云笑笑，如果沙若欣知道她如此顺利地就和莫愁这么接近，怕是要得意地笑了。

"你先洗个澡，一会儿我过来找你……"莫愁吩咐珍妮将可云的东西拿进房间。

这个房间布置得很舒服，设备齐全，有一张宽大的双人床。拉开落地大窗帘后，可以俯瞰整个灯火辉煌喧闹的城市。

第六章　新郎潜逃

而隔壁的山头是一处高级住宅区,那里都是价格超过七位数的豪华别墅,正零星地闪烁着几盏灯光。

左边,隐隐可见小林和吴姐的住处,居然有三个房间的灯光亮了起来,可能是保安回来了。

可云冲了一个澡,打开了笔记本电脑之后,莫愁适时地敲门了:"可云,准备好了吗?"

可云急忙将莫愁让进房间,她换了一身白色的睡衣,玲珑的身材若隐若现,头发自然地垂下,随意地搭在肩膀上,更增添了她那动人的风姿。

可云打开一支录音笔,开始在笔记本电脑上熟练地敲了起来。

"唉……从何说起呢?"莫愁的声音低了下去,"这样的事,我真的很不愿意提及……"

"我也明白你的感受,但是你得站出来啊,把事实澄清,是那个男人负了你啊。"可云一提到那个陈易泉的恶行,就恨不得把他揪出来好好修理一顿,对于男人,尤其是负心的男人,她一直有种抗拒。

"其实……我已经不怪他了……"莫愁忽然站起身来,朝窗边走去,远处的城市灯火依然辉煌无比,亦映衬了此处的落寞。

"为什么?"可云诧异地叫道,"他这么过分。"

"其实,这都是我的错。"莫愁忽然转过头来,眼里含着的眼泪终于掉了下来。这个永远在世人面前坚强的女人,在情感面前,原来也是软弱无比的。

"你有什么错,错的是那个男人。"可云看到莫愁的样子,更是义愤填膺。

莫愁摇头,神色哀怨:"可云,你还小,你不懂,其实,我真的很需要他。我甚至希望,他只是和我开了个玩笑。"

可云叹了一口气,莫愁毕竟还是个女人,不管她外表如何美丽,如何叱咤商场,但终究,她只是个普通女人!一个感情用事的女人!她在心里似乎真的同情起这个女人来了,但对她的反应却感到不可思议。按理说,以莫愁这样条件的女人,想要什么样的男人不行,但为何却偏偏被这个陈易泉吃定了。而如此精明能干的女人,居然轻易地拨给他三百万美金的巨资,这让人有点无法理解。

"你想不明白是吗? 有时候我也想不明白。我想,是不是我上辈子欠他的,这辈子我理应偿还他。"莫愁靠在临窗的沙发上,满脸哀伤,往日那个女强人身上的霸气在此刻消失得无影无踪,取而代之的,是一种无可奈何的失落。

"那么,莫愁姐,你不想起诉他,是吗?"可云不觉被她的哀愁打动,已经完全倒向莫愁一边了,连她自己也搞不清楚,自己为何这么快就被莫愁说服了。

"可云,你可不可以帮我一个忙?"莫愁没有直接回答她的问题,而是反问道。

"什么?"可云想不出来她能够帮得上什么。

"你可不可帮我在你们报刊,登一个寻人启事!"莫愁脸上仍有淡淡的泪痕,但此时,她似乎有了一个决定。

"你……不会是?想要……"可云对她的想法感到万分诧异。

"对!我想要他回来!"莫愁的脸上忽然出现了一股刚毅。

"可是,他那样伤害你,你还……"可云无法理解,至少在她看来,有些东西可以原谅,但是不能超出某种尺度。

"难道……你现在对他,还有爱意?"可云只想到了一个理由,而这个理由,足以摧毁其他的可能性。

果然,莫愁轻轻地点点头:"不仅如此,还有一个原因……"

"什么?"

"我还怀了他的孩子……"

可云瞪大了眼睛,好半天才缓过劲来,望着她那纤细的腰肢,终于明白了莫愁。她叹一口气,这就是女人和男人之间最根本的区别!

于是她点点头:"既然你一再坚持,那么,你需要我怎么帮你?"

"你知道吗?我不怪你,一切我都会帮你处理,只要你回来。我期待你回来,我们的孩子也期待你回来……"莫愁断断续续地说出了几句话。

"就是这些吗?"可云将这几行字输入了电脑。

"对,就是这些话!"莫愁深深地叹一口气,站起身来,朝窗外望去,"希望他看到后能够回心转意。"

可云合上电脑,"我真替你不值啊。"

"别说了!怎么说,他也是我孩子的父亲……"莫愁不由自主地将手掌抚上自己的腰腹,一股母亲特有的柔情在她脸上流露出来。

可云无法再辩驳她的坚持,这样的女人,能否打动那个负心汉呢?

第六章　新郎潜逃

想到那个负心的新郎,可云不由得又想到了他脸上的那副面具。

"莫愁姐!"可云有些怯怯地,"我可以问一个问题吗?"

莫愁看看她,笑笑:"我不是已经将采访权给你了吗?"

"不,这是一个私人问题……"可云看看她,觉得这个时候最恰当,"我想知道,那天你们俩的婚礼上,他……戴着的那副面具,有什么特殊的意义吗?"

莫愁看着她,脸上没有任何表情:"你为什么想知道?"

"我……"可云有些吞吞吐吐的,"其实我想知道的是,那副面具上有个小小的图案,那个图案是……什么含义?"

"我不知道!"莫愁断然回答,"那副面具是陈易泉的东西,婚礼上戴那个东西也是他的意思,那上面有什么我就更不知道了!"她的眼光冷了许多,没打招呼起身走出了房间。

可云愣住了,神情有些尴尬。

"什么?你弄丢了?"沙若欣瞪着眼前一脸歉意的可云,气不打一处来,"我好不容易从老宋那里拿来的宝贝,你居然给弄丢了?"

"真的……对不起……"可云低声下气地抱歉着,"要不下次买一个赔你……"

"那东西是……是买不到的!"沙若欣跺跺脚,差点将可云客厅的茶几给踢翻。"我……我被你给气死了!"

而远在莫氏山庄的莫愁,则看着手心里的一样东西笑个不停:"珍妮,你说这个东西是那个傻丫头的?"

那是一个小巧的窃听器。

珍妮点点头:"那晚我帮她提东西进房间前搜到的!"

"哈哈哈……这个丫头,还真要来这一套?好吧!既然如此,我们可以陪她玩一玩!"莫愁的脸上露出一丝得意的笑容。

她面前的电脑上,出现了一张彩色地图。她用鼠标轻轻一点,一座立体的山头出现在眼前。莫愁紧蹙眉头,点开了那座山头。

第二天不出可云所料,那段真情告白似的寻人启事,在他们报刊上登出独条头刊时,至少有半个城市被轰动了!

几乎大街小巷的所有闲人都在议论这件事,有的觉得莫愁这个女人是个十足的傻瓜,有的则极力谴责那个负心的男人,还有的为莫愁感到不值。这议论的人大部分都是女人,男人们反而似乎都不便讨论此事,有点同为男性的尴尬。

启事在头版刊登了一周,接着在其他版面一直保留着。

在此期间,陈易泉就像是消失在了空气中,再也没有出现过。

一个星期之后,莫愁终于通知报社撤文了。

就这样,这场轰动至极的婚礼过后不到几个月时间,已经没有几个人能想得起这件事了,大家对诸如此类的新闻已经见怪不怪,失去了刨根究底的耐心。

只有一个人还在关注着这件事,那就是可云!

这几天,她和莫愁都保持较为紧密的联系,在电话里听莫愁说,她的妊娠反应已经过了最厉害的那段时间,接下来的其他日子,她几乎都待在山庄里,所有的商业事务,她已经交给手下几名经理去处理了。这一切,也都是莫愁的意思。

沙若欣知道此事之后,原谅了可云之前的大意,一直和可云保持着紧密的联系。

在此期间,可云去过山庄好多次,有几回还是陪着莫愁住在那里,只不过她们俩的谈话内容里已经没有了关于陈易泉的任何事情,更多的则是未来几个月要出生的宝宝。

莫愁的变化是惊人的。可云发现,她几乎像是在保护自己一样,保护着肚子里的宝宝。为了宝宝的健康,她在患上感冒之后,被高烧烧得差点昏迷,也没有吃一颗药丸。

这天,可云接到珍妮的电话,得知莫愁有流产的征兆,急忙往山庄赶。

来到山庄的时候,得知莫愁已经停止了流血,珍妮和那位医生正在一旁低声说着什么。

"莫愁姐,宝宝……还好吗?"可云望着脸色惨白得接近透明的莫愁,不由得为她捏了一把冷汗。

"还好,控制得早……"莫愁憔悴的面容露出了一丝微笑,"医生说,只要过了这几天,宝宝基本上就安全了。"

"那就好!"可云松一口气,她也由衷地希望莫愁能把这个宝宝顺顺利利地生下来。

第六章 新郎潜逃

医生走后,珍妮走了进来,轻声道:"莫姐,你放心吧。孩子没事,不过这几天,你不要随便走动了,过了这几天再说……"

"是啊。"可云也点点头。

"可是小林她……"莫愁叹一口气,"我不能拒绝她的要求啊。"

"小林?怎么回事?"可云有些诧异。

"小林今天硬拉着莫姐陪她去摘那些野生的草莓,就在后山那儿,莫姐一失脚,就从山坡上摔了下去,所以……"珍妮解释道。

"哎呀!这怎么行呢?你都这样了,还去摘草莓?"可云叫了起来。

"摘草莓也没什么啊?别把怀孕想得那么紧张,我只是没有站稳,才摔下去的!这不能怪小林,我偶尔活动一下,也是必要的啊!"

珍妮叹一口气,"要不,我就不去了?"

莫愁立刻打断了她:"这怎么行?你不是一直在等这个机会吗?"

"怎么?珍妮,你要离开?"

"嗯……在东南亚有个武术比赛……"珍妮点点头,但她又看看莫愁,一副为难的样子,"我走了,你怎么办呢?"

"说过了,请一个保姆不就行了。"莫愁有些嗔怪地望着她。

"武术比赛?"可云看着她半晌,忽然转向莫愁,"莫愁姐!要不,这段时间我过来陪你?"

莫愁有些吃惊:"这样啊?但是我怕影响你的工作。"

"没关系,我反正还有二十多天的假期。"可云望向珍妮,"你大概要出去几天?"

"一周!"

"那不就行了!没事!我可以应付得来的!"可云笑了笑。

莫愁和珍妮对望一眼,没有说话。

珍妮还是不放心,仍是从家政公司请来了一个保姆。莫愁的意思也是如此,可云可以住在这里,但是报社那边,也不可以松懈。

可云最后的感觉倒像是有点强人所难了,好在莫愁极力让她留下,才避免了她的尴尬。

夜里莫愁很早就入睡了,可云有点夜猫子的特性,就在十二点半的时候,手机铃声忽然大作起来。

"喂!"可云一看来电,笑了起来,这个傻妞,一定很想知道自己现在的情况,但是一直憋到现在才打电话过来。

"可云啊……"电话那头传来沙若欣的声音,"你在哪里呢?"

"莫氏山庄!"

"她又请你住下了?"沙若欣兴奋的声音传来。

"是啊!"

"那就一定要好好地看看,看看她到底有没有什么可疑的!"沙若欣低声道。

"我知道了!"可云的回答有些敷衍,她可不愿意被莫愁知道自己像个奸细一样在帮朋友监视自己。

"一旦有情况,你就给我电话!我二十四小时不关机!"电话那头传来沙若欣的哈欠声。

"你老公什么时候回来?"可云问了一句,现在她太想宋城航回来了,那样的话就可以把这个天性好事的女人给关在家里了。

"懒得管!前天打了个电话,说是下周。"沙若欣话虽如此,但听得出来她挺高兴的。

"那好啊,婚礼不就可以举行了?"

"嘿嘿……"沙若欣在电话那头笑了起来。

"看来我们宋大警官还是挺被人疼爱的啊!"可云调侃道。

"少来了!谁疼爱宋城航那个大头鬼!我要睡了!"沙若欣哈欠连天挂了电话。

可云也笑着挂了电话。

就在挂上电话的那一瞬间,可云似乎透过敞开的窗户看到了一个怪异的情形!

她看到了一具棺木!

银色的棺木!

确切地说,那是一具闪烁着银光的长方形盒子,看上去非常像欧洲国家的棺木。这具银光棺木在黑暗的树林中显得格外醒目。但情形却是诡异得超乎寻常,就像是飘浮在半空中一样,长方形银光棺木在黑暗的树林中慢慢地移动着,不时地在茂密的树叶中消失,但很快又出现,忽隐忽现飘忽不定。

但很快,视线中那具泛着银光的棺木般的长方形盒子又消失了,就像凭空出现而又凭空融化了一般,可云的眼前又再度恢复成了暗淡无光的树林,参差不齐的树枝如同鬼魅的肢体在暗夜中摇曳。

虽然不确定自己看到的是否真是一具棺木,但是给可云的感觉却非常诡异,浑身的毛孔不由自主地收缩了一下,一股寒意在全身蔓延开来。

可云顿觉浑身冷汗直冒,一种从未有过的恐惧感迎面扑来,那个东西到底是什么?

第二天可云本想向莫愁问一问昨晚的情景,但是几次话到嘴边又咽了下去,她实在不便将昨晚诡异的情形描述出来,那样的话是否会令莫愁这个主人难堪?

第七章　异国遇险

　　沙若欣和宋城航举行婚礼的那天，来的宾客不算太多。宋城航不是个张扬的人，因此就只请了一些较好的朋友和亲戚。

　　沙若欣这一天打扮得非常漂亮，穿着一套纯白色的韩式露肩婚纱，头发被束得高高的，一袭及地的头纱将她的美丽展现得淋漓尽致。可云作为伴娘，同样也光彩照人，一件高腰洋红色低胸小晚装，配着一条同色系的长纱披肩，脚蹬一双金属色的高跟晚装鞋，顿时吸引了婚礼上大多数男士的爱慕目光。

　　在去换敬酒服的途中，沙若欣推搡了一下可云："看到没有，那个是老宋的助手……那个是我们组长……都是单身呢！"

　　可云却显得一副心不在焉的样子，含含糊糊地应了一声。

　　"怎么了？"沙若欣察觉出了她的闷闷不乐，皱皱眉头，"今天可不要扫兴啊！"

　　"没有啦……"可云忽然看着沙若欣，欲言又止。

　　"算了，今天是你的大好日子！"可云忽然换了一副笑脸，"等你们蜜月回来，我再告诉你！"

　　"这还差不多！"沙若欣捏捏她的脸蛋，笑道，"你今天这样子，在我们局里可是大出风头了！嘿嘿！那些男人的眼珠子都要掉出来了！"

第七章　异国遇险

可云白了她一眼："好没个新娘的样子！"两人嘻嘻哈哈地在换衣间里打闹起来。

经过一晚的折腾之后，沙若欣和宋城航终于踏上了远去 H 国的航班。原本宋城航在此期间有个会议要在 H 国参加，局里考虑到他新婚，便做了一个顺水人情，将沙若欣也加入到了会议人员之中。

第二天下午，航班准时到达 H 国的机场，国际会议的主办方派人又开车将他们送到三百多公里外的 K 市。

到达 K 市安排好的酒店时，已是傍晚时分了。

会议主办方工作人员客气地安排了酒店住宿，又交代了未来三天会议的议程之后，就离开了。

"肚子好饿啊……"沙若欣躺在宽大的沙发上，大叫道。

"别急，洗个澡，等一下我们去吃好吃的……"宋城航不慌不忙地准备洗漱的东西。

傍晚时分的 K 市，在夜幕降临之后呈现出一番特有的东南亚风貌。道路两旁的植物高大繁盛，为炎热的气温带来了一丝视觉上的凉爽。

宋城航显然对 K 市较熟，他直接带着满脸好奇的沙若欣来到了位于市中心的餐饮区，在那里，他们饱餐了一顿 K 市较为独特的烧烤牛肉。

K 市的民众看上去祥和朴素，十分友善，要不是宋城航半强迫地离开，沙若欣可能会和小酒馆里会汉语的年轻小老板说到大半夜。

这个城市不算太大，大概半个小时就可以将整个小城逛遍。因此，在宋城航的建议下，两人沿着城中央的一条河道朝酒店方向慢慢散步回去。

河道将这座小城分成了两个部分，城中大多是法式建筑，两旁的商铺多为各种特色的酒店。

夜色渐渐深了，街道上的行人也少了很多，剩下大多数都是旅游者。

酒店就在正前方，沙若欣有些意兴阑珊，她对这个异国小城的感觉非常不错，要不是考虑到明天的会议，她不会这么早就让宋城航拽回酒店。

忽然，前方不远处的街角，传来一阵喧嚣声。

大概是酒后的斗殴吧，沙若欣只看到几个穿着当地人服装的青年男子，正朝地上半躺着的一个人使劲踢去。

地上那个男人已经被打得看不清楚面容,浑身肮脏不堪。他只能用双手抱着自己的头部,使其尽量不受到伤害,已经没有什么体力去还击了。

周围的人大多在一旁冷冷地看着,并小声地议论着什么,但没有一个人站出来制止。

沙若欣有些看不过去了,她正欲上前,却被拉住了。

"你干什么?"宋城航皱眉看着她。

"这还用说吗?你没看见那个人都要被打死了?"沙若欣吃惊道。

"在这里……不行!"宋城航的手劲很大,将沙若欣的胳臂拉得生疼,"别忘了,这里不是中国!"

"不行……你看,那个人那样子,都快不行了!"沙若欣有些急了,地上的那个男人,似乎体力已渐渐耗尽,抱住头部的双手也慢慢滑下。

宋城航回头看一眼,皱了皱眉,无奈地摇摇头,放下了沙若欣的手臂,但将身体挡在她前面:"你跟在我后面!"

沙若欣一愣,继而笑了起来。

打人的总共有三个人,看样子大概是当地的一些混混之流,嘴里恶狠狠地说着一些词语,沙若欣虽然听不懂,但从他们脸上看得出,他们的话一定不干净。

地上那人已经奄奄一息,几乎已经不能动弹。

宋城航的忽然出现,显然让那三个当地人有些吃惊。

其中一个满脸凶悍,大声训斥着宋城航,而宋城航,则冷冷地用本地语和他说着什么。

"这个鬼大头,居然会说本地语?"沙若欣低声皱眉道,显然她对这个新婚丈夫了解得有点不够。

三个当地人在和宋城航对峙了一会儿之后,宋城航从钱包里掏出了几张美元,递给了他们。三人接过,又朝地上躺着的那人啐了一口,便扬长而去。

宋城航朝围观的人说了几句什么,周围的人也各自散去。

沙若欣急忙将地上那个已经面目全非的男人扶了起来:"你还好吗?"

"傻瓜……他是高棉人,听不懂中文……"宋城航笑了笑,弯下腰来。

那个男人看上去应该很年轻,但是此刻已经看不出他的本来面目。只见他

第七章　异国遇险

脸上满是淤青和伤口,半边脸还肿得老高。

"啊……啊……"男人在听到他们对话之后,忽然睁开半只眼睛,神情激动不已,奋力地张开嘴巴,想说什么,但却只发出了一阵奇怪的声音。

沙若欣不解:"你怎么了?"

男人伸出手,紧紧地抓住了沙若欣的手臂,沙若欣被抓得有些生疼,正欲拉开他,忽然看到男人靠近肩膀的手臂上,有一个小小的红色和黑色交替而成的图案,这个图案有点熟悉,但是她却想不起来在哪里见到过。

宋城航则皱眉,观察了片刻,急忙伸出手将男人的嘴巴捏开,脸色黯然:"他的舌头没了……"

"什么?"沙若欣大惊,差点放开了那个男人。

男人继续发出令人惊惧的叫喊声,几乎有点声嘶力竭了,但声音仍是含糊不清,无法说出任何完整的词语。他伸出手,紧紧地抓住沙若欣的手臂,那只唯一能睁开的眼睛里,充满着一种难以言喻的恐怖!

"他……好像在害怕什么,是不是刚才那几个人?"沙若欣看着眼前这个男人,心被揪了起来。

"不是,他是因为偷吃了他们的食物,才被殴打的……"宋城航又仔细观察了他的全身,眉头深深地皱了起来,"只是,他是从哪里来的?"

"看来……我们得寻求本地警方的帮忙了!"宋城航站起身来,环顾四周。本能的反应,他总感觉在他们的周围,有一双眼睛躲在暗处一动不动地看着他们。

果然,一道黑影迅速消失在街头拐角处,宋城航的眉头皱得更深了。

他是什么人?

很快,K市的警方赶到,宋城航与他们简单交流之后,警方决定将这个面目全非的男人带回警局。

两名K市警察过来搀扶那名男子时,他的手绝望般地紧抓住沙若欣的一只手臂,力道之大,让她不觉抽了一口冷气。

男子奋力挣扎着,似乎拒绝被警察带走,而是用一种濒死野兽般的眼神望向沙若欣,嘴里仍是含糊不清地呼喊着什么!

回到酒店之后,沙若欣怎么也忘不了那个男人望向她的那双眼睛!

那种眼神,是一种无法获得希望的绝望!在彻底绝望之后,那双眼睛,陷入了深深的黑暗之中,几乎已经没有了生命!

宋城航似乎发觉了沙若欣的异常,轻轻地揽住她:"别担心,他们会帮助他找到家的。"

"家?"沙若欣摇摇头,"他可能……已经没有家了,我感觉他不像本地人。"

"不是本地人,难道是中国人?"宋城航调侃了一句,继而却被自己的话给惊住了。

"你没察觉出来,他在听到我们俩说话之后的变化?"

两人沉默了片刻。

"我想起来了!"沙若欣忽然惊呼起来。

"什么?"宋城航被吓了一跳。

"那个图案!"沙若欣急切地拉过宋城航的手腕,指着一个地方:"在这个位置,刚才那个男人的手上有一个图案,那个图案我在王芝男朋友留下的书上见到过!"

宋城航的眉头皱了起来:"你是说那个有点像狼头的图形?那本《阅微草堂笔记》里的?"

沙若欣点点头。

宋城航神色诧异:"那个图案怎么会在刚才的男人身上出现?难道他是中国人?或者,那个王易青所谓的出国,是不是来到了这个国家?还有……"

宋城航忽然想到了什么,他立刻转身朝房门走去。

"你去哪?"

"警局!"宋城航穿上一件衬衫,"你不用等我了,我很快就回来!"

"但是……"沙若欣的话还未尽,宋城航的身影已经消失在了门外。

她叹一口气,望向窗外的夜色。

K市河道两旁充满异国风情的酒吧,此刻正在闪烁着暗夜的辉煌。

沙若欣在床上辗转了大半夜都未能入睡,都快三点了,宋城航还没有回来!

她的心开始忐忑不安起来,几乎后悔在他面前提及那个男人的事情。就算是去警局,这两个小时了也应该回来了啊。何况,K市本就不大!

终于,门口传来了门卡的开门声,沙若欣几乎是同时从沙发上一跃而起,直

第七章　异国遇险

奔向门口。

但眼前的一幕让她惊呆了！

宋城航浑身一片狼藉，身上的衬衫已经烂得支离破碎，脸上还沾了一些泥垢，不仅如此，他的手臂和胸口等地方，渗出了血迹！

"天哪……"沙若欣惊呼一声，急忙将他扶着坐下，又忙跑到卫生间，找到一些棉签和毛巾，将他身上的泥污擦干净，然后又从旅行袋中拿出医药包，用仅有的几块创可贴，将那些伤口包扎了起来。

看着沙若欣含着泪的眼睛，宋城航笑着摸了摸她的头发："傻瓜，我没事……那些人比我还惨呢。哎哟！"

"那些人？哪些人？"沙若欣瞪着他，眼神里有些嗔怪，"这里是 H 国啊……"

"不知道……"宋城航皱起眉头沉思，"我刚才从警局出来不久……"

原来宋城航在警局找到了之前被殴打的那名男子，男子可能因为劳累过度，已经在休息室里睡着了。他不好打扰，又不便和那几个 K 市警察交涉，便从警局出来了，准备第二天再来看看情况。

就在他返回酒店的路上，隐隐地，他感觉到身后有几个人！

如果是在国内，他可能没有那么担心，但这里是 H 国，危险的概率远远超出想象。

宋城航有些警惕了，他四处看看，正好一辆三轮车过来了，他招招手跳上了三轮车，径直朝酒店方向驶去。

已经看得见酒店了，三轮车却在一片喧嚣声中停了下来，宋城航伸出头一看，三轮车被几辆摩托车拦了下来！

宋城航缓缓走下三轮车，三轮车司机见状，飞也似的跑掉了。

总共是三辆摩托车，下来了四名穿着 T 恤牛仔裤的本地年轻人。

不多说什么，几名年轻人掏出明晃晃的匕首，直接朝宋城航扑了过来！

好在他的身手也不赖，一边奋力抵抗，一边大声呼救，很快，他们的搏斗引来了周边酒吧里的一些人。

"叫你多管闲事！"那几个年轻人恶狠狠地用本地话骂道，他们也有些头疼，没想到这个看着不起眼的中国人居然还有那么两下子身手，他们四人几乎都伤不到他,反而还被踹了几脚。

警车的鸣笛声响了起来,看着不远处赶来的警察,几名年轻人悻悻地收起匕首,骑上摩托车,朝另一个方向逃去。

宋城航望着远去的三辆摩托车,记住了其中一辆的车牌号码。

将车牌号码告知警方之后,又回警局做了笔录,他这才回到了酒店。

"这么说,是那几个打人的小流氓干的?"沙若欣听得脸都发白了,在这个曾经动乱的东南亚小国里,什么样的危险都可能遇上。

"不是……"宋城航低头思忖着,"我看不像……"

她小心翼翼地帮他擦洗着伤口:"我们……还是赶快回国吧!"

"那也得开完这几天的会啊。别担心,老婆!可能他们认错人了吧。"宋城航如此安慰着沙若欣,但是他的心里却并非这么想的,很明显那几个人是冲着他来的,而且出手如此之狠,估计是想直接要他的性命。

"就是这个中国人,干掉他!"这是那几个人在袭击他之前所说的其中一句话!

究竟是何原因,这些流氓要置他于死地?

难道,是因为在之前所救的那个男人?

宋城航望着偎依在身旁的沙若欣,深深地叹一口气。

第二天一早,宋城航脸上的淤青还没有散去,但是精神似乎好了很多。

"走吧!有人在楼下等我们了!"他唤着正在换衣服的沙若欣。

"好,我马上就下来!要不你先下去……"沙若欣在衣帽间回答。毕竟是第一次参加国际性的会议,她的心情还是挺紧张的,换来换去,总觉得哪一套衣服都不太如意,早知道这样,来之前去逛几趟商场好了。

"好吧。我先下去,你尽快啊!会议在十点开始,现在是九点二十了,不要迟到了!"宋城航摇摇头,他无法理解女人为什么有那么多衣服还嫌不够。

来到大堂,会议的接待人员已经在楼下等待了。

"您好!我是本次会议的秘书——陈安元。"一位西装革履的年轻人彬彬有礼道。

"您好!你会说中文?"宋城航伸出手,和他相握了一下,这个陈安元看上去很年轻,应该不超过三十岁。

第七章　异国遇险

"是的！不瞒您说,我是本地的华人。这一次特地前来,是做翻译的。"陈安元笑了起来,露出一排皓洁的牙齿,"听说宋先生在你们国家,是一位很厉害的侦探?"

"哈哈！言过了！只是一名普通警察罢了。"宋城航笑了起来,脸上的淤青被扯到了痛处,不觉抽搐了一下。

"宋先生,您的脸……"陈安元这才看到宋城航脸上的伤痕,有些诧异。

"哦……昨晚可能几个本地的小流氓认错人了,把我打了一顿。"宋城航调侃道。

"有这种事?"陈安元面色惊诧,"深感抱歉,在本国您居然遭受了这样的遭遇。"

"哈哈哈……"宋城航开始喜欢眼前这个年轻人了,如此有礼貌,"你不必觉得歉意,这又不是你的错!"

"但是……"陈安元摇头,"唉……"

"没关系。"宋城航笑了起来,眼神却不由得望向电梯口,这么半天了,沙若欣总该选好衣服了吧?

沙若欣终于选好了一套米黄色的短袖小套装,将头发整理好之后,抽出门卡,朝电梯口走去。

电梯门开了,沙若欣走了进去。

"请等一等。"一个清脆的女声从右侧传来,沙若欣急忙按住开门键,一名女子跨了进来。女子非常年轻,也很漂亮,时尚的发型配着颇有女人味的裙衫,让沙若欣有点自惭形秽了。

女子身上的香味非常独特,在狭小的空间里,沙若欣觉得这股香味有点怪怪的,但她说不上来是什么味道。

"你也是中国人?"沙若欣记得她进来的时候,说的是中文。

女子朝她微微一笑,并不答话。

沙若欣有些尴尬,不再开口。

电梯门又开了,进来了两名年轻男子,男子穿着时尚的T恤和牛仔裤,和一般的当地人不太一样。

不知为何,沙若欣忽然觉得电梯里的气氛古怪起来。隐隐地,她觉得那两个男人慢慢地朝她靠了过来,其中一名穿着黄色 T 恤的男子手腕动了动,沙若欣忽然看到了一样东西!

一个狼头的图案!

那个狼头和王易青那两本书扉页上的形状一模一样,只不过整个图案的颜色上稍有差异,王易青的那个狼头是红色的线条,黑色的内容,而这个男人手腕上的文身却通体是黑色的。

正在惊异之间,还来不及思索,忽然,她看到女子朝她笑了一笑,接着两名男子靠了过来,再接着,她觉得腰部猛然被什么锐器刺了一下,顿时失去了意识……

宋城航和陈安元一直等到九点五十分,还未见沙若欣的身影。

宋城航忽然意识到什么,大叫一声:"糟了!"便从楼梯口跑了上去。

沙若欣失踪了!

接下来,在酒店的监视系统中,他们看到了电梯里的那一幕!

沙若欣和那名女子紧靠在电梯朝后的地方,两名男子站在电梯口处。

快到达三楼的时候,沙若欣的身体忽然软软地倒了下去,女子一把扶住她,很快两名男子将沙若欣抬着走出了电梯口,最后的楼层显示,电梯停在了地下停车场。

接着从地下停车场的监视录像中看到,一辆黑灰色的商务车,在上午九点四十五分左右,快速驶出了酒店。

宋城航几乎瘫倒在了监控室里。

由于情况特殊,在宋城航的坚持下,H 国同意了他和当地警方一起行动。

衣衫褴褛的他此刻正缩在一家小饭馆后门的角落里,将头埋得低低地,吞咽着泔水桶里那些残羹剩饭。

他已经几天粒米未进了,从那个地狱般的地方逃出来后,犹如一只无处可逃的丧家之犬,在这个语言不通的异域里苟延残喘,等待着一线生机。

他唯一能够找的人,就是昨夜里救他的那对中国夫妇,似乎只有他们才有可能帮助他回国!

眼前又顿然浮现出那个女人的面容,带着柔美的微笑,但手中却握着一支闪着寒光带血的匕首!

"啪"的一声,他浑身一颤,愤然一脚将面前的泔水桶踹倒在地!

"什么人?"饭馆里的员工冲了出来,只看到了地上一片狼藉,一个身影迅速消失在巷口。

自从他来到这个国家之后,逃跑的速度与日俱增,稍微有点风吹草动,立刻就不见了踪影,这是他这几十天来经历的求生本能。

一切都拜那个女人所赐!

他一定要让她加倍偿还所有的一切,他发誓!

但首先,他得逃离这个人间地狱!

昨晚在K市警局里的那一幕还让他惊魂未定,那些人是来要他的命的。还好他一直装昏迷,直到那个警察悄悄进来,准备用皮带勒死他的时候,他猛地一脚踹在了那个警察的下胯,趁着那警察捧着下身命根倒地狂呼之际,他逃了出来!

他一直在这片混乱的闹市里游荡着,他想再次遇到昨晚那对中国夫妇,但很遗憾,他一直未能见到他们的身影。

经过一些店铺,他身上散发出来的恶臭让这些店铺的店主都露出嫌恶的神情,当然其中还有中国人。他忽然觉得自己的这副模样,一定会在短时间内引起那伙人的注意,他必须尽快想个办法离开此地!

一想到那帮地狱使者,他浑身就像坠入冰窟,那种透入骨髓的恐惧将他包围起来。

他得尽快找到那对中国夫妇!

旁边的一家商铺里,一台电视机正在对着门外播放着什么新闻,本来这与他无关,但是屏幕上忽然出现的画面让他停住了脚步。

屏幕中有一段看得不太清楚的影像,是在一部电梯里。影像里出现了几个男女,有个女人似乎被其他三名年轻男女抬了出去,之后是一张女人的正面照片,他大吃一惊!

这个女人,就是昨晚出手救他的那个年轻妻子!

照片下方打出了几行文字,位于下面的一行英语,大意是:这名中国籍女子于今天早晨被人绑架,警方正在立案调查,希望看到这名女子的有关人员,能及时向本地警方报告。

他身上散发出来的馊臭让路过的行人纷纷掩鼻,店主不得不出来驱赶,他暗自记下了女人失踪的酒店名称,迅速离开了闹哄哄的市场。

宋城航此刻正在 K 市警局和当地的几名警察交涉,陈安元作为 H 国的代表一直在一旁协助他。

"我想请贵局多派人手,到处找寻我妻子的下落!"宋城航的本地语不是很流畅,他不得不用英语向那名大腹便便的警察局长要求。

局长望向一旁的陈安元,他用本地语翻译了一遍。局长面无表情地对他说了几句什么。

"他说什么?"宋城航听懂了几个词语,大概是"等待"之类,不禁有些怒气了。

"他说此刻警察的人手不够,每一天都要处理很多案件,需要你在此等待几天……"陈安元有些无奈地翻译道。

"浑蛋!"宋城航猛击桌子,瞪着被惊得一跳的局长,愤然离去。

陈安元追了出来:"宋先生!宋先生!"

出了警局,宋城航满脸怒气:"不行!我得自己想办法!陈先生,你可以帮我吗?"

"我……"陈安元看着他一脸的刚毅,愣住了。

回到酒店时,已经是快午夜了,宋城航满身疲惫,但却无法合眼入睡,心头沉重。他不能够原谅自己,不知道怎么为自己开脱,他的新婚妻子居然在自己的眼皮底下被绑架,至今还不知道究竟为何!

他细细地回想起来,这起古怪的绑架案件,似乎与昨晚那几个想置他于死地的小混混有关!但是,那几个小混混绑架若欣的目的和动机何在?

他想不出来,他在国内的确得罪过很多犯罪集团的人,难道是有人泄私恨,追踪他到此地?那么如此一来,若欣的处境极为不妙,甚至会被作为报复的对象被杀害。

一想到这里,宋城航深深地愧疚起来,要是他不答应来开这个国际会议,要是他腾出时间去别的地方度蜜月……可能一切都不会发生!

第七章　异国遇险

在卫生间里,花洒下的水像雨季里永远也停不了的阴郁,宋城航猛烈地用拳头击打着墙上的瓷砖,直到手指关节已经淤青,几处破皮开始流血为止。

这种感觉再度出现,多年前失去林如岚的时候,他也曾经如此疯狂地痛苦过,而如今,历史再度重演,新婚不到一周的妻子很可能就此香消玉殒!

他无法原谅自己!

花洒的水淋湿了他的面容,其中还融合了那不轻弹的男儿泪!

关上水龙头,宋城航冷静了许多,他开始思考这一次特殊的历程,从昨晚开始。忽然他想到了那个男人!

宋城航猛然在镜子前抬起头来,他怪反应得太迟钝,莫非若欣被绑架,自己昨晚的遇袭,与之前所救的那个男人有关?

忽然,他听到了房间里传来的一丝异动。

有人潜了进来!

宋城航轻轻地穿上睡衣,却发现卫生间里没有任何东西可作防备的武器。

他小心翼翼地将卫生间的门轻轻拉开一道缝隙,透过玄关的那面镜子,一个人影出现在他眼帘,令他意想不到的是,这个人影有着窈窕的身影和纤细的腰肢。

这个人是个女的!

宋城航有些吃惊,他蹑手蹑脚地走了过去,女人背影忽然一僵,猛地一转身,一脚朝宋城航腰间飞来!

他急忙躲闪,避开了女人带有狠劲的那一脚,等抬起身来,女人已经猛然拉开客厅里的落地窗,向外纵去!

宋城航大吃一惊,这里是十二楼啊!

当他跑到窗外的时候,却发现那个狡猾的身影消失在右侧房间的大窗户旁,迅速进入了那间房间!

宋城航立刻朝房门冲去,似乎还是晚了一步,他跑到走廊的时候,依然看到的是女人的背影!

紧追不舍赶过去,女人却迅速闪进一部电梯,当他急速赶到的时候,电梯门已经徐徐关上!

电梯门内露出一张面容,看上去非常年轻,但看不完整,因为她眼睛以下的半张脸被一块黑色的布蒙了起来!

宋城航在电梯门关上那一瞬间,牢牢地将那双眼睛记住!其实,蒙住下半张脸意义不大,一个人最有特点的,便是眼睛!对于宋城航来说,这么多年的侦查工作,锻炼出一双金睛火眼,看一个人,基本上不会忘记,尤其是眼睛!

他立刻朝楼梯口奔去,如果他没猜错,这个女人一定直下到地下停车场!他得赶在电梯之前赶到!

于是,监控室里的工作人员发现了一个古怪的现象,一个身穿酒店睡衣的男子,从紧急出口快速跑到每一层,都按下了电梯键!

当宋城航气喘吁吁赶到第五层的时候,便被两名保安给拦住了!

"里面有个女人,刚刚闯进我的房间!"宋城航指着正在下降的电梯大叫。

保安很有礼貌点点头,用英语道:"先生!请您尽快回房间,不要打扰了其他的客人!"表面很客气,但是口气却非常严厉。

"你们……"宋城航瞪大双眼,在电梯"叮"的一声响起的时候,他猛地冲了过去!

电梯门打开了,里面空无一人!

宋城航愣住了,几乎有点傻眼,顿时,他狠狠地击打着自己的脑袋!他想错了——女人不在这部电梯里,一定在某一层换乘了另一部电梯离开了!

回到房间后他将睡衣换掉,迅速又离开了。

K市的夜色正浓,但他已经无法入睡,此刻他必须赶往一个地方,找到那个舌头被割掉的男人!

就在宋城航的身影进入一辆出租车,车子驶离酒店大门之后,一个浑身散发出恶臭的乞丐出现在酒店对面的那条街道。

看着酒店的警卫,又看看自己身上犹如乞丐般的装扮,他已经想到了被那些警卫驱赶的场景。他唯一能够做的,似乎只有找一个隐蔽的角落守株待兔,等待那个失踪女人的丈夫。如果他是一个负责的男人,他应该会在K市多留一段时间。

但是他也不能在此地久留,那些地狱使者就像蚂蚁一样,无处不在。万一被他们找到,那么,就不仅仅是割掉他舌头那么简单了。

一想起在那个密林里的那几天,他浑身开始发抖,那个永不见天日的地狱,

第七章　异国遇险

几乎无人能够逃脱。除了他!

连日来他疲惫的时候,会稍稍找个角落打个盹。但几乎一进入睡梦,他就会看到那幅地狱的景象:被血液染红的雕像;像屠宰场一样的广场;还有那些吞噬人肉的种族……每一次他都不可能睡得太深,每一次都会在一种绝望中惊醒。他甚至可以感觉到,自己体内的生命特质正在慢慢消失。他不知道自己还能坚持多久,也许很快,也许是明天,也许,就在下一秒!

而此刻他唯一能够做的,就是求助于一个真心想帮助他的人。而那个人,应该就是这个酒店里的某个男人!

他找到了一个垃圾桶排列的角落,从里面找到一些已经发馊的食物随便咽了下去,缩在垃圾桶的一侧躺了下去。

还有几个小时才天亮,他得耐心等待。

街道上几乎不见一个人影,路灯的光影在暗夜中照射在地面上。周围的建筑物在微弱的灯光下,呈现出种种奇怪的投影,像极了密林中那些吞噬人类的异族雕像群。那些雕像群在鲜血的浇灌下开始复活,人间地狱被揭开了序幕……

他不得不摇摇头,将自己脑海里那些恐怖的影像驱赶开,浑身像筛子一样战栗不已! 不能再想了,再想下去他一定会疯掉!

他闭上眼睛,强迫自己入睡,但是这似乎是徒劳的,那些恐怖的画面就像这垃圾桶周围飞舞着的苍蝇一样,一直在他眼前不断围绕……

街灯忽然熄灭,整条街道一片黑暗。

他浑身就像坠入冰窟开始颤抖发冷。那种熟悉的感觉再度出现,那是一种令人窒息的恐惧,地狱的使者开始出动了。他知道他们正像猎狗一样,在四处找寻他的下落。他们是不会放过唯一的生存者的,他们要将他带回地狱!

他忽然意识到,那些猎狗就在不远处,他们正朝他的方向找来。

他跳了起来,不能再继续待在这里。他得尽快找到那个能够帮助他的男人。他朝酒店后门走去,希望能够在看门人不注意的时候混进去。

但后门也有保安,而且还有几个摄像头。

他望着那个高悬在围栏处的摄像头又看看身处的黑暗。虽然此刻整条巷子空无一人,但是他知道,那几条猎狗,正伸着舌头在某个地方等着他!

酒店的一名保安也注意到了，门外那个乞丐一直在围着酒店转悠，但是又不敢越雷池半步，不好出去驱赶。

他忽然转过身，在那片看不真切的黑暗中有某个什么人或者东西，在静处冷冷地看着他，就像在看一只即将死亡的猎物！

是的，就是这种感觉！他觉得自己就像猎物一样，被那些地狱使者盯上了，他们可能暂时不会杀他。他们要折磨他，直到将他带回那片密林中的地狱！

酒店的保安忽然发现，那个乞丐的行为变得怪诞不已。他似乎在对着面前的空气做着什么动作，似乎那里有一个看不见的东西在威胁着他。乞丐不断用手臂和腿脚朝前挥舞，像是在与什么人打架，但是那个人却是透明的空气。

"真是个疯子！"看了好一会儿，保安骂了一句，转身进房去了。

监控室里的屏幕上某个角落，那个乞丐还在奋力地与什么东西搏斗。保安已经断定那不过是个精神失常的人，不再理会，与其他人开始闲聊。

屏幕中的男人终于筋疲力尽倒在了地上。一摊深色的血液从他的口中流了出来。监控室里的人依然没有理会，继续说着黄色笑话。

他倒在地上，刚才的搏斗已经让他失去了浑身的力气。他被那些密林中的地狱使者击倒在地。他们用那种古怪而特殊的武器将他击倒，正在暗夜中看着他流血，看着他慢慢地死去。

他口中喷出的鲜血已经将他周身的地方染红。他的神志已经不清晰了，又忽然看到了家乡那片湛蓝的天空；那片绿油油的树林；还有那个梳着羊角辫的女孩。那是他青梅竹马的未婚妻……再接下来，他的眼前慢慢变暗，陷入了地狱永久的黑暗之中！

鲜血在他的四周蔓延开来，他的身体已经僵硬，再也没有了一丝动弹。

暗夜中有几个影子，一直静静地观察着他的一举一动。在他的身体永久地静止之后，就像鬼魅般，飘忽着离开了。

酒店监控室里的保安回过头来，看到了地上一动不动的乞丐，才意识到出事了。

警察很快赶了过来。乞丐已经死亡，身上发现了好几处伤痕，就像是被什么锐器拉开，心脏部位被什么东西刺破。

尸体很快被拉走，作为无名尸被警方送进了警局里的停尸房，等待其家属

第七章　异国遇险

的认领。

宋城航从警局出来的时候,与那个被蒙着一块布的尸体擦肩而过。他刚刚得知,前一天被送进来的那个男人,居然袭击了一名警员之后逃跑了!

像这样的一个人失踪之后,就如大海捞针般根本无法寻找。宋城航后悔自己的迟钝,他觉得此刻应该从另一个地方入手,他得寻求陈安元的帮助。

清晨时分,陈安元被电话叫醒。

"你好!宋先生!"尽管被惊醒了睡梦,陈安元依然彬彬有礼。

"你好,不好意思,这么早就打扰你。"

"没关系!"

"陈先生,你能帮我一件事吗?"

"说吧!"

"可不可以帮我找一找,在K市附近较大的犯罪团伙的名称和地址……"宋城航望着正前方慢慢变得发紫的天空。新的一天刚刚开始,他的心里却异常沉重。

"这个……我尽量吧,但是宋先生,你还是考虑一下与本地警方配合吧,一旦涉及到有关部门,可能就不好办了……"陈安元提醒他,他能够理解他的心情,但是在这个国家,他不能自己擅自行动。

"我明白你的意思,我不会连累你……"宋城航只能孤注一掷了。

陈安元沉默片刻:"你明天等我的消息。"

"多谢!"

挂上电话之后,宋城航强迫自己睡了一觉。他必须得保持体力和精力,此地不是国内,他的一切只能靠自己。

一觉醒来之后,已经接近黄昏时分。

宋城航随便吃了些东西,便开始在那片混乱的市场里转悠起来。他记得,前晚那个面目全非的男人,便是在这一片小饭馆被他们遇上的。他希望能碰碰运气。

随便转了一圈后,宋城航在那些衣衫褴褛的乞丐中没有看到那个男人的身影。他思索了半晌之后,找到一家卖各种工具的店铺,开始挑选商品。

两个小时之后,宋城航带着一大堆东西回到了酒店。

有几本当地旅游指南,上面用英文介绍着周围的景区。宋城航的目的不是这些旅游景区,而是位于K市周围的地理环境。

他细细地用笔标下了几个人烟较少的地方。那些都是道路较少的地区,基本上都是大片的原始树林。

然后他开始收拾今天买回来的一些东西,包括登山探险用的各种工具。最后他又从背包里掏出一柄已经被淘汰了的中国制造的QSB91匕首枪,这种又是匕首又是手枪的武器在他看来,是最为方便的。

这些东西都是他在那个市场里买回来的。手枪费了一点劲,但老板没有因为他是中国人而为难他,还送给了他两盒子弹。

在那个黑市老板口中,他还得知K市的周边,有几个较大的犯罪组织,经常干一些杀人越货的勾当。而当地警方却睁一只眼闭一只眼,任由他们自己去抢占地盘。

"那么,有没有绑架外国人的案例?"宋城航在挑选枪支的时候,掏出国内带来的香烟,递给那个满口黄牙的老板。

老板可能比较喜欢中国的香烟,喜滋滋地接了过去:"这个倒是挺少见的,毕竟这里还是一个旅游区,国外游客被绑架,对国内的影响太大,一般那些人,都只是卖卖那个什么的……"老板用手做了一个手势,宋城航明白那是指海洛因。

宋城航点点头,笑笑:"看来,这里治安还不错啊!"

老板瞥他一眼,笑道:"你是来办货的吧?"

宋城航一愣,继而不置可否地将那盒香烟递给老板:"谢谢你了,回见!"

夜深了,K市也妖娆万分地开始了迷乱的夜生活,灯红酒绿,染红了那片异域。

第八章　神秘梦境

一具火把！

这究竟是怎么回事？可云揉揉眼睛，她确信刚才所见到的那一幕不是幻觉。甚至，她能嗅到空气里弥漫着一股淡淡的焦炭的味道，那是火把燃烧后产生的焦糊味。

可云的胆子不算太大，但是她的那股好奇心却是谁也比不了的。因此，她毫不犹豫地打开手机就着那微弱的光，沿着那股断断续续的焦糊味，朝前走去。

在后山的不远处，她发现了一条深邃无比的通道，望着那条像是一张血盆大口的狭窄通道，可云犹豫了半分钟，还是走了进去！

也不知道过了多久，更不知道来到了何处，可云只知道，这条路是自己从来没有来过的，但是这不是一条新路，尽管在狭窄的通道周围，疯长了许多灌木，但是她仍然可以感觉到这条小路的完整性。那些灌木伸出来的枝叶，就像暗夜里那些精灵的手臂，肆意地拉扯着她那可怜的真丝睡衣。

此时的可云，就像是来到了宫崎骏笔下的神秘世界。在灌木丛的另一头，隐藏着一个不为人知的世界！

但是现实中，丝毫没有动画片里那种神秘的美感，更多的则是一种越来越阴郁的黑暗。

不知道走了多久,终于,那条漫长而曲折的通道结束了,眼前骤然一片开阔!

可云被眼前猛然出现的一幕惊呆了!确切地说,是被吓呆了!

那是一片墓地!

无数的白色墓碑,在月色的照耀下,反射出一片诡异的光芒,几乎蔓延了整个山头,不!那不是山头,而是一片凹地!

在这个像口锅一样的凹地之中,密密麻麻地覆盖了几百座大大小小的白色墓碑,放眼望去,就像是一大片白色的小方块!

一道微弱的火光,隐隐出现在那片凹地中,就像是传说中的鬼火在那片巨大的墓地中闪烁,一个人影在火光中摇曳。

一种深入骨髓的恐惧感顿时从可云那赤裸的脚心蹿起,直到头皮!她浑身开始一阵阵发凉,开始后悔自己的愚蠢行径。

瑟瑟发抖中,可云再也不想一探究竟,准备从原路返回。

临走前她再度瞥了一眼那团将她带至此地的火光,那团鬼火却已消失不见,就像从来没有出现过一样,人影也随即消失,整个墓地忽然又陷入一片黑暗,只有那密密麻麻的白色墓碑,反射出令人心悸的亮光!

可云从来没有如此畏惧眼前的这种白色,这种耀眼的白色,就像是一柄柄锋利的匕首,直达她内心最深处!

可云此刻唯一的想法,就是尽快逃离眼前这个非人的世界,那片凹地,就像是一个未知的恐怖世界,仿佛每一个墓碑下,随时都会跳出一个鬼魂!

跌跌撞撞地,可云身上的睡衣已经被狭小通道中的灌木撕得支离破碎。

就在快要接近出口的地方,可云睡衣上的腰带被什么东西牢牢地拉住了!回头一看,睡衣腰带缠绕在一片乱枝之中!

可云手忙脚乱地回头去解带子,但是似乎越慌乱越是解不开……

忽然,一种前所未有的感觉从她颈后猛然蹿起,她似乎隐隐地感觉到了什么,手更颤抖了,带子更是乱七八糟地被绕在了几根枝叶之上。睡衣的腰带是粉红色的,在手机微弱的灯光照耀下,呈现出一种奇怪的色彩。

忽然,一只手覆上了睡衣的带子!

那不是可云的手,那是一支瘦得几乎没有肉的骨架!

第八章　神秘梦境

一种惨白得接近死亡的皮肤包裹着那支骨架,颤抖着伸向可云那粉色的睡衣腰带!

可云猛一回头,一个黑色的影子映照在她那突然放大的瞳孔中,接着一张白得发绿的面孔靠了过来……

"啊……"可云大叫一声,从床上坐了起来!

眼前一片光明,透过窗帘照射进来的阳光毫不费劲地刺痛了她的双眼。她此刻正躺在柔软的床上,身上盖着散发着温暖阳光味道的被子,周围的环境,还是那么怡人,和她刚刚搬进来时一样。

"可云……"床边传来一声亲切的呼唤,那是莫愁。

莫愁正用担心的目光看着她。

"莫愁姐。"可云大叫一声,紧紧拉着她的手,大口大口喘着气,"我……做了一个噩梦……"

"我当然知道。"莫愁笑笑,"你的叫声把整个山庄都掀翻了。"

"我……昨天晚上……"可云正要说什么,又看了看房间里明亮的环境,却忽然止住了,她没有必要把梦境与现实画上等号。

"现在几点了?"可云浑身湿透,紧张地问到。

"你看看太阳就知道已近傍晚,不知怎么回事,你居然睡了那么久?"莫愁指指窗外太阳,已经西斜了。

"我……"可云无法向她解释在刚才那个梦境之中发生的如同现实般的景象,地狱般的景象。"莫愁姐……我……真的睡了一整天?"

"好像是吧……不过我昨天一大早就去医院检查了,我真的不知道你是不是睡了一天,难道,你自己都不清楚?你的脸色不好,我让阿姨炖了鸡汤,你去洗把脸,赶快下来吃晚饭吧!"莫愁轻轻地摸摸她的脸颊,"这么漂亮的女孩,可不能瘦哦。"

莫愁离开后,可云不由自主地颤抖了一下,不知为何她从莫愁看她的眼神里,看到了一丝令她不安的东西。

保姆大概是回到了自己的房间,可云下楼的时候,只看见莫愁一人独自躺在宽大的沙发上看着电视。

客厅里的一隅,一盏浅浅的灯散发出柔和的光线,但客厅太大了,这盏落地灯的灯光显得格外黯淡,偌大的客厅内弥漫着一种寂寥的氛围。

可云眼前忽然划过昨晚覆在她睡衣上的那只手,浑身不寒而栗,不由得打了一个寒战。她匆匆地将留在餐桌上的饭菜填进肚子。

"怎么?你冷啊?"莫愁注意到了她的举动。

"不是……我……莫愁姐……我昨晚……"可云犹豫着是否把梦到的情形告诉她,却听到她叫了起来:"哟,原来这些母螳螂真的会吃掉这些公的啊,我还以为那是动画片里的情节呢?"

可云不置可否地看着她,最近莫愁在给自己肚里的孩子进行胎教,什么百科全书之类的科教片,统统都被她买了回来。

宽大的液晶屏幕上,正在放着一部关于昆虫的科教知识片,上面是几只昆虫爬来爬去的画面,这让她有点恶心,她不知道莫愁为何会看得如此起劲。

"哦……"可云随口敷衍了她一句。

"看来,这个世界,雄性动物只配提供交配的精子,其他的基本可以忽略掉。"莫愁望着她笑了起来,不知为何,这个笑容让她想起了暗夜中的母狼。

"莫愁姐,我先上去了……"可云忽然有点发冷,急忙起身。

莫愁冷冷地点点头,眼光又转向了电视机的屏幕。

走到二楼的时候,可云忽然又问了一句:"莫愁姐,珍妮……什么时候回来啊?"

莫愁抬起头来,神色怪异地看着她:"可云,你有事是吗?"

"不是……不是……我只是问问。"可云有些尴尬,当初嚷着要过来陪她,可现在居然产生了想早些离开此地的念头。

莫愁笑道:"没关系,可云。你要是有事,你可以先回去,我这里没关系的。"

"别……莫愁姐,我不是那个意思,我会陪着你,直到珍妮回来。"可云急忙摆手,逃也似的回到了房间。

莫愁在她的身影消失后,意味深长地笑了起来。

回到房间后,可云反复回想头天晚上的事,自己梦见的那些情形,是真实的,还是梦境?如果是现实,放眼望去,整座莫氏山庄是不可能容纳数量如此众多的墓群的。但是如果是梦境,那梦境中的一草一木却是那样的真实,她甚至可以感觉到墓群里散发出的寒冷的气息。可云陷入了无休止的幻境与现实的

第八章　神秘梦境

纠缠,她就像一只被困在水草中的章鱼,被脑海里出现的幻想纠缠得无法自拔。

可云拨打了沙若欣的电话,当电话出现"该用户已关机"的声音时才想起,她此刻正在 H 国快活地度着蜜月呢!

可云又想到了一个人,刘豫。但是拨过去之后,对方的手机显示不在服务区。

"这个浑蛋刘豫,每次一有事,就找不到人!"可云咒骂着。她实在想不起来在这个时刻,该将这桩怪诞的事情告诉谁。

蒙上被子,可云想让自己忘记这一切而倒头大睡,但是,那只骷髅般的手始终在她眼前挥之不去!

猛然间,她坐了起来,望向窗外的一片黑暗,暗夜中的高大乔木在晚风吹拂下发出沙沙的声响,一种躁动不安的情绪在她体内涌动不已。

换上了一套运动装后,可云悄无声息地下到了一楼。

莫愁早已回房。透过一楼巨大的玻璃窗,一片夜色泻了进来,暗夜中的家具在地上投下一片奇怪的阴影。

一楼的客厅居然被锁住了,可云有些诧异,她又悄悄地朝厨房的后门走去。

尽管后门也被上了锁,但是很容易就被打开了。当可云的身影消失在后院时,一道黑影悄悄地从某个角落里起身,轻轻地跟在了她的身后……

今晚的天气不太好,一片厚厚的云彩挡住了月色的倾泻,只漏下几丝黯淡的光线,洒在这片浓得化不开的绿林之中。

可云身上的运动衣还是单薄了一些,一丝凉气慢慢地渗透到了她的肌肤,说不上来究竟是寒冷还是恐惧。

可云打开了一个小手电,站在后山那片浓密的灌木前,思索着昨晚那极度真实的梦境。

可云再度用手电的灯光朝那处幽密的通道照去,这里宛若进入另一个世界的甬道,悠长而深邃,最深处是一片浓浓的黑暗。

可云咽了咽口水,她几乎想放弃此次的无谓探秘了,她此刻也不知道自己到底为何而来,寻找什么?她唯一的目的,就是要证实那晚自己并非是在梦中!

"有事吗?"一个声音忽然在身后响起,可云的心脏都几乎停止了跳动。

她猛地转过身,看到了一个女人,正用一种奇怪的眼神打量着自己。可云认出来了,她是吴姐,小林的保姆。

可云被惊得有些结巴:"吴……吴姐!"

吴姐笑了起来:"抱歉!姜小姐,吓到你了!"不知为何,她笑起来的样子让可云有点发毛。

"嘀嘀……"一个幼稚的声音从右侧传了过来,可云不用回头就知道小林来了。

果然,小林满头大汗地跑了过来。她一过来便热情地拉着可云的手臂笑个不停。

吴姐的脸色稍稍变了一下,但很快便恢复了笑容:"姜小姐,这么晚了,你应该回去休息了!而且,这里不是你来的地方!"说完便强行拉着小林的手迅速离开了。

"不要!不要!有鬼!"小林奋力甩开吴姐的手,大叫着。

"别闹了!"吴姐厉声吼道,并立刻回头朝可云歉意地笑笑。

小林也回过头来,朝可云做了一个鬼脸,大叫一声:"鬼来了!"

吴姐迅速拉着小林沿着一条小径离开了。

可云心有余悸,还未从刚才的惊吓恢复过来,眼前便消失了吴姐和小林的身影。

她呆呆地望着她们消失的方向,又望望后山方向深邃的树林,刚才那番探秘的心情顿时消散。

手中的手电快要没电了,忽闪忽闪地发出信号,可云转身朝别墅方向走去。但忽然她发现自己的右手手心里多出了一样东西!

那是一个小小的塑料玩具熊,通体鲜黄色,摸上去质地软软的。

可云哑然一笑,一定是刚才小林遗留下的。这孩子一定是刚才忘记了,但是为何会放在自己的手心?

可云无法找到答案,只好将玩具熊收好,慢慢地朝别墅走去。

一夜无眠,可云醒来之后,发现天色已经大亮。

她洗漱了一番,打开房门,朝楼下走去。

阳光透过那扇落地窗照射在明亮的客厅之中。餐厅里的餐桌上,还有一份没有动过的早餐,就像是特意留给可云的。

第八章　神秘梦境

莫愁好像出去了,保姆也没了踪影,偌大的客厅里只有可云一人,这让她有种置身于一个华丽坟墓之中的感觉……

"可云……"一个声音在身后忽然响起,可云被吓得一惊。

回头望去,莫愁正面无表情地站在她身后,冷冷地望着她。

"莫愁姐……你……从哪里出来的?"可云有些诧异她如同幽灵般的行径。

莫愁望着她,神情有点奇怪,没有回答她的问题,而是在一旁坐下。

"对了,莫愁姐……昨晚我……"可云犹豫着是否要将昨天见到的情形说出来,却被莫愁打断了。

"可云!你今天就离开吧。"

她愣住了,万万没想到莫愁会如此直接!一时她有些张口结舌:"怎……怎么了……"

莫愁望着她,眼神里的某样东西在闪烁,口气缓和下来:"我太累了,你还是回去吧……"

"但是……但是……"可云本能地感觉到,莫愁一定是有什么为难之事,才会如此让她离开,"我答应过珍妮……"

莫愁摇摇头:"没关系的,有保姆在的,我可以很好地照顾自己……"

可云望着她,不置可否,继而又说:"莫愁姐,是不是你有什么事……"

"不必再说了!"莫愁的声音忽然提高,几近粗鲁地打断了她的话,站起身来冷冷地说,"可云!你最好今天就离开这里!"

可云咬住嘴唇,一股屈辱慢慢涌上心头,她缓缓地站起身来,点头道:"好……我马上走!"说完立刻冲上二楼。

莫愁的神情依然冰冷,头也不抬,慢慢朝后门的花园走去。

可云胸口几乎像是燃着一团火焰,憋着一股气收拾着行李。东西不多,很快她就提着旅行袋走了下来。

客厅里又是一片寂静,她看到莫愁正躺在花园的躺椅上,优美精致的侧面愁容满面。看到她忧愁的面容,可云的心又软了下来,想过去告辞,但似乎面子上有些过不去,便闷闷不乐地从前门离开了。

可云坐在驾驶室里思索了好半天,没有发动车子,她总觉得莫愁今天的行为极为异常,究竟发生了什么事情?

当车子缓缓地开过一片园林的时候,一个白色的身影冲了出来。可云立刻刹车,原来是小林。

"嘀嘀……嘀嘀……"小林满脸稚气地扑了过来,兴奋地朝她嚷着。

可云放下车窗,朝她微笑:"小林……姐姐要走了。"

小林的脸色黯淡下来,摇摇头:"不要……不要……"

"姐姐有事,要离开这里了,以后再来看你……"可云打开车门下车,摸摸小林的头发,将昨晚那只小玩具熊递给她。

小林却摇摇手:"给你!"眼前的小林虽然没有能力照顾自己,但是身上却非常干净,头发也柔顺光滑,散发出一股淡淡的清香。

可云笑了起来,原来这是一份礼物。

"姜记者!"

吴姐笑嘻嘻地走了过来:"你要去上班啊?"她的笑容和昨晚的有天壤之别。

"啊……不是,我……有事要离开几天……"可云不想把自己与莫愁的摩擦让她知晓。

"哦……那什么时候回来?"吴姐表情有些诧异。

"这个啊!因为有个采访计划,所以我也不知道啊!"可云只得赔笑撒谎。

"阿……姐……"小林忽然叫了一声,远远地,莫愁慢慢走了过来。

她的表情依然冰冷无比,冷冷地对吴姐道:"吴姐……让小林不要耽误姜记者,人家有急事!"

可云心中被憋着的火焰又腾地一下跳了起来,她立刻上车,发动了车子。

"这样啊……那么姜记者什么时候回来啊?"吴姐似乎没有意识到两人之间的龃龉,热情不减。

"这个啊……我也不知道啊……看情况了……"可云笑着看着吴姐,眼神又瞥向一脸寒霜的莫愁。

吴姐不经意地回头看看莫愁,似乎明白了些什么,笑笑不再说话,拉过一旁的小林:"乖小林,姐姐要出去了,以后会回来的……"

莫愁朝吴姐望了一眼,眼神里现出了一种奇怪的神色。

可云很快发动车子,离开了莫氏山庄。

回到家之后,可云一直在想昨晚的情形,在莫氏山庄的种种怪诞感觉一直

第八章　神秘梦境

挥之不散。她叹了一口气,努力将脑海里的不快驱赶出去。

洗了一个澡之后,可云打开了电脑,开始整理这几天存储在笔记本电脑里的东西。

望着空白的文档,她不知道自己该写什么,脑子里居然会一片空白。

连线之后,可云习惯性地将网页打开,她再次浏览着那个神秘莫测的"黑灵镇",上面的内容变化得不多,但看到那只狰狞的狼头时,可云的心里忽然有了一种想法。

再次拨打刘豫的电话,但是依然是关机的状态,可云有些愤怒了,他居然玩起了失踪!

可云放了满满的一大盆热水,将自己放进去好好地泡泡,试图将找不到刘豫的失落感驱赶开。

热气渐渐地弥漫了浴室,可云的眼皮耷拉了下来,这几晚在莫氏山庄几乎没有睡个好觉,此刻热水的浸泡让她感到舒适无比,渐渐地闭上了眼睛……

可云忽然发现自己身处一处茂密的树林之中,周围的光影忽然黯淡下来,眼前是一片层层叠叠的密林,一个隐藏得极深的通道在正前方以一种不可抗拒的力量吸引着她。

仅一人高的通道有些狭窄,周围重重叠叠地被无数枝叶包裹着,这里的空气比外面的要潮湿得多,浓密的植物气息润湿了她的鼻息。

要是换在其他的地方,其他的时间,可云一定会对这里超高氧度的空气感到兴奋,但是此刻,这里就像是一条通往异世界的甬道,正通往一个令人心悸的地方——

墓地!

可云越朝前走越感到心跳加速,一种难以言喻的压抑感塞满了整个胸腔,她希望一切都是真实的,但又矛盾地希望这是一个梦境!她忽然想起那只死人一样惨白的手!

她浑身的毛孔开始收缩,似乎有种莫名的东西正在离她不远的地方审视着她,令她惴惴不安!

她在心中千万次地祈祷,那晚看到的那只手只是一个幻觉或是别的,她不希望再次看到那只手的出现!

祈祷似乎起了作用,在长达二十分钟的路途中,可云看到的,只是一片凌乱的灌木枝叶,在手机微弱的灯光照耀下,这些枝叶在狭窄的甬道中密密匝匝的,犹如一层天然屏障,隔绝了与外面世界的联系。

终于,这个闷得让人几乎喘不过气来的甬道到了出口,一阵强烈的冷风从出口处吹了过来。

可云静静地看着眼前那一大片看似不真实的墓地,虽然已经有了心理准备,但仍是冷冷地打了一个寒战!

月色微弱无光,墓地中那些白色的墓碑,仍是淡淡地反射出一片白茫茫的光……

这块墓地有些奇怪,每两块墓地之间的间隔非常小,以至于墓碑之间,几乎没有什么空余的地方,放眼望去,就像是一排排奇怪的豆腐块,有条不紊地排列在这块凹地之中!

可云朝脚下看了看,一条小路从山坡一直延伸到墓地最深处!凹地的四周,是一大排繁盛的高大乔木,密密的枝叶阻挡了外面的视线,这里就像一个异世界的空间,被深深地藏在山头的底部。

似乎有一种神奇的力量在驱使,可云僵硬着身体,朝脚下的那条小路走了下去。

那是一种极为奇特的感觉,随着脚下小路的渐渐倾斜,可云就像是慢慢地从人间走向了那地狱般的深渊……

可云停下了脚步,站在半山腰上,借着手机的光亮四处环顾,这些墓碑像是批量制造出来的,连雕刻的笔迹几乎都一样,上面有"殁于民国二十四年"等字样,但奇怪的是,每一座墓碑上都没有死者的姓名!

无名墓!这是怎么回事?

难道都是无名氏?这样的情形一般出现在战争年代,埋葬死者的人无法得知死者的任何信息,只能如此草率地将死者下葬!

可云放眼望去,整个凹地密密麻麻地布满了面积形状几乎一样的墓碑,大概有好几百甚至上千座墓碑,数目这么大的一个无名墓,让人惊异。

但是在凹地正中央的位置,有几座坟墓稍稍不一样,可云数了一下,总共五座。它们不但墓位要比周围的大一些,连墓碑也要宽大得多。

第八章 神秘梦境

可云处在半山腰的位置,在这些无名墓的包围之下,就像是这里唯一的生灵,浑身上下流动着一种怪诞的美感!

一阵冷风忽然吹过,可云浑身一抖,浑身毛孔开始急剧收缩,打了一个寒战!

手机画面忽然一片漆黑,最后那块白色的墓碑消失在一片黑暗之中!

可云猛然抬起头,一道黑影陡然出现在眼前!

她瞪大双眼,顺着黑影朝上望去,只见一张惨白得如同墓碑一样令人心悸的脸出现在暗夜之中!

啊!

可云猛地被一口水呛得惊醒过来,急忙向四周望去。自己好好地躺在浴缸里,而原本的热水已经完全冷透,一阵寒意顿时包围了她。

头脑里的思绪仍是混乱一片,刚才那个梦境竟会如此真实,尤其是被惊醒过来的那张脸,那张如同死人一样毫无任何表情,但却怪诞十足的脸!那张脸看上去就像是一张被熨烫得极为平整,几乎没有任何皱褶的一张脸,没有眉毛,没有眼睛,就像是眼部被皮肤填平了一般,只有一只直挺的鼻子和一张嘴,而那张嘴,也近乎是没有缝隙的!

这是一张不完整的脸!不是人的脸!

那种透入骨髓的寒冷顿时包围了她,就像是被浸泡在冰水中一般,可云浑身开始抽搐不已,急忙将身体擦干,穿好了衣服。

忽然,她想到了什么,伸手朝茶几摸去,她的手机!

不知为何,刚才的梦境让她觉得太过真实,以至于她太想看看自己的手机里是否有那样的一些照片,几乎是带着一种玩笑的性质,她打开了手机。

相册里装着几十段不同的视频,都是她平时拍摄的。有街道上的流浪小狗;有街头发生的车祸事件;还有一些是停靠红绿灯前交警的姿态……都是一些分辨率不高的琐碎事件。可云顺着视频一段段地翻过去,突然之间她的双手剧烈地震动起来。

一段分辨率极低的视频忽然出现在手机中,黯淡得几乎看不见的画面上出现了一座模糊的白色墓碑!虽然看不太真切,但是墓碑上的那个"狼"字依然可见!

摇摇晃晃地，画面一片黑暗，正中央有一团微弱的灯光，灯光所照之处，是一片茫茫的墓碑，每一座墓碑，都像骨牌一样，排列得井然有序。手机忽然晃动起来，一个颤抖的女声开始说话：

"在我面前，是一大片墓地，很奇怪，这些墓为何会出现在这里？难道是公墓？这片墓地，居然来自一个狼氏家族……这五座，是最中央的，但都被抹去了名字……啊……"忽然，女人开始惊声尖叫，手机画面一阵乱动，无声地跌落在地面上，镜头处忽然出现了一团黑黑的东西，慢慢地移动过来，接着，镜头忽然又开始晃动，画面上出现了一大团黑色的东西，但那不是什么东西，那是一个人影，一个浑身上下都像暗夜幽灵般的人影。

一看到这里，可云忍不住大口地不停喘气，她刚才梦到的，到底是不是真实的？

到底是怎么回事？难道刚才的梦境是真的？……一连串的疑问让可云的头越来越疼。忽然她意识到一个问题，那就是她的确到过梦境中的那个墓群！

她遗忘了那段经历！

可云被自己的猜测惊得浑身发抖，一种从未有过的巨大恐惧感迎面扑来。

她颤抖着双手将手机中的视频复制在电脑的硬盘之中，当再次看到较为清晰的视频时，可云几乎要晕厥过去。她当时到底遭遇了怎样的情形，以至自己居然忘记了这一段可怕的经历。

胸口传来怦怦的跳动声，可云脸色苍白，她无法控制住自己的恐惧，大口大口地喘气，似乎胸口憋着一团沉闷而腐烂的气息，急欲一吐为快。

压抑住自己的情绪之后，可云给关机中的刘豫发过去了一段留言，大致说了一下自己的诡异情形。望着电脑屏幕上方暂停的画面，墓碑上的"狼氏"清晰可见。她便深深吸了一口气，打开了网络引擎。

第九章　离奇谋杀

"狼氏……"

可云开始上网搜寻与这两个字眼有关的讯息,似乎也没能找到有关狼氏的任何详细资料。只有一条:

狼氏,春秋时有晋国大夫狼谭,齐国人狼蓬。

其他的就再也找不到了,看来这个狼姓氏族在历史上的确存在过,但是为什么会有那么多的族人一起葬身在那片墓地呢?

可云又打开搜索栏,寻找在六十年前发生的战役。

但是大多数资料都是描述那场在滇缅的抗日战争,似乎没有记载在黑灵镇上发生的战役。

再看那个私人博客"黑灵镇",虽然上面的族谱也是"狼"氏,但是似乎也看不出来两者究竟有何关联?

在那片地狱般的地方,她用手机拍摄下了那五座墓碑的形状和文字,但是那个黑影——

那个黑影的那张脸——可云闭上眼睛都能看见那张死人一般的脸庞,那样的脸庞根本就不是人类所拥有的,陡然,她的脑海里又跳出了那两个黑衣男人的样子!

可云立刻朝窗外望去，还好，窗下的花坛中只有几个老人和孩子，那两个幽灵般的人没有出现。

在那个金字塔般的族谱上，可云没有找到相关的线索，她的注意力放在了狼氏最后一人——狼莫之的身上。

可云将"狼莫之"输入电脑查询，一些奇奇怪怪的网页跳了出来。她想了想，又将"西南、抗日"等字眼输了进去，结果只出来了一条信息，那是一本地方历史文献的简介：

"……狼莫之等将领，带领着家族，直奔抗日前线，但却因一次意外，家族全军覆没……"

寥寥几句话外，就再也没有了狼莫之的任何信息。

看着网页上那黑得令人发慌的底面，可云不由想起了那两个幽灵般的黑衣男人。幽灵？可云想到了这个词语，她猛然从椅子上跳了起来，难道那两人，原本就是来自黑灵镇？

就在可云反复思索之际，刘豫忽然来电话了。

"喂！可云……"电话那头传来了他熟悉的声音，可云忽然一阵呜咽，声音颤抖起来："你去哪里了……"

"对不起！我临时接到了一个采访任务，没有带预备电池，所以手机关机了！对不起！"

可云索性抽泣了起来："我以为你……呜呜呜……"

"别哭！别哭！可云！我……马上过来！"刘豫在电话里听到她的哭泣声，一时慌了。

接到可云的电话之后，刘豫便匆匆地赶到了她的公寓。

可云望着略有消瘦的刘豫，什么话也没说便扑进了他的怀里。

"对不起……对不起……"刘豫紧紧地搂抱了一下可云，轻轻地抚摸着她的头发。眼前的可云脸颊已经深深地陷了下去，眼神中充满了一种令人怜惜的惊慌。

"这几天你瘦了……"刘豫叹了一口气。

可云一时无言，她都不知道该从何说起这段时间发生的事情，尤其是看到手机里拍摄到的视频。

第九章　离奇谋杀

"对不起,最近工作多了很多,尤其是……黄雁失踪之后!"刘豫带来的却是这样一个消息。

"你说什么?黄雁失踪了?"可云听到这个消息之后,大吃一惊。算算时间,她失踪的那天恰好就是可云休假开始的那天。

"但是前段时间她不是还在上班吗?"不知怎的,可云的心里一阵难过。虽然这个黄雁并不讨人喜欢,但是毕竟曾一起共事,怎么说总是有点感情的,她实在不希望自己身边的任何人再出事了。

"她失踪的那天晚上,有人在一间酒吧里见过她,据说她是那间酒吧的常客,当晚跟着一个男人走了……"刘豫看着可云,可云忧心忡忡的样子让他的心猛跳不已。可云不是一个喜欢招摇的女孩,但是她浑身上下充满着一种让人愉悦的温柔,她永远都是那样的不露锋芒,将自己藏得很深很深。她的眼神里,永远有一种看不清摸不透的淡淡忧伤。

"对了,你在手机上说什么视频?"刘豫忙将视线挪开。

可云的脸色顿时黯淡下来,并且打开了手机拍摄的那段视频。

起初的时候,刘豫的眼神惊诧了片刻,但很快便变得凝重。当看到屏幕上的那个"狼氏"字眼的时候,他的脸色变得苍白。

可云却没有注意到他的变化,又打开了电脑上的网页,"你知道这个姓氏吗?"

刘豫没有说话,但是气息却急促起来,可云转过头来,看到了他脸上那道惊异,但转瞬即逝,很快他便恢复了常态。

"这个……你从哪里找到的?"刘豫故作轻松的语气却让可云心里有些生疑,但是很快她便将注意力转移了。

"这不是我在网上找到的,而是……"可云将嘴唇紧紧地咬了一会儿,有点语无伦次地将梦境中的情形说了出来。

刘豫的眉头深深地皱了起来:"这是你在黑灵镇上的遭遇?失去的记忆?"

可云点点头,神色忧虑不已:"大概是吧!"

刘豫低头沉思起来,半晌之后又抬起头来:"要不你回家休息一段时间?"

可云看了看他欲言又止,眼帘垂了下来低声道:"不!我不想回家!"

刘豫注视了她片刻,点点头。

"黑灵镇的那个传说到底是什么,你看这个……"可云岔开了话题,点击开了最下面的那行"私闯禁地者死"的链接,"全部都是6月16日到18日的七起车祸……"

刘豫面色诧异不已。他接过了鼠标,翻看着那一张张逝去者的相片,看到最后,转过头来,看着可云,满脸惊异:"这是什么意思……"

可云被他的那种古怪语气吓坏了,不知如何回答他的问题。

很快刘豫意识到自己的语气太过咄咄逼人,低下头:"对不起,我……"

"我是唯一的幸存者……"可云心里十分奇怪,眼前的刘豫怎么与往日不太一样。

刘豫忽然用一种奇怪的眼神定定地望着她,眼神里充满了无法形容的惊惧,还有更多的是恐慌。

"你……6月16日那天……有没有进到禁地?"刘豫神色忽然凝重起来。

"我不知道……"可云摇摇头。她也很想知道那两天自己究竟做了什么。隐隐地,她觉得昨晚的那个梦境应该就是她经历过的场面。一想到那个地狱般的地方,浑身不由自主地打了一个冷战。

"如果没有,那就最好。但是万一……"刘豫看她一眼,眼里满是担忧。

"这么说来,那个传说就是真的了?"可云的脸色渐渐变得苍白,她不能肯定自己是否进入过镇里的那块禁地,所以她必须要弄清楚,这个禁地传说,到底隐含了什么秘密?

"我不……确定……"刘豫避开了可云的眼神,低下头去。

"看看他们……"可云忽然指着屏幕上那些死人的照片,"他们一定闯入了禁地,因此,都被夺去了生命。这就是黑灵镇的诅咒?"

刘豫的脸色渐渐变得苍白,白得几乎接近透明。

可云神情有些颓然,低声道:"如果……我也遭受了这样的诅咒,是不是也会很快死去?"她抬起头来,看着刘豫。他的身体忽然哆嗦了一下。

"你知道些什么,对吗?刘豫!"可云问道,"你能帮我吗?"

刘豫浑身抖得更为剧烈了,他忽然转身,迅速打开大门,跑了出去,房间里只剩下一声猛烈的关门声。

可云呆呆地望着房门,发出一声无奈的叹息。

第九章 离奇谋杀

离开可云的住宅楼，刘豫拦了一辆出租车，朝家里驶去。

他想起爷爷在临死前的那副模样，浑身不寒而栗。

当爷爷在快要油尽灯枯的时候，他不愿意去医院，一直待在乡下的那间老房子里。

刘豫印象中，爷爷的老房子就像是聊斋里的鬼屋，永远充满着阴郁和挥之不散的霉味，但是他不怕！他们几个堂兄弟姐妹之中，只有刘豫喜欢去爷爷的老屋。

因为去了那里，爷爷永远有说不完的传奇故事在等着他。

爷爷说的那些三国、西游记等许许多多的故事中，最令他感到好奇的是关于狼族的传说。这并不是因为狼族的传说比三国和西游记更加离奇，只是因为每次说起这个传说，爷爷都会黯然神伤，并且会抱着他大哭一场，然后就说不下去了。每每如此，刘豫的心中总是充满着好奇，但他却无法让爷爷继续，因此他对狼族的故事产生了比其他故事更加浓厚的兴趣。

而最主要的原因，作为狼莫之的唯一嫡孙，他心头永远都充满了一种自豪和使命感。

因此，刘豫每一次去爷爷家，总是希望能够听到狼族最后的结局，但是每一次都是如此，爷爷最终仍然伤心得说不下去。

刘豫看着车窗外淅淅沥沥的雨点，一阵伤感涌上心头。

爷爷最后的那几天，只有十六岁的他守在身边，其他的亲人几乎都被爷爷赶了出去。

爷爷的状态几乎已经失常了，他一头乱糟糟的白发，浑身发出阵阵浓重的体臭，整栋房子都充斥着这样一股怪味。

除了刘豫，其他人只要一靠近房子，爷爷就会拿着一把破烂的扫帚挥舞着，大喝道："滚开……魔鬼！"所有的村里人，包括家里的其他亲戚，都认为老爷子已经疯了。

但只有刘豫知道是怎么一回事。

爷爷曾经做过一件极大的错事，这件事情让几百人死于非命，这让他此生都不能原谅自己！

临近死亡的那几天，爷爷瘦得几乎已经不成人形了。他浑身开始抽搐，眼睛血红,死命地盯着头顶上方的横梁,就像是有什么东西在那里一样,嘴里念叨着:"别怪我!别怪我!"

说着说着,爷爷便会惊恐地抱住头低声哭泣,在床上缩成一团,浑身发抖。

刘豫心里觉得古怪万分,但却无能为力。他唯一能做的就是跑到床上抱住爷爷,就像抱住一个无助的小孩一样,低声安慰。

最后的那一天……

雨越来越大了,出租车继续在雨夜里奔驰,灯光直直地打过去,雨幕中出现一片耀眼的白光。

爷爷弥留的最后的一天,刘豫几乎死掉!

当刘豫拎着母亲熬好的鸡汤回到老屋的时候,被眼前的一幕吓呆了!

爷爷变得疯狂,不知哪里来的力气,将床上的被子、枕头、被单等全都撕烂了!幸亏此刻他已经无法下床,如若不然,可能整座房子都会被他毁掉。

"我不是故意的……你们不要找我……"爷爷瞪着一双血红的眼睛对着横梁上的空气疯狂大吼。

刘豫呆呆地看着爷爷的样子,一种巨大的恐惧令他遍体生寒。

"你们这些死东西……该去找那个浑蛋算账,是他骗了我……"爷爷的声音提高了,根本不像是一个病入膏肓的老人。

"我也被骗了啊……呜呜呜……"爷爷哭了起来,眼泪从他骨瘦如柴的脸上滑落,"呜呜呜……不要来找我……"

刘豫轻轻放下鸡汤,盛了一碗出来,端了过去。

"啪"的一声,爷爷一挥手,将汤碗打翻在地上,继而瞪着血红的眼睛对刘豫咆哮:"滚开!"

刘豫那年只有十六岁,被爷爷的举动吓得不知所措,转身朝房门跑去。

可是,他还没跑到门口,猛地被一双手从后面勒住了!

爷爷掐住了他的脖子,而且力道越来越大,他的意识渐渐模糊,隐约听到爷爷狠狠的声音:"你想害死我!你这个奸细!都是你!都是你……"

"爷……爷……我是……小栓……"刘豫的声音渐渐低了下去,他的眼前慢慢变黑……

模模糊糊醒来的时候,他才发现,爷爷已经死了!

第九章　离奇谋杀

爷爷死的时候,面部几乎已经变形,眼珠凸出来,比以往正常人的眼珠至少大了一倍。而他的目光,仍是死死地盯着横梁的上方,尽管那里什么也没有!

刘豫彻底被吓傻了,狂叫着从老房子里跑了出去。

"嘎吱"一声,出租车停在他的公寓楼下,刘豫缓过神来,擦擦眼角的泪水,跑进了雨幕之中。

刘豫离开之后,可云一直在上网,她四处搜寻有关那个狼氏家族的信息,但是几个小时过去了,有价值的消息,她几乎没找到几条。

她看看时间,已经是凌晨两点多了,虽然明天不必早起去打卡,但也必须睡了,她得保持旺盛的精力,做好第二天的冲刺。

这套两室一厅的房子面积不大,卧室和客厅同在朝南的一面,永远都能享受到阳光的沐浴,这也是可云对自己这唯一产业感到欣慰的一点。

厨房和卫生间在靠近客厅玄关的那一头,可云在卧室里换了睡衣,准备去卫生间冲一个澡。

"咔咔!"

就在穿过客厅的时候,她听到了一阵微弱的声音在大门外响起。

可云愣住了,难道刘豫还没走?

"刘豫吗?"可云皱皱眉头,靠近门口,侧耳倾听。

但门外却什么声音都没有了,真是奇怪。

想了想,可云还是拿起了手机,给刘豫拨打了一个电话,电话里传来关机的讯息。

可云摇摇头,大概自己这几天太过紧张了吧。

"咔咔!"

可云刚刚要踏入卫生间,门外又传来了奇怪的声音,接着,声音变得频繁起来,听上去就像是猫或狗之类的小动物用爪子抓东西时发出来的声音。

她又朝门上靠了过去,但声音又消失了!

可云呆呆地站在原地,不敢动弹,不知为何,她想起了梦境墓地里的那个黑影!

鼓足勇气,可云凑近猫眼朝外望去,门外一片漆黑,什么也看不见。走廊上的灯不知何时，已经熄灭了。

"砰！"猛地一下，大门发出一声剧烈的响声，像是有什么东西猛烈地撞击过来！

可云一下子跌坐在地板上，满脸惊惧。

那一声响之后，整个房间又陷入了一片沉默，可云死死地盯着那道褐色的防盗门，浑身颤抖起来。

她摸索到跌落在地上的座机电话，哆哆嗦嗦找到了小区保安室电话，拨了过去：

"喂！我是5栋1304的业主，我的门外有什么东西……"

门外的诡异声响又响了起来。可云现在后悔独自买房的举措了，这个"枫林小区"里的邻居彼此都是老死不相往来，就算是听到别人家的异常动静，也不会去帮忙报个警什么的。

门外的声响忽然又停了下来，却传来了一阵令她更加惊惧的声音，那是撬门的声音！

可云哆哆嗦嗦地拿起电话，准备直接报警，却发现电话已经断了！

手机此刻却没有电了，可云现在才意识到通讯工具的重要性。

门外的人似乎已经要进来了，可云没有了退路。就在临近绝望的时候，她看到了玄关处的鞋柜！

那个鞋柜是可云让家具安装人员改造的，没有按照一般的鞋柜那样分成横向的长条格子，而是留出了纵向的一排，让可云放一些大件的东西。

她知道，门外的人进来后一定不会立刻注意到门口的这个鞋柜。一旦那人走进卧室，她就可以争取时间逃出去。

于是，她在将自己塞进鞋柜的时候，小心翼翼，没有发出半点声音。

勉强将柜门关上的时候，她听到门外传来"咔嚓"的声响，那人将门锁撬开了！

如同她所预料的，她听到一阵脚步慢慢朝客厅走去，又走向右边的卫生间和厨房，很快，脚步便向左边的卧室走去。

可云轻轻地推开柜门，那人已将卧室的房门打开了！

大门居然被那人关上了，可云蹑手蹑脚地将大门打开的时候，忽然听到卧

第九章　离奇谋杀

室里的脚步声朝客厅奔来。

那人发现了她！

可云手忙脚乱地打开了大门，惊慌失措地朝门外奔去！

电梯居然停了，可云浑身发抖，不敢多作停留，朝"紧急出口"跑去！

可云一直跑到楼下，直接朝小区物管处奔去，物管处的门居然被关上了，她又不得不朝小区大门跑去，那里总会有几个保安在巡逻。

脚上的软底拖鞋已经被雨水湿透，可云只得将拖鞋脱下，赤着双脚跌跌撞撞朝大门口跑去。

"枫林小区"物管处。睡眼惺忪的保安接到了电话之后，咕哝一声"倒霉"，撑了一把伞，朝5栋走去。

午夜的雨越来越大了，空气中充满着寒冷的气息。西南地区的气候与别处大不相同，就算是在夏季，一旦下雨便会冷如冬天，尤其是夜晚。保安缩缩身体，将衣领翻了起来，快步走进了5栋。

电梯居然停了。年轻的保安发出一阵诅咒声，朝楼道走去，13楼啊！

只有微弱的灯光照耀着幽深的楼道，保安有点发怵，在这个雨夜里，只身一人爬上13楼，去检查那个女人门前的什么东西。想到这里，他感到浑身更冷了，将外衣裹紧了一下，慢慢地朝楼梯走去。

当他气喘吁吁地爬到13楼，来到1304的门前时，房门居然打开着，里面却没有看到人。

"有人在吗？……我是物管保安……"年轻的保安敲着房门，一览无余的客厅里不见一个人影。

他有些诧异，只得高声道："有人在吗？你刚打电话来说……"

还是没有人应答，保安有些不安了，他知道这房子里住的是一个单身的女记者。

他又叫了一声："我进来了啊……"

忽然，他看到卧室的门口晃过一个身影。

"请问……是你打电话给我们的吗？"保安看不清楚卧室里的情形，里面没有开灯，一片黑暗。

他感到有点不对头,这个女人到底要干什么?

保安慢慢地朝卧室走去,从门口望进去,里面一片凌乱,但没有人!

"你在里面吗?姜记者!"

他刚才明明看到了什么人的身影在卧室门口闪过,但卧室里却不见任何的踪影。

"你在里面吗?"保安又敲敲卧室的门,走了进去。

忽然,他感到身后猛扑过来一道冷风,来不及转身,就发现自己脖子上一凉,什么东西插入了自己的喉咙!

年轻的保安感到一阵剧痛,但喉咙里涌出的一股热乎乎的液体阻止了他的叫喊。

他的颈上涌出一股鲜血,缓缓地倒了下去,最后,一个黑影映入了他的眼帘,那是一张没有眼睛的脸!

保安一脸惊惧地死去了!

"枫林小区"大门口,几名在门房的保安忽然听到一阵猛烈的敲击声,一个浑身湿透了的女人神色惊慌地扑到了玻璃窗上!

"救……救命……"可云喘着粗气倒在地上。

警方赶到的时候,可云正在门房处哆哆嗦嗦地坐着,楼上传来了噩耗,那名年轻的保安被人割断了脖子!

可云惊惧得几乎要虚脱了,刚才那个男人是来要她命的!为什么?

被警方带回警局之后,可云一直颤抖不已,她怎么也想不通,居然会有人闯入她的住宅要杀她?警察的问话在她耳边飘忽不定,具体问什么她根本没听见,她的脑子里一直在想着那个凶手的动机。

"姜可云!"问话的警察有些恼了,眼前这个女人就像一个白痴一样,问什么都摇头,什么话也不说。

可云抬起头来,有些惊慌。

警察冷冷道:"你怎么什么都不知道啊?"

"我真是什么都不知道啊……"可云大感冤枉,这个警察的问话就像自己是犯人似的。

"在这里签个字!"警察递过来一张笔录单。可云迟疑了一会儿,签上了自

第九章　离奇谋杀

己的大名。

"那么,我家里那个保安……"可云抬起头来看看他。

"警方已经处理了,现在你可以回家了!"警察冷若冰霜的面容让可云不想多话。

看时间已经凌晨五点多了,可云看看外面,雨还在淅淅沥沥地下着,天色阴郁得如同地狱。

想到这里,可云浑身冰冷,那个家,叫她怎么敢回去啊?

她给刘豫打了一个电话,依旧没有开机,自己浑身又湿透了,总不能这样一直待在警局吧。

不得已,她打了一辆出租车朝"枫林小区"驶去。

电梯还是处于停滞状态,可云抱着发抖的身体,朝楼道走去。

来到1304房前,可云看到几名警察的身影,才松了一口气,这证明这里是安全的。

"你是房主?"其中一名女警开口了。

可云点点头。一旁的"枫林小区"物管人员正在修理门闩和电话线。

"在这里签个字!"女警满脸疲倦,递给她一份文件,"没什么事,我们就走了……"

"不要!"可云惊叫起来,她探头看了看凌乱不堪的卧室,据说那保安就是在那里被人割断了脖子。

"尸体已经运走了!你别害怕!"女警看出了她的担心。

"但是,如果那个凶手再来怎么办?我的门都被撬了……"可云看着客厅里一片狼藉,不知所措。

刚修好的座机忽然响起了一阵电话铃声。

可云急忙过去一看,是刘豫打来的,心里顿时松了一口气:"喂……"

"我一开机就看见你的来电,怎么回事?"

……

不到半个小时,刘豫便气喘吁吁地赶到了13楼,这时物管人员也将门锁换好了,可云松了一口气,有些嗔怪:"昨晚……你怎么不开机……"

刘豫惊诧地望着房间里的狼藉,轻轻地将可云扶到了沙发上:"不好意思,太晚了就关机了。"

警察离开之后,可云有些不知所措,一直缩在沙发的角落里默不作声,刘豫默默地开始帮她收拾起房子。

接着他给报社打了一个电话请假,但没说具体的原因。

刘豫手脚麻利地将不大的房间收拾好,小心翼翼地将地上那摊刺目的血迹擦拭干净。那股血腥味仍是挥之不去。他打开了窗户,一股新鲜空气涌了进来。

忽然,他的视线里出现了一个人影,接着,一个人影变成了两个——

那两个黑衣男人悄然出现在楼下的花坛处,就像两个幽灵,不知何时突然从地底冒了出来。

刘豫的目光炯然,神色凝重,他冷冷地看着楼下那两个男人,轻轻地将窗帘拉上。

回头看看可云,她此刻正在沙发上昏昏欲睡,丝毫没有发觉刘豫的举动。

可云只觉得自己像是坠入梦中,神思恍惚,忽然闻到了一股香味从厨房里飘了出来,刘豫已经将房间收拾干净,并且做好了午饭。

看着桌上几样简单的小菜,可云的心里忽然涌起一股淡淡的暖流。

"谢谢……"她能说的,似乎只有这两个字。

"我先走了!"刘豫看看时间,"社里还有一大堆的事情没有弄完呢,我明天再来看你!"

可云点点头:"要是太忙了,就不必来了……"她不想欠他太多。

刘豫的背影僵了一下,便打开房门离开了。

来到楼下,刘豫直接往花坛方向走去,但是当他来到的时候,两个诡异的男人早已不见踪影!

"见鬼!"刘豫四处张望,却瞥到可云站在十三楼的窗前正朝这里看。

可云看着刘豫的举动,有点不解,他怎么会出现在那里,他应该从正门方向离开。

刘豫做了一个手势,很快便离开了"枫林小区"。可云目送着他离去,心里的某个地方不觉跳动了一下。

天色渐渐地黑了,接近黄昏的时候,天空又聚集了乌压压的一层厚云,蕴含

第九章 离奇谋杀

着丰富的雨量,开始对整座城市的浇灌。

可云站在窗前,看着整个城市被掩埋在雨幕之中,心里就像被雨水浸泡过一样,潮湿得几乎发霉,情绪低落到了极点。

忽然,一道闪电的银光划破了天际,将整个城市的天空劈成了两半,一团巨大的火光冲天而起,映红了整个天幕。

大火仍在燃烧,一根根巨大的横梁倒塌下来,将四处逃窜的人群压在了底下,一声声惨绝人寰的叫声四起,瞬间整个城市成了一座活地狱!

一根巨大的横梁带着巨大的火焰朝可云的窗前砸了过来,窗户玻璃四处飞散,火焰直接将整个房间烧成了灰烬!

可云大叫一声,在沙发上坐了起来,浑身冷汗已经将贴身衣物湿透了!

又是一个噩梦!

她心神不定地看看窗外,外面的大雨仍在哗哗地下着,夜色已经将整个城市笼罩,点点灯光亮了起来,暂时将夜色的冷漠冲淡了一些。

阿义是一名梁上君子,用通俗的话来说,他是一名小偷。今晚,他决定对眼前的那个小山头下手,围墙的里面,正是莫氏山庄。

他今晚的目的,并非是去偷盗那里的某个保险柜或是价值连城的珠宝,他是受人所托,前往那里去寻找一个人!

这个人,与莫氏山庄有着何种关系,他不知道,他只知道,有人用八千元让他进去寻找那张模糊照片上的人。

阿义做好了准备之后,直接往莫氏山庄的后山走去。他已经在山庄的周围转悠了三天时间。这三天里,他发现莫氏山庄的围墙上居然有几十个摄像头,大多数都隐藏在那些繁茂的树叶之中。整座山庄似乎只有一个唯一的出口。那个出口,通常有六到八名保安在守卫,一天二十四小时从不间断。不仅如此,阿义发现那些保安的身边还有几只体形庞大的德国狼犬。除此之外,阿义还在无意间发现那些保安身上甚至配有枪支。

虽说这种防范还不至于达到军事基地的严密等级,但作为一家普通的集团公司,就有些不简单了。

阿义不是一个爱多管闲事的人,他只想把那定金之外的五千元装进口袋,因此,便选择了今晚这样一个雨夜来行动。

莫氏山庄的后山那片地方,平时那面围墙基本上不会有人去巡视,只安了一个摄像头。阿义却发现了一个摄像头无法拍摄到的死角。

他几乎是毫不费劲地就从那个死角翻了进去,围墙的另一头是一片黑暗的灌木丛。大雨仍然在持续不断,阿义身上的那套防水服不一会儿便已经湿漉漉的了。

他打开了一支手电筒,眼前出现的是一片黑黑的树木,低矮的灌木丛中,雨幕在手电的照射下闪烁出耀眼的光芒。

阿义很快找到了通往前面的那条小路,想起即将到手的那笔钱,他不禁加快了脚下的步伐。

手电筒里的世界摇摇晃晃,整个天地仿佛都被这一片黑暗的丛林掩盖,阿义走着走着,发现不对劲了,脚下的那条小径消失了!

他迷路了!

不仅如此,他似乎还感觉到有什么东西正如影随形地跟着自己!

阿义站在原地,看着手电筒光线到达的视线内,周围全是一排排密密匝匝的树林,树叶上的水珠随着手电的移动而闪烁不定,仿佛一只只幽灵的眼睛在不动声色地观察着他。阿义忽然有种奇怪的感觉,他觉得自己像是进入了另一个世界,有种迷离的感觉,但更多的则是一种前所未有的恐惧。

似乎从记事以来,他都不曾体会过这种茫然无助的恐惧,就算是最好朋友的死亡,也丝毫没有让他产生这样的恐慌,他一向自诩从来不会被任何东西吓倒,但是此刻,在这片黑暗的树林里,一种从未经历过的无助感开始在他心中蔓延。

忽然,身后传来一声轻微的声响,像是什么东西倏然从身后飞了过去。阿义猛一回头,手中的灯光照到了几根摇晃不定的树枝,大滴的水滴落了下来,引起了短暂的混乱。

阿义慌乱地四处张望,他希望这只是一只普通的小动物。

此刻,他已经完全没有了方向感,身边的树枝似乎像是有生命一般,从四面八方包抄过来,将他淹没在这片黑暗之中。

"呜……"一声凄厉的嗥叫忽然在阿义身后某个地方响起,他猛然一惊,立

第九章　离奇谋杀

刻转身,却只看到身后晃动不已的树枝,一道黑影闪电般地消失在密林深处!

他浑身发抖,暗夜里的某个东西似乎一直在他身边,他甚至不知道那东西究竟是什么!动物还是人?抑或是别的什么东西?

阿义的第一个反应便是想立刻离开这个鬼地方,不能为了那几千元而断送自己的性命。他站在原地,大概判断了一下方向,然后朝来时的方向走去。

但走了大约十几分钟,阿义发现自己对方位的判断力完全失效了,眼前仍是一片厚厚的密林,根本找不到之前进来的那道围墙。他开始心慌了,手电筒在丛林里四处乱射,眼前的景物就像是一部黑白影片,在混乱的镜头下开始倾斜,紧接着,四周一片黑暗。

阿义周围是一片彻底的黑暗,看不见任何光亮,大雨仍在下个不停,他陷入了前所未有的困境之中。就像是误入了最原始的森林之中,找不到任何出口。

阿义浑身冰冷,原因除了身上的雨水,还有从内心透出来的恐惧。他就像一只没有头的苍蝇,跌跌撞撞地在丛林里四处乱转。除了大雨的声音,还有树林里各种各样奇怪的声响。猛然间,他听到了什么声音从身后传来,转身望去,渐渐适应了黑暗的眼睛却看不到任何具体的东西,只有一片到处乱晃的黑影!

忽然,一道闪电划过,阿义在身旁陡然看到了一个身影!但当他再次看过去的时候,四周又陷入了一片黑暗!

阿义似乎感觉到黑影在慢慢地向他逼近,他惊骇地跌坐在地上,朝后靠去,尽管他觉得这样的举动无济于事。

闪电再次划过,他忽然看到了一张脸,那张脸白得接近透明,他甚至可以感觉到这个人的气息,不,那不是人类的气息,阿义闻到了死亡的气息……

血光四溅!

阿义的喉咙传来一阵激烈的痛楚,一股热流四处散开!

他被什么东西割断了喉咙!

倒在地上的时候,他仿佛看到那个魔鬼正在朝他招手,地狱就在前方……

三天以后,城市的另一隅。一个充满垃圾和秽物的下水道出口前,有人发现了一具尸体。尸体已经被脏水浸泡得面目全非,浑身肿胀。很快警方查到了他的信息,他是本市一名盗窃犯,死因是被人割断了颈部。

这个案件被媒体报道出来的时候,还有人为之唏嘘不已。但小偷原本就是遭人痛恨的,仅仅过了几天,便再没有人去关心此事,更没有人会将此事与莫氏山庄联系起来,除了那个雇佣阿义的人!

第十章　地狱之门

沙若欣醒过来的时候，已经不知道是什么时候了。

她浑身酸痛无比，眼前一片昏暗，眼睛好半天才适应了眼前的一切。

这是一个狭小的房间，唯一的光线来自于正前方靠近房间顶端的狭长小窗。小窗户大约只有二十厘米的高度，外面看过去是一块长满杂草的地面。

这里是一个地下室。整个地下室大约有七八平米，潮湿而阴暗，地面上堆放了一些乱七八糟的杂物。令人触目惊心的是地上那些沉重的脚镣和手铐。有的空闲的铁铐上，还有残余的血渍。

沙若欣动了一下，发现自己双手双脚都被人铐上了，身边传来低沉的呼吸声。

这间地下室里除了她，还有三个女人。这些女人看上去都憔悴不堪，头发凌乱，浑身脏得已经无法辨认出衣服原本的质地。看她们的模样，像是本地人，而且年纪都不大，大约都是二十多岁。有一个穿嫩绿色衣服的女孩可能还不到二十岁，三人都穿着当地人的简单服饰。这些女人同样被手铐和脚镣禁锢着，无奈地半躺在墙壁边，发出沉重的呼吸声，她们的身上散发出一股浓重的恶臭。

而不远处的一个角落中，一个苍蝇围满的木桶发出一股股冲天的臭气。木桶桶身，还沾着一些秽物。

沙若欣差点吐了出来。

"这里,是什么地方?"沙若欣又惊又恐,失声叫了出来。

其中一个穿红衣的女人抬起头来,看她一眼又低下头去,其余的两个就像是死人一样,根本没有任何反应。

"请问,这里是什么地方?"沙若欣只得用英语再问一句。

那个抬头的女人又看了她一眼,低声用生硬的英语说:

"地狱!"

"地狱?"

女人点点头,看她的眼神近似呆滞:"这里就是地狱……"

忽然,右边传来一阵沉闷的声音,墙壁忽然缓缓移动开,一道耀眼的光线从外面射入地下室,一道楼梯出现在墙壁后面。

三个女人不约而同地开始抽搐发抖,像是如临大敌,手脚上的铁链发出一阵阵沉重的声响。

两个穿着怪异的人走了下来,女人们更是害怕得瑟瑟发抖,有一个开始惊惧地呻吟起来。

沙若欣看着眼前这几个人,几乎不敢相信自己的眼睛,差点晕倒!

这几个人,没有脸!

确切地说,他们的脸部就像是被人用刀,生生地割去了一半,只有一半脸!而另一半,则是一片乱七八糟的烂肉疙瘩,根本无法看清楚那半边烂肉疙瘩中的眼睛,或是什么。

这些人,根本不是人类!

这是沙若欣看到他们第一眼时,跳到脑海里的词语:这些人,不是人类!

这两个怪物一样的男人,仅仅在腰间用一块黑色的布条围住了要害,上身赤裸着,每人颈上挂着一只人头骷髅!

这两个人,就像是几万年前地球上的原始人类!

但是这两个人却给那三个女人,带来了无限的恐惧。

三个女人不约而同地开始哭泣抽搐,那个年纪看起来最小的女孩甚至晕倒了。

两人走近她们,沙若欣不由自主地低下头,她实在不敢再多看这两人半眼,

第十章 地狱之门

她怕自己会忍不住歇斯底里发作起来。

一个穿着紫色衣服的女人被拉了出去,发出惨烈的尖叫声,其他的两个和沙若欣一样,将头埋得低低的,不敢抬头。

女人凄厉的叫喊声一直持续到外面,地下室那道厚厚的门被关上之后,她们听到了从那扇小窗户里传来的惨叫声,女人似乎被拖得更远了,声音小了很多,慢慢地,就再也听不见了。

回答沙若欣问题的那个红衣女人低声哭了起来。

"这是怎么回事?"沙若欣靠了过去,轻轻地拍拍她的肩膀,手中的铁链发出刺耳的声响。这个女人看上去和那些本地人一样,瘦弱黝黑,面色枯黄。

红衣女人一直在哭,而旁边的那个年纪最小的女孩则幽幽地醒了过来,睁开眼睛后,忽然声嘶力竭地大叫起来。

红衣女子似乎年纪要稍大一些,扭头厉声用本地语阻止了她的喊叫。女孩委屈地低声哭了起来,红衣女人神情木讷地躺到了地上。

"这些人……究竟是什么?"沙若欣在问话的时候,用到的词语是"什么",而不是"谁"。

红衣女人翻翻眼皮看着她,忽然冷笑起来:"这些不是人!他们是魔鬼!"

沙若欣冷静地看着她:"魔鬼?"

"是!他们都是地狱来的魔鬼!"红衣女人看她的眼神,有种无法言喻的战栗。

经过一段时间的交谈,沙若欣得知红衣女人名字叫阿莱亚,今年只有二十三岁,来自 K 市不远处的一个村庄。

而令她最为震惊的是,阿莱亚是被父母卖到此处的!

"为什么?你的父母要把你卖到这里?这里究竟是什么地方?"沙若欣猛地跳了起来,却被手脚上的镣铐拉得又坐下。

"不仅是我,来这里的每一个人,都是被自己的父母、兄弟卖过来的,刚才出去的那个,是被她那个好赌的丈夫卖过来的……"阿莱亚看着一旁不断哭泣的女孩,叹一口气,"姗姗也是,被她的哥哥和嫂子卖过来的。她真可怜,今年才十六岁……"

沙若欣浑身冰冷,原来自己落入了人贩子的手中。

"那么,我们……将会遭到什么样的……遭遇?"这是沙若欣一直想要问的问题,究竟这些人会将她怎样?

阿莱亚不可置信地望着她,摇摇头:"你不知道自己来这里是为了什么?你不是被家人卖到这里的?"

沙若欣摇摇头,将自己被人绑架的事说了出来。

阿莱亚点点头,满脸同情:"原来如此……"

"他们究竟会把我们弄到哪里去?还有,刚才那个女人,为什么会叫得那么惨?"沙若欣实在不敢想象刚才被拉出去的那个女人的遭遇。

"你不该来到这里的……"阿莱亚幽幽地说道,"这里,只是我们这些被抛弃的人才该来的地方……"

沙若欣望着她,在她的眼里,似乎看到了死亡的信号。

"这究竟是什么地方?"

"地狱!"

沙若欣浑身颤抖起来。

她望着头顶上那扇小窗户,希望能够奇迹般地看到丈夫的出现。从来没有如此地想念过他,不觉低声抽泣起来。

地下室里又多了几个女孩子,都是当地人。那个姗姗,已经在昨天被两名怪物拉了出去,凄厉的惨叫声几乎让阿莱亚崩溃。阿莱亚告诉沙若欣,接下来就轮到她了!

这个地下室每一天都有人进来,全都是穿着当地人最隆重的服装的女人。沙若欣注意到,每一天进来的女孩子身上的衣服色彩,都在变化。

阿莱亚告诉她:她们国家的风俗,每周七天,盛装的少女都会穿着不同色彩的服装。周一到周日的色彩分别为紫色、绿色、蓝色、浅绿色、嫩黄色、青色、黑色、红色。因此,每一天都有不同色彩的年轻女子进来,都带着惶恐的眼神和不安的情绪。刚来的时候觉得诧异,等过了几天便会恐惧惊慌起来。因为大家都发现,每一天都有一个女孩惨叫着被那些鬼一样的怪物拉出去,再也不见了人影!

"明天……明天……"阿莱亚颤抖着,将头放在双膝之间,明天就轮到她了。

沙若欣的心情也好不到哪里去,她估计后天就是自己的祭日了。她环顾一周,看了看其他几个女孩子,心里充满了无限悲哀。

阿莱亚告诉她,这里是个祭祀场!这个祭祀场,来自一个深藏在密林中的古老民族。这个民族,几乎不与外界接触,几千年来过着刀耕火种的生活。但是他们却非常热衷于用人体祭祀的古老习俗,这个习俗延续了几千年,一直到今天。

每一个被卖到这里的女孩子,都会在某一天被当成祭品杀死!

当她得知这个事实之后,差点咬断了自己的舌头!

这个国家居然可以允许这样惨绝人寰的古老仪式存在!她几乎要疯了!

"不行!我们得想办法出去!"半夜时分,沙若欣摇醒昏昏欲睡的阿莱亚。

"怎么出去?"阿莱亚眼窝深陷,整张脸都几乎凹了下去,面色枯黄如同老妪。她的问话软弱无比,显然她已经没有了任何信心。天一亮她就会被两个怪物拖出去,等待她的,还不知道是什么酷刑呢!

沙若欣可不是个甘于命运的人,她得想办法自救!

"姑娘们!大家起来啊!"沙若欣用英语呼唤着其他精神委靡的女孩。但她们都像是没有听见,或者听不懂,没人理会。

"帮我翻译!求你了!"沙若欣恳切地望着阿莱亚。

阿莱亚静静地看着她,用本地语说了一句话,其余的三个女孩睁开了眼睛,茫然地看着她们。

"我希望我们大家都能离开这里……"沙若欣望一眼阿莱亚,她开始用本地语翻译着沙若欣的话。

"我希望大家能够团结起来,一起逃出去!"

"能有什么办法?我们根本不是那些怪物的对手……"其中一个穿黑色衣服的女孩怯生生地开口说话了。

"我有一个办法,但是需要大家一起努力!"沙若欣一脸信心,望着四个茫然无措的女孩。

"沙!"阿莱亚神情担忧看着她,"我们打不过那些人的……"

"你们听我的安排……"沙若欣的信心似乎感染了其他的女孩,"我相信,我们会逃出这个地狱的!"

"你要我们怎么做?"阿莱亚看着她,有些吃惊于这个中国女人的坚强。

沙若欣看看她们:"我要你们脱衣服!"

天渐渐亮了,小窗户外透进了一丝光亮,整个地下室浮荡着一层薄雾,黑暗中的几名女子各自缩在角落里一动不动。

地下室那扇厚重的铁门被准时打开了,两名只有半边完整脸部的男子从楼梯上走了下来。

几个女人躺在昏暗的角落里一动不动,就像死去了一样。

两名男子朝那几个女人走去。其中一个男子数了数,忽然发觉其中少了两个女人。其中一个上前一拉,发现自己手中的女人只是一个被稻草填充的衣服套子!

他们大声咒骂着,听到身后传来一阵铁链的轻微声响,猛一回头,却被一阵恶臭迎面扑来,装满秽物的木桶直接扣在他头上!

另一男子还没来得及反应,却被一双手紧紧地围住了双眼,背上忽然多了一个女人的身体!

阿莱亚紧紧扣住男人的双眼,手指甲几乎陷入了男人的眼睛。男人伸手撕扯着阿莱亚,而沙若欣则乘势猛力一脚踹在了男人最薄弱的地方!

男人痛得就地打滚,失去了反抗的能力!

而那个浑身秽物的男人奋力挣扎着,却被其他三个女孩用脚踹倒在地,就像沙若欣一样,她们三人同时朝男人下身踹去!

两个男人不同程度地被伤了下身,疼得死去活来,在地上打滚!

沙若欣做一个手势,阿莱亚急忙呼唤着其他三名女孩,朝楼梯口跑去。

非常幸运地上了楼梯,旁边没有其他的人。遮住刺目的阳光,沙若欣发现这里是一个偏僻的地方。在不远处的广场上,一群穿着最原始衣服的男男女女正在围成一团,热烈地舞动着身躯!

几名女孩怯生生地跟着沙若欣出来了,身上几乎赤裸着。因为衣服都被沙若欣拿去填充了干草,装成她们本人的模样了!

"朝那边!"几乎是毫不犹豫地,沙若欣指着一旁浓密的灌木林,阿莱亚拉着那些女孩跟着沙若欣跑了过去。

身后忽然传来了几声怒喝,她们被那些族人发现了!

第十章 地狱之门

"阿莱亚！告诉她们,我们大家分开逃,能够逃到哪里算哪里！"沙若欣不得不换计划。但是阿莱亚将此话传给其他三个女孩时,三个女孩却依然跟随着沙若欣的脚步,没有半点分开的意愿。

"她们信任你。"阿莱亚的眼中有种光芒闪烁着。

"那就动作快一些！"沙若欣听到林子外传来的阵阵吆喝,加快了步伐。

但女人的动作究竟抵不过那些成天生长在密林中的男人,沙若欣五人很快被十几个手执长矛的男人包围了起来！

那十几个男人都有一个典型的特征,他们都是只有半张脸！另一半的脸像是统一被什么东西弄得面目全非,令人惊惧而又感到恶心！

阿莱亚紧紧地靠在沙若欣身旁,而其他三名女孩则紧紧地抱成一团。因为恐惧,也因为几近赤裸的身体而感到不适。

被十几名人不像人、鬼不像鬼的男人虎视眈眈地盯着,着实不是一件好事,尤其是自己身上几乎已经衣不遮体！

就这样僵持了好一阵,这些怪物一直举着手中的长矛,但却没有动她们。阿莱亚浑身抖个不停,低声道："他们要干什么？"

沙若欣有种强烈的预感,她们惹恼了这些恐怖的族人,接下来她们的遭遇会更糟糕！

果然,这些男子在等待某一个人的到来,沙若欣看到他大腹便便的样子和身上繁多的骷髅坠饰,便知这个中年男人应该就是族长！

族长的面容与他的那些族人一样令人恐惧,他径自朝沙若欣走了过来。

沙若欣冷冷地看着他,心里却没有了底气。其他的女孩更是瑟瑟发抖,开始低声啜泣。

族长瞪着他脸上唯一的一只眼珠,不停地打量着沙若欣,猛然转身,朝身后的族人大叫了几声！

十几名族人立刻面面相觑,神色不安起来,甚至有的面色露出了惊恐！

族长又厉声大喝几声,指着其中两名较为强壮的族人大叫不已。

被点名的两名族人似乎有些无奈,但还是朝沙若欣等人走了过来！

其他的人也冲了过来,强行将沙若欣和其他四名女孩分开,两人拉着沙若欣朝密林的更深处走去！四名女孩惊叫不已。

"放开我！你们这两只丑八怪！"沙若欣不知族长要怎样处置她,奋力挣扎着,可无奈身旁的这两人力大无比,她在他们的手中就像一只小鸡那样软弱。

身后的四名女孩面露惊恐地望着她,就像在目送一个去刑场的犯人,阿莱亚甚至望着她大哭起来。

"不要担心……"这是沙若欣对她们所说的最后一句话,继而她便消失在密林最深处。

东南亚的热带丛林就像一张密集的大网,网住了外面的天空和阳光,也网住了来自密林最深处的恐惧!

似乎是朝最深处走去,沙若欣只觉得天色越来越昏暗,最后那层层叠叠的树叶,将整个天空完全阻挡在了外面。林子暗得就像即将来临的暗夜,密林中的温度也越来越低,沙若欣浑身开始哆嗦,令她不安的是,身旁两个体格健硕的男人也在不同程度地颤抖!

再看看他们的神色,两人脸上毫无任何表情,但是看得出来,他们在恐慌不安,他们在发抖!

沙若欣越来越不安,是什么样的东西,会令这些残忍部落族群的人发抖?

难道前方是地狱?

密林的温度和可见度越来越低,两个男人停住了脚步,定定地望向正前方——

那是一圈环形的石碑群!

巨大的石碑呈长方形,大约有十几米的高度,宽度也有几米,厚度大约有一米左右。这些巨大的石碑上面,刻有一些文字。大约有几百块这样类似的石碑,围成了一个巨大的环形!

被围成环形的那片地方,长满了各种参天大树,树干又高又直,粗壮无比,树叶直达云霄,完全掩盖住了上方的天空。

难怪这里光线如此黯淡,但是为何,这里的温度会这么低?

沙若欣有些不解,她不知道这个石碑群里是个什么样的世界?但是,她从身旁那两名杀人不眨眼的男人的表情上看得出来,这里面一定有世上最可怕的东西!

忽然,一声吼声从石碑群里传了出来,像是什么动物的吼叫声!

第十章 地狱之门

两个男人急忙将沙若欣拉到最近的一块石碑前,用镣铐将沙若欣拴在石碑上一只凸出的铁环之上,然后转身逃也似的离开了!

"你们这两只丑八怪!放开我啊!浑蛋!"沙若欣奋力挣扎,大叫不已。

石碑群里的吼声越来越大,沙若欣已经幻想到一只巨大的浑身长毛的怪物将自己当点心吃掉的画面。

"救命啊!我不要被吃掉!"沙若欣闭眼疯狂地大叫起来。

"谁要吃你?"

一个声音忽然出现在耳边,沙若欣以为自己产生了幻觉,但是不是,因为接下来还有一句:

"你是中国人?"

沙若欣睁开眼睛,看着眼前问话的这个人,愣了大约半分钟,继而大叫起来:"你是人啊?"

"看来,你被那个食人族吓坏了!"说话的人是一个很年轻的男孩,有着一张纯正的中国人的脸庞,年纪应该不超过二十岁。

男孩浑身的穿着,和那些土著人差不多,腰间随便围着一块破布,赤裸的上半身背着一只箭筒,手上还拿着一把匕首。

男孩动作麻利地将沙若欣手脚上的镣铐挑开:"快!趁那些人没发现你,赶快离开!"

"这里面,真的有怪物?"沙若欣揉揉手脚,望着石碑群里深邃的空间,吃惊地问。

"那里面,没有怪物!"男孩立刻朝石碑的另一个方向跑去,"要是你愿意被里面的人抓住,你就留在那里发呆吧!"

沙若欣跳了起来,迅速跟着男孩朝另一个方向跑了过去。

刚刚进入树丛之中,石碑处传来了一阵声响,一些人声传了过来。很嘈杂,基本上听不清楚,但有一点沙若欣很肯定,那里面有人在说英语!

沙若欣跟着男孩,钻到了一棵巨大的空心树内,又沿着树干内部的一些疙瘩,爬到了树干的高处。高处的一块树枝分岔的地方,有一块不大的空间,里面有一张褥子一样的床垫,还有一些果子之类的食物和一些自制的器具。

"这里是你的家?"沙若欣吃惊地看看男孩。他的皮肤很粗糙,看上去肤色黑黑的,头发长长地在后面用一根布带扎成了一个马尾。要不是那张典型中国人的脸庞,她会以为自己遇到的是一个本地的土著人。

"算不上。只是暂留地而已。"男孩很熟练地坐在褥子上,抓起一只果子就吃了起来,之后看了一旁茫然的沙若欣一眼,丢给了她一个。那是一只熟透的木瓜,"我的家在 M 市!"

沙若欣有些吃惊,这和她是一个城市!她在一旁坐下:"你怎么会一个人来这里?"

男孩瞥她一眼:"你是怎么来的?"

"我……我是被人绑架的……"沙若欣看着眼前的男孩,他的眼神里有种说不出来的沧桑感,这与他的实际年龄极为不符。

"我也是。"男孩说此话的时候口气冷漠无比,面无任何表情,像是在说一件与己无关的事,"我和姐姐来 K 市找我爸爸。结果被人骗到了这里,就这么简单!"

"简单?"沙若欣吃惊地看着男孩,"你叫什么?"

"阿猫阿狗都行,随便你!"男孩有些厌烦沙若欣过多的问话了,索性闭上了眼睛,"我要睡觉了,不要再问我了,真烦!反正又出不去了,问这么多……"

沙若欣瞪大眼睛,张大嘴巴看着眼前这个男孩,她在怀疑自己遇到了一个外星人!

"阿猫!醒醒!"沙若欣过去摇摇男孩,"你不想离开这里吗?"

男孩不想理会她,根本没有反应,继续睡他的觉。

"那你的姐姐呢?"沙若欣还是不甘心。

男孩没有说话,但身体颤抖了一下,沙若欣隐隐觉得自己说错话了。

他翻个身,不再理会她。

夜色渐渐降临了,树林里传来各种奇怪的叫声。沙若欣小心翼翼地摆弄着自己的身体,生怕不小心就从树上跌下去。

男孩缩了缩脚,腾出了半块褥子。沙若欣看着他笑了一下,将半个身体靠了过去。

这是一个特殊的夜晚,在经历了几天地狱般的禁锢之后,这是她睡得最放松的一夜,极度的疲倦让她沉沉睡去。

第二天,沙若欣是被一阵巨吼声惊醒的,她猛地一跳:"什么东西?"

男孩已经坐了起来,冷冷道:"这是里面在放广播呢!"

"你说什么?"沙若欣不解其意。

"你没看过《侏罗纪公园》?"男孩冷笑一声,"这些声音,还有你昨天听到的那些叫声,就是几个超重低音炮放的那些恐龙的叫声!"

沙若欣愣住了,结结巴巴道:"你说,那个是……电影的录音?"

"哼!"男孩冷眼看她一眼,"大姐啊,我说你是不是弱智啊?还在那里大叫不要吃了我!"

沙若欣面色讪讪的,被哽得说不上话来,这小孩的嘴真够厉害!

"你……一个人在这里多久了?"沙若欣换了一个话题。

男孩望着石碑群的方向,声音低了下来:"没多久,快半年了。"

沙若欣看着他,心里叹一口气,在这样一个恶劣的环境中,能够待上半年,这其中的艰苦可想而知。

"你……叫什么?"她看着他。

男孩转过头来,依然是面无表情:"你不是叫我阿猫吗?就叫这个名字得了!"

这句话很像玩笑,但是沙若欣却笑不出来,在这里能存活下来,的确是最重要的。

"阿猫……你很想你的姐姐吧?"虽然不知道怎么回事,但是沙若欣知道阿猫的姐姐一定遭遇了不测。

阿猫转过头来,看着沙若欣,仍然是面无表情:"你想你的家人吗?"

"我……"沙若欣想到了宋城航,"我当然想他了,我们才结婚不到一周……"

阿猫点点头:"我也想我的姐姐,所以我要在这里等她。"

"她在哪里?"

阿猫指了指石碑群的方向:"她就在里面,我知道……"他的声音颤抖起来,试图压抑自己的情绪。

"所以你经常冒险去那个地方。"沙若欣理解了他那天的举动,自己并不是幸运地遇上阿猫的。

"那里面……究竟是什么地方？"沙若欣望着高高的石碑群，心里压抑至极。

阿猫摇摇头："我不知道！但是我知道，那里就是一个地狱！吃人的地狱！"

他在说此话的时候的表情让她想起了阿莱亚，不知道那四个女孩的命运怎样了？一想起那个吃人的部落，她的心顿时黯淡下来，估计那几个女孩不会有什么好的命运。

"还有比吃人族还要恐怖的吗？"沙若欣自嘲地笑了一下。

"超出你的想象！"阿猫看着她，眼神已经不是一个弱冠少年，更像一个历经风霜的成年人。

一阵寒意掠过，沙若欣望着远处那群高耸入云的石碑群，喃喃道："地狱之门……"

地狱之门已经打开。

宋城航在得到陈安元的第一手资料之后，准备自己开始行动，因为，他已经信不过当地的警察，估计在这个毒品交易泛滥的城市，这里的警察或多或少已经被污染得差不多了。

起初的一整天，他一直待在酒店房间里，研究着 K 市周围的环境，这里与泰国只有一百多公里的路程；最近的一处景区，是闻名于世的那个佛像群，再往南过去，是一大片连三等公路都不通的原始丛林。

地图上的那一片原始丛林，标注得很少，基本上像中国的西藏无人区，几乎没有什么重要的集镇，只有几个村落零散地分布在周围几十公里的地方。

宋城航沉思着，用红笔在那一片原始丛林画了一个圈，圈里有个词语"MOGO"！

这个地方，临近国境，又极度偏僻，人烟稀少，估计这里就是那些贩毒集团的聚集地，假如若欣真的被人绑架，是否就是在那里呢？

他再度将 K 市的地图细细地看了一遍，根据他的经验，只有这个位置，是最佳的藏匿地点，其他的地方，要不是农田和村镇太多，就是旅游区的开发地，那些藏污纳垢之人，基本不会选择在人多眼杂的地方。

如果他的估计没错，若欣此刻就在这一片原始密林中！

一想到那张灿烂的笑容，他的心被揪了起来。

第十章 地狱之门

他收拾好所有行李之后,洗了一个热水澡,他得保持充足的精力,从明天起,他的历程将会是一段崎岖坎坷的冒险。

第二天一大早,宋城航退了房间,上了一辆出租车,直奔一百多公里以外的那片原始森林。

当出租车司机听说他要去"MOGO"的时候,吃了一惊,面色有些惊诧,脸上呈现出一种古怪的神情,但什么也没多说,直接就上路了。

司机一路沉默不语,宋城航不喜欢与陌生人交谈,倒也落得个轻松。

一路上的风景极其优美,碧绿的农田,起伏的山峦,以及本地最为独特的那些巨大的雕像群,就像一幅长卷的墨画,绵延而去,但他没有时间去欣赏这东南亚独特的美景,他的心思,全都放在了新婚妻子的身上。

前去"MOGO"的路大部分是土路,蜿蜒曲折,从 K 市出发,大约要三个多小时,宋城航抓紧这一时间,闭上双眼,将身体放松,他得思考接下来的举措。陈安元给了他在"MOGO"的一个本地人名字和联系方式,这个人非常熟悉当地那些团伙的驻扎地,只不过价钱倒是有点贵了。

闭上眼睛之后,出租车开始颠簸起来,估计已经上了那条坎坷的小路,宋城航皱皱眉,将身体调整了一下,找到了一个舒适的位置,渐渐地他居然进入了梦乡……

不知道睡了多久,出租车忽然剧烈晃动了几下,然后重重地颠簸了几下,停了下来!

宋城航猛地被惊醒,睁开眼睛,发现前排的出租车司机慌张地举起了双手,定定地看着前方,浑身颤抖不已。

他还没来得及朝前方望去,几支黑洞洞的枪从两旁的窗户中伸了进来,对准他的太阳穴!

"砰"地一枪,出租车司机胸口被击中,倒在座位上。

宋城航惊诧不已。

四名蒙着脸的男人将他洗劫一空之后,又放空了出租车的汽油,然后扬长而去,任凭他和那个可怜的出租车司机,留在那片荒无人烟的空地。

放眼望过去,宋城航倒抽一口冷气,这里看不到任何村落,也没发现任何过往的车辆,而这条路也根本不像是可以让车辆通行的道路,根本就是一片令人浑身发毛的地方!

这是一片乱葬岗!

脚下不远处,就有一只人类的骷髅头,再过去,是大片大片泛着白色光芒的骨骸,远远地,他甚至看到了一大摊血迹,几具尸体浑身是血地躺在地上!

虽然当了这么多年的刑警,但是他也差点呕吐起来!

几乎是一座山谷,满山遍野都是人类的骨骸和遗骸,就像一个巨大的坟场,成百上千的尸体都被丢弃在这里!

宋城航忍住恶心与不适,在出租车上找到了一只打火机和一包香烟,又从那个无辜死亡的司机上衣口袋,翻出了几张本地的零钱。最后,他在车的后备箱里,找到了一只扳手。东西虽然不多,但是这些东西,应该会派上用场。

宋城航将这些东西,带在身上,开始根据阳光的方向,朝着"MOGO"的大概方向走去。

"MOGO"是在地图的东南方向,此时正是中午,太阳高高地悬挂在头顶上方,他得先找到一处阴凉的地方,等待这个超过40℃正午的过去。

但放眼望去,整座山谷里,几乎没有任何可以庇阴的乔木,地上倒是疯长了许多荒草。

宋城航将T恤盘成了一顶帽子,顶在头上,朝刚才那伙强盗离开的方向走去。

地上那几具尸体都穿着统一的服装,他这才意识到,这里是个大刑场!

不知道有多少人在这里丧命,宋城航心里哀叹一声,慢慢离开。

大概翻过了这座山谷,就可以出去了吧!宋城航心想,但是事实没有他想象的那样简单,漫无目的地行走在大坟场没有多久,他几乎就虚脱了,头上的阳光直直地照射在他身上,将他身上的水分几乎全部吸光。

大概已经走了两个多小时,宋城航终于看到了一株小小的树!

仅仅就是那团连他身体都不够容纳的树阴,他也觉得满足了,休息了一会儿,他觉得好过一些了,头上的阳光仍是那么刺眼,浑身乏力,渐渐地,他闭上了眼睛……

他是被一阵"呜呜"的叫声惊醒的,猛然间睁开眼睛,一股腥臭蹿入了鼻孔……

第十章 地狱之门

一双闪闪发光的眼睛正在眼前盯着自己!

宋城航出于本能的反应,猛地跳了起来,那双眼睛忽地跑开了,发出"呜呜"的叫声。那是一群狼或是别的什么动物,大概是靠这里的尸体为生。

宋城航心有余悸地甩甩头,让自己清醒过来。

天色已经接近黄昏,他没想到自己一觉就睡了这么久,立刻朝天空望去,还好落日的余晖未散尽,他准确地找到了方向,朝着东南方向走去。

睡了一觉,精神恢复了一些,但是却饥肠辘辘起来,他自早晨在酒店吃了早点以后,几乎一整天都没有补充过能量了。

他想起了司机身上的那包香烟,点燃了一支,感觉好了一些,继续往前走去。脚下有时候会踩上一些骸骨,发出脆响,这种感觉极其古怪,宋城航是个无神论者,但也小心翼翼地尽量避开脚下的亡魂,加快步伐,朝山谷外围走去。

不知道走了几个小时,宋城航的手表和手机全都被那群强盗掠走了,天完全黑下来,他不知道确切的时间,只想尽快离开这片死亡山谷。

夜深了,月色皎洁如水,宋城航根本没有任何心思去欣赏这种古人眼中的美景,他必须离开这片山谷,找到一处安全的过夜地点。

身边不知不觉出现了一群悄无声息的狼!宋城航急忙加快了步伐,但似乎那些狼只是远远地跟着他,直到他累得趴下。

望着山谷那遥不可及的边缘,他此刻才明白那些强盗的目的,他们想让他在这里被活活吃掉!

他不知道那伙人来自什么地方,但是他知道,这伙所谓的强盗,一定来自于绑架若欣的那个集团!

身后的狼,大约有五六只,不紧不慢地跟着宋城航,他快它们也快,他慢它们也慢,只是这样,幽灵般跟在他的身后。

月光倾泻下来,照耀着山谷里的每一处角落,荒草中,不时闪烁着白花花的光芒,这些都是亡者的遗骸!

宋城航不得不冒犯这里的亡灵了,他用一些干枯了的荒草,密密地包裹在一块大概是人腿骨骼上,然后用打火机点燃了这支人骨火把,继续朝前走去。

人骨火把?宋城航有些自嘲地笑了笑,这个名字不错,可以去拍恐怖片了,不过放眼望去,自己何尝不是在一部真实的恐怖片中?

火把点亮之后,身后那五只狼放慢了脚步,显然它们对人类的火光有种抗拒!但是它们也不想就此放弃,仍是不紧不慢地跟着宋城航。

"团结就是力量!……"

雄厚的嗓门响起,浓重的男声回荡在死亡山谷中!

黑暗的深夜,在一片人骨累累的荒原中,只身一人深入死亡山谷,身后还跟随着几只虎视眈眈的饿狼!

这样的环境之中,估计没有几个人能够做到从容不迫地,高唱着嘹亮的歌声继续前进的,宋城航做到了,他此刻可不能被区区几只饿狼给吓倒,他的新婚妻子还在前方等着他!

但虽是如此,他好像永远也走不出这片死亡的山谷,难道自己迷路了?手中的人骨火把已经燃烧了十几支了,但他还是没能看到远离人骨的地方!

仿佛是进入了迷魂阵中,他怎么也绕不出去。

几乎已经耗光了身体里的养分,他望着前方那株一人高的小树,思忖着是不是中午时分自己躺下的那株小树?

走过去,望向树干上的那三个疙瘩,又望向不远处,那月光下寂寥的出租车,赫然停在离树干不到一公里的位置!

宋城航一下子浑身发软,坐了下去,他走了几个小时,居然又绕回了中午的那个地点!

这里到底是个什么样的鬼域?

宋城航从来没有如此颓丧过,看来那群强盗是真的要置他于死地了!这里根本就不可能走出去!

他得让自己安全地度过这一晚,但身边不远处的那五双闪烁着贪婪的眼睛,提醒他,自己身边并不安全!还有,他已经一整天没有喝过一滴水,进过一粒米,若是在明天或者后天,走不出这个山谷,那么,他很快就会沦为那些饿狼的晚餐!

他看着那些饿狼,在周围找了一些枯草,堆在一起,点燃了一簇篝火,自己在小树旁边躺了下来,看来今晚不可能走出去了!

五只饿狼在一旁远远地望着,也就地伏了下来,依然没有打算离开。

宋城航将一支人骨丢了过去,这些狼崽子,估计是尝过甜头了,学会了守株

第十章　地狱之门

待兔。

他一点也不感到好笑,乘着火旺,又就近找了大堆的枯草堆了起来,估计可以烧到天亮。

此刻他真是很庆幸那几个强盗没有将司机的打火机搜走,否则没有了火源,他可能早就进了几头饿狼的肚子了!

他深深吸一口气,闭上了眼睛,但一刻也不能放松,他得时刻防备那些饿狼的突然袭击。

火继续燃烧着,四周静得就像是坟墓,宋城航感到前所未有的一阵寒冷。

他不敢有一丝松懈,几乎是在和那几只饿狼做斗争,渐渐地,他感到浑身开始乏力,眼睛渐渐地闭了起来……

忽然,他听到对面传来一阵"呜呜"的叫声,猛地惊醒,却看到五只饿狼全部站了起身,浑身的毛竖了起来,张牙舞爪地龇着血盆大口,朝着宋城航猛烈地大叫起来。

宋城航跳了起来,急忙抓起一支人骨火把,对着五只看似发狂的饿狼!

但僵持了一会儿,五只狼忽然转身,迅速跑开了!

宋城航有些诧异,但立刻,他感到了一种更为强烈的危险出现在自己的身后!

他慢慢地转过身去,看到了眼前令人惊惧的一幕……

第十一章　报应显现

一片黑暗……

在伸手不见五指的黑暗中,可云忽然看到了前方有一个红色小点,接着那个红色小点慢慢地变大,开始变得摇曳不定,那是一根蜡烛的光芒!

蜡烛慢慢地向她靠近了许多,但是可云看不到端着蜡烛的人。她只看到一团在空中慢慢挪动的火光,就像童话中第一次来到野兽城堡里的女孩一样,看到的任何物品似乎都被注入了神奇的魔力,不请自来。

但是眼前的情形却远远没有《美女与野兽》那样温馨浪漫,恰恰相反,这支蜡烛,给可云带来的是一种陷入谷底的恐惧。

她瞪大了眼睛,死死地望着眼前这团火焰,除此之外,周围的一切都像是被一片浓浓的黑墨泼过,看不到任何光亮。

周围一片寂静,眼前不远处那支蜡烛停止了移动,静静地悬在空中,闪烁的烛光中流出了红红的烛泪。

可云惊惧地看着眼前的蜡烛,浑身却像是被某种力量慑住了,丝毫不能动弹!

红色的蜡烛滴下的烛泪开始在空气中凝结,慢慢地在空中形成了几个字:

私闯禁地者死!

第十一章 报应显现

几个鲜红的大字越来越大,滴滴烛泪就像是鲜血,在空中组成了这几个血字!

忽然,一个变形的女人脸庞出现在眼前,可云惊呼一声,那是本市某电视台的一名主持人!

女人的脸部溃烂得面目全非,那双原本已经紧闭的眼睛忽然睁开,死死地望向可云,已经变形的嘴唇忽然开口:"私闯禁地者死!"

景物忽然闪电般倒退着,黑暗的房间,古老的参天大树,密密麻麻的墓地以及那些跌落山谷的男男女女……顷刻间,就像是幻灯一样,从可云的瞳孔中射出,最后倏然完全关闭!

可云浑身是汗地惊醒过来。眼前的电脑显示屏上,那片黑色的黑灵镇正在不断闪烁。她看着眼前电脑显示屏上的那张照片,照片中的女人就是她刚才依稀在梦境中看到的女主持人。

可云认识她,她的名字叫蓝枫!

看看时间,已经快要接近凌晨了,她已经全无睡意。望着照片上那张娇艳欲滴的脸蛋,她忽然产生了一个想法。

当她驱车来到蓝枫所在的那家电视台的时候,已经是下午四点多了,此刻正是电视台最繁忙的时候。她给大学时新闻系的同学吴小亮打了一个电话,在传达室登记了名字之后,便直上二十八楼。

吴小亮和可云的交情不算太深,只是吴小亮曾经狂热地追求过与可云同寝室的一名女生,一来二去地,他们也就成了朋友。

吴小亮和可云坐在明亮的茶餐厅里,这个时候的人比较少,最方便谈话。

"蓝枫?"吴小亮看着可云,神色诧异,"怎么忽然想起问她的情况?"

可云看看他,说道:"你知道上个月16号的事吗?"

吴小亮看着她,有些不解,他的工作是在电视台编辑那些风光片,对于新闻部的事并不太关心。

"黑灵镇,你应该听说过吧?蓝枫不就是在去采访的途中出事的……"可云的声音低了下去。

吴小亮恍然,点点头,见她欲言又止的样子,便笑了起来:"你真的相信那个传说?"

可云一愣:"你相信吗?"

"上个月蓝枫和那个摄影师出事的时候,大家都议论过此事。说起来,你还算是最幸运的一个吧!"吴小亮淡淡地说,喝了一口茶。

"对了,蓝枫这个人,你了解吗?"可云不想听这些,她更关心的是另外的一些事情。

"她？电视台里最红的交际花呗!"吴小亮一脸不屑,"我只能用这个词语来形容她了。"

"她……绯闻很多,是吗?"

"嗯,和她一起的男人,我看可以排到这个餐厅的出口了!"吴小亮大笑了起来,"怎么,你开始当八卦新闻版的主编了?"

"不是的。"可云勉强挤出笑容,"我只是随便问问……"

"那个方震可倒霉了,陪她一起去了天堂,人家本来下个月就要结婚了……"吴小亮提到了和蓝枫一起出事的摄影师。

"哦……"

"不过,我看他们两个之间,可能也有点什么……"吴小亮四处看看低声说,"那个准新娘,似乎对方震的出事一点都不悲伤……"

"你才是八卦版的主编呢!连这个都知道?"可云笑了起来。

"那个新娘就是我们部门的啊,我当然知道!"吴小亮瞪她一眼,看看手表,"哦……糟糕,我等会儿还有一个片子要剪辑呢,我先上去了,有什么事你打电话给我!"说着便匆匆地走了。

可云在座位上坐了一会儿,掏出笔记本,将刚才吴小亮的几句话记下来,准备离开。

在电梯口等电梯的时候,一旁来了个女孩,穿着很时髦,但是脸色却不太好,眼圈黑黑的,像是几晚没有睡觉了。

女孩一直站在可云身边,电梯来了之后,两人都进去,并且同时按下了一楼的按钮。

电梯的四面是不锈钢钢板,可云发现身旁女孩的眼神有些呆滞,眉头不免微微一皱。

"丁零零……"女孩的手机忽然响了起来,女孩心绪不宁地翻开了手机的翻

第十一章　报应显现

盖:"喂……"

可云侧过头去,她不太喜欢偷听别人的谈话,但是在此时狭小的电梯里,不想听也不行。

手机的声音非常清晰,可云甚至可以听得到对方的声音。

话筒里传来一阵凌乱的声响,听上去非常像是锅铲摩擦锅底的声音,刺耳又有些尖锐。

"你是谁?"女孩极不耐烦,大喝一声,声音在狭小的电梯里嗡嗡作响,可云皱起了眉头。

话筒里忽然安静下来,女孩又问:"你是谁?"

"呜……"一阵奇怪的声音忽然响了起来,像是某种动物的叫声。

可云诧异万分,不免从电梯两旁镜面般的钢板上偷偷地望向女孩。

女孩的脸上就像是凝固了一般,瞬间容颜失色,脸色变得刷白,整个身体开始发抖,手中的电话"啪"的一声跌落在地。

可云有些吃惊地望着她,女孩脸上毫无血色,双眼开始发直,摇摇欲坠,忽然浑身一颤,口中吐出了一道白沫,身体直直地坐了下去。

"小姐……"可云惊觉不妙,大叫一声扑了过去。

医院的急救车赶到的时候,那个女孩已经在电梯里停止了呼吸,嘴角处流淌着一股鲜红的血液!

可云浑身发抖,向医护人员和赶到的警察叙述当时发生的情况,在此过程中几乎晕死过去。

监控录像也证实了可云的说法,最终医生判断女孩的死亡原因是癫痫引起心脏病突发导致心脏破裂,而她在死亡前,居然自己将舌头活生生地咬断了!

可云都不知道自己是如何回到家的,当刘豫赶过来的时候,她几乎已经支撑不住了。

"我给你放点热水洗个澡吧?"刘豫发现可云浑身冰冷,嘴唇都有些发紫。

"不,你不要走……"可云紧紧地拉住他,此刻她需要的是另一双温暖的手。

刘豫的手宽大厚实,可云纤细的手放在他的掌心里,就像小孩回到了母亲的怀抱。顿时,可云感到了一股暖流。

刘豫静静地陪着可云坐在沙发上,一言不发,他知道此时任何话都是多余的。

一阵悦耳的手机铃声响了起来,可云有些茫然,好一阵才想起来,那是她手机的铃声。

"喂……"可云接过电话,来电显示是吴小亮。

"你还好吗?可云!我才听说张燕的事!"吴小亮在那头显得有些担忧。

"我……不太好……"可云愣住了,她好像不认识这个人,"张燕?"

"就是今天下午在电梯里死掉的女孩啊……"吴小亮着急了,"你不知道吗?她就是我们部门的那个女孩,下午我才向你提到过的!"

"我不明白……"

"就是方震的未婚妻——"吴小亮在电话里拖长了声调,"也就是蓝枫的情敌!"

可云忽觉浑身冰冷至极,放下电话,看到刘豫疑问的目光,便将下午发生的事情原原本本地说了出来。

刘豫神色凝重,轻声道:"这件事,你怎么看?"

"我不知道,但是我觉得这件事真的很古怪,那个张燕为什么接了一个电话之后,就被吓死了?"

"难道……这又是一个黑灵镇的诅咒?"可云茫然地望着窗外,眼神有些沮丧。

"去那个博客看看……"刘豫起身,打开了电脑。

当黑色的博客被打开的时候,可云不觉浑身一颤。当鼠标点击到最后一行标有"私闯禁地者死"的字样,一张张照片跳了出来。

可云忽然惊声尖叫起来,最前面的第一张照片,正是下午死去的女孩——张燕!

"是她?"刘豫点击了一下小图,一张大图被打开了,张燕的脸庞清晰地显露出来。

照片应该是前不久才拍摄的,照片里的光线很黯淡,她的脸色阴郁之极,看上去像蒙上了一层绿色的蜡,死气沉沉。虽然当时拍摄的时候她仍是一个鲜活的生命,但在可云看来,那个时候死神似乎已经在向张燕招手了!

"这是谁拍的呢?"刘豫自言自语道。

第十一章 报应显现

"还有……你看这里……"可云指着照片的背景,那是一片模糊不清的地方,浓密的树林中,有一些白色的石块间隔其间。

可云忽然道:"这里……难道是黑灵镇的那块禁地?"

刘豫没有说话,只定定地看着屏幕。

"再看看蓝枫和方震的照片!"可云忽然想到了什么,急忙点开了他们两人的照片。

当照片被刷新出来的时候,可云惊呆了。

两人的神情同样是阴郁的,照片上的两个人站在同一个背景下,虽然不太清晰,但仍然可以看得到背景深处那些白色的石块。

可云浑身发抖,她认出那些石块的形状了,那不是别的,正是一些白色的墓碑!而这些墓碑……

一片巨大的墓地陡然出现在眼前,可云顿时感到一阵头晕目眩。大片小山一般的墓冢间隔在浓密的树林之间,大量的树叶藤蔓在墓碑和墓冢之间穿插,交织掩映,成为这片墓地一道天然的屏障。急速穿过这道厚实而阴郁的屏障,一座古老而通体黑色的古建筑赫然屹立在墓地的正中央——进入一道厚重而古老的大门,一个偌大的庭院出现在眼前,两棵参天的银杏树直直地伸向高空——一个人影背对着大门静静地伫立在庭院的正中央。

人影以一种奇怪的姿势慢慢转过身来,一张毫无血色的脸出现在眼前,那张脸和死人无异,面色白得发绿,嘴角微微流出一股极艳的鲜血,眼睛空洞无比,没有任何焦距,这是一个死人!

可云的呼吸几乎停止,她像是看到了一面镜子,这张脸——

啊……

是她自己!

人中处传来一阵疼痛,回到了现实,周围的环境变成了自己家的客厅,脸颊传来轻微的疼痛,一旁的刘豫满脸焦急。

"你怎么了?"刘豫递过来一杯水,轻轻地拍打着她的脸颊,"你刚才差点吓坏我了……"

"我……怎么了?"可云忽觉头部传来一阵剧烈的疼痛。

"你刚才双眼发直……就像……"刘豫没有说下去。

可云浑身已经被冷汗湿透,就像虚脱了一样。

"好些了吗?"刘豫从卫生间拿来一块湿毛巾,递给她。

可云点点头,望着刘豫,不知该如何开口。她不知道自己为何会出现刚才的幻觉,那幅情形太过真实,真实到自己都已经分辨不清楚究竟何处是虚幻,何处是现实。

"要不你先休息,我改天再来看你……已经十点了……"刘豫望望窗外的夜色,有些思绪不宁。

可云叹一口气:"好吧……"

刘豫离开之后,可云并没有休息,而是又坐回到了电脑面前,再次打开了那个"黑灵镇"的博客。

先看了看张燕、蓝枫以及方震的照片,接着她点开了另外几张死者的照片,那几个人可云并不认识,但逐一看下来,他们的照片似乎都是在那片阴郁的背景下拍摄的,照片右下方显示着"08/06/16"的时间。

可云放大了张燕的照片,她想在这张照片上找到一些蛛丝马迹。

除了右下角的时间外,可云还注意到照片上有个小小的符号,正是这个网站特殊的LOGO——那个牙齿上滴着鲜血的狼头!

在狼头的后面有一个破折号,后面有"21"的数字。

可云逐一放大,发现几乎每一张照片都有一个这样的LOGO和数字,但是每一张的数字都不同。

她看到了时间最早的一张照片,那是一个男人的照片,很年轻,样子有些不羁,时间显示为"07/02/10",也就是说,这个网站建立的时间,大约就在一年前。

可云想了想,赶紧打开了本市的一个新闻网站,开始搜寻一年前的新闻。找了一会儿,终于在2007年2月10号那天的新闻里,她看到了这样的一则消息:

……本市某小区一名孤寡老人,昨天被一名男青年骗取了所有的积蓄,悲痛欲绝,今早凌晨死于家中,该名犯罪嫌疑人逃之夭夭,现在警方的通缉中。据警方报道,此男青年名王某某,原籍××,曾在本市多次犯案,受害老人多达十几位……

最下面便是这名嫌疑人的照片,照片有点模糊,但是可云却一眼认出,这个

第十一章 报应显现

男人就是"黑灵镇"博客上时间标注为07/02/10照片里的那个男人！

再接下来,可云又看到了后续报道,大约三天之后,也就是2007年2月13日,这个名叫王某某的男人死在一所偏僻的房子里,死相很骇人,浑身血流如注,全身的血液几乎全部流光。至今警方都找不到他死亡的真实原因。

再看看博客上这个王某某的照片,那个狼头后面的数字是"01"。

可云看着,浑身不寒而栗,她颤抖着点击开了第二张照片,这是一个大约四十几岁的女人,看上去风韵犹存。时间为"07/03/07",照片上的符号是"02"。

在新闻网站上找到了那天的新闻,可云看到如下的一条：

……本市一名妇女秦某,与奸夫刘某一起在家中杀害其夫王某,事情败露后逃窜至边境,几日后被人发现,两人被烧死在一间民屋内,据房东交代,此次火灾纯属意外……

可云忽然觉得浑身冰冷,这个博客的神秘创建人难道都和这些人的死亡有关系？

她不知道照片上的这个数字表示什么意思,但是觉得一定有某种联系。

她想了想,返回了首页,点击了第一行标题"禁地警示图"。

页面出现了几十张中国画风的图案。

可云看着心中忽然一亮,回看刚才那名秦某,她的照片上符号是"02",指的是不是这是第二张图呢？对应第二张图片,发现这张图片上有一男和一女,身体赤裸着,女人被铁链拴在了一张铁床上,床下燃烧着一团火焰；而男子,则紧紧地抱在一根巨大的铜柱之上,铜柱下也是熊熊燃烧的火焰,两人均痛苦得死去活来。图片说明："饱暖思淫欲,抱柱堕地狱"。

再看王某某的符号"01",对应警示图,居然是一张坠入血池的图画,图片说明是："诡计谋夺他人财物者,堕脓血地狱"。

可云心里"咯噔"一下,这不是《地狱变相图》吗？如果以宗教的观点来看,这很明显就是报应的显现。

再回到张燕那张照片,她的号码是"21",第二十一张图的说明是："喜两舌谗人、恶口、妄言、绮语,或诽谤经道、嫉贤妒能、恃才傲物,入拔舌地狱。"

看着图片上那血淋淋的图片,可云不由得想到了下午在电梯里的那一幕：张燕硬是活生生地将自己的舌头给咬了下来！

可云看得心惊胆战，浑身冷汗，她似乎已经明白了这个博客存在的真实目的。

但是这些人，难道都去过黑灵镇的那片禁地？抑或，这只是一个巧合，但是巧合也太多了吧！

她看不下去了，返回首页后，她思忖了片刻，在留言处留下了这样一行文字：

"我想知道接下来会轮到谁？"并且留下了她自己的 QQ 和邮箱等联系方式，之后便关闭了电脑。

夜色更浓了，城市深处万家灯火，可云的心头却无比沉重。

可云站在十三楼的窗前沉思，却没有看到花坛里那两个黑衣男人就像幽灵般，又出现在暗处，静静地仰头看着十三楼前的身影，半刻之后，悄然离开。

宽敞客厅里灯光昏暗，偌大的液晶电视机画面上，正播放着一段画面晃动的视频，一旁的视频线上连接着一台 DV 摄像机。

视频上是一个穿着白色裙子的少女。少女的面色红润，正在采摘着灌木丛里的鲜花。她的眼神有些呆滞，动作稍显笨拙，但是她那充满女性魅力的身体，却依旧让人遐想无边。

画面上，女孩在那片偌大的山林间像只小动物般四处奔跑着，有时候她的裙子会被树枝挂到，裙角高高地掀起，露出了丰满的大腿根部，画面忽然在女孩大腿根部静止。被掀开的裙角里，露出了一条白色的内裤，内裤里隐隐透出一团引人欲火膨胀的深色，接下来是细嫩洁白的大腿内侧……

画面久久地停止在女孩的大腿处，坐在对面沙发暗处的一个男人手臂开始动了起来，接着发出一阵极为暧昧的声音。

"宝贝……你会成为我最完美的作品……哈哈哈……"男人发出一阵令人毛骨悚然的笑声。

文山在昨天的报纸上看到了那篇报道，阿义的死亡并没有为他带来多大的震动，反而令他有些懊恼，没有找到一个机灵点的贼。

尽管对于阿义的死亡，他没有过多的愧疚，但是此刻正对着阳台的那个莫氏山庄，却让他有了一种强烈的征服欲。那里面不是一个简单的集团公司，文

第十一章　报应显现

山如此告诉自己,他得让这里面的人付出代价,不枉费他付给阿义的那三千元现金。

"宝贝……你等着我……我会来找你的……"

黑暗封闭的小屋内,小林猛地从床上坐了起来,满头大汗。她刚才又做了一个噩梦,梦见了那个扑向她的恶魔!那个恶魔扑到她身上,不断地撕咬着她的身体,令她无法呼吸……

门外传来一阵声响,吴姐回来了。小林急忙躺下,用被子紧紧地蒙住了自己的头。不一会儿,她听到钥匙开门的声音,有人悄悄地走了进来,在她床边静静地站了一会儿,叹了一口气,便出去了。

小林浑身一颤,那是姐姐!姐姐来看她了!

当房门再次被锁上的时候,小林猛地掀开被子,泪流满面,却奋力捂住自己的嘴巴,尽量不让哭声传出去。

她不得不在这里装成一个弱智的女孩,否则她已经被那些恶魔抓去剖膛破肚了。这也是她和姐姐之间唯一而共同的秘密。

那一天,她不该闯入那个地狱般的地方,不该看到那惨绝人寰的一幕,然后……

小林浑身颤抖起来,她被那个恶魔强暴的情景,就像一把火红的烙铁,深深地烙在了她的内心深处。

忽然,一阵热流从她的眼角滑了下来,她的手紧紧地握着,总有一天,她会让那个恶魔付出代价!

那片阴郁的山林之中,一个人影就像是黑暗滋生出来的产物,静静地站在那片黑暗中,望向莫氏山庄的另一方。

夜间的冷风吹过莫氏山庄繁盛的山林,山林间的树叶沙沙作响,仿佛是暗夜的陪伴者,永远在这片阴郁的地域舞动着属于自己的舞姿。

第十二章　步入陷阱

宋城航的身后,站着一群高举长矛和利箭的土著人!

土著人的全身,只有一块黑色的布条围在重要的部位,浑身赤裸着,颈上挂着一些骷髅挂饰,最令人可怖的是,他们的头部!

这些土著人的脸全都只有一半!

只有一半看起来像正常人的面部,而另一半,所有人的右边那半张脸,就像是在温度极高的火塘里被烘烤过一般,变成了一堆烂肉疙瘩,乍眼望过去,就像是一只半人半兽的怪物!

宋城航被眼前这群怪异的土著人惊呆了,这群人的样子根本不像人类,更像是从地狱里爬出来的某种变异生物,难怪连饿狼都被吓得逃窜开去。

几只闪烁着幽暗光芒的长矛忽然逼到了他的颈部,他慢慢地放下手中的那支可笑的火把,脸上露出了一丝勉强的微笑。

土著人就像是捆猎物一样,将宋城航五花大绑,然后放在一辆木轮车上,朝某个方向缓缓离开。

宋城航虽被绑得像只粽子,但他还是注意到,这些土著人点燃了一把冒着浓烟的火把,然后顺着浓烟飘荡的风向,顺利地离开了这片令人迷惑的鬼域!

居然如此简单,顺着山谷外面吹来的风向,就可以离开?宋城航仍是觉得

第十二章　步入陷阱

不可思议,但也不得不佩服这些土著人,不到半小时,他们就来到了死亡山谷的外围。

虽然是被当成了猎物,宋城航仍觉得非常高兴,终于离开那片令人压抑的地方了,但是,接下来,又会是怎样的历程呢?

望着土著人腰间垂下的骷髅挂饰,宋城航生生地咽了一口气。

东南亚的民族众多,但是食人族还是很少听说的,宋城航将自己脑袋想破,都没想到世上居然还有这样一个长相怪异的民族!

木轮车很像中国农村里那种用来拖稻草的牛车或者马车,但是此刻这些土著人却是自己拉着,就像是古代那种四人抬轿一样,有四个身体健硕的男人在前面拉着四轮车,其余的人都是步行。

虽说是步行,但宋城航在车上的感觉,他们的速度很快,两旁的树木迅速地往身后退去。他不知道这些土著人究竟是否这个世上的生物,如何能保持这样的速度在山路上如履平地!

估计一个多小时之后,土著人的脚步放慢了下来,然后宋城航侧着脸看到了两旁浓密的树林。

土著人将宋城航从四轮车上抬了下来,找来一根结实的树干,像挑四脚动物一样,将宋城航四脚朝天地挂在上面,仍是由那四名健硕的男子抬着他,朝密林深处走去。

进入密林之后,月光被挡在了外面,宋城航只看到头顶上方一片片黑暗的树影划过,几乎什么都看不见。

这十几个土著人在这片黑暗的密林中游刃有余,根本没有点亮任何照明的用具,悄无声息地越过各种障碍,准确无误地摸索着朝着目的地走去。

宋城航心想完了,就算自己能够逃离这些土著人的魔掌,也难以离开这片巨大的密林!如果他没猜错,他已经身处在"MOGO"那片原始丛林之中了。

天色快亮之前,土著人终于到达了目的地。宋城航浑身剧痛,尤其是手脚被捆绑之处,绳索几乎陷入了他的肉里。

当他被重重地摔到了地上之后,他听到了一阵热闹的欢呼声!

紧接着,他被人解开,浑身就像僵尸一样,被人抬到了一处石台之上,石台的旁边,还有一排台子,放满了各种闪着寒光的刀刃。

宋城航浑身已经麻木酸痛不已,他环顾了一下四周,这是一片被开发出来的空地,空地周围散落着一些极为简单的房屋,房屋的外面,是大片大片的参天树木!

而此刻,他就像是一个展览品一样,在石台上接受着这个土著部落的审视。周围的人群也是一样的打扮,女人亦是如此,除了腰间的布条,胸口都是光光的。

所有人的面容让宋城航心里发麻,这些人不管男女老幼,面部均是不完整的,右边都是一团烂肉。

一个大腹便便的中年男人在吆喝声中走了过来,其他的族人都纷纷让出一条路。

族长将宋城航审度了半天之后,阴阴地笑了起来,对身边一个男人说了几句什么,男人立刻跑开去。

宋城航的手脚慢慢地恢复了知觉,但他仍装成浑身僵硬的样子,眼睛在四处不断搜索着,他得找一条逃生之路。

此时刚才离开的那个男人抱着一个盒子走了过来,递给了族长,族长将盒子放在了地上。

宋城航看着那个盒子,心中讶异万分,这个盒子怎么看,都像是医院里用的那种医药箱!

估计是旅游者进入了这个原始森林之后,被这些土著人给抓来了! 宋城航心想着,看着族长阴森的笑容,他不由得浑身一抖!

族长走上石台,开始打量宋城航的身体,用手在他身上比画着,一旁的其他族人点头。宋城航想起了那些被放置在屠宰场的动物,浑身开始发冷!

这时,一个少妇抱着一个婴孩走了过来。族长立刻笑着迎了上去,宋城航看在眼里,心里顿时有了主意。

族长叫了一声,四名健硕的男子走上石台,宋城航故意身体一滑,倒在地上,其中一名男子伸手去拉他,却忽然捧着下身大叫起来,倒在地上!

接着,在众土著乱哄哄的叫嚷之中,一个身影迅速飞下石台,一下子蹿到族长身旁,伸手一把抓住了他身旁的那名少妇!

土著人几乎是目瞪口呆地望着宋城航,他此刻已经牢牢地将族长的妻子抓

第十二章 步入陷阱

到了手中,用手掐住了她的脖子!

族长惊慌起来,阻止了大叫着冲过来的土著男子!

宋城航顺手抄起旁边台子上的一把短刀,逼到了少妇的颈部,少妇惊慌失措,怀里的孩子大哭起来。

众土著人惊呆了,谁也没想到他们的祭品会突然成为一个挟持者,而被挟持的,还是族长的女人!

宋城航拉着女人和孩子朝后退去,族长阴郁着一张脸,示意族人不要轻举妄动,一边慢慢地朝他逼去。

宋城航不时张望着身后的退路,他拉着少妇朝一处小径慢慢退去。

忽然,他头上猛地一重,一阵剧烈的疼痛传来,眼皮一翻,失去了知觉,倒在地上!

少妇惊慌地跑开了,族长大叫着,带着族人朝宋城航跑去,可还没跑到宋城航的跟前,却停住了脚步,一个身影不知何时出现在宋城航的身边!他戴着一顶青色的帽子,大半个脸被隐藏在一块同色的面巾之中。

族长极不甘心地对着人影大叫道,青色蒙面人并不说话,而是举起了手中的手枪!

族长愣住了,他知道这个东西的威力极大,上一次他就是被这个看起来毫不起眼的黑家伙给伤到的,这个东西,比他们的那些原始刀具,要神奇得多。

来人冷冷地看着族长,做了一个动作。族长满脸愤恨,但又无可奈何,只好摇手作罢。

十几名手持枪支的蒙面人忽然出现在土著人的小广场中央,身后跟着一批被绳索捆成一排的少女!

少女们的装扮都是现代打扮,面容几乎都是清一色的东南亚人,她们的样子极为狼狈,浑身都有不同程度的伤痕。少女们看到土著人恐怖的面容,惊惧地大叫着!

族长看着这十几个少女,哈哈大笑起来,然后朝来人伸出五只手指!

青色蒙面人摇摇头,伸出两只手指!

族长脸色沉下来,但也只有应允,随便指了两个,那两名可怜的少女便被土著人留了下来,声嘶力竭地大叫着。

青色蒙面人挥一挥手,两名蒙面人将一支针药注射在宋城航的手腕间,将他抬上一副担架,又带着身后那些神色惊慌恐惧的少女,从部落的另一个隐秘的出口离开了。

这群人离开之后,族长打量着被作为交易物留下的女孩,发出一阵阵令人心惊胆战的狂笑声。

将宋城航带走的那群人,在离开部落不久之后,便听到了身后传来的几声极为凄厉的叫声,那是那两名少女临死前的惨叫!

青色蒙面人转身,冷冷地看着身后的土著人疯狂围上去的情形,只静静地停留了几秒钟,继而继续指挥着手下,朝密林深处走去。

沙若欣和阿猫正在一棵木瓜树下捡那些熟落的果实,忽然听到丛林另一段传来的惨叫声,不觉手中一抖,木瓜落到了地上。

阿猫有些不满了:"我说你怎么回事?才几只木瓜啊,怎么就手软了?"

"不是,你听……"沙若欣侧耳倾听,"好像是有人在惨叫。"

阿猫的神色黯淡下来:"这种声音经常都听得到!那是那群土著人在杀人了!"

沙若欣想起了阿莱亚等四个少女,估计她们现在已经不在人世了,忽然觉得伤感不已,低声啜泣起来。

阿猫静静地望着她,没有说话,只是弯腰一只只捡起地上的木瓜:"你再哭大声一点吧!等着那伙人来抓我们!"

沙若欣一听这话,哭声戛然而止:"他们?那些食人族?"

阿猫看着她:"食人族没有那么可怕的,最可怕的是那些和我们一样的现代人!"

"什么现代人?你什么意思?"沙若欣止住了哭泣。

阿猫又开始不耐烦起来:"快点吧!我可不想成为下一个牺牲品!"

沙若欣忽然一把拉住他:"阿猫!你知道些什么?"

"我什么也不知道!"阿猫用力甩开她,朝前走去。

"等等!你为什么说现代人什么的?"沙若欣不甘心,追上前去。

"你管我呢!我就喜欢那么说!"

第十二章 步入陷阱

两人的身影消失在丛林深处之后,那群蒙面人便出现在了这片林子里。青色蒙面人忽然停了下来,他走到刚才沙若欣和阿猫捡木瓜的那棵树下,弯腰捡起了一个淡黄色的衣扣,继而抬头朝四面望去,神色凝重。

黑灵镇。

隐蔽在密林中的山庄,有着和莫氏山庄相同严密的防卫,但更多的则是这里阴森的压抑。

当山庄陷入沉寂之后,一个黑影悄无声息地出现在山庄的围墙外。

这个隐蔽的山庄与莫氏山庄有着异曲同工的相似地形。和阿义一样,黑影找到了那一个死角,在一个地方翻了进去。

但是黑影没有遇上那场大雨,因此似乎要幸运得多,而且他还找到了那条通往山庄住宅区的小径。

走了一会儿,黑影遇到了和阿义同样的问题,他迷路了!

黑影踌躇了片刻,立刻转身朝后走去,但是身后却出现了一大片茂盛的树木,那似乎是刚才过来的时候还没有的,怎么回事?他愣住了,像是进入了一个异度空间内,难道这片看起来并不起眼的树林,是一座活的迷宫?

山庄的某处房间内,三十多个电视屏幕整齐地排列在一整面墙上,其中有五六个屏幕的画面上,从不同的角度拍摄了那个黑影。

一个女人面无表情地看着画面上的黑影,嘴角闪过一丝冷酷的微笑,对一旁的人作了一个手势,一旁的四名彪形大汉立刻朝门外走去。

女人又触碰了一下面前的电脑,远程摄像头开始运转,一间黑暗的房间出现在屏幕之中。

一个小小的身影躺在一片黑暗中,隐约可见她修长的身体蜷缩在被子下面,有时候会翻动一下身体,但是大多数时间都是紧紧地将自己的身体缩起来,维持着小猫一样的姿势。

女人神色黯淡下来。她永远也忘不了五年前她所见到的那一切,那幅情景就像是一柄泛着寒光的匕首,永远地插在她的心口,那道看不见的伤口似乎永远也愈合不了。一行眼泪慢慢地滑落下女人光滑而细嫩的脸颊。

女人正是莫愁。

她深深地低下头,小林变成今天的样子,都是出于她的疏忽,要是那天她不是出去见那个人,就不会让小林独自一人待在房间里。要不是她要见的那个人一直在回避她,她就不会晚了两个小时,小林也就不会误入那个房间,见到不该见到的一切。她不得不狠下心来,让小林变成白痴,以逃避那可怕的惩罚。

　　莫愁的双手紧紧地握了起来,指甲深深地陷入了掌心,她无法原谅自己,虽然她已经让那个丑陋恶心的男人得到了应有的惩罚,但是她永远也无法原谅自己。一直以来,她对小林都怀有一种歉疚感,尤其是让她那么多年冒充着白痴。不仅仅因为五年前的那件事,还有现在的一切。

　　"对不起……小林!"莫愁哽咽起来,"原谅姐姐……好吗……等过了这个月……还有一次……还有这最后一次……"她靠在背椅上低声抽泣起来。她不得不执行完这一次的行动才能带走小林。

　　她没有注意到,此刻监控录像上的某一处正发生一个奇怪的现象。

　　四名大汉从山庄的某一隐秘处出来后,直接奔向黑影所在的位置,对于这片山庄,他们轻车熟路,之前那些闯入者,都被他们用某种方式解决了。

　　但是当四人来到那几台监控器前之际,却发现黑影不见了。

　　"见鬼……"其中一名平头男人咒骂道,他有些发怵了,这一片密林距离那片"禁地"极近,尽管那片"禁地"已经被山庄用重重铁丝网围了起来,但是从那片"禁地"透出来的诡异,仍是他们心头挥之不去的恐惧来源。

　　莫愁将他们四人请回来的时候,从来没有向他们解释过那片"禁地",只是非常严肃地说过,任何人不得进入那片密林。

　　"阿发,是不是跑到那边去了?"另一名身形稍小,名叫烂网的男人紧紧地缩在阿发的身后,望向山头的另一端。

　　"闭嘴!"阿发呵斥道。他可不想在这个时候去触碰那个忌讳的地方。

　　"但是……这里……"烂网四处张望,他开始冒冷汗了。这段时间里他已经不止一次听到过从那片鬼域传来的奇奇怪怪的声音。

　　"走,过去看看……"阿发铁青着脸,朝"禁地"的方向走去,无论如何,他们得将那个入侵者赶出去,尽管现在他也不一定有把握找到入侵者。

　　其余两人低声嘀咕着,但却不敢违背阿发的主意,只得紧紧地跟在烂网的身后。

第十二章　步入陷阱

落在最后的那个男人脚上忽然绊到了什么东西,低头一看,脚上的登山鞋的鞋带松了,他弯下腰重新系上鞋带,再起身之时,前面三人已经转入了拐角处,不见了踪影。

周围的树叶沙沙作响,落单的男人像是听到了什么东西在右侧的某处活动着!

他举起手电朝右边照射过去,一片黑色的衣角倏然从视线中消失!

他浑身一凛。"谁?"大喝一声冲了过去!

阿发三人忽然听到身后传来的大喝声,不由得止住了脚步。

"小杨呢?"阿发用手电筒照在烂网和吴三身后,不见了小杨的踪影,只有一片黑幽幽的灌木在风中晃动,就像一团团模糊不清的鬼魅。

阿发浑身一颤:"小杨没跟上来?"他拿着手电筒返身走去,烂网和吴三紧紧跟在他身后。

阿发看着四周被风吹得摇晃不定的树林,面色铁青,心里忐忑不安。这一次的情形与以前那些大胆闯入者完全不同,那些闯入者都无法逃离那片看似平常的密林,但是,这一次的入侵者居然在此地消失了踪影,很有些不同寻常。

"啊……"忽然,一声凄厉的惨叫响了起来,是小杨!

阿发愣了半秒钟,立刻抽出腰间的匕首,朝前跑去,烂网和吴三亦紧紧地跟在他身后。

手电筒照射之处,灌木丛激烈晃动不已,同时传出小杨的惨叫声和另外一种古怪的声音……

"谁?"阿发大吼一声,冲了过去。但灌木丛中剧烈摇晃处立刻迅速朝后退去,速度快得惊人!

阿发扑了上去,却扑了个空,而身体接触到的,竟是一片黏稠的液体!

小杨的声音由近忽远,顿时飞到了数米之外,但声音渐渐低弱下来,最后完全没有了声响!

阿发惊惧万分,顺着那条长长的血迹,艰难地拨开厚实的灌木,手电筒下的世界仿佛已经变了形,那些暗红的血液散落在凌乱不堪的树枝灌木中,散发出令人恐惧的腥味。

阿发的眼前是一大团被破坏了的铁丝网,这些铁丝网,原本是山庄与墓地之间唯一的一道屏障,而此刻,那层厚厚的铁丝网,居然已经被弄出了一个大洞,大洞的四周,断裂之处的铁丝上沾有一些暗红色的液体。

阿发望着铁丝网后面那片深邃黑暗的地域,努力地咽咽口水,小心翼翼地穿过那个破洞,艰难地走了进去。

烂网和吴三紧跟着追了过来,但是他们俩看到铁丝网上的破洞,惊惧不已,犹豫着是否要跟着过去。

"你们俩快进来!"那边传来阿发的声音,两人有些无奈,拨开那些沾满血迹的树枝,走了进去。

眼前的情形让他们俩几乎晕厥过去……

阿发弯下腰,静静地看着地上的小杨。他虽然已经停止了呼吸,但身体还在机械般地抽搐,双眼空洞地望向深邃的天际,身体浑身上下的衣服已经支离破碎,浑身布满了伤口,最致命的伤口,在他的颈部,一股浓浓的血液仍然汨汨地往外冒,几乎染红了身下的那片草地!

烂网直接就在一旁干呕起来,吴三也把头偏了过去。

阿发心里惊悚不已,前段时间有好几个闯入者亦是如此,当他发现他们的时候,他们已经失血过多死亡了!

忽然,一阵古怪的声音从"禁地"深处传来,那阵尖啸尖锐无比,仿佛一根钢针般穿透人的头颅,直达大脑深处!

"那是什么?"吴三浑身颤抖,他不是什么胆小鬼,在进入这里工作前,也曾是一名优秀的散打选手,都不曾害怕过什么人。但是这个山庄里的这些古怪事件令他心慌了。他有种本能的感觉,这个"禁地"里的某样东西,根本不是人!

阿发亦有同样的感觉,他看看通往"禁地"的那片树林。手电筒的光线下,布满杂草和枯枝的地面还遗落着一些血迹,不仅地面如此,周围的一些树枝上也留有残余的痕迹。望着那片深邃黑暗的地方,阿发打了一个冷战,这是他多年来担任保镖生涯中的第一次战栗。

早知道如此,根本不该冒着风险到这个传说中的鬼镇来工作!他狠狠地啐了一口,咒骂道。

"怎么办……头……"烂网战战兢兢地用手电四处乱晃。他的胆子要小得多,要不是这里的薪水比较吸引人,他才不会放弃他拳击教练的那份工作,来这个鬼地方呢！看来那个传说是真的,这里真的是一片布满幽灵的鬼域。

阿发看看地上已经停止抽搐的小杨,皱眉道:"我们先把他抬出去……"

莫愁还在低头哭泣,听到身后传来的声响,她迅速抹去泪水,立刻恢复了常态,转过身来。

只见阿发铁青着脸,大步走了过来质问她:"怎么回事?"

莫愁一愣,继而皱眉道:"什么怎么回事?"这个阿发也太没有礼貌了,他不过是她高薪聘请的保镖,她是雇主,何以他能如此对待她?

"小杨死了……和上几次的那几个贼一样,他被撕烂了喉咙!"阿发冷冷地看着她,"那后山,究竟有什么东西?"

莫愁浑身一颤,但很快恢复了常态,只是有些面色阴郁:"你这话什么意思?"

"那里面……有什么东西?"阿发靠了过来,眼光如炬,"你向我们隐瞒了什么?"他的眼中充满了怒气。

莫愁冷冷地望着他,并不说话,她的眼神里有一种不可抗拒的威慑。阿发微微一凛,这个女人不像表面上那样软弱。

莫愁的眼神忽然软了下来,轻轻叹一口气,推开阿发:"坐下……"

似乎有种不可抗拒的力量让阿发愣住了,继而放弃了对莫愁的威胁,坐在一旁。

"能帮我一个忙吗?"莫愁轻轻抬眼望着他。

阿发看着她,神色凝重。

山庄某处偏僻的角落,一座破烂不堪的建筑物。烂网和吴三呆呆地望着面前这幢不见任何灯光的建筑物,一阵恶心顿时涌上喉咙。

建筑物周围散发出一股令人窒息的恶臭和血腥味。

烂网和吴三忍住恶心将小杨的尸体抬到建筑物前,按了按房间外面的一个门铃,许久,里面传来一个瓮声瓮气的声音:"谁?"

"老板让我们把小杨抬过来……"烂网皱皱眉头。他实在不喜欢房间里的人,这个人上一次他见过,看起来就像一个鬼。

"咔嚓"一声,铁门上一扇小小的窗口被打开了,烂网顿时捂住口鼻,那里面传出来的气味简直令他晕倒。

"这个……"吴三皱眉,指指地上被塑胶袋裹着的小杨,不再多说一句话。

小门内一片黑暗,只有一双浑浊不堪的眼睛如鹰隼般死死盯着烂网和吴三,然后又将视线转到地上的小杨身上。

"呜……"他含糊不清地回答道。小门被关上了,厚实铁门在半晌之后"轰隆"一声打开。

门内的人出来了,烂网只看到了一团黑黑的影子,门内有一道昏暗的光线从黑影身后射出来,模糊了他的视线。

"还不滚!"那人忽然大喝一声。烂网和吴三浑身一颤,看看眼前那双鹰隼般的血红眼睛,忍住心中的那股怒气,转身离开。

"真他妈的!"烂网狠狠地唾骂道。

两人离开之后,鹰隼眼睛的主人立刻做了一个手势,几个悄无声息的人影从门内闪了出来,迅速抬起地上的尸体,进入铁门之内。

"砰"的一声,铁门重重地关上了,整幢建筑物又陷入了一片黑暗之中。

……黑暗

一片浓郁得化不开的黑暗……

整个天际也如同一团浓墨,看不到半丝光亮,古老的房屋就像是源自那片阴霾,永远无法冲出黑暗。房屋的天庭中有两株巨大参天的银杏树,那杏黄的树叶是这片黑暗中唯一的亮色,点点飘落在同样黑暗的庭院之中。

点点杏色,带着一层淡淡的荧光,将整个黑暗照亮了些许。荧光中,渐渐出现了一个窈窕的身影,身影慢慢地显出整个身形,那是一个女人!

女人穿着一套纯白的衣裙,在这个黑暗的庭院中显得格外醒目。长长的黑发一直垂到了腰部,头部垂得低低地,整张脸隐藏在那头浓密的长发之中。

女人静静地站在庭院里,姿势有点奇怪,她的身体轻飘飘的似乎不着地面。

忽然,一阵风吹过,满地的银杏叶随风而起,吹向那个女人。女人的白色衣裙忽然也随风而动,就像她忽然没有了重量一般,和着那些荧光闪烁的银杏叶在风中飞舞。

冷风吹散了女人那头浓密的黑发,发丝飞舞起来,在半空中形成了一道奇怪的风景。女人随风而动的动作奇怪至极,左右来回摇晃不定,就像一个被控制住的布娃娃!

一阵风吹过,女人的头发飞向身后,露出了整个头部,但头部延伸向下的颈部——被一根红色的缎带吊在银杏树的树枝上!

女人的头颅软软地垂向一边,肌肤惨白得没有其他颜色,只有嘴角流出一股细细的红色液体——

忽然,女人的眼睛猛地睁开,直直地射向庭院中的另外一个人——

可云惊骇地望着眼前的一切,猛地一震,顿时又回到了卧室之中!

望着正前方的粉色衣柜,可云确定自己回到了现实,她大口喘着粗气,浑身被冷汗湿透。

她又梦到了那座古老的房子,那个庭院,还有那两株巨大的银杏树,一切都显得那么真实,难道她真的到过那座古屋?

黑灵镇……

这三个字,又跳入了她的脑海。

可云跳下床,走进卫生间,刚才的那身冷汗让她不得不重新洗个澡。

热水从花洒里淅淅沥沥地淋了下来,温暖的水流滑过全身,这让她稍稍感到一阵舒适。

冲完澡之后,可云轻轻地拂去镜子上的雾气,叹一口气,伸手触碰着略有些冰冷的镜面,镜子里露出一张清瘦而苍白的面容。

手指轻轻地沿着自己的脸颊慢慢地在镜面上移动,她忽然有种奇妙的感觉,镜子里的那个人,究竟是否原来的自己,而现实中的这个自我,是否原本就是一个虚幻的影像?

可云定定地看着镜子里这个越看越陌生的女子,忽然有些不知所措。她的眼神里闪烁着某种异样的光芒,仿佛一只暗夜里的狼!

狼?

可云猛然一惊,倒退一步,差点摔倒在地,镜子里的她究竟是谁?

"丁零零",一阵悦耳的声音忽然响起,可云被惊得浑身一颤。

走入客厅,手机在茶几上慢慢地旋转着,屏幕闪烁不定。

可云看看墙上的钟,此刻是深夜四点过一刻,不禁皱皱眉头,这个时候打电话的人不是夜猫子就是疯子,自己昨晚难道忘记关机了?

屏幕上是个陌生的号码,可云诧异着,是不是有人打错了?还是有人搞恶作剧?

红色手机是小巧型的,握在手里几乎没有重量。

"喂……"可云声音颤抖着,接起了电话,但对方那边悄无声息,大约过了十几秒钟,便挂断了。

可云皱皱眉,看着那个号码,迟疑地回拨过去。

但是对方似乎不愿意接听电话,一直无人应答。

可云有些心慌,那是种不由自主的心慌意乱,她自己也不知道究竟为什么。

窗外的天色渐渐亮了起来,呈现出一抹深紫色。可云毫无睡意,又坐到电脑前,打开了"黑灵镇"的那个网页。

忽然,QQ里一阵"咳咳咳"的声音响了起来,可云看到右下角闪烁着一个小喇叭,点击之后,一个陌生的号码加了她,附加消息是:"我是黑幽灵!"

黑幽灵?黑灵镇?

她看看对方发送消息的时间:凌晨四点半。幽灵的时间?

可云点击了确认,不一会儿,一个陌生的头像闪烁起来:"我是黑幽灵!请问你是哪一位?"

可云皱眉,迟疑了一会儿,回答道:"我是一片云!"她的QQ名正是如此。

黑幽灵:你为什么想要知道下一个是谁?

我是一片云:因为……我不确定自己是否进入了黑灵镇的禁地!

可云紧咬着嘴唇,打出了以上的字。

但是黑幽灵似乎沉默了,将近半分钟没有回话。

可云忽然觉得自己像个傻瓜,何必如此向一个陌生人交代自己的心事?

正要关上对话窗口,黑幽灵又跳出一段话:

如果你闯入了禁地,那现在你一定是一个死人了!你呢?是一个活人还是一个死人?

这段话是用红色的字体写出来的,有些触目惊心。可云不寒而栗,手心开始渐渐出汗,她不知道该如何回答黑幽灵的这句话,无论什么样的回答似乎都

第十二章　步入陷阱

有些可笑。

但是她此刻根本笑不出来,她甚至可以感觉到,越过那段光缆的对面,坐着一个真正的幽灵!

"嘀嘀嘀",讯息又出来了:

如果你是姜可云,那你一定是一个死人了……

可云看到这句话,几乎要昏厥过去,她颤抖着,回复了一句:

何以见得?

黑幽灵:因为你已经进入了地狱……

随后,黑幽灵发来一张照片的截图,截图上,可云苍白的脸颊茫然失措地望着前方,而她的身后,正是一片阴郁的树林,其间间隔着一块块白色的墓碑。

可云几乎停止了呼吸,这张照片是谁给她拍摄的?

"嘀嘀嘀"一声,讯息又来了:

你无法逃脱惩罚,你将用你的鲜血洗涤你的罪恶!!!!!

末了,是一张滴着鲜血的骷髅头图片!

可云慌乱地将 QQ 关闭,浑身颤抖不已。

她努力告诉自己,这不过是一个玩笑,一个荒唐网民的玩笑而已……

但是,自己那张照片是怎么回事?

难道,她真的去过黑灵镇的那个"禁地"?

那个传说是真的?凡是出现在那个"禁地"里的人都得死去?

可云惊慌失措地关上了显示器,不停地喘着粗气。她不知道"黑幽灵"是谁,但是她可以肯定那必定是一个魔鬼般的家伙!

"嘀嘀嘀"的 QQ 声音仍在持续,对可云来说,那个声音简直就像是地狱的召唤,将她心底最深处的恐惧深深地引了出来!

可云干脆将电脑电源彻底关闭,才彻底停止了那个令她惊惧的声音。

这个"黑幽灵"到底是谁?可云在冷静下来之后问自己,但是似乎根本找不到答案,换来的只是令自己极度不安的情绪。

窗外隐隐传来清洁人员的扫地声,新的一天开始了,天慢慢地亮了起来,但可云却像是坠入了黑暗之中不可自拔,她不知道接下来会发生什么或者会遇上什么。她就如同一只无意间跌入井底的折翅小鸟,望着头顶那片蓝天,却永远被困在地底那片阴郁之中。

房间里非常安静,似乎只能听到自己的呼吸和心跳声,可云产生了一种奇怪的感觉,这屋里除了她自己,似乎还有一个什么人!

望着对面电视机柜旁的一处装饰镜子,可云看到了一张变形的脸,苍白得几近透明的肌肤,一双无神而惶恐的眼睛,一副紧紧抿住的嘴唇。

那是她吗?可云问自己。短短一个月时间不到,她何以变成了这个样子?

可云低下头,眼泪不由得流了下来,她紧紧地蜷缩着自己的身体,将双腿环抱在胸前,低声抽泣起来。

黑灵镇!

三个字如同鬼魅一般,忽然跳入了她的脑海!

泪光中可云猛地抬头,她觉得自己应该主动开始寻找这团迷雾的入口!

一处僻静的茶室,寥寥几个人更显其冷清。

吴小亮盯着眼前的可云,有点吃惊:"你怎么会对蓝枫的事情感兴趣?"

可云笑笑,尽量控制自己的情绪,淡淡地说:"没什么,只是想记录下来,作为小说的题材!"

"不错,写小说啊?"吴小亮眼睛忽然闪烁一下,涌上一丝笑意。在大学的时候,可云并不是没有魅力的女生,相反,她是那种令男生不敢轻易触碰的女生。男生们都不敢追她,原因是没有自信。这反倒使可云成了寝室里唯一一个大学时期没有男朋友的女生,久而久之,更多的男生在她面前望而却步,人人都以为她是一个冷僻的人。

此刻面前的可云浑身上下充满了一种成熟女性的魅力,她那天生的忧郁神情,混合着一股独特的气质,让人无法挪开视线。和刘豫一样,吴小亮心底的某种情绪悄悄地散发出来。

"嗯……"可云低下头,不置可否。她不善于撒谎,只得将自己的眼神隐藏起来。

"怎么说呢,那个蓝枫是个人见人爱的女人……我的意思是,男人见男人爱。谁都知道她在台里是怎么一回事,从来不会固定拥有一个男人……"吴小亮看看可云,她显得有点局促不安,但是却很认真地记下了吴小亮的每句话。

吴小亮暗自发笑,接着道:"不过,想要拥有一个正常家庭的男人,是不会和她交往的!但是,方震却是个例外!"

可云抬起头来,有些诧异。

"方震和张燕原本是同一个大学的同学,两人感情一直不错,都已经买了房子准备结婚了,但是蓝枫却无故地插了一杠子……"吴小亮啜了一口茶水,眼睛眯了起来,"这男人啊,好像都抗拒不了诱惑……"

可云抬头看他一眼:"那你呢?"

吴小亮笑了起来:"我啊……我喜欢矜持的女生……"说罢望着可云,似笑非笑。

可云低下眼帘,避开他炽热的目光,若不是为了弄清楚事件的真相,她不会来找吴小亮。

"后来呢……"可云提醒他。

"后来张燕就开始到处闹呗……整个一个泼妇,还四处散播方震和蓝枫的各种谣言,本来方震对蓝枫并没有那种意思,但是被张燕这么一瞎折腾,索性和张燕提出分手……女人啊,就是这样将自己的男人往外推,张燕就是这样一个没有大脑的女人……最后结局却变成这样,想想都令人寒心!"

可云停住记录,她抬起头来:"你说张燕四处散播谣言?"

吴小亮点点头:"造谣好像是女人的天性……"

可云浑身一冷,那么张燕就是犯了"黑灵镇"网站上那条:"喜两舌谗人、恶口、妄言、绮语,或诽谤经道、嫉贤妒能、恃才傲物",这样的下场是入拔舌地狱!

可云浑身不寒而栗,那天在电梯里,张燕突发癫痫,最后导致咬掉自己的舌头!这样的情形,不正是应验了"拔舌地狱"这句话吗?

"……可云!"吴小亮在可云眼前摇摇手,"你怎么了,脸色那么难看?是不是还在想那天电梯里的事啊?"

可云摇摇头:"不……不是因为那件事……"

"你……真的是打算收集小说的题材?"吴小亮疑惑地瞥了她一眼。

可云不置可否,急忙转移了话题:"关于蓝枫……她是真的横刀夺爱吗?"

"应该算是吧……"吴小亮抿一口茶水,"我怎么觉得你对他们几个特别感兴趣?"

可云低下头,没有说话。

"看来,我触碰到你的隐私了。"吴小亮自嘲地一笑。

"不……别这样说,我只是……不知道该从何说起……"可云抬起头来,神色忧郁,"我最近……遇到了一些麻烦……"

吴小亮直视着她:"是不是……关于那个黑灵镇的传说?"

可云浑身一震,迟疑片刻,点点头。

"那个传说,我也听说过……"吴小亮的神色沉重起来,"不过……你现在不是还好好的吗?何必自寻烦恼?"

"但是……"可云正欲说话,却被一阵手机铃声打断了。

"喂……刘豫!"可云脸色稍稍缓和了一下,一丝喜悦悄悄地爬上了她的脸庞,吴小亮不动声色地将她脸上的表情尽收眼底。

"你还好吗?我前几天出差了,今天刚回来!"刘豫在电话那头解释,难怪这几天都没有他的消息,可云心里稍微安心了。

"我很好……"可云轻声回答。

"那就好……"刘豫沉默了片刻,"今天我可以早点下班……我……"

可云有点紧张了,她紧紧地握住手机,呼吸开始急促起来。

"我可以直接来找你吗?"刘豫顿了顿,"我有点事情想对你说!"

"好的,我在家里等你!"

"嗯……那好,我挂电话了,下班后我直接过去!"

"再见!"挂了电话,可云终于全身放松了。

"怎么,有男朋友了?"对面的吴小亮一脸笑意。

"啊……不是……不是……"可云一时竟涨红了脸。

吴小亮慢慢地抿了一口茶水,脸上涌出了一丝古怪的笑意。

回到家以后,可云心里沉甸甸的,似乎所有的事情都在这一刻被串联了起来。近来一连串所有不好的事情接踵而来,压得她几乎要支撑不住了。只有想起刚才刘豫的电话时,才会觉得心头稍稍轻松一点。想到这里,她不禁加快了脚步。

已经八点多了,刘豫还没有到,可云有些着急,便拨打了他的电话,但是手机却传来不在服务区的提示。

第十二章　步入陷阱

　　可云诧异了,从社里到"枫林小区",路上不会出现没有信号的情况啊!

　　一直等到十点多,快十一点了,可云还是没有等到刘豫,一种不祥的预感涌上心头。她急忙又拨打他的手机,但仍是不在服务区内。接着,她继续拨打刘豫家里的座机,但是电话响了无数声,依旧没有人接。

　　难道刘豫出事了?可云暗自思忖。她在客厅里来回踱步,心神不宁起来。

　　忽然,门铃响了起来,可云又惊又急,急忙冲了过去,看都没看,一把拉开了房门:"刘豫你……"

第十三章　扑朔迷离

　　而此时,刘豫正从报社匆匆地赶往"枫林小区"。下午临时来了一些事情,他不得不留下来完成,直到十点多,才从社里脱身出来。

　　看看手机没电了,刘豫有些懊恼,可云一定等急了吧?

　　他匆匆地赶到十三楼,按了按门铃,准备着道歉的词语,良久却发现没有人出来开门。

　　侧耳听听,房门内一片寂静,刘豫皱眉,难道睡了?还是生气了?

　　刘豫看看自己的手机,摇头不已。

　　正想转身离开,他忽然听到了一个奇怪的声音,不是从门内传出来的,而是从走廊一侧的"紧急出口"传过来的,那里像是有什么人。

　　刘豫诧异着,看看楼道里昏暗的灯光,有点犹豫,但还是慢慢地走了过去。

　　楼道里赫然躺着一个人,刘豫定睛一看,立刻将那人扶了起来:"可云!可云!"

　　可云此刻昏迷不醒,面色苍白,浑身冰冷至极。

　　刘豫急忙掐住她的人中,猛地一下,可云吐了口气,幽幽醒来。

　　"我……"睁开眼睛,可云看着眼前的刘豫,疑惑不解,"我怎么会在这里?"

　　刘豫松了一口气:"看来你没有什么大碍……"

第十三章 扑朔迷离

可云看看自己躺在冰冷的楼梯边,努力回想了一会儿,吃惊地望着刘豫:"刚才……按门铃的人……是你吗?"

刘豫扶起她:"别说那么多了,先回去再说,这里会着凉的……"

回到屋里之后,可云的头一直疼痛不已。刘豫为她倒了一杯热热的开水:"你刚才……为什么那么问?"

"问什么?"

"你问我,按门铃的人是不是我?"刘豫神色颇为凝重。

"是啊……但我不知道为什么自己忽然晕倒在楼道口了?"可云浑身微微颤抖。

"我赶过来的时候,你已经躺在楼道里了!"刘豫静静地望着她。

可云浑身一震,吃惊地看着他:"那么……那么……"

"刚才按门铃的,另有其人!"刘豫看看她,"你开门之后看到了什么?"

可云忽然想起,当她拉开房门之后,门外却什么人影也不见,她朝两旁的走廊望去,只见有个人影消失在"紧急出口"。于是,她便跟了出去:"是你吗?刘豫……"

没人回答,只有幽暗的走廊灯光照射在惨白的墙壁上,反射出诡异的光。可云心里抱怨物管实在过于吝啬了,只有这么一盏微弱的路灯!

"紧急出口"的楼梯间亦是黑洞洞的一片,可云有些发怵,那身影应该不会是刘豫吧?她暗自思忖,但脚步却仍是慢慢地朝楼梯间走去。

楼梯间传来一阵轻微的声响,有点像某个人的窃窃私语,可云停住了脚步,她在考虑是否要尽快转头回去。

她已经转身了,却突然又听到了楼梯间传来的一个声音,这声音好像在叫唤她的名字!她浑身战栗不已。

"可云……"轻轻的一声呼唤,声音有点怪,分不清是男是女。

可云停住了脚步,慢慢地转过身来。

黑沉沉的"紧急出口",就像是一个未知的世界,令人惊惧而又感到神秘。可云不知道自己是如何走过去的,她只知道自己刚刚走到出口处,便闻到了一阵奇异的香味,顿时眼前似乎出现了几道绚烂的光芒,跟着就什么也不知道了,直到刘豫出现。

刘豫一言不发听完可云的讲述,眉头深蹙,站了起来,在客厅里四处张望:"看看房间里少了什么东西没有?"

"你怀疑……是小偷?"可云瞪大眼睛,看着四周,神色渐渐不安起来,她的脑海里不由自主地跳出了那两个黑衣人的影子。

刘豫不置可否,神色沉重。

"但是……我这里没有什么值钱的东西,没有什么值得偷的东西啊?"可云低声道。

刘豫的脸上忽然现出一种奇怪的表情,他看着可云:"你……"但没有接着说下去,犹豫了片刻。

"怎么了?"可云隐隐地觉得他的眼神不对,似乎有什么难言之隐。

"……"刘豫神情慢慢烦恼起来。他眉头深锁,低声道:"难道……"又抬头看了可云一眼。

可云静静地望着他。

"你是不是有什么瞒着我?"可云轻轻地坐下,眼神淡淡地飘向一旁。

刘豫神情烦躁不安,抓抓脑袋,忽地站起身来,几乎是命令的口气:"你不能再住在这里了!"

"为什么?"可云吃了一惊。

"别再多说了,快收拾一下行李,立刻搬出去!"刘豫几乎是半强迫地,肆意在可云的橱柜里翻出一个旅行袋。

可云看着他,有些不知所措:"等等……你说清楚一些啊……"

"别磨蹭了!到时候我会告诉你的!"刘豫的眼神忽然犀利无比,他定定地注视着可云,"如果你愿意相信我!"

可云愣住了,她似乎在他的眼神里看到了一些跟平常不一样的东西,最终她紧紧地咬住嘴唇,点点头立刻开始收拾行李。

片刻后,二人驱车驶向城郊的某个地方,那是多年前的一栋旧式木制小楼,刘豫父母在移居澳大利亚之后,将这幢三层小楼留给了刘豫。

刘豫带着可云直接走上二楼的一个房间。房间宽敞舒适,除了一张双人床,还有占据一面墙的大衣柜,大衣柜旁是一个双门书柜和一张书桌。整个房间整理得井然有序,几乎一尘不染。

第十三章　扑朔迷离

床头上方有一张黑白的结婚照,两人都很年轻,女的梳着七八十年代流行的那种双辫,模样非常清秀,眉骨和刘豫极为相似,而一旁的男子则穿着旧式的军装,表情严肃。

"这是我父母的房间……你这几天将就一下……"刘豫注意到了可云的视线,解释道。

"嗯……"可云点点头,来到这里多少有了些安全感,也让她对刘豫心怀感激。

"你可以把衣服放在这里!"刘豫打开了衣柜的一扇门,里面空出了几层空余的衣格。

"谢谢!"可云慢慢地将衣物放入衣柜。这里的一间卧室,就相当于她那套小居室的面积,采光和朝向又好,最棒的是落地大窗外的那片果林,郁郁葱葱,风景极好,比"枫林小区"的景致好多了。

"我想,从今天起,我应该付你房租,水电费咱俩平摊!"可云忽然想到了一个问题,她不想欠任何人的情分。

刘豫愣了一愣:"房租就算了,反正也是空着的……"

"但是……"可云还是觉得不太好,毕竟他们两人之间,还有那一层未曾捅破的纱。

"不要但是了,你就帮忙打扫卫生吧!算是住在这里的房租。"刘豫笑出声来,打破了僵局。

可云只好作罢。"对了,卫生间呢?"她将洗漱用品拿了出来。

"走廊尽头!"刘豫带着她穿过两间房间,打开了一扇房门。

可云看看卫生间,这里基本上都是20世纪50年代的式样,虽然已经很陈旧了,但是很干净。

看着角落里那个干净的浴缸,可云忽然有种欲望,很想一下跳进去泡个澡。

可云还注意到,卫生间外通往三楼的通道被一道厚厚的防盗门给锁住了,这种情形实在是古怪,她不自觉地多看了几眼。

刘豫忽然停住了脚步:"可云!"

"嗯?"

"有件事,我想请你尊重我一下!"刘豫正色道,但眉宇间划过淡淡的哀伤。

"什么事？"

"就是这道门！"刘豫的目光投向身旁的那扇古怪的防盗门，"如果……你有时候听到一些古怪的声音，请你忽略它！"

见可云久久没有说话，刘豫面色忽然阴郁下来："要是你想休息的话，可以先去洗个澡！"说罢便转身进入了走廊另一侧的一间房间。

回到房间后，可云心中诧异万分，刘豫的情绪变化得有些突然，让她有点措手不及。

房间都是那种旧式的装饰，摆设亦是如此，整个房间里飘荡着一股陈旧的气息，这让可云有些压抑。

坐在床沿良久，可云叹一口气，拿了睡衣，准备去卫生间洗澡。

来到走廊的时候，可云留心看了看刘豫紧闭的房门，心里有些不是滋味，转身朝卫生间走去。

卫生间里的电热水器一直都热着水，可云轻轻关上门，打开了热水龙头，一阵腾腾热气将整个卫生间变得模模糊糊。

躺在浴缸里，可云一阵彻底的放松，头脑好像也清晰了一些。

出现在家门口的那个人为何要袭击她？动机是什么？

她再次回想起半个月前那个撬门闯入的凶手……究竟是什么样的人要伤害她？

不知怎的，她忽然想到了那两个黑衣男人，想起了他们像幽灵般随时出现的情形。

一想到这里，可云浑身开始发抖，就连浴缸里的热水似乎都阻止不了她内心深处的寒意！

可云摇摇脑袋，她企图让自己脑海里的东西尽量少一些，但是"黑灵镇"三个字就如一只无处不在的幽灵，忽而出现在她的眼前！

还有，那个"黑幽灵"！

他是从何处得知自己幼年时的那个秘密的？

热水停止了流淌，整间卫生间静谧下来，雾气腾腾的四周让可云心里稍稍有了一种安全感……但是刘豫，他究竟有什么样的秘密瞒着自己？

可云只觉得脑子里变得如同眼前的这团雾气一般，模糊得看不到任何东

第十三章 扑朔迷离

西,也抓不住任何实实在在的东西!

浸泡在热水里,肌肤上的毛孔慢慢舒展开来,一股难得的惬意涌遍全身。渐渐地,可云在热水的浸泡中昏昏睡去。

不知睡了多久,可云被一阵奇怪的声音惊醒。

睁开眼睛,眼前的景象让她惊呆了:

眼前出现了一个光线极为黯淡的房间。这间房间没有窗户,只有一张床和一张小几,外加房间的角落里放置了一个旧式的马桶,俨然就是一间牢房!

小几上点着一盏昏暗的油灯,油灯散发出来的味道有些刺鼻,可云几乎要昏倒。而她此刻根本没有躺在热腾腾的浴缸中,而是躺在一张硬邦邦的木床上面!

这究竟是怎么回事?

桌上的油灯还在闪烁着昏暗的光芒,但是有种奇怪至极的声音从某个地方传了过来。

可云怔住了,这个声音,听起来很像是一个女人的哭泣声!声音时断时续,忽远忽近,像是从这个房间的某一个角落里传出来的。

可云望着桌上跳动不已的油灯,浑身冰冷至极!难道这个房间里除了她,还有别的什么东西?

哭泣声断断续续,但可云听得十分真切。有好长一段时间,她根本不敢动弹,就任由冷汗沿着脊背流下来,浸湿了身上的T恤。

但渐渐地,她发现了声音的来源,就在她的床下!

几乎同时,可云的大脑仿佛停止了运转,她浑身僵硬,毛孔收缩,如坠冰窟!

床下的哭声持续了很长的时间,渐渐地停止了。可云浑身僵硬得如同一尊雕像,她甚至不敢大声呼吸,怕引来床下的某种东西。

声音完全消失之后,可云才战战兢兢地让自己放松下来。房间里一片静谧,可云不知道那个声音究竟来自何处,但是她希望,不要再让她的心脏受到惊吓了。

望着四周依然漆黑的房间,可云的心里开始发慌,她不知道自己还要在这里关多久,也许很短,也许很长……

她无法想象自己继续在这个地方待下去,会变成什么样子,会不会疯掉?

可云开始由心底涌起一阵前所未有的恐慌。四周静得令人心里发毛,就像坠入了没有声息的地狱,可云只听得见自己的呼吸声。但没有多久,她忽然又听到了那个声音!

又是那女人的哭泣声。可云浑身开始颤抖。

女人的哭泣声忽然停止了,可云无力地滑坐在地上,浑身冷汗,面色发白。

大约只静止了两分钟,那个声音幽幽地又响了起来,而且变得极为古怪,声音似乎开始变得更加清晰,还伴随着一阵窸窸窣窣的声响,像是什么东西在地面上摩擦发出来的声音。

床榻的下面,慢慢地,出现了一团黑黑的东西,那个东西在慢慢地蠕动着,从那片黑暗中爬了出来!

可云瞪大双眼,死死地盯着床榻下,桌上的油灯忽然油尽灯枯,失去了唯一的光芒,整间房间陡然陷入了一片黑暗!

可云惊恐地四处张望,她浑身发软,几乎要窒息。她看不到眼前的任何景象,只是感觉到某样东西在接近自己,忽然颈上一阵冰冷,一只手覆上了她的脖子!

"救命啊……啊………"可云抑制不住,发出一声凄厉的惨叫声,昏倒在地……

醒过来之后,可云看到了正前方那棵高大的银杏树,在暗夜中摇曳着的树叶格外醒目。

这个院子看上去很熟悉,像是来过。但是可云根本没来得及细想,她此刻的想法是逃离这座鬼魅般的地方。

可云浑身酸痛不已,猛然从地上跳了起来,朝大门方向跑去……

但这是徒劳的,大门被紧紧地锁上了。被她剧烈摇晃的大门传来沉闷的声响。

可云惊慌地回头看看,院子里寂静无声,只有一阵阵寒风吹过的呼呼声。

一种莫名的恐慌涌上她的心头,这里究竟是什么地方?

地上厚厚地堆积着树叶,整座大院悄无声息,一种荒凉破落的感觉充斥了院子,这里就像是被荒废了好几百年那样,发出一种陈腐的气息!

第十三章 扑朔迷离

当她急急地穿过庭院中央,路过其中一棵银杏树的时候,她忽然感觉到了什么,脚步戛然而止,缓缓地回过头来——

一双绣花鞋悬吊在她眼前!

那是一双大红色的绣花鞋,柔软的质地,精致的绣工,但鞋面上绣着的,却是一个黑色的狰狞至极的狼头!

确切地说,这不仅仅是一双绣花鞋,因为鞋子里还有一双脚,顺着脚面向上望去,那是一双长长的腿,腿被一袭黄色的长裙遮掩住了,再往上望过去,那是一个女人!

女人的头以一种奇怪的姿势沉沉向下低垂,长长的头发在风中被高高地撩起,随着风不停摇曳着,就像是一朵在风中盛开的花朵……

这个女人的颈上,向上延伸上去,有一条长长的白色缎带——这个女人上吊了!

女人的身体在风中旋转着,就像是一个滴溜溜转着的陀螺,忽然,低垂的头颅露出了一张惨无人色的脸庞——

蓝枫!

如果可云没有记错的话,这个女人是蓝枫——某电视台的当家主持人!

"啊……"她失声尖叫着,浑身战栗着,后退着朝大门处跑去。

但是,忽然她被一双冰冷的手紧紧地勒住了颈部,奋力回头,她看到了蓝枫那张如蜡般枯黄的面容!窒息夹杂着恐惧,她再度昏厥过去……

"啊……"可云惊呼起来。

……

她做了一个噩梦!

卫生间里仍是静悄悄的,只有浴缸里被她掀起的水花在作响。

浴缸里的水已经变冷了,一股寒意侵入了肌肤,她急忙穿好睡衣,心有余悸地打开了卫生间的门。

刚才的梦境太过真实,那个鬼魅般的庭院已经不止一次出现在梦境中,还有那两株参天的银杏树,以及那个如同吊死鬼般的女人!

蓝枫!

可云忽然捂住胸口,一阵激烈的心跳伴随着急促的呼吸接踵而来。她忽然意识到一个问题,刚才的那个梦境根本就是真实的!

那么,也就是说,自己是在那座鬼魅般的庭院里见到了死去的蓝枫!

其余的事呢?

可云努力地回想,但是似乎没有起到任何作用,只是头越来越疼,疼得差点昏厥过去。

一个身影出现在门外,可云被吓得一声惊呼!

"你怎么了?我听到了你的惊叫声……"刘豫伸手扶住了她,手掌轻轻地触摸到她裸露的肩膀,一种异样的感觉顿时涌遍她全身。她轻柔地将身体靠了过去,此刻她的确希望有个坚实的肩膀可以依靠。

"我……我做了一个可怕的噩梦……"她不知道该不该将刚才失而复得的记忆片段告诉他。

刘豫浑身一颤,接着紧紧地将可云搂在怀里:"别怕……我在这里!"

他开始寻找可云那已经冰冷的嘴唇,一阵热腾腾的欲望开始萌发,可云顿觉一阵眩晕,她不知道自己是如何被刘豫抱进房间的……当一切结束之后,她才感觉到浑身的酸痛。

刘豫正紧紧地搂住她,进入了梦乡。两人赤裸的肌肤紧紧地贴在一起,可云第一次体会到这样奇妙的感觉,但是心里又有种空洞的感觉,她不知道这是不是爱情。她感觉到颈后传来的均匀的呼吸声,渐渐地她心安了许多,这样不也挺好?

手掌心传来刘豫身体均匀的起伏,可云无法入睡,这一切来得太突然了,她自己都开始怀疑这是不是自己的一个梦境。

刘豫轻轻地翻了一个身,可云的掌心随着他赤裸身体的翻动而慢慢滑动,忽然,她的掌心里划过一道粗糙的皮肤。

继续摸索着,她发现有一些奇怪的纹路曲折迂回,就像是古代某种神秘的图腾,或者一个抽象性的花纹,密密麻麻,几乎布满了刘豫的整个后背。这让她想起了云南那个农村妇女谷丫画的莫名其妙的抽象画。更奇怪的是,他的后背还夹杂着一些不可名状的凹洞,就像是被某种利刃剜掉一般。

可云心里猛然一跳,这些摸上去极粗糙的皮肤是怎么回事?

第二天醒过来,房间里静悄悄的,身旁的刘豫已经不见了踪影。看看时间,

第十三章 扑朔迷离

可云惊跳起来,她不知道自己居然睡了那么久,已经快下午一点了!

可云起身,看着自己赤裸的身躯,忽然想起昨晚的一切,顿觉一阵悸动。昨晚刘豫和她,一直到半夜才入睡,像是积压了良久的欲望终于爆发,刘豫在最终的时候只说了一句话:"可云……我已经想了你好久……"

可云那个时候的大脑是一片混乱的,她将自己和刘豫融合在一起,似乎之前是没有任何准备的。

她轻轻地叹一口气,这一切来得太快了,快得令她有些措手不及。

但是似乎一切后悔都已来不及,她只能默默地接受这事实!

可云收拾好之后,慢慢走下一楼。天色忽然黯淡下来,不一会儿,窗外下起了大雨,雨点击打在玻璃窗上,更增添了房间里的阴郁。客厅里静谧得让人发疯,除了雨滴声,整个客厅就像是一个坟墓!

一楼是一间宽大的客厅,楼梯的另一侧连接着一个饭厅和厨房。

刘豫已经做好了早餐,那是一个夹着荷包蛋的三明治,他在一楼的餐桌上给可云留了张字条:"我去报社,晚上回来。厨房里有东西,自己煮着吃。亲爱的!"

看着最后的三个字,可云心里荡起一阵悸动,浑身的酸痛一直在提醒她:昨晚发生的一切并不是梦境!

可云的心里忽然产生了一种奇妙的变化。

她和刘豫几乎是没有什么发展就已经在一起了,这样的速度虽说几乎比闪电还快,但此刻却令她觉得安心,因为至少在大雨来临之际,有一个坚强的肩膀可以依靠。

外面的雨越下越大,客厅里光线黯淡得就像黄昏,那些古董级的家具都让可云有种回到几十年前的感觉。在客厅里转悠了一会儿,可云发现,这里居然没有电视机,也没有任何现代的娱乐设施,甚至连收音机之类的物件也没有,只有一台古董留声机杵在角落里,客厅的装饰和家具都是解放前流行的式样。在正对着楼道的那面墙壁下角,还有一个古老的壁橱。整个客厅看上去,就像是一部黑白电影里的场景,阴郁而陈旧!

可云将灯都打开了,这让她稍稍有了一些安全感。

刘豫就是在这样一座房子里长大的吗?可云用手轻轻触摸着粗粗的沙发

套,心里感觉怪怪的,自己能和这样一个男人一直到老吗?

念头一出,可云立刻为自己这个想法感到有些可笑。她觉得自己有些过于保守,但是时下的某些社会风气,却是令她避之不及的。大学里唯一的一次恋爱,就是在她坚持传统下被对方放弃的。

"我无法对你承诺任何东西!"

这是那个男生在分手时说的话,然后他便转身离去。殊不知这样的一句话,竟让可云从心里彻底放弃了对完美爱情的追求。但她此后也没有滥用感情,反而一直洁身自好,将最后的那朵玫瑰花守护得严丝合缝,专门等待着那个能够守护她的人。

但是,昨晚……

刘豫是能够托付终身的人吗?

可云叹一口气,还是不要抱太大希望吧,以免失望更大……

她静静地坐在沙发上,看着眼前古老陈旧的布置,窗外传来滴滴答答的雨滴声,忽然有种恍然如梦的感觉。究竟此刻是梦境,还是现实呢?看着墙壁上悬挂着的一尊金色的佛像,可云不禁问自己,这段时间里她的人生究竟是怎样的?是在做梦,还是真实的?这个真实的人生,最终将会归向何处?

"佛祖啊佛祖,你能告诉我吗?"可云双掌合十,闭上了眼睛。

"铛铛铛……"忽然一阵声响从客厅的一面墙上传过来!

可云有些心惊胆战地摸摸自己的胸口,看到对面墙上的那座大挂钟,心有余悸。

她随便吃了些速食,又给自己倒了一杯茶水,上楼去了,这个客厅对她来说,似乎是显得有点太空旷了。

二楼除了走廊尽头的卫生间,一共有四个房间,刘豫父母的主卧室、一间书房和两间较小些的卧室,最小的一间是刘豫的,另一间是刘豫姐姐的闺房。

书房里有三排高大的书柜和大小两张书桌,书柜里大部分是建筑类的图书,也有一些国外的小说,但绝大多数是20世纪80年代以前的老版本,有的书名可云听都没听说过。

随便找了两本外国小说,可云端着茶水回到了刘豫父母的卧室。

卧室里的光线非常好,尽管外面的天气不佳,但卧室里的两扇窗户很高,透过窗帘,只见木条隔开的一块块玻璃透出柔和的光线,整个房间感觉很舒适。

看着床上凌乱的痕迹,可云又想起昨晚和刘豫的疯狂,浑身忽然燥热起来,急忙打开了窗户,用湿冷的空气让自己的头脑清晰片刻。

可云喜欢躺在床上看书。她看看床上那个柔软舒适的枕头,轻轻地将自己陷了进去,这种感觉让她想起了童年时在妈妈的房间里……那时也是如此,有一个宽大而柔软的枕头,枕头永远散发着一股阳光的干净味道。直到父亲的背叛令妈妈再也没有了闲情逸致,随后也邋遢起来,似乎心思全都放在了那个彻夜不归的丈夫身上,对生活基本上失去了信心。

可云的心里开始隐隐作痛,妈妈是一个苦命的女人,但可云却越来越不喜欢她,因为妈妈完全将生活的信心寄托在了一个不负责任的男人身上,对于唯一的女儿,似乎疏于顾及她的感受。

书本上的字像是一只只蹦跳不已的小鹿,可云的眼皮不知不觉地沉重起来,她渐渐地歪在枕头上,沉沉睡去。

醒过来的时候,天已经黑了。可云都不知道自己为何睡得那样沉,窗外雨已经停了,房间里静谧得只剩下她的呼吸声。

看看床头柜上的闹钟,已经晚上八点多了,可云才发觉饥肠辘辘起来,急忙下床。

一楼仍是昏暗一片,影影绰绰地只看得见一大团黑黑的家具,可云立刻将所有的灯都打开,但那种阴郁的气氛依然挥之不去。

可云拉开冰箱,能够做出食物的原材料不少。想起刘豫即将回来,不知怎的,她心里居然有些紧张。

大半个钟头之后,桌上出现了两样小菜和一碗蔬菜汤,可云又看看客厅里的挂钟,快九点了,刘豫还没有回来。

她拿起电话,犹豫了一会儿,还是拨打了出去,手心居然微微冒出细汗来。

电话通了,但是无人应答,可云有些失望,放下电话,将饭菜用盘子盖好,转身回到客厅里。

客厅总共有四面高大的窗户,是旧式那种狭长形状的。因为此时外面已经停雨,可云将四扇窗户全部打开,一阵清新的空气涌了进来,冲淡了这座房子里的阴郁之气。

可云坐在沙发上,靠着一只抱枕,翻看着手里一本夏树静子的《W 的悲剧》,据说这是作者三部悲剧中最优秀的一本,但是却依然无法让可云的心思专注起来,书中名为春生的女生就像影子一样,在她眼前晃来晃去,却看不到她具体在干什么。

大约在十一点多的时候,大门外响起一阵轻快的脚步声,刘豫回来了。

他看到餐桌上早已冷却的饭菜,心里涌起了一阵暖意,但放眼望去,偌大的客厅里却不见可云的身影,只有沙发上丢着一本夹着书签的小说。

"可云!"刘豫此刻急于想拥抱她,昨晚的激情让他对可云的身体产生了一种奇怪的眷恋。

二楼亦是静悄悄的,卧室里没有人,卫生间也是空的,刘豫的脸色沉了下来,他已经猜出可云的去处了。

果然,三楼那扇防盗门已经被打开,门内一串清晰的脚印一直延伸到三楼。刘豫铁青着脸,冲了上去。

只见可云躺在三楼走廊的地板上,一动不动,面色惨白,浑身冰冷。刘豫的心忽然又软了下来,急忙一把将她抱回了卧室。

可云幽幽醒来的时候,眼前出现的,是刘豫既紧张又生气的脸。

"你……回来了……"可云轻声道,她不知道为何自己又躺在了床上。

"你都干什么了?"刘豫忽然粗声粗气道。

"我……干什么?"可云满脸茫然,反问道。

"你为什么不听我的话,私自打开了三楼的门……"说到这里,刘豫忽然愣住了:防盗门的钥匙一直在他身上没有离开过,可云是如何打开那道门的?

"我?没有啊?"可云忽然想起来,惊叫一声,"那道门本来就是打开的!"她忽然惊恐地看着刘豫,"那里面有人!"

"胡说!"刘豫沉下脸来,"那道门已经几年都没有开过了!"

"真的……我看到了……"可云眼里满是惊恐,瞳孔中慢慢出现了当时的情形:

将饭菜做好后不久,可云便听到了一阵奇怪的声音。那个声音很古怪,似乎是从楼上传下来的,像是什么人发出来的低语,又像是某种动物的低号。可云浑身一震,这所房子里,难道还有其他的什么东西?

第十三章 扑朔迷离

看着客厅里静静的一切,可云心里开始发怵了,这所房子本身就让人觉得诡异十足,刘豫居然能够一人待在这里那么久,还是挺佩服他的胆量的。

片刻之后,声音消失了,可云希望这个声音只是她的短暂幻觉。

但很快,声音又出现了,那个低语声音模糊不清,像是有某个人或动物在这座房子的不知哪个角落里窃窃私语!可云浑身的血液几乎要凝固了,那不是她的幻觉!放下手中小说,可云慢慢地朝二楼走去,她既害怕,又好奇。对于神秘事件锲而不舍地探寻,是她性格中最大的特点。

整条走廊上静悄悄的,走廊灯仍然闪烁着昏暗的光芒,一种难以言喻的阴郁感充斥在其间,她想到该提醒刘豫换一盏明亮的灯泡了。放眼望去,二楼似乎没有什么动静,卧室门开着,一眼就可以看见里面空无一人,其余的房间房门紧锁。卫生间在走廊尽头,可云不得不壮着胆子慢慢地走过去。

卫生间的房门平时是关上的,此刻也是如此,但是可云心里有种怪异的感觉,那道门的后面,会随时跳出一个什么东西来!她手心开始冒汗,手里紧紧抓着一只厨房里找到的锅铲,整座房子也只有那只锅铲是唯一的武器了。

可云的呼吸急促起来,她紧紧抓住锅铲,做好袭击的准备,猛地一下打开了房门!

里面传来一阵激烈的扑腾声,骤然,一阵冷风迎面扑来,可云惊叫着跌倒在地上,伴随着那阵冷风而来的,是一团黑糊糊的东西!几乎在惊叫的同时,可云感觉到挡在眼前的手臂被狠狠地抓了一下,一股尖锐的疼痛从手腕上传来。

那团黑糊糊的东西忽然发出一阵尖锐的啸声,在空中盘旋一圈,又向可云扑来!

这一次可云直接就用手中锅铲猛地朝黑影敲去,黑影被敲得跌落在地上,仍在不断扑腾着,发出刺耳的尖叫声!

可云惊魂未定,借着走廊的灯光,这才看清楚,这是一只体形很大的鸟!确切地说,应该是一只鹰!

那只鹰被可云无意一击,居然跌跌撞撞地跌倒在地。

可云大惊,这只体形庞大的鸟是怎么进入到卫生间里去的?紧接着,她听到了从右侧的拐角处传来的声响,那是人的脚步声!

可云心口一紧,果然有人闯进来了!

不远处地板上那只被击落的鹰还在地上挣扎不已,声音显得格外刺耳,但可云仍是清晰地听到了从楼上传来的脚步声。

她紧张地盯着头顶上的天花板,那个声音,慢慢地由楼角处移过来,来到了可云所在的位置,可云感到浑身冰冷。她悄无声息地站起身来,摸索着朝楼道口走去。果然,那道防盗门不知何时已经被打开了,半开的门内,露出幽暗的楼道,一股阴湿而发霉的气息迎面扑来。

可云浑身颤抖着,轻轻地放慢脚步,走进了黑暗的楼道。

楼道里一片昏暗,可云的眼睛好半天才适应了,她沿着楼梯慢慢向上走去。三楼的那个脚步声似乎在四处探寻什么,可云站在拐角处,屏住呼吸,侧耳倾听着动静。

随后,可云听到那个脚步声进入了三楼的某一个房间,传来了开门的声响。但是此后,可云发现那个脚步声完全消失了,完全没有了动静!

可云浑身颤抖起来,她又慢慢朝上面挪动了几步,但仍然没有听到任何声响,之前的那个脚步声就像已经消失在空气里一般。

她感到了一阵前所未有的恐惧,难道这只不过是自己产生的幻觉?

可云惊惧万分,脚步已经踏入了三楼的走廊。此时整条走廊沉浸在黑暗之中,基本上无法看清楚眼前的任何景象,只有模模糊糊的一片。可云突然产生了一种怪异的感觉,这层楼道就像是停滞在几十年前,或者更久远的年代里,它与外面的世界完全隔绝,令人来到此地顿时有种恍如隔世的感觉。

脚步声彻底消失,可云有些不知所措,她依稀记得,那个脚步声消失的地方,应该在右侧的某个房间!

脚下偶尔传来"嘎吱"的声响,地板年久失修,已经破损了不少。可云心下忐忑:这条空洞而黑暗的走廊,会不会忽然冲出某个怪物?

三楼的格局与二楼不太一样,可云大致数数,三楼的房间比二楼多出几间。

几乎所有的房间都是紧锁着的,可云怵怵地越过这些房间,看到了走廊尽头的房间。房间门半开着,可云估计那就是刚才的脚步声消失的地方!

脚下传来的"嘎吱"声奇特而又诡异,可云心里紧张万分,握住锅铲的手已经被冷汗湿透。

"谁在里面?"可云忽然高声叫道,给自己壮胆。但是房间里面悄无声息,那

第十三章　扑朔迷离

个闯入者根本没有任何反应。

可云稍稍镇定了片刻,轻轻地用手中的锅铲推开了那半扇房门。

房间里只有一张"床"!

而这张"床",通体用铁所制,宽约一米,面积看上去与一般的单人床差不多大小。但令可云诧异的是,这张床上,布满了一根根尖锐的钢刺!一根根尖锐的钢刺上面还隐约可见一些血迹!

整个房间里,有一股浓浓的血腥味!

但令可云最为惊恐的不是房中这张古怪至极的"床",而是那个消失得无影无踪的脚步声!

看着面前一览无余的房间,可云几乎怀疑自己刚才所听到的脚步声只是幻听,那个究竟是什么?她站在房间门口,不敢踏入半步。

可云浑身颤抖着,准备转身离开这个古怪万分的房间,但是当她转身的时候,她忽然听到了身后传来的某种声音!

可云浑身血液几乎在那一刻凝固,这一次她确定自己没有产生幻听,的确有个什么东西在身后的房间里。

一股浓重的恶臭忽然从身后传来,可云不敢回头望去,她只觉得,有个什么东西离自己越来越近。

她本想尽快离开,但是却发现双腿已经无法动弹,根本迈不出半步,她已经浑身瘫软不已!

身后的那个声音喘着粗气,浓重的气息几乎已经喷射到可云的后颈处,她浑身冷汗,根本不敢动弹。

忽然,后颈传来一阵疼痛,可云失去了知觉……

她再度醒过来之后,便看到了刘豫。

可云面色惨白,紧紧地抓着刘豫的双手,浑身惊惧不已,哆哆嗦嗦地讲述了刚才自己看到的情形。

刘豫则面色沉重,若有所思,他看看可云:"但是,你所说的那只鹰,并没有在走廊上!"

可云愣住了半响,之后问道:"那么,三楼……"

"三楼什么也没有!"刘豫忽然打断了她的话头,正色道,"那里面,什么也没有!"

可云怔怔地望着他,轻声道:"你……不相信我?"

刘豫避开她的眼神,低下头:"可云!三楼没有任何东西!我刚才也看过了,二楼卫生间里都是好好的,没有任何动物闯进去的痕迹!"

"但是……三楼的防盗门是怎么打开的?"可云有点混乱了。刘豫抬起头来,看着她没有说话。

"你……以为是我打开的?"可云觉得非常可笑,"我连钥匙都没有!"

刘豫叹一口气,神色柔和下来,轻声道:"没关系,可云,你应该多休息!算了,这件事就不要去多想了……"

"不!"可云的口气忽然变得凄厉,"你在怀疑我?"

刘豫看了她半晌,没有说话,自顾自地起身道:"你应该好好休息!我不打扰你了!"说罢走出了房间,反手轻轻地将房门带上。

可云怔怔地看着房门,心里很不是滋味,刘豫根本不相信自己的话!躺在床上,可云思绪万千,她觉得自己与刘豫之间,似乎有一道永远无法逾越的鸿沟,与他仓促结合是否太冲动了?

刘豫进房间后,可云再也没有听到他的动静,心里懊丧至极。但隐约地,可云觉得刘豫总有一些事情向自己隐瞒了。三楼究竟藏有什么秘密?

轻轻打开房门之后,可云来到了走廊上。她脱下了拖鞋,赤着脚在冰冷的地板上行走。可是走到楼道处,可云发现那道防盗门再次被紧锁上了。

刚刚转身,却被一道黑影拦住了,可云差点惊叫出来。

刘豫冷冷地站在她面前,看着她。

"你……什么时候来的?"可云有些尴尬,低下头去,准备离开,却被刘豫一把拉住了。

"你干什么?"可云的手腕被刘豫紧紧钳住,"你弄疼我了!"

刘豫低下头,看着可云,眼神里复杂多变,最初是犀利的,但最后终于软了下来,忽然一把紧紧地将可云抱进怀里:"我该怎么办?"

"什么?"可云缩在他怀里,轻声道。

"你太好奇了……"刘豫松开她,"你知道吗?你的好奇心会害了你……"

第十三章 扑朔迷离

可云望着他,眼神里有种说不出的哀怨:"但是……我……"

"你……真的想知道这三楼的秘密?"刘豫忽然道。

可云愣住了,继而急忙点点头。

"那好……跟我来……把鞋穿上!"刘豫低头看看可云的赤脚。

"嗯!"

当三楼的防盗门再次被打开的时候,可云心里有种奇怪的感觉,之前听到的那个脚步声,是否真的是自己的幻觉?

刘豫打开一支手电筒,带着可云走进那道黑暗的门洞。

"你看……我真的没有骗你,这里有四个脚印……这两个是我的,那么另外两个……"可云看到地板上出现那行清晰的脚印,惊叫起来。

刘豫愣住了,他再次查看地上的脚印,嘴唇紧紧地抿了一会,他将可云紧紧拽在手里,交代道:"小心!"

可云看他一眼,欲言又止。

来到了三楼的走廊上,刘豫摸索着在墙角找到了一个开关,"啪!"一盏光线黯淡的顶灯在头顶上方亮了起来。

这里的布置和二楼相仿,但走廊上的窗子却被关得严严实实,整个三楼就像一个发霉的罐头,阴暗,潮湿,空气闷得几乎让人窒息!

灯光下,可云总算看清楚了整条走廊的情形:"这里好像比二楼要多一些房间呢。很奇怪啊,为什么三楼的面积比二楼还要大?"

"我小时候就发现了,但是我爸爸也说不清楚这幢房子究竟为何如此怪异!"

两人脚下的木地板发出沉闷的声响,刘豫拉着可云:"小心,有的地方坏掉了!"

可云的手被刘豫紧紧拽住,心里顿时温暖了起来,她开始享受着被人保护的感觉。

但是当她看到昏暗灯光下走廊两旁的墙壁上出现的痕迹,不禁惊呼起来。

"这些是什么?"

刘豫顿了顿:"那是……血!"

走廊两旁的墙壁,甚至还包括几扇房门上,都有不同程度的暗黑色的液体呈喷射状,非常浓密,一团一团地喷在已经剥落的墙壁之上,有的甚至渗进了灰色的墙体之中。大概是年代久远血渍已经完全变色的缘故,这些血液乍看之下像极了被泼洒的墨水。这更让整层三楼充满了一种令人压抑的恐惧感。

可云忍不住感到一阵恶心,难道这里发生过惨无人道的屠杀吗?

"这里……在几十年前,曾经发生过一起惨无人道的屠杀……"刘豫皱眉解释道。

"屠杀?"可云有些吃惊,他竟然用到这个词语。再看眼前这些变了色的血渍,让她忽然想起了《辛德勒名单》中犹太人被屠杀的现场。

"不错,这里死去的人超过了五十人!"刘豫神色凝重,"当时日本人冲进来的时候,这座房子里住了老老少少不下五十人!而这些人,对于那些野兽般的日本军人,完全没有任何抵抗力,因此……"他久久地望着那些惨痛的痕迹,说不下去了。

看着墙壁上那些黑色变质的血迹,可云完全可以想象当时惨烈的情形。一边听着刘豫的解说,她眼前浮现出了那些老人和小孩被日本人追杀的场景,一幕幕就像幻灯片似的,在眼前立刻播放出来。

一个老人倒在了墙边,一把刺刀便深深地刺进了她的胸口,血液喷射出来,染红了墙壁……

一名少女在拼命躲避两个日本军人的蹂躏,最后被追至走廊尽头,为了拼命保护自己的纯洁,无奈咬牙一头朝墙上撞去,溅起一片红色的浪花……

一个小孩,静静地站在走廊中央,看着在身边发生的惨剧无动于衷,忽然,一柄刺刀猛地挥了过去,小孩倒在了地上,周围的场景倾斜着,一片血红漫延了整个画面……

"啊……"可云忽然惊叫道,浑身开始冒出冷汗,她被自己的想象力给吓坏了。

刘豫搂住她,有些紧张:"你怎么了?"

"我……我……"

"要不……我们先下去?"

"不要!"可云望向他,"我想去看看……那个房间!"她用眼神指向最尽头的那个房间。不知为何,那间房间对她来说有种说不出的神秘。

第十三章　扑朔迷离

刘豫的脸色变得难看起来,如果可能,他是不愿意带可云去那个房间的。那儿有着一个只有他和爷爷才知晓的秘密!

"走吧!"刘豫考虑了一会儿,拉起可云,朝那个房间走去。

房间打开了,呈现在可云眼前的,还是那张古怪的"铁床"。

"这是什么?"

"这是……一种刑具!"刘豫叹一口气。这原本是他不愿意透露给任何人的秘密,但是对于可云的要求,他却无法抗拒。

"刑具?"可云吃惊地看着那些钢针上的血迹,似乎明白了一些什么,"让人……躺在上面?"

"嗯……不过不是别的人,而是……我爷爷!"刘豫心头沉重不已。

"你爷爷?"可云惊呼起来,"为什么?"

"为了赎罪!"刘豫眼神黯然。

可云静静地看着那些血迹,没有说话。

"我爷爷……曾经犯下了一个弥天大错!"刘豫的眼里忽然闪烁出一丝泪光。

"你之前为什么没有告诉过我……这里的一切?"可云将身体紧紧地靠在他身上,这是她第一次看到他在她面前流泪的模样,一种从内心深处传来的悸动感染了她。

"我只是……不想让你多心……"

刘豫浑身抖得像筛子,忽然可云感觉他的身体一僵,一个奇怪的声音响了起来:"滚开!"

可云被重重一推,跌倒在地!她惊异万分,刘豫忽然像换了一个人似的,正用一种极度憎恶的目光盯着她:"滚开!你这个不知廉耻的女人!"

可云简直不敢相信,眼前的刘豫就像是一个陌生人!而且是非常讨厌她的陌生人!

"刘豫……你怎么了?"可云感到不对劲。

刘豫的面色变幻得极其古怪,他盯着可云,眼睛里布满了血丝,恶狠狠道:"快离开我孙子的身边!你这个不知羞耻的女人!"

被刘豫如此恶毒地咒骂着,可云一时竟不知如何是好,他的口气和眼神与平常完全是判若两人！她忽然有种错觉，难道眼前这个男人身体里装着的，不是刘豫本人？

她这种匪夷所思的想法随着刘豫接下来粗暴的举动而加深了。他几乎像抓小鸡一般，猛地一把提起可云，将她从房间里扔了出去！

"砰"的一声，刘豫从里面将房门重重关上！

可云呆呆地望着那扇紧闭的房门，不知所措。

忽然，从房间里传来了一阵痛苦的哀号，那是刘豫的声音，可云既惊又惧，发现房门已经被紧紧地反锁了。

"刘豫……"可云轻轻地呼唤了一声。

"滚开！"刘豫的怒喝声从里面传来。可云心中陡然委屈起来，眼泪止不住涌了出来，怒火中烧，正欲离开，却又听到了刘豫从房间里传来的奇怪声音："呜呜……爷爷……不要……"

这个声音虽然是刘豫本人的，但是却显得软弱无比，夹杂着哭泣声。

"你闭嘴！你这个胆小鬼！"赫然传来了一声怒喝。

"呜呜……我疼……呜呜……爷爷……求你了……"

"闭嘴！"

声音一高一低，一大一小，一个强硬，一个软弱，但是，这两个声音似乎都源自刘豫！

可云似乎明白了什么，她急忙奋力敲门："刘豫！开门！刘豫！开门！"

"滚开！"随着这一声大喝，房门猛然一震，可云吓得倒退几步，不敢再开口。

房间里霎时安静下来，完全没有了任何声响。可云只能静静地等候在外面，望着四处斑驳的走廊和墙壁，昏暗的灯光使这里显得格外凄凉。

忽然，刘豫低声的呜咽又开始了，断断续续，就像暗夜里幽魂的悲泣，可云的心被揪得紧紧的。

随着低鸣声的持续，刘豫的声音变成了痛苦的哀号，那撕心裂肺的叫声就像一把把尖刀，猛刺着可云的心。

她知道刘豫在里面做什么：他此刻一定是在那张"铁床"上，让那些钢针折磨自己吧！

可云忍不住低下头去，紧紧地捂住自己的耳朵，开始流泪。刘豫是从何时

第十三章　扑朔迷离

开始这样折磨自己的啊？这样深的痛楚他究竟还要承受多久？

不知过了多长时间，哀号声停止了。又隔了一会儿，房门打开了，刘豫神情痛苦地出现在门口。

可云抬起头来，怔怔地望着他，她不确定眼前的这个刘豫是否还是那个深爱着自己的男人。

"可云……"刘豫终于抬起手来，伸向可云，轻轻地呼唤了一声，他的身体忽然摇摇欲坠起来。

可云急忙一把扶住他，眼泪忍不住又流了下来，她的刘豫回来了！

将刘豫扶回房间后，可云发现他背上渗出的血迹。她很快端来一盆温水，用毛巾开始轻轻擦拭他背上那些被钢针刺出来的伤口。

刘豫静静地趴在床上，任由可云轻柔的双手在背上抚过。偶尔他会痉挛，可云便放轻了力度。她此刻才明白他身上那些伤口的来历。

可云用纱布将背上的伤口包扎好，刘豫慢慢地侧过身来，紧紧地抱住了可云："不要……离开我……"

可云浑身一震，眼泪不自觉地流了下来，咬住嘴唇轻声哽咽："不会的……"

"刚才……"好半晌之后，刘豫才松开她，"刚才我……"他看着她的眼神，神色黯然，似乎有些难以启齿。

"不要说了……我都明白……"可云努力微微一笑，"我……陪你去医院……好吗？"

刘豫抬起头来，哀叹一声，摇摇头："我这个病……医生根本无法医治……"他的眼神忽然定格在卧室墙上那幅结婚照上，定定地没有说话。

可云心里叹一口气，没有说话。

许久之后，刘豫忽然道："可云……"

"嗯？"

"你……还可以有别的选择的……"他忽然低下头去。

可云望着他，她明白他的意思，患有这样古怪的病症，他无论如何都不希望拖累他人。

她没有说话，她不知道自己该说什么，她不愿意撒谎，但也不愿意伤害他，于是选择了沉默。

刘豫似乎明白了她的想法,苦笑:"你……走吧……"

可云转过头来,望着他的眼神复杂至极,半晌才轻声道:"你想让我离开吗?"

"我……不知道……"刘豫放开她,"我在不能控制自己的情况下,不知道会不会伤害到你……"

"有解决的方法吗?"可云问道。

"我不知道!"

可云顿了顿,想到了一个问题,她的目光忽然投向刘豫腰间那个小小的图案,声音颤抖道:"你这个病症,和黑灵镇——有关系吗?"

刘豫的面色忽然猛地一变:"你怎么会这么问?"

可云冷笑一声,用手轻轻在他腰间一点:"你看看这个……"

刘豫低下头,在自己的腰间看到了一个小小的文身,那是一个狼头,和网站上的图案一模一样!

两人之间的气氛顿时尴尬起来,刘豫沉默不语。

过了好一阵,可云才道:"你就是那个'黑幽灵'!对吧?"

刘豫抬起头来,有些惊讶,但不置可否。

可云顿时感到胸中一阵怒火,但她尽力压抑住自己的情绪,冷冷地起身,准备离开。

刘豫急忙一把拉住她:"不要,可云!"

"放开我!"可云奋力挣扎起来,眼中的火焰炽盛起来。

"不……你听我说,我不是想故意欺骗你的……"他忽然住口了,没有说下去。

"所以你就故意吓唬我?"可云冷笑起来,"编造那些报应的谎言来恐吓我?"

"那不是谎言,我也没有恐吓你,我只是想……让你远离黑灵镇……但是我没想到,你真的已经被卷进来了……"刘豫用力拉住极力挣扎的可云,"你听我说,真的是有人想要杀害你……"

"你说什么?"可云停住了,吃惊道,"为什么?"

"原因我不确定,但是你6月16日那天,一天在黑灵镇的禁地里遇到了什么,不然他们不会追杀你!"

"他们? 谁?"可云的声色俱厉起来,"你到底是谁?"

刘豫看着她,呼吸急促起来。

"我是黑灵镇的人!!"

第十四章　幽灵古镇

可云几乎跌倒在地上,心中的惊讶无法用语言来形容,她呆呆地看着刘豫,说不出话来。

"你相信我吗?"刘豫悲伤地望着她。

可云没有说话,这一系列事件的发生令她恍如梦中,她不知道这是自己的梦境,还是现实。

刘豫居然是黑灵镇的人!他究竟在这一系列事件中扮演什么样的角色?那么他接近自己的目的又是为了什么?

天空渐渐变得明亮,清晨的阳光透过窗户徐徐地洒了进来,新的一天又开始了。

可云忽然抬起头来看着他:"为什么你要告诉我这一切?"

刘豫沉默片刻:"我不能眼睁睁地看着你陷入困境……因为,我真的很在乎你!"他将可云轻轻地拉到身边,"我不能失去你……"

可云浑身颤抖不已,她此刻已经无法负荷内心的矛盾。这所有的一切就像是一块巨大的石块,几乎将她砸得粉身碎骨,她抽泣着任由刘豫将自己拉进了怀里。

"对不起……"他低声道,"早应该让你知道这件事的……"

第十四章　幽灵古镇

"你能全部都告诉我吗?"可云抬起头来,眼神无助地望着他。

"当然……"

"那么,这个狼头代表什么意思……那两个黑衣人是谁……还有……"太多的疑问让可云一时竟不知该从何说起。

"别急,我会慢慢告诉你的。"刘豫轻抚着她的头发,"这件事,应该从七十年前说起……"

"抗日战争?"

"那个时候,我爷爷,也就是黑灵镇上唯一拥有土司血统的传人。他的父母都在一次霍乱中失去了生命,只有十岁的爷爷便成为了黑灵镇年纪最小的土司!"

"土司?"

"是的!黑灵镇的历史不仅仅像外界传闻那样,只有几百年。我们这个古老部族如果要追溯根源,大约早在人类历史记载的范围之外了。"

"我还是不明白……"可云疑惑万千,刘豫所说的这些,似乎离她太过遥远。

"你听我说完,就会明白了……"刘豫轻轻地揽过可云。

"嗯……"可云也依势靠了过去。

"七十年前,日本人想要阻断我国军队与外界的所有交通要道,最著名的就是通往老挝的这条'中缅之路'。而当时按国军最初的设想,有一条道路便是要横穿过黑灵镇。而能够与国军谈判的、最有权威的土司,便是我十岁的爷爷!"

"一个十岁的孩子怎么能……"可云忽然住口,她意识到不能用"孩子"这个词语。

"是啊!一个十岁的孩子——当时族内另一位地位仅次于我爷爷的长老就是这样说的!他是我曾祖父的师弟——风长老,在我曾祖父去世之后,他不止一次向族内提出要继承土司的位置,但是都被其他长老断然拒绝了。长老们都认为,既然我爷爷是土司的传人,无论他年纪长幼,或男或女,都得秉承先祖的遗训,将这个脉系传承下去。因为此事,风长老便对年仅十岁的爷爷一直耿耿于怀,在国军前来交涉之际,便故意联合其他的长老,不做任何表示,逼迫年仅十岁的爷爷独自做出决定!"

"你的爷爷,能够胜任吗?"可云不禁为那个十岁的孩子担忧起来。

"做这个决定是很难的。当时的黑灵镇曾经一度闹饥荒和瘟疫，镇上的族人死伤大半，长年处在饥荒之中。这个时候，若是同意国军从黑灵镇最为神圣的禁地中开辟一条道路，这会让族人失去唯一的精神支柱。当信仰失去之后，后果会不堪设想……但是若是不答应国军的要求，那么，还会有更多的国人要遭受日本人的蹂躏。爷爷当时尽管只有十岁，但是他对民族大义这些道理非常清楚，当那位国军将领恭敬地站在他面前的时候，爷爷做出了一个决定！"

"什么？"可云不禁惊讶于这个十岁孩子的冷静。

"他对那位国军将领建议：让开辟运输物资的道路绕过镇里那片禁地，从山头的另一侧转过去。但是将领颇有些为难，在这样资源匮乏的时候，多费人力物力去绕一条多出十几公里的道路，是否有些不合算。但是爷爷却建议让黑灵镇的族人参与道路的开辟，并且诚恳地请求，让族内青壮年加入国军，共同抵抗日军的侵略。而前提是，要国军保证族内老弱妇孺的安全。"

可云感动得说不出话来。她没想到一个年仅十岁的孩子能够做出这样的决定，就算是一个成年人也不一定想到这些。这样的决定既保存了族内那片禁地的完整，同样也解决了族人处在饥荒的为难境地。

"当这个决定出来的时候，国军将领和你一样惊讶。他也没想到爷爷居然有这样聪慧的头脑，立刻答应了爷爷的要求。一旁沉默的长老们都为年幼的爷爷感到高兴，除了一个人……"

"风长老？"

刘豫点点头，神色黯淡下来："也正是因为他，黑灵镇遭受了一场惨绝人寰的浩劫！"

"为什么？"

刘豫抬头看看房间，又看着可云："你知道这座房子里，为什么会充满了一股血腥的杀气吗？"

可云摇摇头，但是她似乎想到了什么。

"当时那名国军将领为了兑现承诺，将他自己的这栋住宅腾了出来，这座房子所有的房间加起来，勉强可以容纳五十多人。而当时的黑灵镇，除开那些青壮年，剩下的老弱妇孺，都在爷爷的带领下搬了进来，以避免战争爆发时带来的灾难。"

第十四章　幽灵古镇

"那么……日本人为什么会找到这里?"可云听得惊心动魄。

"爷爷与几位年长的长老一起,带领这五十多个老弱妇孺藏身于这所房子里,要等待战争过去才能回到镇上。而这个决定几乎没有什么外人知道,但不知为何,日本人知道了他们的所在!"

"不对!日本人没有必要将这里的人都杀光啊!"可云想到了这个问题。

"日本人获知了一个消息,那就是,这里藏有一个惊人的秘密,而这个秘密,很可能会帮助日本帝国在全世界称霸!"

"那……是什么?"

刘豫看着可云轻声道:"就是那片'禁地'!"

"'禁地'?"可云疑惑万千,"你们的'禁地'到底隐藏着怎样的秘密?"

"那是一片隐藏着巨大宝藏的聚宝盆!"刘豫神色悲哀不已。

"聚宝盆?"

"这也是当初爷爷不同意国军从'禁地'上开辟道路的原因。黑灵镇的'禁地'之中,隐藏着一个传说中的巨大宝库!而这个巨大的宝库,传说是我们的祖先在千百年前就藏好的,那里的财宝,足可以买下半个中国!"

"……日本人最初的目的,是将权力最高的爷爷和几位长老强行带走,逼迫他们说出宝藏藏匿的地点。但是他们没想到他们的粗鲁举动引起了族人的反抗,这大概是谁也没想到的。当时执行这个命令的日本军人,是一个脾气极其暴躁的人,当他看到族人们的激烈反抗的时候,断然下令将全部族人都杀光,所以便导致了这场惨剧……"刘豫神色悲伤不已。

"那么你爷爷呢?他怎么样了?"

"爷爷他……他被一柄刺刀从额头上划过,但是幸运的是,他居然活了下来,原因是当时的一位长老用身体挡住了致命的一刀,并且将他压在身体下,日本人以为这样一个小孩一定活不了多久,便很快撤离了。唯一存活下来的,只有爷爷一人!"刘豫神色黯淡,"从此他便一直活在深深的内疚之中……因此,他自己制作了那张铁床,在某些时候会躺在上面,以此来惩罚自己……"

可云心中哀伤不已,一行热泪流了下来,忽然她抬起头来:"那么,那个风长老呢?是不是他出卖了你的家族?"

刘豫摇摇头:"不知道,他原本也是在这所房子里的,但是很奇怪,这场大屠杀过后，他的尸体没人见到过，也没有人在外面见到过他，他就像是融化在了空气里一样，失去了踪影！"

"那么也就是说，这一场屠杀，完全是没有任何意义的。这件事本身就是一个阴谋，有人想要将你爷爷和那些长老全都消灭？"

"所以，我爷爷一直在想，这一场的屠杀的原因完全在他，如果不是他这土司的位置，也不会让那位风长老出卖他并最终导致这场屠杀。"

可云叹一口气，人间的悲剧大多来自个人的欲望，权利的渴望会让人变成魔鬼！

刘豫久久地没有说话，眼神里充满了悲痛。

"都是那个宝库惹出的祸端！"

"宝库？"可云心中的疑问很多，她的脑海里忽然闪现出那片白茫茫的墓群，"但……为什么……为什么会有那么多的墓碑？"

"那不过是我们的祖先为了掩人耳目采用的一种方式，起初的时候故意在埋藏宝藏的地方建起一些空的墓穴。后来年代一久，黑灵镇的后人也开始将那里作为真正的墓地，这样一来便倒也真吓住了那些企图挖掘宝藏的人，加上黑灵镇那个神秘的传说，几乎没有什么盗墓者会去光顾那里……"

"但既然是传说……为什么凡是去过那里的人，会真的遭遇不幸？"可云忽然想起自己遭遇的那场车祸，浑身不寒而栗，"既然是你们族人想出来的一个传说，但为何现在还是那么令人心生恐惧？"

刘豫的目光闪烁了一会儿，低下头："因为……那里依旧隐藏着一个巨大的秘密！"

可云心里咯噔了一下："不是宝藏吗？"

"宝藏？"刘豫冷笑不已，"根本没有宝藏，我们的老祖宗和我们开了一个天大的玩笑！"

"你说什么？"可云心中一波未平一波又起。

"就在去年，有人将那片'禁地'掘地三尺，都未能找到半根金条！"刘豫冷笑道。

可云有点糊涂了："那这与那个什么传说诅咒有关系吗？那些出事的人又是怎么回事？"

第十四章　幽灵古镇

"没有半点关系!"刘豫忽然用一种陌生的眼光看着她,"那不过是有些好管闲事的人!都是冲着传说中的宝藏去的!鸟为食亡,人为财死!"

可云怔怔地看着他,声音忽然颤抖起来:"我……"

刘豫的脸色又变得沉重:"你最好不要再多问黑灵镇的事,这一切与你无关!"说完便深深地叹了一口气。

可云心中的疑问仍然很深,但是看到刘豫悲伤的面容,她将嘴边的话又咽了下去。

"那么……那个'黑灵镇'的博客就是你建立的?"可云一想到此事,心里不免有些懊恼。

刘豫迟疑了一下,点点头:"应该算是吧……"

"什么叫算是?"可云声音提高了。她被蒙在鼓里这么久,心里还是有些憋气的。

"因为最初那个博客是我建立的,但是现在,管理那个博客的人却是另外的人!"刘豫面带愧疚地看着她,"不好意思,本想最初就告诉你的,但是有些事情,我暂时无法处理,所以……"

"另外的人?……那两个黑衣男人?"可云想到了那两张诡异的面孔。

刘豫望她一眼,稍稍停顿一下:"不……不是他们……而是……"他没有说下去,眉头深锁,"算了,这些事你知道了无济于事……"

"但是……'黑幽灵'是不是你?"

"是我没错……"刘豫点点头。

"你为什么要发那些恐怖的话来吓唬我?"可云哀怨地看着他。

"那不是我的本意……"刘豫抬起头来,拉着她的手,"对不起……你能原谅我吗?"

"那么……"可云低下头,松开了刘豫的手,"你在博客上记录的那些事件都是真的?闯入禁地者,将都会遭到报应?单单只为了传说中子虚乌有的宝藏?那么我呢?我也是个想偷盗你们家族宝藏的强盗?所以就应该受到你的恐吓?"她的口气里充满了嘲讽,不知为何,从刚才开始她已经不太愿意相信刘豫那个牵强的解释了。

"你听我说……"

"不！你先听我说！"可云渐渐声色俱厉起来，她再次打断刘豫的话，"换句话说，你成了阎王爷的小吏，专管这些犯过错误的人的生死？"她冷笑起来。

"可云……"刘豫眉头紧蹙，"不是你想象的那样……"

"如果唯心一点说，那是这些人的命运，但是如果不是那样呢……"可云忽然停住了话头，站起身来，眼神怪异地望着他。

"你想说什么？"刘豫觉得两人之间的气氛渐渐僵硬起来。

"我？哼……我可不知道……"可云忽然自嘲道，"你不是在QQ上还对我说，我应该是一个死人了，不是吗？如果我没记错的话！"

刘豫沉默下来，低头思忖。

可云看着他，思绪万千，心情复杂之极。"我想问你一个问题……"她的口气忽然缓和下来。

"什么？"刘豫抬起头来，看着这张哀怨的脸，心里不觉又牵动了一下。

"我……真的去过那里吗？"可云目光闪烁。

刘豫吃惊地看着她，有些张口结舌："你……为何……这么问？"

"告诉我！"可云又坐下，看着刘豫正色道，"我知道有些事情你不愿意告诉我，但是，这件事，我希望你能告诉我！在6月16日那天，我究竟有没有去过你们家族的那片禁地？"

刘豫被她咄咄逼人的目光弄得有些不知所措："我……不知道！可云……"

"你不是这个家族土司的传人吗？为什么你会不知道？"可云的目光愤怒起来。

"但是……"刘豫不知该说什么，他的额头渐渐冒出了冷汗。

"你为什么发抖？"可云忽然喝道，"如果我没猜错，6月16日那天，在黑灵镇发生的那七起事故，不是纯粹的意外，而是有人预谋的！"

"你……你在胡说什么？"刘豫惊叫道。

"你还不承认吗？你那个博客上的那些东西！"可云鄙夷地望着他，"如果我的假设成立的话，你就是杀害那些人的凶手！！"

刘豫目瞪口呆地看着她，摇头道："可云……我希望你明白自己在说什么！"

"难道不是？那你怎么解释网页上的那些照片？"可云冷冷地看着他，"我估计，我的照片同样也在那里——如果我真的已经进过黑灵镇的话！"

第十四章　幽灵古镇

刘豫面色沉重,紧紧地抿着嘴,对可云的话不再作答。

"原来……我才是那个最愚蠢的傻瓜!"可云看着他,面无表情地起身要离开。

但刘豫却忽然在身后紧紧地一把抱住她:"可云!不!你不能离开这里!"

可云奋力挣扎道:"放开我!你这个骗子!"

"你不能离开这里!离开我!"刘豫忽然大叫一声,将可云的身体转了过来,太阳穴忽然暴出一根根青筋。

"你……你……"可云被他的样子吓坏了。

刘豫的脸色忽然又缓和下来,将可云搂进怀里:"对不起!对不起!我吓着你了……"

可云心里乱急了,她不能判断此刻刘豫的神志是否正常,但又不敢乱动,只能呆呆地任由他紧紧地搂着。

忽然,可云惊呼一声。

刘豫放开可云,发现她的目光惊恐万分地盯着身后的某个地方,嘴唇颤抖着说不出话来。

他一回头,看到了两个人!

两个穿着一模一样黑色衣服的男人!

可云浑身颤抖着不知所措,她瞥了一眼右后方的侧门,心中忽然有了一个主意。

刘豫看着忽然出现在走廊上的两个男人,对可云低声道:"别怕……别怕!"

两个男人慢慢地,以一种极为古怪的姿势朝刘豫和可云走过来。忽然其中的一个男人抬起手臂,指着可云开口了:"你……"

刘豫忽然打断了那个男人怪诞的声音,眉头紧锁:"我知道了!"

可云心中惊讶万分,刘豫认识这两个男人!

"你们不要吓着她了!先去休息吧!"刘豫示意眼前这两个男人。

可云浑身颤抖着,忽然猛地将刘豫一把推开,迅速朝右后方的侧门跑去。

"快!给我抓住她!不能让她离开!"刘豫愤怒的声音在身后响起,可云急忙将门口一只巨大花瓶拉倒在地,"哗啦"声音响起,将刘豫和两个黑衣人拦在了门后。

当刘豫和黑衣人避开花瓶的碎片跑到门外的时候,已失去了可云的身影。

"真该死!"刘豫愤怒地大吼道,"你们两个怎么偏偏这个时候出来啊?"

两个黑衣人默默相互看一眼,低下了头。

"走吧!先回去!不要被邻居看到你们了!"刘豫急忙将两人又拉进了房门。

当房门被重重地拴上之后,可云才战战兢兢地从紧挨着房门后的一丛花丛中钻了出来,几乎是浑身发软地离开了刘豫的家。

天黑得如同墨一般,可云此刻的心里亦是如此,黑暗得不见一丝光亮。她猜得没错,刘豫是个杀人犯!

望着黑沉沉的道路,可云不知道自己的体力是否能坚持走回家中。就在她绝望之际,一辆出租车奇迹般地出现在身后。

回到家中之后,可云浑身颤抖着开始收拾行李,她决定以最快的速度离开这里!

可云手忙脚乱收拾着行李的时候,从侧面的口袋中掉出了一样东西,那是一个鲜黄色的玩具熊!

她忽然想起来了,这个玩具熊是她当初离开莫氏山庄时,小林放到她手中的。

想起小林,可云忽然觉得心里一阵悲哀,不知为何,她对那个有点傻傻但却单纯的女孩,有着一种无奈的同情。

颓然地在沙发上坐下,可云手里的玩具熊忽然发出一声怪叫声,原来这是个带哨子的小熊。

"咿呀!咿呀!"可云又轻轻地按了两下,小熊继续发出怪叫声。

可云笑了起来,这只小熊的出现让她绷紧的大脑暂时得到了缓解,但是小熊很快便没有了声音,像是什么东西堵塞住了那个哨子。

可云轻轻地摆弄了一下,打开了小熊背上的一个开关。

令她意外的是,里面居然出现了一个小小的纸块。纸块被折叠得整整齐齐,放在小熊的肚子里。就是这张纸块,挡住了哨音的声响。

可云有些诧异,她将纸块慢慢打开,里面出现了密密麻麻的一大段文字。

"救救我!"

第十四章　幽灵古镇

这开头的三个字让可云震撼不已。

字体比较小,她有些吃力地阅读着那些文字,脸色变得越来越难看,到最后,可云几乎喘不过气来了。

这段文字是小林写的!她根本不是一个弱智少女!

可云浑身开始发抖,她几乎不敢相信纸上写的那些内容,那简直就是一个地狱!

黑灵镇!

当她的目光瞥向纸上某个段落中的这个词语时,全身开始冒冷汗,脑海中的片段一幕一幕闪过,就像电影回放一样,可云忽然看见了"黑灵镇"三个大字!

镜头重重叠叠的,恍惚间,"黑灵镇"三个大字变得清晰无比,猛然间,可云回到了记忆的深处……

映入眼帘的是位于黑灵镇不远的地方,一座清朝时期修建的巨大牌坊。通体用一种黑色的花岗岩制成,远远望去有种摄人心魄的震撼。

整座黑灵镇,就像是已经淹没在大水里的鬼城丰都一样,建筑物的色彩都基本上是单一的灰黑色,这反而更增添了黑灵镇的神秘,吸引着一些对此充满好奇心的游客前来探秘。

而那个黑色的牌坊,正是镇上年代已经超过千年的一座古怪的牌坊。至于这座牌坊的来历,外人并不知晓。

车子越来越近,那座古怪至极的牌坊渐渐完整地出现在眼前。

牌坊与南方桂式牌坊在式样大小上相差无几,有着南方牌坊的秀丽精巧的特色,但是整座牌坊的色泽却是黑色的,看上去极为特别。

可云走下车,伸手摸去,质地光滑冰凉,隐隐透出一种透明的感觉,像是某种黑色的玉石。

牌坊上笔画刚劲有力地雕刻着三个隶书——"黑灵镇"。可云心里浮现出一股奇怪的感觉。

而整个牌坊处在距离黑灵镇几公里之外,周围是一片密密的树林,几乎不见任何人烟,纵眼望去,只有远远几公里外散落的几户农家。

可云放弃了对这座黑色牌坊的研究,上车驶向几公里以外的小镇。

这坎坷不平的道路是从高速公路通往黑灵镇唯一的道路,整条道路完全由碎石和泥土铺成,真是晴天灰尘满天,雨天泥水四溅!

可云被颠簸不平的道路弄得手腕都酸了,但她还必须绕过一个很陡的山坡,回旋一个山头之后,才能进入那个处在一片凹地之中的黑灵镇。

但可云却不明白为何那个标志性的黑色牌坊会离小镇如此遥远。小镇还要翻过一个山头才能到达,或许这个镇的老祖宗在建设黑灵镇的时候,在牌坊处设立了特殊的监视设备。

车子慢慢地从坡上开始起步,忽然,可云听到一阵猛烈的发动机声音,一辆破烂不堪的双排座车子几乎是咆哮着从拐角处迎面冲了过来!

可云急忙将方向盘往右一打,几乎被那辆汽车挤到了路的最边缘处,小车的半只轮子已经悬在了土路的半空,"嘎吱"一声猛地停了下来。

那辆双排座的车从可云的车边擦身而过,依然咆哮着,扬起一阵漫天的灰土从陡坡冲了下去,一个拐角过后,消失在了山腰!

可云浑身有些发软,下车看看,自己的车子几乎已经被逼得冲下了山崖,她心有余悸地看看四周,心惊胆战地发动车子,小心翼翼地沿着陡峭的山崖慢慢上山。

还好,在上山的过程中,再也没有任何车辆进出。在山头上,可云终于看到了山下那片黑色的建筑群。

望过去,整个小镇处在一片群山的环绕之中,小镇上空云雾缭绕,朦胧得就像一幅刚刚落笔的山水画。

可云微微一笑,由此看来,这个黑灵镇,也不像外界人传说的那样令人心悸嘛。

可云回到车中,轻松地舒展了一下手腕。没想到这么快就找到了这座古镇,而且远远地望过去,并非像传说中那样恐怖。清晨已经过了,但那些高矮参差不齐的建筑物仍然笼罩在一层薄薄的雾霭之中,有种不可言喻的神秘感。

要是不出意外,大概明天就可以回去了吧!可云将车缓缓地沿着那条古老的青石路开去,心里轻松不已。不过就是去调查一下传说中古屋的情况,照几张照片就可以走了。至于闹鬼的故事,大致听过,回去再加工一番即可。她如是想着,觉得这一趟采访非常轻松,根本没有传说中那样的诡异。

路旁的建筑物渐渐地多了起来,都是黑色的木制结构的房屋。可云将车缓

第十四章 幽灵古镇

缓驶入黑灵镇寻找着合适的旅馆,镇上的居民不多,看到可云红色夏利的驶入,都投以惊讶的目光。

最后可云找到了一家较为干净的旅店,将车停好之后,便背着照相机等器材朝着镇上走去。

整座小镇面积不算太大,路旁零零散散地出现了一些卖工艺品的当地人。这些花花绿绿的各种布制手工艺品都是专门为旅游者准备的。

"大妈,请问您知道传说中幽灵出没的古屋吗?"可云有礼貌地向路旁一位卖布鞋的大妈询问道。

"呸呸!"大妈脸色骤然一变,狠狠地瞪了可云一眼,用手粗鲁地将可云赶走,嘴里忽然冒出一连串她听不懂的话语来,甚至连旁边的几个小贩都被吓住了。

可云莫名其妙地被她赶走,好不尴尬,又再看看旁边的小贩,个个脸色都阴郁无比,眼神恶狠狠地瞪着她。

可云心里有些发怵,急忙快步离开了。

继续往前走,转了一个街口之后,可云才放松下来。她对刚才发生的事情觉得纳闷不已,刚才自己的口气不算太坏啊,怎么就被人给赶开了?

难道提到了镇上人最不愿意听到的事情?可云猜测着,难道是询问古屋惹来的麻烦?

不知为何,一走上小镇那条青石板路,可云就浑身感到一阵寒冷,是不是此地终年不见阳光的原因?那些青石板路两旁的建筑物,都以一种奇怪的角度向中间倾斜,将主路遮得严严实实,长年处在阴冷之中。

镇上的居民数量很少,整条街道上,几乎看不见一个人影,但临街的店铺却都是敞开的,里面也罕见人迹,偶而会遇到一两个无精打采的老人呆呆坐在门口,茫然地望向街道。

可云的出现似乎很快引起了镇上人的注意,她感觉到一些人从二楼的窗口探出身来,有的则低声地交谈着什么,使用的语言根本无法听懂。

她慢慢地朝前走去,一些居民神情有些讶异地看看她,然后脸色便低沉下来,大多数人的面色是那种阴郁而麻木的,甚至带有一点点憎恶。

忽然,她被什么东西打中了腰部,回头一看,一个脸上黑黑的小男孩神秘兮兮地朝她招手。

可云诧异万分,但还是走了过去。

"你要找那座'鬼屋'?"小男孩居然会说普通话。他大约七八岁,脑后梳着一条奇怪的小辫,往上翘着,身上穿着一件黑色的小褂,下身是一条宽大的灯笼裤。

"鬼屋?"可云有点诧异于这个称呼,但想想即刻点点头。

"你刚才和老阿妈说话的时候,我听到了!"小男孩眼睛四处转悠,看到那个大妈的时候,急忙避开了眼神。

可云回过头,看到大妈有些恶狠狠地瞪着他们,急忙拉着男孩离开了。

"我可以带你去那里!"男孩看着她,点点头。

可云怔住了,这个镇上的氛围如此怪诞,能否相信这个小男孩的话呢。

"不过你得给我十块钱!"男孩看着可云。

可云一愣,接着便笑了起来:"好吧……给你。我们走!"

经过男孩的指点,他们从另一处入口离开了小镇,男孩指着一条岔路口:"从那里出去就可以了!"

可云看了看,愣住了:"那里……有路吗!"那条小巷的尽头是一片荒芜的灌木丛,远远望过去看不到任何建筑物,只有漫山遍野的荒草在随风乱舞,只有几间土黄色的老房子摇摇欲坠地出现在荒草之中。一股诡异的凄凉感顿时弥漫开来。

"当然有!"男孩自信满满。

"你叫什么?"可云只有慢慢地朝那条小巷走去。

"我叫小狼……"男孩转过头来,看着她笑了一下。

"小郎?新郎?"可云也笑了起来。

"不是!是豺狼的狼……"男孩有点不高兴了,再次强调着。

可云猛地停了下来,诧异地看着他:"狼?"

似乎没有人会将自己的孩子称为"狼",还是只豺狼!这里的居民真是够古怪!

从小巷七拐八转出去之后,又在那片荒凉的灌木丛里转悠了一会儿,可云已经被弄晕了,她已经完全不知道回去该怎么走了,差点后悔跟着小狼出来了。

第十四章　幽灵古镇

终于，在一片黄褐色土坯房子的后面，结束了在荒草地上的摸索，眼前出现了一大片绿油油的农田。

眼前的一幕让可云心头那份压抑减少了许多。但是接下来看到的那一幕，令她几乎晕倒——

一大片墓地陡然出现在眼前！

无数的白色墓碑，在日光的照射下，反射出一片诡异的光芒，几乎蔓延了整个山头，不！那不是山头，而是一片凹地！

在这个像一口锅一样的凹地之中，密密麻麻地覆盖了几百块大大小小的白色墓碑，放眼望去，就像是一大片白色的小方块！

几乎是整座山头，密密麻麻地遍布了成千上万块墓碑，墓碑的式样和形式与传统汉族人的不太一样，不但面积较小，而且与旁边的墓碑几乎是并列排在一起的，这与汉族人墓碑大相径庭。

不仅如此，这里的墓地间隔较宽的地方，都有一些高大的树木不时穿插其间，每座墓碑之间都点缀着一些低矮的灌木植物。

一种透入骨髓的恐惧感顿然从可云那赤裸的脚心蹿起，直到头皮！她浑身开始一阵发凉，开始后悔自己的这番行径。

之前听陈霞说过，那幢古老的鬼屋就在那片墓地的入口，平衡着阴阳两界。当她亲眼看到那座矗立在墓地中央的房子时，心中的震撼久久无法平息。

除了那座黑色的建筑物，周围还出现了一些零零散散的住户。伴着墓地居住的人，世上恐怕也只有这个民族了！

可云站在墓地边缘，看着眼前大片大片的墓碑，就像是站在一片死亡的海洋之中，几乎窒息。

小狼拉拉她的衣袖，指指正中央的那幢房子，轻声道："就是那里！"

那幢被称为"鬼屋"的房子方方正正，高墙小窗，和一般的汉族人房屋差不多，依稀看得出有正房和耳房，只不过黑瓦灰墙的形式到了这里，就变成了黑瓦黑墙。这幢周身黑黑的房子正坐落在一片墓地之中，给人的感觉极其怪诞，就像这座房子原本就是属于这里，与周围的坟墓融为了一体。

可云在小狼的带领下，沿着一条中规中矩的小径，慢慢地朝墓地中心走去。走入这一片墓地之中，除了恐惧，心里好像还有一些别的什么东西。

她拿出数码相机,慢慢地对准焦距,心里的怪异感无法言喻。

"我帮你照一张吧!"小狼几乎是抢过相机,对准毫无准备的可云猛按了几下快门。

可云看看相机上的照片,自己一脸惊愕地出现在那一片茫茫的墓碑之中,心里不由得出现了一阵莫名的寒意。

快接近那幢房子的时候,小狼停下了脚步:"你自己进去吧……没有允许,我们家族任何人是不允许进入那里的!"他说话的时候,脸上有种奇怪的谨慎。

"家族?"可云有些诧异于小狼的用词。

小狼望望可云,脸上露出一种古怪的神色,立刻转身朝回跑去,边跑边回头大声叫道:"我不是故意的!里面有人在等你!"

有人在等我?

可云愣住了,但已经来不及唤住已经跑远的小狼,她不由得浑身打了一个冷战。

可云望着那幢黑糊糊的房子,心里开始发怵。她看到,这幢房子的前面有一道很深的水沟,乍一看像是一道排水沟,再仔细一看,才发现那其实是一道防护栏,近两米宽的距离,水沟紧贴着房屋高高的围墙,一般人无法轻松地越过水沟而爬入房屋。

可云站在朝南的大门前,看着紧闭的大门,一时竟有些不知所措了。

"请问有人在吗?"犹豫片刻,可云朝大门叫唤了一声。

没人应答,里面的情形就像是几百年没有人住过一样。

"请问有人在吗?"可云又叫唤了一声,大门忽然"吱呀"一声打开了,露出里面的一截光线昏暗的景物,看上去像一块照壁。

可云被吓了一跳,这样诡异的情形她只在恐怖电影里见过。

门开了,但是却无人应答。可云提提神,慢慢地朝那扇大门走了进去。

大门是那种厚实的木门,可云使劲推了一下,门缝开了一些,发出一阵沉闷的声响,朝后退去。

进门处是一块照壁,但是这块照壁与普通民居的不太一样,居然通体都被漆上了黑色!照壁上还雕有两只狼犬似的动物。

照壁本就应有增添室内光线的作用,但这块照壁如此之黑,如何反射阳光?

第十四章 幽灵古镇

可云无法理解,但她被这上面两只狼犬状的动物吸引了。两只动物虽是浮雕,却栩栩如生,只是通体深邃的黑色,显得颇为怪异!

可云看着看着,心里有些不舒服,绕开了照壁,朝庭院走去。

整个庭院里静悄悄的,比可云想象的要大得多,从一旁的走廊望过去,里面还有几进院落。这个庭院,正中央的位置,有一只巨大的石制水缸,大约有两米多高,挺着一个圆圆的大肚子,前面有个窄窄的台阶。而庭院的两旁,则各有一棵粗壮的银杏树,树上挂满了淡黄色的叶子,是这片色彩黯淡的建筑物中唯一的亮色。

庭院非常干净,看样子住在这里的人很勤快,经常打扫这里的卫生,青色石砖的地面上几乎一尘不染,连银杏树叶都没几片。

可云站在偌大的庭院里,抬头望向庭院三面环绕的楼房。两层的楼房,除了正对着大门的南侧,其余每一侧都有七八间房门,从东西两侧的走廊望过去,东西两面应该还各有一套耳房。

而正对着大门的南面,大门的正上方,有五六个手掌大小的方孔,方孔下是一条走廊。可云想,这大概就是对付外来敌人的枪眼了!

这座房子从外面看毫不起眼,但是从内部看来,这里的防范倒是非常严密,朝外的墙壁上除了那些枪眼,根本没有任何窗户。

可云望向楼顶上方的天际,一种古怪的感觉忽然涌遍全身,这里的所有一切,都像是停留在几百年前一般,毫无任何追随时代步伐的意思。

"你好啊……"身后传来一声轻轻的呼唤,"姜记者!"

可云猛一转身,惊诧万分:

"是你?"

第十五章　坠入深渊

可云深深地吸了一口气，猛地从回忆中回到现实！

她终于想起了在那座"鬼屋"中见到的那个人！

简直不可思议，她怎么会出现在那里？

可云浑身颤抖着，那个人正是莫愁！

她几乎控制不住自己的情绪，她逐渐愤怒起来，莫愁为何会出现在那里？

可云有种被人耍弄的感觉，她原本早就是和莫愁见过面的！

而莫愁之前与她的交往，原本就是一场骗局！

于是她抑制住猛烈跳动不已的心脏，试图让自己冷静下来，接着她颤抖着手轻轻地拨通了莫愁的电话。

电话那头却传来了"不在服务区"的声音。

可云浑身软了下来，她的头脑一片混乱，手中那一张小小的纸片也随之滑落在地。

她昏昏沉沉地朝沙发上一躺，手机忽然响了起来，可云被惊得跳了起来。

来电显示是吴小亮。

"喂……小亮！"可云尽量让自己的声音显得不那么紧张。

"可云……"吴小亮似乎还是察觉出一点什么，"你……怎么了？"

第十五章 坠入深渊

"没什么……"可云笑道,"只是……有点累……"

"那么……今晚我请你吃饭怎样?"

"嗯?"可云愣住了,她没想到吴小亮这么突然,本想立刻拒绝,但是想到这房间里黑沉沉的景象,心里开始纠结起来,便立刻答应了:"好啊……在哪里?"

"楼兰餐厅!"吴小亮说出了一个地址:"我七点半在那里等你,不要迟到啊……"

可云心不在焉地答应了,挂断电话却在想着刘豫,犹豫了一会儿,最终还是将电话放下了。她不敢再去冒险,之前他对她的举动几乎已经让她绝望了。

可云赶到餐厅的时候,吴小亮已经在包厢里等待她了。

看着桌上一瓶满满的红酒,可云微微皱一下眉,不动声色地坐下了。

吴小亮笑意盈盈,为可云斟上了满满一高脚杯的红酒。可云笑道:"小亮……你倒多少我都不会喝的……你又不是不知道我不能喝酒!"

吴小亮有些尴尬:"没关系,只喝一点点……"

可云摇头:"一点也不能喝!"看着她脸上的坚持,吴小亮似乎有点明白当初在大学里为何没人敢追她的原因了。

"那好吧……"吴小亮只好放弃,但眼光却一直在追随着她,不自觉地喃喃:"简直太像了……"

"什么?"

"没什么……"

可云夹起了一只醉虾,反复观看:"这个东西还是活着的吗?"

"那当然,要不然就不新鲜了!"

可云放下筷子:"那还是算了,这样去吃一只还活着的动物,我可不敢!"她尽量让自己的思绪回到眼前的现实,而不是停留在回忆中那片幽暗的地域之中。

"那……那就尝点别的……"吴小亮急忙将醉虾挪开,"你可真难伺候啊……做你的男朋友可就惨了!"

可云低下头去,细细地品尝着一勺金沙玉米:"这个味道不错……"

吴小亮看她一眼,明白她是故意在回避这个话题,苦笑一下,自嘲地说:"看来,我这人实在是没有什么魅力啊……"

可云抬起头来,有些不解地看着他:"为什么这么说?"

"到现在连个女朋友都没有……"吴小亮自斟自饮一杯。

可云白他一眼道:"你当年让我们寝室小彭伤透了心,还在这里说这种话……"

"那是我们之间没有缘分啊……那可不能怪我,更何况,那个时候我接近她,根本就是为了另外一个人!"吴小亮抬起头来,看看可云的反应,却发现她故意装作没有听懂,便只好笑道,"对了,她现在怎么样了?听说孩子都两岁了?"

"是啊……在家里相夫教子!"可云点点头,"幸好没有嫁给你……"

"可云,你说这话就没意思了吧?我可不是那种花心的男人啊……"吴小亮故意沉下脸。

可云笑了起来:"好了……你愁什么呀,女孩子到处都是,大丈夫何患无妻?"

"哈哈哈……你终于说了一句我爱听的话!我自己干一杯!"吴小亮大笑道。

可云看着吴小亮的笑脸,脑子里竟又出现了刘豫的面容,神色不禁又黯淡下来。

"怎么了?"吴小亮有些诧异。

"嗯……没什么……"可云勉强笑了笑,让自己不要去想昨晚发生的事情。看着桌上的菜肴,伸出了筷子:"这么多好吃的,会不会吃胖了……"

吴小亮静静地望着她,没有说话。

"对了,你那次在电视台的电梯里……有没有被吓坏啊?"隔了一会儿,吴小亮不经意地提起了那天发生的事情。

可云愣了一下,继而摇摇头:"不会……"她在心里暗自苦笑,比张燕死亡更加令人惊惧的事情她都经历过,那已经算不上什么大事了。

"没有就好……"吴小亮停顿了一下,夹了一块香草排骨放入可云的碗里,"我倒是有点好奇,那天你有没有听到张燕接到的那个电话?"

看着可云稍稍诧异的目光,他笑着解释道:"我听说张燕是被一个诡异的电话给吓死的……"

可云摇了摇头:"当时我都不知道发生了什么事情……脑子里都是一片混

第十五章 坠入深渊

乱……"

吴小亮静静地看着她,轻轻地伸出手拍拍可云的手背:"不要紧,已经过去了!"

可云苦笑一下,没有说话,食不知味地吃着面前的食物。

上卫生间的时候,可云才松了一口气,吴小亮的意思她再清楚不过,但是此时她的心里,只有另一个人,那个人就是刘豫!

从卫生间里出来的时候,她隐隐地感觉背后有人在注视着自己,一转身,只见走廊拐角处似乎闪过一个人影,继而消失不见。

可云摇摇头,自己是不是睡眠不够,产生幻觉了?

将可云送回家后,吴小亮驱车向与自己家相反的地方驶去。刚才看到可云的举手投足,令他又想起了另外的一个女孩。

站在市郊的某处湖畔,吴小亮点燃一支香烟,袅袅的香烟中,又浮现出几年前何琳的容貌。何琳在白色的烟雾中巧笑倩兮,伸出双手朝他奔跑过来,吴小亮的神思恍惚了,似乎她又出现在了眼前,音容笑貌与几年前一模一样。那个时候的何琳,是一朵美丽妖娆的玫瑰花,吸引着每一个热爱生命的男人。但最后却消失不见,宛如一颗灿烂的流星,虽然璀璨,但生命却极为短暂。

一想到可云,吴小亮的眉头皱了起来,这个女人一直在寻找某些他不愿意透露的事情,如果被她发现了其中一些线索,会对自己造成不小的影响。至于蓝枫,他不知道她死亡的真实原因,但是张燕却偏偏那天在可云的面前咬断了自己的舌头。

妈的!吴小亮狠狠地骂了一句,张燕这个女人从来就和自己唱反调。要不是他利用蓝枫和方震的死亡对她使了一些招数,她会让自己陷入一个巨大的麻烦之中,只是令他没想到的是他安排那个电话的那刻,可云居然会在现场。

吴小亮冷笑了一下,他觉得可云应该不会知道什么。张燕这个女人早就该死了,只是没有碰上恰当的时机,否则他那些不可告人的秘密统统都会被这个大嘴巴的女人给抖出来。这也怪自己,在和张燕亲热的时候,居然将自己敲诈别人的事情说了出来。想到这里,吴小亮暗下决心,绝不能让情欲再次冲昏头脑。这一次让张燕永远地闭上嘴巴,着实让自己费了好大一番心思,还差点让可云察觉出什么来。

他从来不会相信女人,就像何琳一样,当初给了他太多的承诺,最后却消失无踪。直到现在,他还没有何琳的任何消息,她就像是童话里的仙女一样,突然之间消失在人世间。大概她已经嫁给了某个神秘的男人了吧!吴小亮自嘲地一笑。

手指忽然传来一阵灼热的疼痛,将吴小亮拉回现实,眼前仍是一片黑暗的湖水,湖面上传来一阵带有腥味的冷风。吴小亮叹一口气,将衣领拉了拉,手中的烟蒂在暗夜中划过一丝闪亮,跌入了湖水中。

他转身,返回了车中,看看驾驶盘旁边的液晶显示,已经两点多了。他将钥匙插入了锁眼,转动了一下。车子没有任何反应,他又试了几次,发动机仍是没有任何反应。吴小亮有些奇怪,刚才来的时候,车子还是好好的,而且昨天才加的油,难道是没有电了?

该死!吴小亮诅咒道,真不该将车子借给小张,他从来不会爱惜任何东西。

无奈他只有下车想办法。湖畔的大堤之上,只有他这辆私家车,看着黑沉沉的四周,吴小亮有些后悔一时多愁善感来到这个鬼地方了!

他无法判断车子的毛病究竟在哪里,不得已上车打电话给4S店,还好有人值班,他简单地说了一下问题,值班人员答应尽快过来。

放下电话后,吴小亮有些无奈,大半夜的,要一直待在这个鬼地方等待维修人员到来,真是一件乏味的事情。

忽然,他听到从车身后传来一个声音。

"啪"!

像是有什么石块之类的东西砸到了车身后部。

"谁?!"吴小亮有些恼怒。

他将车门稍稍打开一道缝隙,探头出去,一股潮湿的腥味顿时从车窗外灌了进来,只见车身后的黑暗里空空如也,四周只有湖水在岸边激起一阵阵激烈的浪花,发出哗哗声响。

那似乎只是他的一个幻觉,吴小亮将头缩回车厢内,心里却不由得紧张起来。他急忙关上车门,并且将车门全都上了锁。

但是没过多久,他无法适应车厢内闷热的空气,不得已又将车门打开了一道缝隙,尽管湖面上吹来的腥味不太好闻,但也比闷死在车厢中强。

第十五章　坠入深渊

"啪"！

一个清晰的声音从车顶上传来！

吴小亮浑身一惊，急忙下车，朝车厢顶上望去，一颗乒乓球大小的东西从车厢顶上滚落下来。

原来车子正好停在一棵高大的松树下。吴小亮松了一口气，弯腰捡起了那颗捣乱的松果。

当他起身的时候，一道黑影忽然拦在他的面前。吴小亮惊讶至极，但还没有来得及叫唤出来，颈部便感到了一阵冰凉，接着一股热热的液体从颈部喷射出来！

"啊……"吴小亮捂住颈部，这种无法形容的痛苦让他渐渐失去意识，倒在地上。

黑影静静地看着他在地上抽搐，最后终于停止了动作，才转身离开。

湖水依然在拍打着岸边，黑暗的天际被一道闪电划过，照亮了岸边的一切。

可云回到家之后，之前那股郁闷之气似乎消散了一些。她不想待在房间里，于是便走到了小区内一处安静的角落里，坐在长凳上透气。但一看到包里那只玩具小熊时，她的心里又翻腾起来。

"救救我！不管你是谁！请你救救我！"

这是打开小熊的肚子之后，那张纸片上写的第一句话！

可云颤抖着身体，眉头深深地锁了起来，她无法想象小林会在那样的一个环境下忍辱负重，假装成一个弱智少女，目的就是为了将自己和姐姐一同解救出来。

"我和姐姐已经深陷在地狱的深渊之中，请你救救我们！我们所在的地方原本就是地狱，请帮助我们，让我们逃离这个令人作呕的地方。我知道姐姐所做的一切都是出于被迫，我希望你能够帮助她，逃离这些恶魔的魔掌。我曾看到过有很多人被谋杀，但却没有任何人报警，也没有人表现出惊讶，似乎这里有人被谋杀是一件稀松平常的事……我问过姐姐，她不敢回答我，我从她的眼里看到了一种不可言喻的巨大恐惧！她在害怕！害怕那些恶魔！那些吃人的恶魔！所以请你救救我，救救我们！我很担心我和姐姐会沦为这些恶魔的下一个牺牲品。请去黑灵镇寻找恶魔,他们就藏在那里……"

纸片写到这里就写不下去了,因为没有多余的空间了。但可云估计小林应该还有一些没有交代完的,不过她已经写出了那个关键的词语——黑灵镇!

可云又忍不住战栗起来,又是黑灵镇!

她脑海里被消散的记忆又重新组合在一起,以往那些可怕的梦境就像一段段交错纷杂的电影片段,渐渐地组合成了一个完整的影像:

令可云惊异万分的是,眼前的这个女人是外界传闻失踪已久的莫愁——莫氏集团的年轻女总裁!

可云呆呆地看着她,好半晌后才诧异地道:"莫愁?莫董?"

"是我!"

莫愁以在媒体上经常出现的形象,保持着她那永不凋谢的美丽笑容,慢慢地朝可云走来。她身上穿着一套纯黑色的丝质服装,服装的式样很像唐装,但又稍稍不一样,胸口的开襟处斜斜地一直延伸到肩膀,上衣的腰身收得恰到好处,将莫愁那细小的腰肢衬托得更加苗条,下身则是一条长长的百褶裙,同样的黑色丝绸质地。头发则高高地盘了起来,斜斜地插着一根木制的簪子。这样的装扮,加上她洁白细腻的肌肤,整个人完全就像是从古代仕女图里走下来的美人!

可云愣愣地看着她,说不出话来。

"来……进来再说!"莫愁已经来到她的身边,轻轻地挽住了她。可云恍如梦中,晕晕乎乎地跟着莫愁走进了里屋。

里屋里正中央的位置是一方旧式的供台,上面有几个牌位,一只香炉里正散发出袅袅的香烟。

这股味道淡淡的,可云更如坠入梦中,有种飘飘欲仙的感觉。

莫愁领着可云步入了正厅一侧的卧榻,动作熟练地在卧榻边的一张茶几上泡起茶来。

"莫董……"可云看着她,有些拘束,"我是不是该这样称呼你?"她不知道为何这个女人会出现在此地,而更令她疑惑的是,这个莫愁为何会对她一见如故?

第十五章 坠入深渊

"你……"可云实在忍不住了,"你……认识我吗?为什么你会知道我的名字?"

"知道你的名字有什么可奇怪的?"莫愁为可云斟了一杯香气四溢的茶水,微微一笑。

"你就叫我的名字好了……"莫愁眼角飞斜,"不必那么拘谨,就当我们是朋友好了……"

可云有些尴尬:"我是来这里采访的……对了莫董……请问你,这里的主人是谁,我想问问他有关这座房子出现的异状……"

"难道你还没看出来?"莫愁抿一口茶水,笑盈盈地道。

可云忽然张开嘴巴:"你?你就是这幢房子的主人?"

"猜对了……"莫愁的眼神里虽然是笑意盈盈,但是可云总觉得这里面还有一些其他的东西。

"那么……"可云惊喜地急忙拿出录音笔和笔记本,"据说这里经常出现死去的灵魂,到底是怎么一回事呢?是不是人为的恶作剧或是别的什么……"

"哈哈哈……你的问题还真是有趣……黑灵镇上当然有幽灵了!"

"但是……"可云抬起头来看着她,"应该还是不要笼统归纳于这些怪力乱神的传说吧……"

"你错了!"莫愁正色道,"这块土地,本来就是灵魂的聚集地!"

可云愣住了,她没想到莫愁如此肯定。

"难道你进来的时候,没有看到外面的那片墓地?"莫愁的眼神忽然冰冷起来。

可云忽然觉得浑身开始发冷,她想到了关于黑灵镇的传说。

"关于禁地……还有古屋……"可云感到很难开口,"那又是怎么一回事?"

"古屋,其实就是地狱的入口!"

可云浑身一震,她看着莫愁,希望能从她眼中找到一丝玩笑的意味,但是没有。

"地狱?"她只能重复这个词语。

"看过《地狱变相图》吗?"莫愁递给她一本画册,上面的图片让人看得心惊胆战。

可云翻了翻,上面那些坠入地狱的众生的模样,让她心里一阵难过。

"黑灵镇的这片禁地,就是你脚下的这座古屋!这里便是地狱的入口!"莫愁用一种平淡无奇的口吻叙述着,这反而让可云更觉得惊惧莫名。

"凡是一切做过罪事而不真心忏悔的人,都得来这里报到!"她的口气淡淡的,但却让可云浑身起了鸡皮疙瘩。

"你在开玩笑?"可云勉强挤出一丝微笑。

莫愁看她一眼,眼神闪烁:"你不信?"说着便起身,转入内堂,接着便拿了一台笔记本电脑出来。

打开之后,莫愁操作了一番,然后意味深长地一笑,将屏幕转向了可云。

一个硕大的血红色和黑色相交的狼头赫然出现,可云凑上去仔细地看。

"你上过这个博客吗?"莫愁若无其事地问。

可云很好奇,翻看着里面的内容,看下来后只觉得满心恐惧:"这些……是真的吗?这些人的死亡难道都是出于……"她没有说出后面"报应"两个字。这个字眼,在时下或多或少有些迷信的味道。

"你认为这是迷信吗?"莫愁冷冷道,"每一个人所做的任何一件事,都会产生相应的后果,至于后果是好是坏,自然要看这件事的起心动念了!"

可云不置可否地看着她,她无法表达出心中的那种诧异。继续翻看着那个黑色的网页,她注意到一个链接中,出现了数百张照片,令她惊异的是这些照片大多数都是死亡时的状态,男女老幼都有,地点时间均不相同。可云忽然想起,这其中大部分是出现在新闻报道里的一些意外事故或是谋杀案件的当事人!

每张照片上都有个小小的符号,是这个网站的特殊的Logo,就是那个牙齿上滴着鲜血的狼头!

可云随便点击开了一张照片,那是一个浑身血迹的年轻人。

"哼!这是一个专门以骗取老年人退休金为生的骗子!因为他,曾经有二十几个老人终生的积蓄被骗光,还有一个老太太因此而自杀!"莫愁冷冷道,"知道他的下场吗?"

可云看着她,没有说话。

"他现在已经在脓血地狱里了!"莫愁笑了起来,目光凌厉,"就在外面那片墓地里!"

第十五章　坠入深渊

可云浑身不寒而栗。

"诡计谋夺他人财物者,坠脓血地狱……"莫愁拿起那本《地狱变相图》,一字一句地念道,然后冷冷地笑了起来。

可云感到浑身冰冷,不知为何,虽然现在是夏季,但这个庭院却让她感到阵阵寒意!

"你害怕了?"莫愁笑了起来。

可云望着她,有种说不出的厌恶感,她合上了手中的笔记本。

"怎么,难道你不想知道这里的秘密?"莫愁似乎并不着急,淡淡说了一句,"在你之前,已经有三个媒体的记者来过了!他们都急切地想知道黑灵镇真正的秘密!难道……你不想知道?"她眼神里闪烁的笑意充满一种玩味,这让可云感到厌恶。

可云看着她,皱眉道:"我的好奇心没有那么强,来此地全是为了工作!"

"一个对神秘事件都不好奇的人,是当不了一个好记者的!"

"这份工作对我来说,只是工作而已。我并非你想象的那样热爱它,而且甚至还有点厌恶,尤其是面对那些人间疾苦的时候……"可云冷冷道,"若不是为了糊口,我早就放弃了!"

"哈哈哈……多可爱的孩子……"莫愁大笑道,"你不会是虔诚的基督徒吧?"

可云不介意她的嘲讽,默默地将录音笔和笔记本收拾了一下,站起身来。

"好了好了……"莫愁也跟着站起身来,拉住可云,"倔强的孩子,我逗你的……坐下!我还需要你们媒体的帮助呢……"她语气很快一转,竟流露出一丝淡淡的哀伤。

可云有些莫名其妙,这个女人的变化也太快了吧?

"坐下……来……"莫愁亲热地拉着她的双手,让她在身旁坐下。

"到底……你们这座房子,出了什么事?"可云抬头看看古老的房屋,这里的一切令人感觉就像是回到了古老的年代,有种说不出的熟悉感。

莫愁一改刚才的咄咄逼人,换成了一副苦笑的面孔:"我们家族遗留下来的这幢房子,的确有点问题!"

可云望着她,翻开了笔记本。

"是不是有人给你们打电话,说这里有什么幽灵出现?"

可云点点头:"是一个匿名者!"

莫愁忽然神情哀怨地叹了一口气:"真是……想瞒都瞒不住了……"

"什么意思?"

莫愁望向她,目光阴郁:"这里……真的不干净!!"

可云只觉得浑身又是一阵发冷,她干咳了一声:"不干净?是不是真的有什么……"

"这个世上真的有鬼魂!!!"莫愁面色严肃地道。

可云愣住了,说不出话来。

隔了好半晌,莫愁看着可云紧张的面容,忽然哈哈大笑起来:"哈哈哈……你真的相信啊?我开玩笑的……没这回事啦!"

可云又惊又气,说不出话来。看着可云铁青的脸,莫愁急忙道:"对不起了,姜记者,我没想到你那么害怕……"

可云不满地看她一眼,并不说话。

"好了……好了……切入正题!"莫愁做了一个鬼脸,"其实是我的一个股东在搞鬼啦!"

"股东?"

"嗯……"莫愁点头,神色严峻下来,"他一直想把我从莫氏集团踢出去,所以不断地在我身边做各种小动作!"可云理解地点点头,认真地做着笔记,"所以,他便策划了这一起黑灵镇的恐怖传说!"

可云抬起头来:"你是说,关于那个禁地的传说,是你的那个合作伙伴精心策划并且散播出去的?"

莫愁点点头:"没错……你认识王大同吗?"

可云知道这人。这个年近花甲的企业家同样属于莫氏集团,但一直以来似乎都在暗地里和董事长莫愁较劲,这似乎已经成了业界公开的秘密了。

"王大同一直在调查我,他在前段时间获知,这黑灵镇上的这间古屋属于我的家族,于是便精心策划出了一起'幽灵案件'!"

"也就是古屋闹鬼的事?"

"还不止,他还故意让人做了这个博客,让那些好奇者都跑到这里来寻找真

第十五章　坠入深渊

正的幽灵！"

"你说这个'黑灵镇'的博客，是他让人建立的？"

莫愁点点头。

可云忽然想到了一个问题："但是，这和莫董你，有什么样的直接关系？这应该不会影响到你在董事会的威望或者什么吧？"

莫愁看着她，没有说话。

"我……不太懂企业的事，我……"可云觉得自己说错了什么。

"不……你没说错什么，你已经猜到了……王大同在这里所做的一切，已经足以让我被董事会驱逐了！"

"为什么？这两件事根本就风马牛不相及啊……"

"表面上看是如此，但是其间却有着非同一般的联系……只不过很抱歉，我不能向你透露……这事关集团内部的一切情况！"

可云有些无奈。

"所以，我不得不暂时失踪一段时间，来避开这个风头！"

"难怪好长一段时间没有你的消息呢！"

"我本来是以静制动，过一段时间再说，但是王大同却沉不住气了，他便让人打电话到各处媒体，以匿名的方式说起此事，以此来扰乱我！"

"那你完全可以不去理会他啊……"可云道。

"你说得没错，我完全可以不去理会，但是我却不能不理会这些媒体的嘴巴！"莫愁面色严肃，"如果让媒体将此地的事件报道出来，我就真的完了……"

"可……这里有幽灵，不是王大同弄出来的假象吗？"可云听得云里雾里。

"这是大多数人的想法，但实际的情况……"莫愁看她一眼，笑道，"你是无法理解这其间的奥秘的！"

可云无言。

"所以，我不得不让这些喜欢四处乱说的媒体们永远地闭上嘴巴！"莫愁的眼神里忽然出现了一丝怨恨。

可云忽感一阵冰冷，"永远地闭上嘴巴"是什么意思？

"既然这些记者喜欢四处打探消息，那么我不如直接将他们请过来，就像……请你一样！"莫愁的眼神变得奇怪起来。

"那个小狼……是你吩咐他去找我的?"可云忽然觉得自己像是掉进了一个陷阱。

莫愁笑了起来:"这一回你倒是答对了!"

可云心里开始慌乱,她急忙合上笔记本,将东西收拾了一下,站起身来。

"怎么,不想听后面的故事了?后面的更精彩……"莫愁猛地伸出手,将她按了下去。这时,旁边忽然转出来两个衣着奇怪至极的男人,和小狼一样,梳着一条辫子,神情阴郁木讷。

可云很明显地感觉到这两人的杀气,一动也不敢动,但手却在摸索着包里的手机。

莫愁笑一下,将可云的背包半强迫地拿了过去,递给了身后的一个男人。

"你……"可云惊颤道。

"你已经不需要这些了……"莫愁冷冷道。

可云惊诧万分,正欲挣扎,却被一个男人死死地拽住了手臂,惊怒道:"你想做什么?"

莫愁冷冷一笑:"带她进去……哼,你不是想尝试一下神秘吗?去体验一下?"

当可云像一只小鸡一样,被丢进一间密不透风的房间时,她还没有明白过来,为何莫愁要将她关起来。

她身上所有的东西全都被搜走了,与外界失去了联系,一股心底的愤怒蹿了起来,她居然被一个小孩子骗了!

"开门!开门!"可云奋力地敲打着厚实的木门,这间房间没有窗户,除了一张床还有一张小几,房间的角落里放置着一个旧式的马桶,俨然就是一间牢房!

小几上点着一盏昏暗的油灯,油灯散发出来的味道有些刺鼻,可云几乎要昏倒。

"莫愁!莫愁!"可云大叫道,她不明白为何莫愁的态度变化得如此之快,瞬间便翻脸,将她关进了这间牢房。

门外已经没有了任何声响,可云不再叫喊了,回到那张古董一样的床上,沮丧不已。

要是早听母亲的话,回去看看父亲就好了……想起刚才母亲在电话里的那

第十五章　坠入深渊

句话,可云心头懊悔不已。

父亲是个赌鬼,从她记事的年纪开始,她就知道,父亲常年不在家,不仅如此,每一次回家的时候,他对母亲和她又打又骂,几乎把她们母女俩当成了出气筒,然后在母亲的哭泣下,搜走了家里仅余的生活费。

她很小的时候,就认识了"赌博"这个词语的真实含义,那是毁灭一个家庭的重型炸弹!

在她高三那一年,她态度极其坚决地陪着母亲去了民政局,和那个嗜赌如命的父亲,办理了离婚手续。

离婚之后,父亲在她的强迫下,搬离了那个家。原以为,在父亲走后,母亲的生活和情绪都会好起来,可是她却没想到,母亲在父亲离开之后,大病了一场,差点死去。直到那个时候,可云才意识到自己犯了一个错误,母亲其实是深爱着父亲的,尽管他如此不顾家庭,如此不堪。

母亲曾瞒着她,偷偷地去找了几回父亲,但结果却是被死皮赖脸的父亲要去了身上仅有的钱。

一直到可云有了稳定的收入,母亲还悄悄地接济着那个像乞丐一样的父亲,而这个时候,她也没有了强硬的态度,只是在替母亲这一生的命运感到不值。

一直以来,她对父亲的态度,都是冷漠至极,从来回避与他见面,本以为自己对父亲已经没有了那种小说和电视上才有的亲情,但是刚才的那个电话,却让她彻底后悔。

也许,她再也见不到父亲了……

可云低声哭泣起来,继而放声大哭,从来没有如此释放过内心的压抑了,包括在母亲面前,她从来不示弱,也从不掉一滴眼泪。但此刻,她觉得心里多年来的情绪得以释放,彻彻底底地放声大哭起来。

莫愁站在走廊上,静静地听着从密室里传出来的悲号声,神色凝重,转身离开了。

可云哭得昏天黑地,渐渐地感到浑身乏力,到最后,居然在那张硬邦邦的床上昏睡了过去……

不知睡了多久,可云被一阵奇怪的声音惊醒。

她有些不可思议地看着那道已经被打开的木门,毫不犹豫地从床上一跃而起,离开了那间囚室。

天色是那种灰暗的深色,丝绒般的天幕中点缀着一些不知名的星星。这样的景象如果换到另外任何一个场合,都是一种令人惬意的夜色。但是此刻,这样的夜色却带给可云更多的恐惧。

不知道已经是夜里什么时候了。可云只感到心头一阵慌乱,尽快离开这里应该是明智之举。

从一条长廊迂回了一会,可云才找到下楼的路,从正厅二楼的一间耳房来到庭院里,可云有些惊异,偌大的庭院不见半个人影。

可云惊慌地四处看看,院子里寂静无声,只有一阵阵寒风吹过的呼呼声。

一种莫名的恐慌涌上她的心头,莫愁和那些黑衣人哪里去了?

地上厚厚地堆积着一些树叶,整座大院悄无声息,一种荒凉破落的感觉充斥着院子,这里就像是被荒废了好几百年那样,有一种陈腐的气息!

可云惊诧不已,难道莫愁在短短半天时间内搬出了这座大院?

当她急急地穿过庭院中央的时候,身体路过其中一棵银杏树的时候,她忽然感觉到了什么,脚步戛然而止,缓缓地回过头来——

一双绣花鞋悬吊在她眼前!

那是一双大红色的绣花鞋,柔软的质地,精致的绣工,但鞋面上绣着的,却是一个黑色的狰狞至极的狼头!

确切地说,这不仅仅是一双绣花鞋,因为鞋子里还有一双脚,从脚面向上望去,那是一双长长的腿,腿被一袭黄色的长裙遮掩住了,再往上望过去,那是一个女人!

女人的头以一种奇怪的姿势沉沉向下低垂,长长的头发在风中被高高地撩起,随着裙摆而不停摇曳着,就像是一朵在风中盛开的花朵……

可云惊恐万分,几乎失声尖叫,这个女人的颈上,向上延伸上去,有一条长长的白色缎带——这个女人上吊了!

"啊……"惊叫声忽然在幽静的庭院响起,惊起了屋檐下的一阵扑棱声。

女人的身体在风中旋转着,就像是一个滴溜溜转着的陀螺,忽然,低垂的那个头颅露出了一张惨无人色的脸庞——

蓝枫!

第十五章　坠入深渊

如果可云没有记错的话，这个女人是蓝枫——某电视台的当家主持人！

"啊……"她失声尖叫着，浑身战栗着，后退着朝大门处跑去。

跌跌撞撞地，可云从那幢潜伏着巨大恐惧的"鬼屋"里跑出来，却失去了方向，漫无目的地在一片墓碑中摸索穿行着。

可云浑身是汗，慌乱不已，眼前那一尊尊墓碑就像是会飞舞的，不断地在眼前蹿来蹿去，她的身体不时碰撞在其中一些墓碑上，身体被撞得生疼。但她来不及顾及，一心只想尽快远离这里，远离这个地狱般的地方。

无数的白色墓碑，在月色的照射下，反射出一片诡异的光芒，几乎漫延了整个山头，不！那不是山头，而是一片凹地！

在这个像一口锅一样的凹地之中，密密麻麻地覆盖了几百个大大小小的白色墓碑，放眼望去，就像是一大片白色的小方块！

一种透入骨髓的恐惧感顿然从可云那赤裸的脚心蹿起，直到头皮！她浑身开始一阵发凉，开始后悔自己的愚蠢行径。可云从来没有如此恐惧眼前的这种白色，这种耀眼的白色，就像是一柄柄锋利的匕首，直达她内心最深处！

可云的背包早就被莫愁给搜去了，还好她本人有个习惯，将手机放在牛仔裤贴身的口袋中，才没有被那个女人发现！

可云哆哆嗦嗦地将手机拿出来，却看到屏幕上没有任何显示——

手机没有信号！

手机没有信号，几乎就等于一件废物，可云几近愤怒了，差点将手机扔了出去。

她此刻唯一的想法，就是尽快逃离眼前这个非人的世界，那片凹地，就像是一个未知的恐怖世界，随时都会从每一个墓碑下，跳出一个鬼魂！尤其是眼前这五座特别宽大的墓！

五座墓静静地躺在凹地的正中央位置，除了墓的规模比周围的那些稍大，最大的区别是墓碑上刻有名字！

从右边开始，第一个刻着"讳先夫狼氏"，可云心里咯噔了一下，这个姓氏与那个黑灵镇博客上的一样——狼氏！

但五块墓碑上，狼氏之后的名字，似乎都被人特意用工具凿去了，只剩下一块方形的凹处。

其他的四个墓碑亦然,均是"狼氏……"名字也都被抹去,五人均姓狼,同时都被葬在这里,应该是同一个家族的人?

这个家族实在古怪,不但姓氏古怪,连墓葬的形式也古怪至极,这与中国传统的墓葬形式有些不太一样,难道是异族?但墓碑上隽永的隶书却明显地告诉她,这些人应该是汉人!

民国二十四年,也就是1935年,那个时候的中国正处在内忧外患的战争之中,日本人曾在这段时间,从老挝进入西南,与中国的军队发生战争。这个墓葬群,很有可能是其中一支抗日队伍烈士的陵墓。

不过这也只是可云的猜测,只不过她对"狼"这个姓氏,感到万分的讶异。

唐代的武则天铲除王皇后与肖淑妃两个情敌之后,将她们的姓氏分别改成了莽(王)氏、枭(萧)氏,以消当年被欺压的心头之恨。而这两个动物姓氏也只是存在于这个女皇帝统治的很短一段时期,毕竟没有人愿意自己被称为动物的后代。但是眼前这五个"狼"氏墓碑,着实让人诧异万分,而且年代并不遥远,仅仅只有六十几年的时间,墓葬里的这些人,究竟是个什么样的民族?而他们与黑灵镇之间,是否有联系?……

可云此刻又暂时忘记了恐惧,职业习惯使她拿起手机,借着微弱的光亮,把那五块刻有姓氏的墓碑拍了下来。

手机屏幕顺着五块墓碑一一拍摄过去,光线黯淡无比,画面有些晃动,影影绰绰地显出那几块白得让人心里发毛的墓碑,可云的背上不由蹿起一阵寒意顺颈而上,直达头皮。

第五块墓碑完全摄入了屏幕内,她手心里渗出了冷汗,手不觉地抖个不停,怎么也无法让画面保持稳定。

不知过了多久,可云几乎在半疯狂的状态下停止了奔跑,因为她几乎已经将体力耗光,而眼前这片令人生畏的墓群,就像是传说中吞噬人灵魂的魔鬼迷宫,会将她永远地留在这里。

可云已经完全想不起来白天里小狼带自己过来的那条路。在她的记忆里,似乎从镇上出来不久便就到达了那幢"鬼屋"。但是此刻,可云再回头朝"鬼屋"的方向去,那幢房子却像是融化了一般,完全消失不见。在夜色的照耀下,只能看得见周围都是一大片一大片灰白色的墓碑。

第十五章 坠入深渊

可云心头"怦怦"直跳,她突然发现自己迷路了!

此刻心头的恐惧已经无法用言语来形容,可云迷失在死亡地狱的边缘!

可云抱着双臂颓然地在地上坐下,浑身发抖,寒意不知是来自半夜里湿冷的空气还是身后那些无法看见的恐惧。她此刻脑海里只想着如何将这个夜晚熬过去,等到天一亮,立刻沿着昨天来的路离开这里。

天色完全暗了,周围已经看不见任何的光亮。隐隐地可以看得见黑灵镇建筑群的一些轮廓,但又看不真切,就像是模糊的皮影,在远离了幕布之后,呈现出一种古怪而又诡异的气息。

此刻虽然是夏季,但是在深夜的山林之中,气温在渐渐下降。可云觉得自己的体温在慢慢地下降,神志也渐渐地不清晰起来。

不知何时,身后忽然传来一股凉飕飕的寒风,这股寒风是断断续续的,不时将逐渐昏迷的可云给冻醒。

可云站起身,四处望了望,模模糊糊地,她发现身后不远的地方有一处极其怪异的地方。

那是一条深邃无比的石洞隧道,被隐藏在墓地之中,隧道的周围利用地势凹凸不平的各种石块、土壤、树木等条件,形成了一个天然的屏障,将隧道不着痕迹地遮掩起来。

望着那个像是一张血盆大口的狭窄通道,可云犹豫了半分钟,还是走了进去!

此时的可云,就像是来到了宫崎骏笔下的神秘世界,在石洞的另一头,隐藏着一个不为人知的世界!

但是现实中,丝毫没有动画片里那种神秘的美感,更多的,则是一种越来越阴郁的黑暗。

跌跌撞撞地,可云身上的衣服已经被狭小石洞中的凸出的石块,撕得几乎支离破碎!

忽然,可云外衣上的帽子被什么东西牢牢地拉住了!回头一看,帽子两端垂下的两根细长带子被石壁中生长出来的枝条纠缠住了!

可云手忙脚乱地急忙去解带子,但是似乎越慌乱越是解不开……

忽然,一种前所未有的感觉从她颈后猛然蹿起,她似乎隐隐地感觉到了什么,手更颤抖了,带子更是乱七八糟地被绕在了几根枝叶之上。

一阵激烈的喘息声伴随着低低的吼叫声从石洞深处传了过来,可云浑身发冷,惊慌失措地转身往回跑。

身后一阵动物的奔跑声传了过来,可云根本不敢回头看,只知道拼命地逃跑。

"呜……"一声吼声陡然从身后传了过来,可云的耳朵被那声叫声震得"嗡嗡"直响。一股热气携带着浓重的腥气直直地喷到了她的脖子上。

可云浑身发软,她根本不敢回头,脚下一滑坐在了地上。

她在幻想着自己被这只地底怪兽吞噬的情形,绝望地闭上了眼睛。

忽然,一只手覆上了她的肩膀!

那不是可云的手,那是一只瘦得几乎没有肉的骨架!

一种惨白得接近死亡的皮肤包裹着那只骨架,颤抖着伸向可云那粉色的睡衣腰带!

可云猛一回头,一道黑色的影子映照在她那突然放大的瞳孔中,接着一张白得发绿的面孔靠了过来……

她晕了过去,醒来之后居然莫名其妙地出现在了车祸现场!

可云浑身发抖,就像从噩梦中苏醒一般,她终于将这段时间断断续续的梦境清晰地组合在一起,身体里的每个毛孔无不散发着一股透入骨髓的寒意!

为什么?

可云愤怒地问自己这个问题,为什么莫愁对自己像对待一只实验室里的小白鼠,但最后却没有杀死自己?

她的头脑一片混沌,无法回答自己这个问题!

可云双手颤抖着,拿起手机,哆哆嗦嗦地拨了"11"两个数字,但最后的那个"0"还没有拨出去的时候,手机铃声猛然大作起来。

手机"啪"的一声掉落在地,可云浑身就像被抽去了筋骨一般,惊得浑身发软。

地上的手机仍然在响,响了大半天之后,可云才反应过来,从地上拾起了电话。

第十五章　坠入深渊

"喂……"可云的声音已经完全走调,这是一个陌生的手机号码。

"可云!"电话那头传来了一个声音,焦虑不已,"你在哪?"

可云费力地思索了一下,这个声音很熟悉,是刘豫!

"可云!你现在在哪?告诉我!"刘豫的声音震耳欲聋地从话筒里传了过来,"不要闹了!你现在很危险……"

"不……"可云浑身虚弱不堪,惊慌失措地迅速挂了电话,并手忙脚乱地将手机的电池取了下来。

她心有余悸地从小区的角落里走了出来,本想立刻回家,但是转念一想,便急忙将自己藏在了楼道的一侧。

果然,几分钟之后,她听到了一阵急促的脚步声和低声的谈话声。

是刘豫!

可云捂住自己"怦怦"乱跳的心脏,竭力不让自己发出任何声音。

"她不在家里!"这是刘豫的声音。

"嗯……还是要尽快找到她……"另外一个声音响了起来,那是一个男人的声音,口齿有些不清,带有很浓重的地方口音。

可云急忙将自己的身体缩在楼道旁的角落中,正好有一株茂盛的鸭掌木将自己给隐藏了起来。

"是!"刘豫似乎对另外那个男人很尊重,回答的口气都是恭敬至极。

两人迅速地朝外走去,可云听到了刘豫最后一句话:"她关机了……唉……都是我吓坏了她……"

待二人离开之后,可云才将自己放松下来,她忽然有种感觉,刘豫在自责,似乎不像自己想的那样,他会伤害自己。但是她无论如何也忘不了那天在刘豫家里发生的事情,那种情形下,她是不可能对他产生任何信任的。

天色已经完全暗了下来,可云慢慢地站了起来,浑身已经僵硬冰冷至极。

刚刚走向楼道,她又犹豫了。现在的这个家,是否还能给她安全感呢?

可云又想起那个保安死亡的情形,浑身不寒而栗。

第十六章　陷入危机

可云不知道自己是怎么跑到眼前这条路上的。她在刘豫离开之后，头脑一片混乱，几乎没有再过多思索，便急急忙忙地离开了枫林小区。

原本她想去找吴小亮，但是他的手机却一直在关机的状态。此刻可云才后悔起自己这么几年来离群索居的生活状态，在眼下最紧急的时候居然找不到一个能够帮助自己的人。

刘豫！

脑海里立刻又跳出了他的模样，可云竭力压制住自己内心深处涌出来的痛楚，摇摇头让他的影像离开。

就这样，可云思绪混乱至极，漫无目的地顺着脚下的路一直走下去，等她意识到的时候，才发现自己身处在城郊了。

可云吃惊地看着远远那幢房子，心里猛地一惊，那正是刘豫的家！

她大吃一惊，自己居然无意识地走到刘豫家来了！

可云急忙转身，怪自己不争气，心跳猛地加快，脚步也急促起来。

这条路处在城郊结合处，周围有一些农田，还有一些村子里的房屋，但人烟稀少。天色一黑，周围的村民几乎家家都大门紧闭，因为到了九点以后，这里几乎就是犯罪的天堂！

第十六章　陷入危机

可云紧紧抱着双臂,有点恨自己了。

远远地,她好像看到几个人影摇摇晃晃地朝自己走来,可云慢慢将身体朝道路里侧走去,避开那几个大声嚷嚷的酒鬼。

"美女……"其中一个秃头大肚的中年男人淫笑着朝可云压了过来,可云吓得急忙朝旁边跑开,不料脚却踩在了路的边缘,差点掉进一旁的水沟。

一旁的几个男人哈哈大笑起来,秃头男人又逼了过来。可云又惊又怒,但却不敢发火,急忙用力将秃头男人一推,摆脱了他的纠缠,奋力朝前跑去。

秃头男人跟着追了上来,在可云后面大声地咒骂着什么。

忽然,一辆车的车灯从后面照了过来,明晃晃地打在这群人身上,车子明显地放慢了速度。可云急忙跳到路中间来,双手挥舞着。

"怎么回事?"车子停了,一个男人探出头来。

"多管闲事……"秃头男人估计酒喝多了,摇摇晃晃地凑了过来。

"先生!能搭一下你的车吗?"这是一辆白色的越野吉普车,款式非常新颖。可云急忙抓住车门,她此刻只能求助于这个看上去不错的男人。

"上来吧!"似乎看出了可云的窘境,男人示意。可云急忙钻上了副驾驶的位置。身后传来车子被什么东西砸中的声音。

"敢和老子较劲?"秃头男人气呼呼地冲了过来,手里多了一块残砖。

男人急忙发动车子,向前冲去,可云从反光镜里看到秃头男人渐渐地放慢了脚步,才缓过劲来。

"被吓坏了吧?"身旁的男人轻声道。这是一个保养得很不错的男人,身上得体的衣服散发着一股淡淡的古龙水的味道,头发很干净,年纪看上去大概三十岁左右。

一番打量令可云对这个男人的好感大增:"谢谢你啊!"

"你不该在这个时候出现在那种地方!"男人看了她一眼。

可云笑笑,没有答话。

"你住哪里?我送你回去!"男人又看看她,可云似乎从他的眼里看到了一些东西。

"我……"她本不想说出自己的详细地址,但是犹豫了一会儿,还是报出了"枫林小区"附近一条街道的名字。

一路上,男人没有再主动开过口,可能是可云的态度让他选择保持缄默。

但是可云一想到自己的那个家,浑身就开始颤抖不已。

车子很快便到了,男人静静地看着可云,她犹豫了半天才下车。男人忽然从窗口探出头来:"需要我帮忙的话,打这个电话给我……"说着递出来一张名片。

可云的手伸了出去,又僵了一会儿,才将名片接了过来。

"张文宾?"可云看了看名片,尽力让自己露出笑容:"谢谢你载我回来……我其实住在前面的'枫林小区'。"

"不用客气,我看你很紧张,是不是不敢回家啊?"张文宾半开玩笑道。

可云不由自主地哆嗦了一下,脸上露出不自然的笑容。

张文宾稍稍一愣,又笑道:"那好吧……我先走了,有什么事,你尽可以打电话给我!"他做了一个打手机的动作,便发动车子离开了。

可云望着远去的白色越野车,对这个叫张文宾的男人忽然产生了一种奇怪的感觉。她低头看看名片,只有"张文宾"三个字,下面有一行电话号码,其他的是一片空白。这让可云对他或多或少地产生了一种好奇。

她回头望向那片高高的大楼,提了一口气,朝5栋走去。大门旁的保安相互交换着古怪的眼神,他们都认出了这个引起祸事的女人,一时人人面色冰冷。

可云压住心头的郁闷,低下头慢慢朝前走去。

来到自家门前,房门完好紧锁着,可云深吸一口气,将钥匙插入门锁,慢慢打开了房门。

房间里透出一股郁闷的气息,可云急忙将窗户统统打开,让新鲜空气涌了进来。她浑身乏力。看到茶几上那张名片,犹豫了好一阵,她用手机拨打了上面的号码。

电话通了,传来一阵悠扬的钢琴曲,可云有些紧张,手微微颤抖起来。

"喂……你好!"电话那头传来了一个男人的声音。

"你好……"可云的声音有点颤抖。

"哦……是你啊!回到家了?"张文宾想起了她的声音。

"今天……谢谢你……"可云手心开始冒汗了。

"没关系,遇上那种情况,我要是不管,那岂不是没有人性了?"张文宾的口

第十六章 陷入危机

气很轻松。

"我……只是想……谢谢你!"可云有些词穷了,不知道说什么好。

"那你早点休息!"张文宾的口气一直很温和。忽然他笑了起来,"对了,我忘记请教你的芳名了?"

"姜可云!"

"可云……很好听的名字!"张文宾忽然停顿了一下,"那么,你就早点休息吧!我这里有一点事情要处理!"

"哦!好的!"可云急忙点点头,"再见!"挂断了电话之后,她居然紧张得浑身有点抖。

在卫生间里洗了一个烫烫的热水澡后,可云将床上的被褥抱到了沙发上。对于卧室,她还是有种恐惧感,至少近期如此。躺在沙发上,翻看着电视上无聊的各种节目,渐渐地她的眼皮耷拉了下来……

张文宾挂上电话,露出意味深长的笑容,然后朝车库走去,打开吉普车的后箱盖,看着里面露出的一个物体,他脸上的笑容更甚了。今晚,他又得开始制造一尊新的雕塑了!

夜更深了……

可云在沙发上辗转反侧,一直熬到天色渐渐亮了起来,才沉沉地入睡。

当手机铃声响起来的时候,天色已经大亮了。可云揉揉眼睛,接听电话。

"可云……"电话那头传来一个怯怯的声音,可云愣住了,是妈妈!

"妈……"犹豫了一会儿,可云轻轻地叫了一声,"你还好吗?"

"我……我很好……就是……就是……"母亲在那头吞吞吐吐。

可云皱皱眉头,每次母亲帮父亲向她借钱的时候,她就会如此。"什么事?"她冷冷问道。

"你爸爸他……"母亲犹豫着。

"他是不是又输钱了?"可云打断了母亲的话,"要多少?"

"不是的……可云……你爸爸遇到了一个怪人……"令她意外的是,母亲这次竟没有提及钱的问题。

"什么怪人?"可云诧异道。

"有个人……他拿钱给我们……问到你的事……他……他……"母亲一直

支吾着,这让可云不耐烦起来。

"您到底想说什么呀?"

"反正,反正到时候你就会知道了,唉……你父亲拿了他不该拿的钱啊!"母亲索性抽泣起来。这是她一贯的做法,每当事情解决不了,只会哭。

"好了好了……妈……"可云只得柔声安慰,"到底怎么一回事啊?"

"你爸爸他……可云,如果有人向你提起那件事,你不要怪我们啊……你爸爸欠了别人很多赌债,没有办法啊!"

可云听得一头雾水:"哪件事?"

"我……可云……就是你小时候的事情,请你原谅你的爸爸,毕竟他养育了你这么多年……"

可云更是莫名奇妙,但是她无法向母亲发火:"好了……好了……我不会怪你们的!"

"那就好……那就好……那个人说,不会让你受到伤害的!"母亲在最末的时候,又说了这句话。

可云只当是母亲的唠叨,便也就随口应允着挂断了电话。

手机忽然响了起来,可云的心忽然扑通地跳了起来。

张文宾的来电。

"喂……"可云调整了一下自己的声音,尽量让自己听上去没那么沮丧。

"姜小姐……"电话那头传来张文宾温和的声音,"今晚有空吗?"

可云愣住了,她没想到张文宾如此单刀直入!

"姜小姐?"

"哦,对不起,我刚才有点事……"可云解释道。

"那么,今晚我想请姜小姐吃晚饭,可否赏脸?"张文宾单刀直入地说,完全不让她有推托的余地。

可云犹豫了一会儿,继而点头答应了:"好的!我也应该谢谢你昨晚的帮忙!"

"七点半,我在'枫林小区'门口等你!"张文宾似乎早就料到了。

看看时间还早,她有充足的时间做准备,还可以洗个澡。

躺在卫生间里那小小的浴缸中,可云浑身舒畅,连日来的紧张和疲劳消除

第十六章　陷入危机

了大半。看着不大的卫生间里雾气迷漫,可云回想那天在刘豫那里的情形,她的心情不觉又沉重下来,刘豫,他到底是什么人?

接着她又想起了莫愁,那个出现在黑灵镇那片禁地的神秘女人,她到底又是谁?为何要故意将自己吓晕过去?还有之前发生在黑灵镇的那几起车祸,到底是不是她所为?目的和动机何在?而在之后,她为什么又故意装作不认识自己,还故意让自己住进了"莫氏山庄",故弄玄虚地逗自己?

可云觉得莫愁的态度很奇怪,她既然没有想要杀死自己的目的,那为何又要向自己透露她在黑灵镇的行踪?

可云脑子越来越混乱,她觉得自己就像是一只失去了双目的小白鼠,在莫愁、刘豫或者别的什么人制作的迷宫里绕来绕去,无法逃离眼前不时出现的一道道的屏障。

可云奋力地摇摇头,将这些念头抛出脑海,她既然已经做好准备离开这座城市,就可以远离现在的困境了。

"丁零零……"

隐隐约约,可云忽然听到客厅里的手机响起了一阵悦耳的铃声,急忙穿好衣服走进客厅,一把接过手机:"喂……"

"我是张文宾,我已经在枫林小区大门了!"张文宾的口气很温和。

"可是现在才六点!"可云看看时间,有些吃惊他的早到。

"没关系,你慢慢换衣服!"张文宾笑了起来,"我等你!"

可云挂上电话之后打开了客厅的窗户,窗外透出一股新鲜的空气。

窗外是枫林小区的后门,门外有一条通往市区的道路,路上的车辆大部分是枫林小区住户的私家车,在后门处进进出出。一辆白色的吉普车停在了路的一边。

可云笑笑,开始换衣服。

七点整,张文宾准时出现在枫林小区的大门,可云上了车,听到的第一句话便是:"可云小姐……你看起来比昨天精神好得多了!"

可云笑道:"谢谢!"

张文宾穿着一身白色的休闲装,头发蓬蓬松松地搭在额头,看上去很健康很阳光。他目光盯着可云笑道:"今天你很漂亮!"

"准备请我去哪里吃饭啊?"可云避开他炽热的眼神,心里有些不自在起来。

"去我家!"张文宾收回目光,发动了车子。

"你家?"可云有些诧异。

"怎么? 不敢去吗?"张文宾笑了起来。

"不是的……只是有些突然!"可云不知道该如何开口。

"可云小姐是记者?"张文宾又问,越野车沿着公路朝市区的另一侧驶去。

"你怎么知道?"可云惊讶无比。

张文宾递过来一张名片:"这是你昨晚遗留在车上的!"

可云恍然。

"先母曾留下了一些笔记之类的,我不太懂文学这一行,昨天偶然看见可云小姐的名片,所以有了一个念头,想请可云小姐来帮忙……"

"不要这么客气,你叫我可云好了,大家都这么叫我……"可云被他的话弄得有些拘束了。

"可云……"张文宾轻轻地呼唤一声,声音暧昧。可云有些不自在起来,心里暗自后悔答应他的请求了。

半个小时以后,越野车停在城郊的一处高档住宅区内。

看着眼前这栋豪华的别墅,可云心中诧异之极。她知道张文宾是一个有钱人,但是却没想到他的家竟如此奢华。

张文宾不动声色地将可云的神情一一看在眼里,目光闪过一丝阴郁,但很快便又恢复了常态。

进入客厅之后,可云发现这里并没有一个保姆或是帮佣,但是房间里却一尘不染,井井有条。

客厅的一侧是一间宽敞明亮的餐厅,宽大的红木餐桌上摆放着一些餐盘,厨房的案台上传来阵阵扑鼻的香气。

"饿了吧!"张文宾将可云带入餐厅,拉开一张椅子,说道:"马上就可以开饭了!"

就像变魔术一般,张文宾将一盘盘香气扑鼻的食物端了出来,可云看得顿时食欲大增。

"没想到你这么会做饭?"可云之前的郁闷心情顿时被驱散了不少。

第十六章　陷入危机

张文宾又拿出两只高脚杯和一瓶红酒,动作优雅地为可云慢慢斟上。

"我……不太会喝酒……"可云想阻止他。

"这样啊……"张文宾停止了倒酒的动作,无奈地笑了笑,将可云的红酒换成了一瓶橙汁。

可云感激地一笑。

"快尝尝,这是用法国红酒烹制出来的上等羊排!"张文宾兴致勃勃地为可云夹上一片色泽诱人的羊排。

吃完晚饭之后,张文宾将可云带上二楼。

"请进……这是我母亲生前的书房!"张文宾将可云带到二楼一间宽敞明亮的房间。房间里放着几排高大的书柜,书柜中密密麻麻地排列着各种各样的书籍。

可云更为惊讶了,她没想到张文宾的母亲居然是一个高级知识分子。当她看到墙壁上的一张精美的油画画像时,惊呼起来:"原来张幼媛就是你妈妈啊?"

张文宾点点头,笑道:"看来我母亲比我有名气多了……大家都记得她……真是令人欣慰!"

"张幼媛女士的那些文章可是我们大学时候选修的课程啊……只是很遗憾,她太早离开了人世……"可云在书柜里翻到一本张幼媛的作品,无限感叹。

张文宾的脸色稍稍一变。

"我真没想到你是张女士的儿子……"可云抬起头来笑道,却发现张文宾的脸色有些难看,"哦……对不起……我是不是不该说这种话!"

张文宾摇摇头:"不要紧,我很替母亲高兴!"

"张女士的作品永远充满了一种淡淡的哀愁……我很喜欢!"可云由衷地说道。

"哼……那不过是被人抛弃后的情绪发泄罢了!"张文宾冷冷道,每当外界有人赞叹张幼媛的时候,都令他不快。也只有他才知道母亲文字间那种真正哀伤的原因,这一切,都来自那个不负责任的男人!

可云惊讶不已。

"我的父亲……是一个有妇之夫……我的母亲,是他其中一个时间最长的情妇!"张文宾冷笑道。

可云沉默了。当张幼媛结束自己生命的时候,整个文学界都在议论纷纷,大家对她褒贬参半,她不光彩的情妇身份已经掩盖了她那辉煌的文学成就。

"你……不应该这样说你的妈妈……"不知为何,可云为油画上那个雍容华贵的女人感慨起来,她其实是一个感情的受害者。

"对不起……"张文宾轻轻地拍拍可云的肩膀,"我至今无法原谅那个男人……"

可云明白他的感受,自己又何尝不是如此。她至今仍无法原谅那个抛弃她和妈妈的男人!

张文宾打开了一个柜子,里面露出了大量的手稿,整理得并不整齐,有些杂乱。

"这些就是我母亲的手稿,大部分都是她在早年时写下的,有几本还是日记,你可以都看看……"张文宾的神情黯然,他似乎不太愿意面对母亲早年的情感生活。

"你准备……将这些东西都整理出来,重新出版吗?"可云随手翻翻,这些大多数都是张幼媛年轻时期的作品,风格要叛逆得多,大概是出道前的作品,锋芒毕露,锐气十足。

"有些是的,所以我想请你来帮我这个忙,这些可以编撰成书,那些便只能留作纪念了。本来我不想她这些早年的隐私让人知晓,但是请你来的话,我想就好多了,你不会是那种乱说话的女人……"张文宾的话里带有一丝谄媚,可云不是听不出来,只能装作没有在意。

可云在书房慢慢地开始整理,她有些心神不安地随时看看自己的手机。

张文宾坐在书房外的大阳台上,观察着可云的一举一动,嘴角划过冷冷一笑。

可云翻着张幼媛的各种手稿,却有些心不在焉,当她翻到一份报纸摘录笔记的时候,注意力才集中起来。

这是夹杂在手稿中的一份很奇怪的报纸摘录,16开的大笔记本上,每一页都贴着一些剪报,每一份剪报下面都有一些素描的草图。草图画得非常到位,但是让可云惊讶的是,这些草图都是一些女性的裸体。

张文宾的目光越过手中的报纸,落在可云手中那本笔记本上,露出一丝玩味的笑容。

可云翻阅着笔记本,越看越吃惊,这根本不是张幼媛的手稿,而是别的什么东西!她小心翼翼地将目光朝玻璃门外的张文宾望去,有些紧张,身体转了一个方向,将手中的笔记本隐藏在了身体内侧。

可云调整了一下姿势,这时张文宾忽然站起身走了进来:"可云……你今晚要不要在这里休息?我母亲的房间很干净!"

"不……不用了!"可云不着痕迹地将笔记本塞入那一大堆稿纸中,笑笑拒绝了。

"那我先下去一下……辛苦了!"张文宾随后便走了出去,并轻轻地将房门带上。

可云侧耳倾听,一直到张文宾的脚步上了三楼的某处,才松口气,将笔记本从稿纸中轻轻地抽出来。

看到每一页上面出现的日期,可云判断这大概是一本日记。再看看里面的一些笔锋,她猜测,这本日记似的剪报,应该是张文宾的。

翻到其中的一页,页面中央贴了一则新闻,大概是说两名青年男女为了感情相互伤害的案件,相对应的另一页开端有几行字:"……今天,何琳来寝室找我,并向我哭诉那个男人对她所做的一切。我的心在摇动,是否就应该同情她呢……"文字后面的素描是一位年轻的美丽女孩,可云看着觉得有些面熟,但是一时却想不起来。

又翻到一页,报纸上的新闻是本市一名著名企业家的相关报道,而另一页则是这样一句话:"……我的母亲——这个妓女一样的女人,不但将她自己卖给了那个老头子,还让我永远生活在耻辱中!!!"

下面是一幅速写,俨然就是张幼媛的画像。可云曾亲眼见过张幼媛,这幅素描寥寥几笔便将她那忧愁的神韵给体现了出来。

可云越看越吃惊,张文宾心中的怨恨已经不是一般的深了!张幼媛不顾一切,甘愿担当那个企业家的情妇,这样的畸形的家庭结构让张文宾从小就有一种扭曲的心态。

看到前面的时候,可云还只觉得张文宾是一个畸形恋情的受害者,但是当她看到后面出现的那些剪报时,心中已经无法用惊讶来形容,她只觉得浑身一阵寒意，一股恐惧悄悄爬遍了全身。

"母亲，终于结束了她那可耻的生命，我怜惜她，将她变成了我的第一尊美丽的作品！"旁边是一张数码照片，照片上是一座泥塑，一座女性的雕像，看上去就是张幼媛。

而接下来的则是一则五年前的新闻报道，一名女大学生无故失踪。旁边的素描，就是最早的那个名叫何琳的女孩。她此刻已经闭上了眼睛，浑身赤裸着。下面则用红色的笔写着一行字："妓女只能下地狱，但是我怜悯她，她成为了我第二座完美作品……"

接下来，便是一张数码照片，照片上是一尊泥塑的雕像，远远望去，很像画像上的那个女孩。

后面都是十几起卖春少女失踪案件，然后又是一些莫名奇妙的话，再就是那些泥塑的女性雕像。

令可云惊诧的是，后面十几名少女的素描，全都与那个何琳长相极为相似！

可云目瞪口呆，她已经隐约想到这些失踪少女和那些雕像之间的联系了，张文宾是一个心理极其变态的人！

"啪"的一声合上剪报，可云呼吸急促起来，她浑身颤抖着，匆忙收拾了自己的东西，准备趁着张文宾不在，尽快离开这里。

房门打开后，可云脸色一阵发白。

张文宾正斜靠在门边，嘴角挂着一丝冷笑。

"可云小姐……去哪里？"张文宾看看可云手中紧紧拽着的背包。

"我……我想上卫生间！"可云勉强挤出一丝笑容，身体却朝后退去。

"卫生间在那里！"张文宾指指书房的另一侧。

"我……我……好吧……"可云脸上的笑容看起来就像在哭，她慢慢转身。

"等一等……"张文宾走了过来，凑近可云，笑道，"能借一下你的电话吗？可云……"

可云浑身一凛，有些不知所措，手中的背包却被张文宾夺了过去，他将可云那只小巧的红色手机掏了出来，翻开盖板后，看了看，然后用力一掰，手机断成两半跌落在地。

可云吃惊地看着他，说不出话来。

第十六章　陷入危机

"我的日记……我想你已经看完了。如果没有看完,那就太慢了,我已经给了你……"张文宾看看手表,"大约一个小时……"他的脸上依然是令人无法抗拒的笑容,但是此刻,这笑容却让可云浑身冰冷。

"不……我不知道你的事!"可云惊恐地摇头,身体朝后退去。

"没关系……我会慢慢告诉你的……"张文宾慢慢地靠了过来,可云一直朝后退去,身体已经紧紧地挨到了落地玻璃门上。她大脑一片混乱,后悔自己被眼前这个男人骗了过来,想到那本剪报上的报道,她浑身就颤抖不已。总共有十几名女孩失踪,却没有任何人将眼前这个看似道貌岸然的男人拘捕归案。

"怎么?害怕了?"张文宾轻轻抬起手来,抚摸着可云的脸颊,"你不知道吧……你长得太像她了……"

"谁?"可云忍不住颤抖着声音问道。

"何琳……"张文宾的眼里忽然出现了伤感,顿时眼泪便淌了下来,"你真的太像她了……"

可云想起,剪报里张文宾对于那个名叫"何琳"的女孩子,有着一种深深的爱恋。

"为什么?为什么你要去找那个人?"张文宾忽然恼怒起来,"为什么要抛弃我?"

"不是……我不是何琳……"可云又惊又惧。

"你不是何琳,那为什么要和那个男人约会?"张文宾眼神渐渐变得混乱起来。

"你说什么?哪一个男人?你一定是误会了……"可云不敢大声,慢慢将身体挪开,但却被张文宾一把紧紧地抓住了肩膀。

"还敢撒谎!还敢撒谎!"张文宾眼睛里冒出了火花,"我那晚看到了,你和他在楼兰餐厅的包厢里……"

"什么?"可云忽然想了起来,吃惊道,"你……就是那晚出现在楼兰餐厅卫生间外的那个黑影?"她想起了那晚和吴小亮吃饭时遇到的那个黑影,自己当时并没有产生幻觉。

张文宾笑了起来,不置可否。

"但是我是在后来才遇到你的……"可云张大嘴巴,她忽然意识到一个可怕的问题,"你……是故意让我遇见你的……你居然跟踪我!"

"哈哈哈……难道你认为我们俩的相遇,真的是个英雄救美的巧合?"张文宾笑了起来。

"那么……"可云面色发白:"吴小亮……小亮……也是你杀的?"

"那是他应该受到的报应!"张文宾斜睨可云一眼,"何琳的悲剧也只能归咎于他!"

可云的呼吸急促起来:"那么也就是说,五年前何琳并没有失踪,她同样也是死在你的手下?"

"谁说她死了,她成为了一个永恒!她是这世上最美丽的艺术品!"张文宾大叫起来,"要不是吴小亮那个浑蛋,她早就是我的新娘了!!"他的眼睛里充满了血丝,眼神狂乱。

可云甚至不敢看他的眼睛,但身体却被他死死地抓住。

"你知道吗?何琳怀了他的孩子!!却被他一脚踹开!!"张文宾满脸痛苦,神情疯狂至极,"她来寻求我的帮助。她居然还敢来寻求我的帮助?"

可云低下头,她不能再刺激他了,她得想办法让他的情绪稳定下来。

"你爱她吗?"可云忽然抬起头来,说出了这样一句话。

张文宾怔住了,眼泪仍然在流,却猛然摇头:"不……那个妓女?我不可能爱她……"

"但是……起码……你很在乎她……不是吗?"可云试图从他的眼里捕捉到一些变化,她轻轻地将肩膀从张文宾手掌中抽出,"要不是如此,你不会那么在意与她长得相似的女孩……"

张文宾呆呆地望着可云:"不……不……我不会去爱一个妓女!她怀了另外一个男人的孩子!!!"

看着张文宾歇斯底里的样子,可云被吓得噤声了。

"你们这些妓女……都是妓女……"张文宾忽然一把拉住可云,奋力将她双臂紧紧嵌住,将她拽出了书房。

"救命啊……啊……"还没来得及再叫出声来,她便被张文宾一掌击中后脑,失去了知觉……

第十六章 陷入危机

可云被一阵冰冷浇醒,看到头上摇摇晃晃地出现了一盏刺眼的光亮,那是一盏吊在屋顶的白炽灯!

这是一间地下室,没有窗户,四周堆满了各种各样用于绘画和雕塑的工具,潮湿的霉味将可云熏得再度晕了过去。

紧接着,她发现自己被紧紧地捆了起来,嘴巴也被一层厚厚的胶布封了起来,令其更加恐惧的是,自己竟然已经被剥得一丝不挂!

她无法动弹,惊恐万分地看着眼前审度自己的张文宾。

"别乱动……"张文宾的脸出现在那盏白炽灯下,脸色苍白得像是上了一层蜡光,隐隐有些发绿。

"就快好了!"张文宾皱皱眉,手中的画稿上已经呈现出一幅女子的裸体形态,"你要是再乱动,线条就乱了!"

"呜呜……"嘴被死死封上,可云的眼光几乎要冒出火来,这个男人视自己就如同草芥!

"看来你不是太配合啊……"张文宾放下画笔,走了过来,冷冷地打量着无助的可云,"你应该高兴地让自己成为一具最完美的雕像!"

可云浑身愤怒而惊惧,不住地颤抖起来。

"可怜的可云……不要害怕,你将会成为我手中最完美的作品……"张文宾笑了起来。

忽然,什么声音从身后响起,可云听出来了,那是脚步声,确切地说,那是一双高跟皮鞋落地的声音!

张文宾愣住了,满脸憎恶地望向可云的身后。

声音从上而下,大概是沿着楼梯下来了,张文宾的脸色变得难看至极。

"你怎么来了?"他的声音虽然带有憎恶,但是隐隐地,可云觉得他的表情开始有些许微妙的变化,他似乎害怕身后的那人。

身后没有任何声音,但是张文宾却开始摇头:"不行!"

又是一阵寂静,张文宾看着身后,脸颊却开始抽搐。可云猜测,大概是身后那人在向张文宾提出某种要求,却被张文宾拒绝了。

一阵寂静过后,张文宾脸上出现了愤恨的表情,继而他望向被捆得像个粽子一样的可云,心有不甘地说:"为什么要她?"可云浑身一震,身后那人的要求是要自己？

又是一阵沉默，张文宾忽然垂下头来，沮丧道："那么……那么……"他的话未完，神情复杂至极，看着可云，眼中出现诸多不甘。

忽然，可云被一层厚厚的黑布蒙上了眼睛，紧接着她发觉自己身上被盖上了一层毯子，又被人抬了起来，离开了原处。她仍是无法动弹，身上的绳子被捆得紧紧的，只感觉自己被放进了车内，车子很快发动，迅速离开了。

一切都在一片沉默之中进行着，可云此刻更是茫然，自己被人从那个变态的杀手中带离，接下来，将会面对怎样的危险？

还没有来得及细想，可云忽然闻到一股淡淡的味道，这个味道她在高中化学课上闻到过，那是乙醚！

她又陷入了一阵昏迷之中。

张文宾铁青着脸将地下室的房门重新关上，一个女人的声音在门外响了起来："谢谢你了！文山！"

门外站着媚笑不已的珍妮。

第十七章　无尽黑暗

城郊一座高档别墅内，一间别墅的宽敞客厅里，灯光昏暗无比，偌大的液晶电视机画面上，正播放着一段摇摇晃晃的视频，一旁的视频线上连接着一台DV摄像机。

文山，也就是张文宾。他的身份证上的名字是张文宾，但是他喜欢文山这个名字，听上去与自己的母亲无关。

对于女人，他存在着一种古怪的欲望，他其实更想获得的是一种视觉上的满足，当一个女孩像一条鱼一样躺在地上挣扎的时候，他的欲望便立刻布满全身，这反而让他忽略了用身体去侵犯她们的感觉。文山自己最明白，他享受的是这些活生生的生命被他慢慢塑成雕像的那种过程，当看到这些无助的眼神慢慢绝望，身体渐渐冰冷的女孩在自己手中变成永恒之后，他的欲望便到达了最高峰！

就在昨天，莫愁让人将他已经到手的可云带走，这让他恼火不已。而今晚，他要趁那个女人不在的时候，将她那个弱智妹妹带回自己的别墅。

这天下午，他从那架高倍望远镜里看到了小林，一直在后山的某个地方走来走去，有时候会摘几朵花编成一个花环，有时候又会在草丛下捣鼓着什么，她的一举一动，都让文山充满了一种莫名的躁动。

他今晚必须得到她！文山这样告诉自己。

傍晚的那场大雨过后，文山丝毫也没有减退内心那团熊熊燃烧的火焰，他得在这个雨夜里，开始行动。

大约在九点多的时候，大雨终于停止了。在一阵阵大风的吹动下，乌云渐渐散去，天空开始出现了深蓝的底色，文山知道，是时候行动了。

文山从那处他早已烂熟于心的地点翻了进去，顺着一条弯弯曲曲的小径，他开始摸索着朝灯光闪烁的那几幢房子走去。

他已经悄悄地来到了别墅的一侧，看到一个女人朝二楼走去，又看看不远处的另一排房子，思忖片刻，朝那排房子摸索过去。

从那间亮着灯光的房间窗户望去，里面正是那个凶神恶煞的吴姐，她正半躺在沙发上，手里夹着一根烟，眯着眼睛，望着正前方的电视机屏幕。电视里正在播放着一段婚礼的现场，文山大概看得出来那是一对新人的装扮，他没有兴趣，他的目标是小林。

文山与莫愁的合作不止一两年了。他将那些少女骗回家之后，比较漂亮的他自己会留下，剩下的就会卖给莫愁。至于那些奄奄一息的少女被莫愁带走后的下场，他从来没有兴趣知道，也不想知道。但是偶然的一个机会，他从望远镜里看到了小林，并且发现了莫愁尤其紧张这个弱智妹妹，于是他便开始一个新计划。

之前与莫愁的合作，他并不满意。多年来文山一直在吃母亲留下的老本，近几年甚至有些拮据了。他不止一次要求莫愁付给他更多的报酬，但是都被莫愁拒绝了。在多次观察之后，他发现与莫愁关系不一般的除了那个吴姐，还有小林。

文山的嘴角露出一丝冷笑，他得让那个猖狂的女人尝尝被人要挟的滋味了。莫愁的手上，有他杀人和雕塑过程的录像以及照片。他都不知道莫愁是如何拍摄到的，只能忍气吞声地乖乖帮助莫愁将那些无辜少女骗回家。

文山在四处又悄悄地转了一圈，他没有看到小林的踪影，当他再次看到吴姐身边被丢弃的几个绒毛玩具时，眼光瞥向她身体另一侧一扇被紧锁的大门。

吴姐站起身来，走到了窗户边。文山被吓了一跳，急忙朝一旁躲去，不巧踩在什么上面，发出了一阵声响。

第十七章 无尽黑暗

"谁?"吴姐厉声喝道。

文山急忙朝来时的方向逃窜,一路上跌跌撞撞,已经分不清方向,只觉得脚下一滑,像只球一样,从一个斜坡上滚了下去……

不一会儿,几名保安出现在山庄的各个角落,手里持着一些电棒。一阵咆哮声从几名保安身后传来,那是几只流淌着口水,目光狰狞的狼犬!

吴姐冷冷道:"放出去……不能让他活着跑出去!"

几条狼犬咆哮着,在颈上的束缚松开那一刻,箭矢一般朝文山消失的方向冲去!

文山醒过来的时候,眼前一片漆黑,是那种黑得不见五指的黑暗,就像是一团浓得化不开的墨汁掩埋了眼前的空间。

难道他的双眼失去了视觉?他回想失去知觉前的情形,三只凶恶的狼犬将他差点咬死,但是好像有什么人过来了,狼犬忽然撤退。

那个人,好像有一张不完整的脸!

一个碎面人!或者,那根本就不是人……

难道这里是地狱?

文山不是一个唯神论者,但是刚才看到的那张脸,却让他想到了这个词语,似乎只有地狱里的人才会拥有那样一张支离破碎的脸!

他感到浑身疼痛,每一寸皮肤都在痛,他稍稍动一下身体,全身都像火烧火燎过一样,疼痛难忍。

周围的空气传来一阵阵令人作呕的血腥味。文山虽然已经习惯了血液的味道,但是这黑暗中散发出来的恶臭,却让他有些毛骨悚然。

周围的一切都是浓郁的黑暗,他暂时看不清楚周围的情形,动了动身体,一阵撕心裂肺的痛楚忽然从膝盖处传过来。

他的左腿骨折了!

"妈的!"文山有些恼火自己的鲁莽,想要尽快离开此地,但却无能为力。

他摸摸身上的物品,背包在刚才跌落之际不知去向,口袋里仅有一些零钱和一只打火机。

"啪"的一声,文山打着了打火机,一丝光亮将周围一片黑暗显露出来。

他的眼神中出现了惊讶,继而是惊惧,最后瞳孔中布满了一种无法言喻的巨大恐慌!

这是一个地狱!

他只能用这个词语来形容眼前看到的一切。

文山的瞳孔中映射出一个个闪烁着光芒的透明长方形的盒子,这些长方形透明盒子的形状与中国的棺木一模一样。

闪烁着光芒的透明"棺木"并不是文山恐惧的来源,令他陷入恐惧的,是那些"棺木"里的东西!

人体!

一个个鲜活的人体,有男有女,浑身赤裸着平躺在"棺木"中!

由于"棺木"摆放的角度不一,因此里面那些赤裸的人体看上去有些变形,但是仍然看得出来,这些人都很年轻。

看上去,这些就像是被装在水晶棺里的人。

令文山咂舌的是眼前棺木的数目,它们层层叠叠地堆放在大约百平米的地下室中,那棺木中鲜活的人体隐隐透出一种死亡的紫色,在文山手中光源的晃动下,越发透出一种诡异至极的恐惧。

文山倒吸一口冷气,这里比他后花园里那些雕塑要壮观得多。这些人体被放在一具具水晶棺木中,就像奇异的艺术品,但却散发出令人毛骨悚然的寒意。

那些人体大致看下来,数量应该超过一百。

文山此刻才感觉到自己的渺小,被一百多具失去了生命特质的人体包围着,那种感觉是极为恐怖的。

他的额头上开始冒出阵阵冷汗,加上骨折的左腿不时会剧烈疼痛,文山几乎陷入了昏迷之中。

文山手中的打火机忽然闪烁了一下,火光陡然熄灭,周围又陷入了一片黑暗之中。紧接着,一阵忽远忽近的声音从文山头顶上方传来,有人慢慢地下着楼梯,渐渐地靠近文山。

文山猜测这大概是一个地下室,刚才一定是有人将自己给扔了下来。他急忙忍住疼痛拖着已经骨折的腿,朝一旁爬去。

"啪"的一声,整间地下室光芒大作。

文山更加恐慌起来,他的恐慌不是来自那个脚步声,而是来自这个地狱般

第十七章　无尽黑暗

地下室的情形。他大概也明白了莫愁将那些少女带回来的真实原因了。

而此刻,文山只希望自己能够安全地回到地面,回到自己的家里。他开始后悔自己的莽撞了,他不该低估莫愁的能力,擅自闯入这片恐怖的地方。

文山的身体忽然被什么人从身后提了起来,他立刻惊惧地大叫起来:"放开我……放开我……我和你们莫董是认识的……"

渐渐地,他的声音低了下去,文山知道自己刚被注射了一针药,意识渐渐地模糊起来,眼帘中出现的影像是个女人,一脸冷漠的吴姐。

"不……不要……我和莫董……"说完最后这句话,文山闭上了眼睛。

吴姐冷笑起来,对身后跟着的几个人说了一句话:"新鲜货到了,准备!"

可云是被一阵激烈的晃动惊醒的。

她睁开眼睛,自己正躺在地板上,地板两旁坐着十几名花枝招展的女孩!

这是一个狭小的空间,整个房间只有一盏光线昏暗的白炽灯,摇摇晃晃地发出一阵令人压抑的光线。

她觉得头疼欲裂,像是要炸开一样!坐起身来,有点不知所措,自己为何会出现在这个地方?

随着身体的轻微晃动,可云意识到,这个狭小的空间是一个封闭了的集装箱车厢。整个车厢只有车厢顶上,开出了两个方形的小窗用以通风,空气非常不好,一股晦涩的臭气和廉价的香水味充斥在车厢里。

她看了看身旁的这些女孩,大多数都沉默寡言,只有一两个女孩在窃窃私语。

"这是要去什么地方?"可云问了一句,但没人理会她,大多数女孩都神情阴郁,面色冷漠。

可云坐在地板上,回想着来这里之前的情形,张文宾那张令人恐惧的脸顿时出现在她眼前。

猛地她跳了起来,用力捶打着车厢,大声叫喊道:

"快停下!快停下!"

但是没有人理会她。

可云心慌了,开始用脚踹车厢:"停下!放我出去!"

女孩们抬起头望着她,面色冰冷,但没人开口。

终于其中一个扎马尾的女孩开口了:"喂!别叫了!你烦不烦啊?"

"这是要去哪里?我怎么会来这里的?"可云抓住这个女孩,神情有些激动。

"你不知道吗?"女孩看上去很年轻,但是却满脸沧桑,冷笑一声,"去外边赚钱啊!"

"赚钱?"

"就是出去卖!傻妞!"旁边一个满头乱蓬蓬黄发的女孩开口了,露出满嘴的黄牙,"看来她是个雏啊?"

几个女孩哈哈地笑了起来。

可云忽然明白了什么,猛地一把揪住黄发女孩,厉声叫道:"你说什么?你说什么?"

黄发女孩猛地一把推开她,恼了:"发什么飙!疯女人!"

可云被她推倒在地上,背部重重地靠在车厢上,传来一阵剧烈的疼痛。

"你再敢乱闹,小心老子揍你!"黄发女孩恶狠狠地挥挥拳头,在原地坐下。

可云静静地坐在地上,眼泪再也忍不住,流了下来。

一个穿着蓝色T恤的女孩过来了,轻轻地拉拉她:"姐姐,你也是被家里人硬拉过来的?"

可云转头看看她,这个女孩很年轻,应该不超过二十岁,满脸稚气,又有点胆怯。

"你叫什么?多大了?"可云忍住内心那种被人欺骗的愤怒,轻声地问了一句。

"家里人叫我小芬!今年已经十九岁了!"小芬的话让可云心头微微一颤,这样年纪的女孩本应在学校里过着无忧无虑的生活,何至沦落至此。

"我的家里很穷……我弟弟要上学,所以爸爸让我出去辛苦几年。"小芬的声音低了下去。

可云默默地看着她,忽地又跳了起来,用力踹着车厢:

"快停车!这是非法的!"

黄发女孩冷眼看着她:"你又想挨揍了是吧?"

可云瞪她一眼,继续用力踹着车厢,大声叫喊着:"不管你是谁,给我停下!"

第十七章　无尽黑暗

黄发女孩冲了过来，一把揪住她的头发，朝车厢上撞去："你想死啊！老子的话你没听到吗？"

可云双眼几乎要冒出火来，猛地一拳朝黄发女孩头上挥去："你算老几啊……"

顿时两人奋力纠缠在一起，扎马尾的女孩也冲了过来，加入了两人的战斗，车厢里其他的女孩都大声叫唤起来，整个车厢乱成一团糟！

车子很快停了下来，车厢里仍是乱哄哄的一片！

集装箱的门被打开了，传来几声怒喝！

可云只觉得眼前一片混乱，头发被黄发女孩揪得生疼，脖子被她勒住，几乎喘不过气来，眼前一片金星闪烁。

猛地身边几个出手的女孩被拉开，黄发女孩还是不依不饶地勒住可云的颈部，嘴里大声咒骂着脏话。

"砰"的一下，一个身影被重重地甩到了车厢上，然后跌落在地。

黄发女孩被摔得疼得龇牙咧嘴，但一看到来人，却不敢开口说话。

可云几乎瘫倒在地，小芬一把扶住她，轻声道："你还好吗？"

可云说不出话来，只听到一句冷冷的话语从车厢门口传来：

"把她拉出来！"

她猛一抬头，那是一个女人！

珍妮！莫愁的贴身保镖！

可云吃惊得几乎咬掉自己的舌头，她万万没有想到将自己从张文宾那里带出来的人，居然是珍妮！

此时的珍妮站在车厢外，满脸寒霜，毫无表情。

两个健壮的男人上了车厢，将可云拉了出来。她这才注意到，这两人手中，各持一把明晃晃的匕首。

车厢门再次被关上，并被上了两把大铁锁。

集装箱的车停在了一处偏僻的山路上，外面是一片黑暗的世界，已经深夜了。

可云被拉下车后，不住地喘气，看着眼前冰冷无比的珍妮。

珍妮穿着一套黑色的运动装，目光冷冷地看着可云。

"把她带上车!"珍妮指挥着身旁两名彪形大汉。

"珍妮!这究竟是怎么回事?你告诉我!你们要把我带到哪里去……"可云大叫着,但是珍妮根本没有回答她的任何问题,只是冷冷地看着她。

可云浑身无力,任由两个大汉将自己拉上了一辆吉普车的后排座位,紧接着珍妮坐到她的身旁,一支尖锐的东西抵住了她的腰间。

"要是你敢乱动,我就杀了你!"珍妮看着她,面色平静无比。

"这究竟是怎么回事?"可云无法掩饰自己的惊诧和愤怒,"为什么?"她的声音提高了。

前排的一名大汉转过身来,珍妮摇摇头,他哼了一声,转过头去。

珍妮冷冷道:"你还是不知道的好!"

车灯照耀的地方,掠过一簇簇高大的热带植物,车子行进在一片无人的密林之中,从可云的视角根本无法看到前方任何的道路。

车窗玻璃是一种暗茶色,外面是看不到里面的情形的,而且也无法摇下来,似乎已经被上了锁。

可云看着前排两名大汉身边的枪支,心里暗暗惊慌起来:"你要把我带到哪里去?"

"你不必知道!你是我花钱买来的!要不是我,你早就是那个男人手中的雕像了!"珍妮朝她冷冷一笑,"不过我劝你不要再打什么歪主意逃跑,这里方圆十公里都是无人区,而且还有食人族,你逃跑的下场只能是被食人族当做祭品被挖出心脏!"

前排的两名大汉干笑了起来,可云紧紧闭上嘴巴,不再说话,只看着外面那些不知名的植物,就像是形状奇怪的怪物,一只只挤到跟前,划过车窗,又朝后退去。

渐渐地,眼前的一切就像是幻灯片,变幻着黑暗世界中的古怪景象,可云沉沉睡去……

醒来的时候,天色已经亮了,但是笼罩着一层厚厚的雾霭,珍妮不见了!就连前排那两名凶神恶煞的大汉也不见了踪影。

窗外的雾霭就像是一条条缎带,轻轻掠过车窗,可云试试,打开了车门,一阵清新的空气扑鼻而来。

第十七章　无尽黑暗

吉普车停在了一片密林中的一片空地之上,不见其他的几辆集装箱车子,也不见任何人影,似乎除了她,所有的人都消失了!

可云静静地站在这片空地上,一种隐隐的巨大恐惧弥漫在她身边!

周围一片寂静,连丛林中应有的小鸟鸣叫声也听不到半分,整个偌大的空地上,只有可云发出来的急促的呼吸声!

她就像是进入了一个没有任何生物的世界,整个天地只有她一人!

忽然,身后传来一阵粗重的喘息声,猛一回头,一个浑身黝黑,头颅只有一半的恐怖怪物,高举着一柄锋利的斧头朝她冲了过来!

可云来不及躲避,惊呼一声,只见斧头的斧刃直直地划向她的胸口,一阵鲜红的血自胸口处流了出来!

半头怪物将手一伸,伸向可云鲜血直涌的部位,可云万分奇怪,却又不能动弹半分,一股剧烈的疼痛从心口处传来!

一颗正在跳动的心脏!

半头怪物举着那颗血淋淋的心脏,狂叫着朝丛林深处跑去,可云倒在了地上,身体里的鲜血染红了身下的每一寸土地……

"啊!"她大叫一声,浑身湿透惊醒过来!

"闭嘴!"前排的司机扭过头来,憎恶地瞪她一眼。

可云看看四周,自己仍是在这辆吉普车中,吉普车还在黑暗中行驶,车身摇晃得更加厉害了,她看到了珍妮冷笑的眼神。

"做噩梦了?"语气略带嘲讽。

可云本不想理她,但忽然想起梦中的情形,咽咽口水:"这里的食人族……是什么样子?"

前排的汉子转过头来,正欲开口,却被珍妮阻止了。

珍妮静静地看着她,露出一丝难得的微笑:"亲爱的,你不会想知道的!"

可云望着她,满眼惊惧。

宋城航是被一阵冰冷的水浇醒的!

睁开眼睛,视线中横着几个人影,正弯下腰打量着他!

他发现自己正躺在冰冷的地上,手脚被某些东西给限制了,一动就发出一阵阵铁链的声响。这是一间狭小的牢房,在靠近低矮天花板的地方,有一扇书本大小的窗子,那是这里唯一的光源。

他被囚禁了!

宋城航仍然感觉浑身乏力无比,他不知道自己在被人敲晕之后,身体还受到了怎样的遭遇?

几个人影就像皮影戏里模糊不定的角色,在他眼前晃来晃去。

"药效还没有过。"一个声音响了起来,说的是英语,宋城航觉得这个声音很陌生,是个年轻女人的声音。

"嗯!"一旁一个沉闷的声音是个男人。

"我看,还是把他解决了吧,留着他有后患……"这句话来自第三个人,也是一个男人。

宋城航浑身抖了一下,他听到的第三个声音,有点熟悉,但是以他此刻的状态,似乎根本无法想起这个声音的主人。

"是不是……"年轻女人的声音响了起来,似乎她做了一个动作,宋城航依稀看得出来,这个女人非常高挑。

"不!"沉闷男声拖了一个长长的尾音,"留着他,将来会有用处的。"

"可是……"第三个男声似乎有些反对,"留着他是个隐患啊!"

"够了!"沉闷男声忽然提高了声调,顿时其他的人噤若寒蝉,再没了声气。

三个人出去后,宋城航模糊的眼前光线黯淡下来,他被一种莫名的疲倦感袭击了全身,又模模糊糊闭上了眼睛。

"不要!不要!放开我!放开我!"他忽然被一阵大叫声惊醒过来,是个女人,而且非常熟悉。

宋城航猛地睁开眼睛,奋力将身体朝那个狭窄窗口望过去。

姜可云!

他惊讶无比,姜可云居然会出现在此地!此刻她正被几个蒙面人拽着朝自己这个方向走过来。可云的手上被捆绑着一些铁链,脸色憔悴不堪。和她一起还有十几个神情惶恐不安的年轻女子。

他尽量让自己的身体靠近窗口,本想冲口而出大喊可云,但是忽然瞥到有个女人正站在不远处,冷冷地看着这一排被铁链捆绑着的女子。

第十七章　无尽黑暗

宋城航忽然想起了这个女人,她就是莫愁身边最得力的助手——珍妮!

于是他便立刻闭上了嘴巴,头脑开始清晰起来。之前在国内所做的不过是猜测,当他此刻看到珍妮之后,他的脑海里便慢慢地形成了一幅完整的图像。

宋城航眉头深深地皱了起来,继而慢慢地他又舒缓开去。因为姜可云,可云是一个关键的人物,他们不该将她带过来!

宋城航的嘴角慢慢地浮现出一丝微笑。如果他的判断是正确的,很快那个小子就会答应他的条件,倒戈相向了。

刘豫!

一切都靠你了!

他索性躺在墙角闭上眼睛休息起来。

夜色已经黑了,一辆汽车急急地穿过一片片寂静的田野,直奔那个黑暗的黑灵镇!

刘豫直接在租车行租了一辆车,连夜赶往黑灵镇。

一路上,他不断地给可云打电话,但是无奈的是,电话已经关机了。他已经猜测到可云的处境,她就在那个女人手中!

他得破釜沉舟,将可云从那个女人手中救出来。

莫愁!

他嘴角露出一丝冷笑,这个女人会得到应有的报应的!

之前宋城航不止一次找过他,希望他答应警方的要求,将黑灵镇上那片禁地的秘密透露出来。但是刘豫一直在犹豫,因为莫愁和他都是黑灵镇土司的后代,爷爷当年死亡时的景象深深地印在脑海中,何况他身上出现的那种奇怪的现象也使他不敢越雷池半步,出卖自己的族人。

但是此刻,他得知的消息却是可云被珍妮带出了境外!

莫愁这个言而无信的女人,当初她早就答应过自己,不会对可云造成任何伤害,而此刻她却一次又一次地食言。最早是制造了可云住院时电梯的失事,刘豫明白那一次的失事是莫愁故意做给自己看的,目的就在于让他提醒可云,不要再多管闲事。而之后莫愁故意让那三个混混去骚扰可云,目的不在可云,而是故意让刘豫担心,之后又让那三个街头小混混暴死在离可云住处不远的地方;在可云的住宅里的谋杀案,也同样来自莫愁,只是她自己也没想到,吴姐派出的那个杀手会真的对可云动手,令刘豫感到万幸的是,可云机智地躲过了那一劫。

刘豫非常清楚,其实莫愁并不是那个想杀死可云的人,真正控制莫愁的人是吴姐,那个来自所谓集团总部的二号头目。

他也明白莫愁所做的一切都是在威胁自己,但是或多或少对自己和可云,都有些忌惮,毕竟,他们都是一脉相承的狼族后代。

而同时,那个宋城航也找到了自己,并且希望自己能够帮助警方。

刘豫心中清楚无比,如果自己一旦与警方合作,那么他最爱的可云便会立刻香消玉殒。

刘豫无时无刻不在懊恼自己的鲁莽,他早就应该告诉可云他和莫愁之间的关系。但是很多事情却不能向她透露,透露得越多,她的危险就更大。如果不是他在暗中一直让他那孪生堂兄弟保护着她,大概她早就落到与那些媒体记者一样的下场了。

想起可云对他的误会,刘豫心里一阵悲哀。如果可云这一次遭遇不测的话,他甚至没有机会向她解释。

车灯照射在前方坎坷的道路上,不时有一些石块阻碍着行进,车身会猛地一跳。快到黑灵镇的时候,刘豫忽然方向盘一转,驶向一条细长的田间小径!

那条小径原本是白日里农民步行的近路,根本无法容纳汽车的行进,但是刘豫却知道小径的另一端,连接着一个秘密!

顺着小径一直可以到达不远处的村庄,看上去似乎只有一条唯一的路,而且在距离村庄一里左右的时候,小径变成了一个个台阶,车子无法向前了。这时,不远有一处密密麻麻的荆棘围满了的围墙。

刘豫停下车子,走到了围墙前,四处看看,最后冷笑一声,回到车上,拿出了一把农用铁锹,猛地朝那堵墙击去!

"咣"的一声,看上去很像土墙却发出了一阵巨大的金属碰击声!在寂静的夜里尤为刺耳。

那是一面厚重的金属墙,很快,巨大的响声引来了墙内的动静,那土坯墙墙面缓缓地移开,露出另外一道泛着金属光亮的墙面,内里很快出来了几道黑影。

第十七章　无尽黑暗

"住手!"来人喝道。几道雪白的光线朝刘豫的脸上照去。

黑影不由分说,忽然上前欲制住刘豫,但却被刘豫熟练地避开了,并且将其中一人生生地压在了腿下。"哎哟!"被压在他身下的那人发出了一阵哀号,其余几人正要上前,被刘豫大喝一声阻止了。

"站住!"

刘豫缓缓地做了一个古怪的手势,冷笑一声:"不知道我是谁吗?"

几名黑影显然有些吃惊,而且很犹豫,不知如何是好。

"想让这周围的村民都来围观吗?"刘豫发怒了,手中使劲,身下的那人发出一声更大的呼喊声。

"还不快去叫她来?"刘豫厉声喝道。

其中一人急忙用对讲机说了几句,不一会儿,对讲机里传来一个女声:"让他进来!"

刘豫放开身下的那人,尾随着黑影进入了墙壁之内,很快墙壁恢复如初,变成了以往的土坯墙。

这是通往那片禁地的一处通道。像这样的通道在黑灵镇上不止一处,每一处都由专人看守着,只有少数几个族人才知道这些秘密通道。

刘豫进入墙壁之后,眼前出现的是一个极为普通的民居小院。径直穿过小院,刘豫快速地从堂屋里穿过,随后便来到了房屋的另一侧,穿过正门,他又来到屋外。

屋外的情形就如同可云当时所见的一样,是大片大片闪烁着诡异光芒的白色墓碑群,在这一大片诡异的墓地之中,那幢传说中的鬼屋就如同一只匍匐着进入休眠期的危险巨兽,一旦被惊醒,就会发狂般令人惊惧地将周围所有的生物吞噬。

刘豫身形熟练地顺着看不见的道路,几经周折之后,站到了五座宽大的墓碑前。望着那五座并列的墓碑,他深深地叹了一口气,在墓碑前重重地跪了下去。

"对不起,各位长老!今天我不得不做一个不肖的后代了!"他轻轻地说了一句,又向五座墓碑磕了几个头。

站起身来,刘豫望向不远的地方,那里有一个神秘的通道,通向一个未知的神秘世界。

刘豫又深深地叹了一口气,忽然开口道:"我知道你早就到了!出来吧!"

他身后不远的一座墓碑后悄然地钻出了一个窈窕的身影,一阵娇笑忽然响起:"我隐藏得这么好都被你发现了!我的好弟弟!"

来人正是莫愁!

不只是她一个人,还有吴姐。紧接着几个身材魁梧的黑影也突然出现在刘豫的面前。

"对不起!我不是你的弟弟!请不要用这个词语!"刘豫铁青着脸。

莫愁依旧保持着那迷人的笑容,神情有些无奈:"小弟,你太不近人情了,怎么说以我的辈分依旧是你的姐姐啊!"

"哼!对不起!我想爷爷在天之灵也不会忘记你的祖父是怎样对待我们家族的!"刘豫慢慢地靠近她,"你不会觉得惭愧吗?当年你爷爷为了日本人那一点蝇头小利出卖了整个族群,而现在你却以黑灵镇后代的身份出现在这里,为的就是要将黑灵镇千年守护的宝藏打开?"

莫愁笑了起来,眼神顾盼生辉地望着刘豫:"我的确在期待那个'宝藏'被打开!"

"那么我告诉你!现在这里早就没有什么宝藏了!"刘豫冷冷道。

"宝藏?"莫愁笑了起来,眼神闪烁不已,"哈哈哈……别以为我不知道,你所知道的'宝藏'和黑灵镇族人所认知的'宝藏'可是有着天壤之别!你最好少一点废话,你得承诺打开这里的宝藏,否则你的可云……哼!"

刘豫的脸色毫无表情:"我答应你的事我会做到,但是如果到时候我见不到安然无恙的可云,你同样也不会好过!"他打量着莫愁和她的喽啰,忽然冷笑,"怎么,还需要别人来保护你?你害怕了?"

"这是出于对你的防范!"莫愁忽然冷冷道,"少废话!快点!"手中多了一样东西,乌黑的枪口对准刘豫。

刘豫冷冷地盯着她看了一会儿:"你会后悔的!"

"我从来不做后悔的事!"莫愁依旧笑而不怒。

刘豫冷冷地看着她,转身便走进了那个隐秘的石洞内。

莫愁做了一个动作,两名大汉打亮了电筒尾随着他进去了,她紧随其后,身

第十七章　无尽黑暗

后还跟着两名大汉。

刘豫回头看看，冷笑不已，加快了脚下的速度。

石洞中散发出一股阴冷潮湿的气味，从地底深处蔓延出来。手电筒刺眼的光芒在石壁上晃来晃去。莫愁心里"怦怦"直跳，她从来不敢来这个地方，因为她知道这里的危险和恐怖不是普通人能够想象到的。

地势越走越低，并且开始出现了不同的岔路口。刘豫毫不犹豫地选择着岔路口的方向，莫愁等人紧紧地跟随着他，以免迷失在这地下迷宫之中。

一阵低低的吼声忽然从地底深处传来，莫愁的脸色陡然一沉，其他几个人的脸上也分别出现了不同程度的惊恐。

"刘豫！"莫愁压低声音喊道。

"你害怕了？"刘豫头也没回，冷笑道。

"那到底是什么东西？"莫愁愤怒了，冲上前抓住刘豫，却被他一把甩开。

"那就是狼族的'保护神'！怎么？你害怕了？你没有从你那个忘恩负义的爷爷那里听说？"刘豫笑道。

莫愁冷冷地看着他，没有说话。

忽然"啪"的一声，莫愁一个耳光甩到他的脸上。

"你少跟我耍嘴皮！时间被耽误了，可不能怪我！"

刘豫的眼光中闪烁出一丝愤怒的光芒，他压抑住自己的情绪，不再理会她，转身朝岔路口走去。

莫愁等人急忙快速跟了过去。其中两个人在石洞的墙壁上留下特殊的记号。

当一行人消失在拐弯处之后，匍匐在暗处的一个巨大的黑影慢慢地走了出来，散发出浓重的喘息声。一对绿莹莹的眼珠在黑暗中闪烁着，望着前方移动的人影。

走在最后的那个人像是听到了什么，急忙站住身形，用手中的手电筒朝后射去，四处望了一会儿，却没有发现任何异常的情况，但是当他即将转身的时候，一道黑影消失在光亮中。

"那里……那里有东西！"他失声叫了出来，却发现同伴们居然消失在了眼前的一个三岔路口之中。

他目瞪口呆地望着眼前的三岔路口,每一条路口延伸出去都是一条黑沉沉的隧道,任何光亮都看不见,甚至此刻连声音都消失了。

他忽然害怕起来,就在这短短的几秒钟内,人都消失不见,这是个什么样的山洞啊?然而身后的黑影却不容他继续思索,箭矢般扑了上去……

"啊……"

一声微弱的声音从某个地方传到了莫愁等人的耳中,他们大惊之后,才发现少了一个同伴。

"阿威哪里去了?"莫愁浑身的汗毛骤然一根一根竖了起来,她从未有过这样恐惧的时候,一直以来她都不会惧怕任何人或事。但是对这禁地之下的这个巨大石洞,她一直以来都有一种难以言喻的恐惧。

几个人慌乱之中不知所措,刘豫冷冷地望着他们,眼中闪烁出一丝怜悯。

"浑蛋!"吴姐咬着牙齿冲过来,一把抓住刘豫,"你到底在做什么?那个鬼东西会杀了我们!"

"你是不是想让大家都葬身在这里?快想想办法!"莫愁不想和他耍嘴皮了,她已经感觉到了那个所谓"保护神"的可怕。

"我早就警告过你,不要擅自闯入禁地!你一意孤行,一定要进来。你觉得我有办法吗?"刘豫耸耸肩膀反问一句。

就在这时,石洞的不远处传来了一声厚重的吼叫声,直震得石洞嗡嗡作响。

莫愁的声音开始出现一丝颤音:"不!我知道你不会做这么愚蠢的事!赶快带我们离开这里!"

莫愁又将手枪狠狠地抵住他的腰间。

刘豫同情地看着莫愁:"你一定会后悔的!你不该走你祖父的老路,你会再次毁了狼族!"

"我也不想听你说教!快点!"莫愁话虽如此,颤抖的声音却出卖了她。

"你知道你祖父的下场吗?"刘豫慢慢地朝右边的一条岔路走去。

莫愁脸色铁青,没有接话。

刘豫看她一眼,继续道:"我猜测你一定发现了我住那幢房子的秘密了!"

莫愁的身体忽然打了一个冷战,没有说话。

"他就在那个地下室里?对吗?就在我们家一楼厨房的某个地方。直到几

第十七章　无尽黑暗

个月前我才发现那间密室……没想到他居然在那间密室里待了那么久……"刘豫笑了起来,这个话题果然让莫愁越发惊惧了。

莫愁的脸上开始微微抽搐起来。

"他就躺在离门不到一米的地方,身上还穿着族里长老的长袍,长袍的肩膀上有一只狼头……上面还有一个'风'字……你看到你爷爷的尸骨了? 对吗? 他就藏在我们家族那幢房子的地下室里……他在日本人到来之前便私自躲进了地下室,避开了那场屠杀,但是却没想到他将自己活活地关在了里面……你知道吗,风长老已经变成了一具干尸……"

莫愁忽然大喝一声:"闭嘴!"

"你想再次走风长老的后路吗?"刘豫再次重复着这句话,面色沉重,"你会害死所有黑灵镇上狼族的后人!"

"这和你没有关系!"吴姐忽然喝道。

"你别想说服我! 今天我一定要你打开那个通道!"莫愁冷冷道。

"你想过没有,一旦这个通道打开,你就已经打开了地狱之门!"刘豫怒喝起来。

"这和我没有关系! 我只需要这里的宝藏!"莫愁恼怒了,"这和你有关系吗? 什么地狱之门? 你真的相信有报应? 告诉你,我不信!"

刘豫摇头不已,看着她叹了一口气:"你没有想过后果,如果真的被那些人利用这条通道,那会有更多的人被人开膛破肚。这与地狱有何区别?"

"那些人都该死!"莫愁冷冷道,"我从来不会伤害无辜的人!"

"该死? 他们是否该死不是由你来决定的! 你不是裁判者! 你没有权力剥夺任何人的生命!"

"你在拖延时间!"吴姐忽然意识到什么,用手枪抵住刘豫的太阳穴,"你想干什么? 你不想你亲爱的可云活了? 是不是想看到她的尸体你才甘心?"

刘豫的身体微微颤抖了一下,他深吸了一口气:"我会带你们过去的!"说罢便立刻朝岔路口的右侧转去。"你守住洞口。"莫愁对吴姐说,随后和几个大汉惶恐不安地紧紧跟在他的身后。

在一段狭窄的石洞蜿蜒而行之后,刘豫忽然纵身一跃,消失在了前面的石壁之中!

莫愁大惊,急忙跑了过去,才发现石洞的正前方豁然出现了一个巨大的空地!

刘豫站立在空地的中央,手中的手电筒朝莫愁等人示意,让他们从石壁上下来。

这是一片往下延伸出去的地方,头顶上方距离石洞的洞顶大约有七八米,形成了一座弧形的苍穹。中心最高,慢慢向四边低矮下来,周围是大片灰黑色的墙壁,也可能是山洞的洞壁,上面隐约可见一些颜色灰暗的壁画。

莫愁扭了扭头,朝右边望去。进入视线的,是一堆看不清楚的坛坛罐罐,被随意丢放在某个角落,靠近洞壁最里面有一排整齐的黑色棺木。再望过去,好像是一个通道,远远的看不见底。

这是一间巨大的墓室!

"这里就是……狼族的墓室?"莫愁吃惊地朝四处打量,这比她想象的简陋多了。据她了解,这片所谓的"禁地",其实就是以前狼族贵族举行群体葬礼的墓室,其中藏匿着大量价值连城的殉葬品。当年日本人就是为了这里的宝藏而对狼族斩尽杀绝的,但是从眼前的一切看来,这里那些陶罐甚至比不上一个中产阶级的陪葬品。

刘豫没有理会她,尽自走到了黑色棺木前,深深地鞠了一躬。

"在哪里?"莫愁走到闭眼不动的刘豫面前。

"就在那条通道后面!"他头也不回地朝旁边那条深邃的通道一指。

莫愁示意身后的人开始行动。几个人分别将身上携带的背包打开,动作熟稔地将一些仪器工具拿了出来,包括一些现代化的电子设备。

一台电子仪器开始出现了"哒哒"的轻响声,仪表盘上出现了一些数字。

"测试显示,我们现在的位置应该是在老挝境内……"一个戴眼镜男人向莫愁报告。

"是吗?太好了!"莫愁一阵惊喜,"快,测试一下有没有隧道。"

各种仪器又开始工作起来,片刻之后,眼镜男子疑惑地朝莫愁看看,耸耸肩膀。

"什么意思?"莫愁走了过去。

"仪器上的数字显示,这方圆一公里之内都没有任何人工挖掘过的隧

第十七章　无尽黑暗

道……上面的显示，只有这条通道，但是距离不长，只有一百米……"

莫愁皱眉思忖不已，一旁的刘豫仍然虔诚地在向那些棺木鞠躬。

"刘豫！"莫愁忽然一把揪住刘豫，"你是不是在耍我？这里根本没有什么秘密通道？"

"通道不是你自己研究出来的吗？"刘豫冷笑不已，"你怎么会找不到？"

"不对！"莫愁阴郁地盯着他，"你一定知道！我这几年在黑灵镇上看过的那些古籍上也提到过这里有一条通道。说！到底怎么回事？"

刘豫忽然"哈哈"大笑起来："通道？你真的以为风长老留给你们的那些笔记里记录的就是真的？"

"当初日本人不也是为了这条通往老挝的地下通道，才对黑灵镇大开杀戒的吗？"莫愁有些慌了，她这几年来一直在研究黑灵镇墓地里的这条秘密通道，她一直认为在这条隧道的尽头，一定有一条通道通往境外的某个国家。当时爷爷遗留下来的那些笔记中也提到，这条通道是当时祖先们为了抵御强大外敌入侵，预留下的逃命华容道。但是此刻，最新科技的仪器居然都没有测试出来。她曾不止一次雇人进到这里，但是几乎每一个走进这个石洞的人，都再也没有回到地面。因此她也不敢轻易进到这里，她找不到进入地下迷宫的正确方法。直到她用姜可云作为筹码，刘豫才迫不得已将他们带入了中央墓室内。

而眼下，精密仪器却显示，这里没有任何一条通往地面的隧道！

"没错！当时日本人里的一个军官和你一样，天天在研究这里的地形和山脉。不仅如此，当时风长老还带他下到这里……但是很遗憾，他什么也没有找到！"刘豫冷笑起来。

"你胡说！"莫愁愤怒不已，她开始怀疑手中那些价值不菲的古籍地图，难道老祖宗在和自己开玩笑？

"吼！！"

忽然，石洞内传来一阵动物的咆哮声，石壁被震得晃动起来。

莫愁和其他人都惊得不知所措，只有刘豫冷静地望着声音的来源之处。

一阵"呼哧""呼哧"的声响忽然从来时的洞口传出，莫愁猛地尖叫起来，朝刘豫等人身后躲去。

其他人急忙拿出随身携带的手枪，张皇失措地对准那个黑洞洞的入口。

刘豫神色诧异,不觉将眉头深深地皱了起来。

顿时,墓室中的几人都安静下来,几个男人的手不由得发抖,手中的电筒照射出来的光芒颤颤巍巍地照射在阴暗的墓室中,整间墓室变得更加诡异。

一股浓重的腥味忽然弥漫在整间墓室。首先映入眼帘的是一对闪闪发光的珠子,大家都认出来了,那不是什么发光的珠子,而是一双眼睛!

"嗯……"莫愁不自觉地叫出声来,但却被刘豫一把捂住了嘴。

那双眼睛的主人四处扫射,朝那几个男人走了过来。

这是一只体形极为庞大的巨狼,和动物园里那些无精打采的狼相比,这头狼的体形至少要大上三倍!浑身黝黑的身体已经和周围的环境融为一体。唯一醒目的就是它那双闪闪发亮的眼睛和嘴角边露出的白森森的狼牙。它的嘴里喘着粗气,眼睛不断地在每一个人身上扫荡,忽然慢慢地朝着那个戴眼镜的男人走去。

戴眼镜的男人身后的电子仪器正在发出"嗞嗞"的响声,他惊慌失措地急忙去关电源,但还未来得及动手,却发现自己的手臂忽然脱离了身体,直直地飞到了对面的墙壁。一阵巨大的疼痛让他大叫着倒在地上。紧接着巨狼低下头来一口就咬断了他的脖子!

"啊!!"另外一个男人几乎要崩溃了,将手中的手枪对准巨狼扣动扳机!

"砰!"一股青烟过后,巨狼的身影忽然消失在了对面。男人以为自己眼花了,但还没来得及反应过来,一阵剧烈的疼痛从大腿根部传来,接着又是一下,他觉得自己的身体都要被撕碎了,撕心裂肺地惨叫起来。

"啊……"其他的几个人见此情形,纷纷疯狂地朝巨狼开枪,但是令人惊异的是这只巨狼虽然体形庞大,但这丝毫不影响它灵活而敏捷的速度。子弹纷纷没入了对面的黑色棺木内。在众人惊恐之余,巨狼就像是幽灵一样,箭矢般地扑了过来,很快尾随莫愁而来的五个人就只剩下了一个。在一声惊叫声中,最后那个男人也停止了呼吸。当几个男人都在一声声咆哮中失去生命之后,几支手电筒也跌落在地上,忽闪忽闪地照耀着墙角流淌的血液。

莫愁浑身发抖,她已经被眼前这恐怖的一幕屠杀吓坏了,全身都僵硬得无法动弹。

而后,巨狼发现了缩在角落里的莫愁和刘豫,慢慢地朝两人走了过来,双眼

第十七章　无尽黑暗

已经充血,浑身的毛也如同刺猬般竖了起来,嘴角里的粗气越发浓厚了。

刘豫惊讶地发现巨狼受伤了,大概是在刚才被人打中了一只后腿。

巨狼拖着后腿,满嘴露出白森森的牙齿,朝两人逼了过来。

莫愁被眼前的景象吓得魂不附体,在看到巨狼向自己走过来的时候,陡然间便晕倒了过去。

忽然,一声尖锐的声响从石洞的某个地方传了过来,巨狼猛地愣住了,继而改变了准备攻击的姿势,全身的毛忽然放了下来,眼神也变得温和多了。

刘豫大喜,应该是巨狼的主人来了。

一个苍老的声音忽然响起,刘豫精神为之一振,迎了上去。

那是一个耄耋之人,脸上被深深的皱纹包围着,穿着一件明清时代的长袍,长袍的颜色就如同那只巨狼一般,与周围的环境融为一体,唯一可见的是他一头雪白的长发。

老人一双深邃的眸子极具穿透力,他向四周望了望,用一种平和的声调说了一句什么,巨狼就像变成了一只可爱的小宠物狗一般,摇动着尾巴朝老人匍匐下去。

刘豫呆呆地望着老人,眼神很复杂,最后一下子跪倒在老人面前,声音哽咽不已:"爷爷……"

莫愁迷迷糊糊地听到两个人正在用一种奇怪的语言对话,她睁开眼睛看到了不远处拥在一起的两个人,那只恶魔般的巨狼居然像只小狗一样,乖乖地蹲在那个老头身边。

莫愁慢慢地挪动身体,悄悄地将地上一柄手枪抓到手里。

老人正用那奇怪的语言缓慢地对哭泣不已的刘豫说着什么,忽然听到"砰"的一声响声,眼神奇怪地望着正前方那个满脸惊恐的女人,身体的某个地方忽然涌出了一股鲜血。

等刘豫明白过来时,老人已经倒在地上了。

"爷爷!"他不知道这一次爷爷是否能再次复活,失声痛哭起来。

巨狼怒吼一声,朝尖叫中的莫愁扑了过去,惊叫中的莫愁在不到半分钟的时间里变成了一堆支离破碎的组织。

"呜……"巨狼回到老人身边,发出一阵哀鸣,刘豫已经悲痛得几乎崩溃。

爷爷其实没有死去,在十几年前他让所有的亲戚都认为自己已经死去。其实他将自己一直藏在这间地下的墓室之中。

十几年前的那一次死亡其实称不上是死亡,只不过爷爷被一口痰卡在了喉咙中停止了呼吸。但是在后面的葬礼中,大概是棺木被摇晃得厉害,喉咙里的那口痰便被颠簸了出来。而等他醒来之后,自己已经被后人放进了这狼族的墓地之中。而这十几年来,老人的生活都是靠那对行动怪异的双胞胎。

而那对浑身黑色的双胞胎,便是可云多次见到的那对古怪人,也正是刘豫的堂哥俩。

刘豫则是在一年前才获知爷爷的存在,并且获知了古墓群内前所未有的一些信息。

莫愁同样也洞察出墓地中的怪异,但几次查询未果,直到可云无意间的闯入。

可云从那间"鬼屋"里逃出来的时候,误打误撞地找到了刘豫爷爷藏匿的地点。在那些多事的记者擅自闯入"禁地"企图找寻某种神秘现象的时候,没有一个人能逃离那只巨狼的利爪。莫愁为了不让警方过多插手"禁地"里的事情,不得不花大力气让所有遇难者看起来更像是遭遇了车祸。凡是进入"禁地"之内的人没有生还者,只除了一个人,那就是可云。

当莫愁正用幸灾乐祸的目光从望远镜里打量着一切的时候,却发现可云不但没有被那只"怪物"撕碎,反而被一个黑衣人给救了出来。这让她大吃一惊,居然有人可以将那个女人从石洞内带出来,不仅如此,那只巨狼居然乖乖地跟在黑衣人的身后,直到可云被放在外面的地上。

可云被黑衣人放在一堆石块之后便消失了。莫愁不敢靠近夜晚中的那片地方,她只能等到天明。

而令她没有想到的是,在第二天她带着人赶过去的时候,可云已经不见了,而后却听到了她出车祸的消息。

毫不犹豫地,莫愁忽然想到了刘豫!只有他才和姜可云有所接触。

而也正是因为对可云的出手相救,才暴露了刘豫在墓地中的秘密。莫愁利用风长老手中遗留下的资料,终于发现了那个墓室中的蹊跷。只不过那个石洞中蛛网般复杂的迷宫和那只巨大的狼犬已经使她派去的任何一个人都无法回

第十七章 无尽黑暗

到地面。而这一次随着刘豫的出现，莫愁的心里便有了另外一个计划。

风长老的笔记本里记录着墓地中藏匿"宝藏"的地点，那个地点就是石洞的所在地。

莫愁花了两年多的时间来研究攻破那个石洞的方法，但是却没有任何突破，直到刘豫为救可云出现，才让她的瓶颈得以解决。

几乎是威胁似的，莫愁找到了刘豫，强迫他将进入石洞的方法说出来，但是多次遭到他的拒绝。于是莫愁转换了另一套计划，便导演了可云多次被惊吓而又安然无恙的谋杀。莫愁一直带着一种对耗子的可怜，戏弄着可云。既不让她发现自己的身份，又不让她真的受伤害，就这样折磨着她。莫愁深谙男女感情，她知道越是折磨可云，刘豫越会按捺不住地跳出来。果然不出她所料，当可云失踪之后，刘豫便立刻答应了她的要求。

其实莫愁猜得没错，在那片令人畏惧的"禁地"之下，的确藏匿着一个巨大的"宝藏"，这个"宝藏"不是别的，正是一条通往老挝的秘密通道。明代朱元璋攻打西南地区的时候，黑灵镇的族人就在那片墓地之下开始挖掘一条可以让全族人逃出生天的通道，经过几代人的努力，这条通往老挝的秘密通道终于在民国初期建成。而墓地上那些密密麻麻排列的墓碑，就是那些因过劳而死在通道中的族人。

进入战争年代的黑灵镇极其困苦，那个困难年代中，风长老就是为了那些日本人开出的优越条件，便想将这条通道出卖给日本人。日本人早就想在西南地区控制住从境外为国民党运送物资的滇缅通道，但是由于西南地区的强力抵抗终究没有得逞。在无意间获知黑灵镇上的秘密之后，日本人便向刘豫的爷爷开出了巨额的贿赂，但是却遭到了拒绝。他们没有空手而回，因为风长老自动出卖了自己的族人。

就在日本人按照风长老给予的地图进入石洞时，却被刘豫的爷爷提前更换的迷宫入口弄得晕头转向，多数人都死在了巨狼一族的口下。日本人在搜索"宝藏"无果之后，愤怒地向黑灵镇上的族人报复，其中就属刘豫古屋里的那场屠杀最为惨烈。

刘豫无论如何也忘记不了爷爷对他所说的那些自责的话语，他无时无刻不在愧疚自己的疏忽，让手无寸铁的族人死在入侵者的手下。

而这一次,刘豫抱着身体逐渐变冷的爷爷,心里的痛苦已经无法用言语来形容。爷爷在十几年前复活之后一直不敢露面,和巨狼一族一直待在石洞之中,而巨狼的家族也在十几年中逐一死去,留下来的只是现在唯一一只狼犬。

那对双胞胎,可云眼里两个诡异的黑衣人,便是刘豫安排在她身边的保镖。这也恰恰是莫愁预料到的,一旦双胞胎离开"禁地",那个老头子迟早会独自出来,那个时候她便可以抓住他进入石洞了。

但是很奇怪,老头一直没有出现在莫愁的望远镜中,那只巨狼倒是经常游荡在墓地之中,偶尔逮住一两只兔子或者野鸡,便送入洞内了。

莫愁一直在等待进入石洞的机会,这一次她已经在老大的面前夸下海口,找到最古老的滇缅通道,那么她和妹妹就可以获得自由之身,永远地离开这个国家了。

但是此刻,她已经没有任何机会离开这里了,就像是认祖归宗那样,莫愁具有讽刺意味地永远和祖先们葬身在了一起。

刘豫哭了整整一天,才将爷爷慢慢地放入了墙角边一具黑色的棺木之中。

巨狼一直趴在棺木旁,一动不动。

"我要走了!你走吗?"刘豫伤心欲绝地往回走,再次对巨狼道。

"呜呜呜……"巨狼像是在哭泣,又像是在述说什么。

"我也很难过……"刘豫再次走到爷爷的棺木前,深深地鞠了一躬。

转身的时候,他忽然听到"砰"的一声,巨狼猛地扑向那一排黑色的棺木。

刘豫大惊,那是祖先们的尸骨,被这样一弄还得了?

但是还没等他反应过来,他忽然看到了从前方棺木上方倾泻而下的一束光线!

通道被打开了!

第十八章　逃出生天

沙若欣醒过来的时候发现阿猫不见了！

四周暮色中的热带丛林弥漫着一层看不真切的雾霭，各种巨大植物的叶子在模糊的视线中影影绰绰。

沙若欣忽然有一种不妙的预感。

紧接着那不可言喻的恐慌顿时填满了她的心胸。

她看到树下有一个模糊的身影，一动不动以一种奇怪的姿势躺在地上。

沙若欣不知道发生了什么事情，她小心翼翼地从高大的树干上慢慢地滑落到地面，便看到了躺在一片树叶之上的阿猫。

阿猫的身体以一种奇怪的姿势躺在地上，就像是被人特意摆放过一样，他的脖子歪向一边，几乎离开了身体。一股鲜红的血液已经将他身下的泥土浸透！

"不！"沙若欣发出一声凄惨的叫声，几乎昏倒在地。但还来不及思索，身体猛地被人从后面吊到空中，脚跟顿时离开了地面。

慌乱中，沙若欣忽然看到了眼前那令人惊惧的景象——

几个只有"半边脸"的土著人手拿长矛正虎视眈眈地看着自己，而土著人的后面，则站着一个身材高挑的女人。

沙若欣一脸惊惧地看着那个有着中国人面孔的女人,在挣扎之余,才发现自己的身后紧贴着一个浑身横肉的土著大汉。

大汉就像抓一只小鸡一样将沙若欣提离了地面。

"救救我!!"她猛地对着土著人身后的那个中国女人大叫。

女人笑了起来,用一种奇怪的语言对着土著人说了几句。沙若欣身后的那个土著人便松开了双手,她一下子跌落在地。

还没等她爬起身来,忽然腰部传来一阵麻意,很快她感觉到全身极为乏力,眼前也开始出现眩晕。

隐隐约约地,沙若欣看到那个女人慢慢地朝自己走过来,脚上的长靴踩在厚厚树叶上,发出"沙沙"的声音。

"好久不见了!沙警官……"女人的声音是纯正的华语,沙若欣已经无法思索,便陷入了昏迷……

醒过来之后,沙若欣的身体一阵冰凉,她惊异地发现自己躺在一片冰冷的泥地上!

头顶上方是一条细长而深邃的天空,偶尔闪烁着几颗若隐若现的星星。她想起了昏迷前遇到的那些土著人以及那个中国女人!

她是谁?

沙若欣觉得自己应该不认识她,但是为何她会称呼自己为"沙警官"?想了片刻之后,她仍然没有答案。而此刻,她觉得自己最需要做的事情便是想办法离开这里。

天色已经黑了,她不知道自己昏迷了多久,但至少有一天。她起身之后,环顾四周,终于看清楚了身边的环境,忽觉不寒而栗——

这是一片乱葬岗!

沙若欣身边不足十厘米的地方,就有一双空洞的大眼睛瞪着她——那是一只骷髅头!

放眼望去,这里裸露出来的白骨几乎堆积成山,伴随着一些杂草遍布在荒野之上。一股恶臭迎面扑来,几乎让她窒息,沙若欣忍不住呕吐起来。

将胃里的东西吐光之后,沙若欣浑身乏力,站起身来,眼睛避开那些尸体,慢慢挪动着脚步朝山谷另一侧走去。

当她的脚步欲跨过其中一只手臂时,忽然看到了一样东西!

那是一个红色和黑色相交的狼头,文在那只手臂内侧,沙若欣忍不住朝手臂的主人望去,忽然猛烈惊叫起来!

那个出现在K市的男人!

手臂的主人此刻就像一条鱼一样,赤裸裸地躺在地上,眼珠不可思议地瞪着沙若欣。

沙若欣惊惧得几乎要疯狂,丝毫也不敢停留,她不辨方向地朝前奔去!

但十几分钟过去了,沙若欣发现自己进入了一条狭长的隧道,紧接着,她看到了正前方那面高耸入云的石壁。猛然回头,她几乎绝望了,她所处的地方,是一条狭长的小山谷,四周是高高的悬崖峭壁,抬头望去,头上仅仅露出狭长的一线天,四周长满了浓密的植物,只隐隐地看得到头顶上方的天空,这里四处望去,根本没有任何出路!

沙若欣又惊又惧,双腿已经发软,背靠在冰冷的石壁上,看着小山谷里的那些白骨,绝望地大哭起来。

"救命啊……"沙若欣放声大叫,这是唯一的求生方法,她希望有人能够发现她。

不知道坐了多久,山谷上方的那线天空,渐渐地变得明亮起来,天亮了!

当阳光普照大地的时候,这个山谷却是阴郁异常,峭壁上的那些密密麻麻的树木,将唯一的光源几乎阻挡得严严实实,因此这里潮湿的气息也导致那股怪异的尸臭味久久不散。

"救命啊……"沙若欣的嗓子几乎已经哑了,但始终不见有人从那线天空探出头来。

狭长山谷外的天空慢慢地变化,由清晨的淡淡紫红,变成了明亮耀眼的白色,最终又变成了淡淡的灰色,天色又变暗了,山谷渐渐又陷入了暗夜的寂静。

随着夜晚的到来,山谷中的气温也下降了许多,沙若欣身上仅仅穿着一件单薄的衬衫,此刻冷得有些瑟瑟发抖了。

白天的时候,她忍住内心的恐惧,慢慢地在悬崖边行走,曾经顺着几只小松鼠的行踪,找到了几颗不知名的果实,在确认小松鼠吃下去安然无恙之后,她才将那几颗果实勉强地咽下肚。至于饮水，这里没有干净的泉水，只有崖壁上流下来的一些水滴，沿着湿滑的青苔在谷底形成了一条细长的水沟。

沙若欣本不愿意去喝这条充满了死人味的水沟里的水，但是一天下来，她又饿又渴，只能屏住呼吸，用手捧着那脏兮兮的水，送到嘴里。

沙若欣叹息道，她这一生难道就这么完了？

她找到了一块凸起的石块，上面有一些浓密的树林遮掩着，恰好是一片遮风避雨之所，沙若欣有些自嘲，在石块上用干净的树叶铺了一张"床"躺了下去。

昏昏沉沉地胡思乱想之后，沙若欣再度陷入了沉睡之中……

迷迷糊糊地睡到半夜，沙若欣被一阵寒冷冻醒，此刻虽然是在夏季，但是山谷里的气温却低得异常，她哆哆嗦嗦地将身体蜷成一团，尽量减少热量的流失。

忽然，她隐隐约约地听到了一阵低语，那是有人在说话——

她猛地惊醒，坐了起来，但四周依然是寂静无声，偶尔传来几声小虫的嘶叫声。她疑心自己是否被饿晕了，产生了幻觉，但是很快她便知道，这不是幻觉。

声音来自于她身旁的石壁内！

沙若欣几乎惊跳起来，她觉得自己的头脑尚还清晰，金庸小说里张无忌所遭遇的情形，她觉得不可能出现在自己身上，难道自己真的是神经已经错乱？

但是那个声音断断续续地传来，时隐时现，沙若欣将耳朵紧紧地贴在身旁的石壁上，她听到了一个声音，但她根本无法听清楚这石壁内的话语。

当她的双手紧紧地贴在石壁上的时候，忽然发现了一个奇怪的地方，手心和耳朵紧贴着的石壁并非是石头，而是一种冰冷的金属！

紧接着，她发现石壁上隐隐传出来的气息也不是石头上的青苔腥味，而是一种金属的味道。

这面石壁不是普通的石壁，而是一面金属墙！

沙若欣吃惊地触摸着身旁奇怪的金属墙面，上面用一些纤维材料做成了青苔的样子，一层层贴在这面金属墙上，色泽和质感几可乱真。

顺着石壁摸过去，沙若欣还感觉到了真正的石壁与这金属墙面的区别，金属墙面上不但有青苔，还有几股细细的水流下来，周围还布满了一些横七竖八的植物，乍看上去，根本无法分辨。

沙若欣细细地触摸了一下，金属墙面的面积并不大，大约只有四五米，至于

第十八章 逃出生天

高度,由于她无法触及,也就不得而知了。

沙若欣心中惊异之极,这面镶嵌在石壁内的金属墙里,究竟是什么地方?

她无法想明白这个原因,但是她隐隐地感觉到,这一系列事情的背后,一定隐藏着一个惊天的秘密!

沙若欣喘着粗气,她又想到了宋城航,心底又开始阵阵颤抖。此刻当自己陷入这样一个离奇的困境之时,他在何方?

沙若欣呆呆地陷入沉思,而她身旁的金属墙面内,两个声音的确是在距她咫尺的地方交谈——

"你没有时间了,亲爱的!"这是一个女人的声音,口音却不像语言那样娇柔,相反还带有一丝威胁。

一阵沉寂。

"我已经说过了,你在这里的所作所为全都被老大知道了,所以……你还要那么顽固吗?"果然,女人在要挟某个人。

"哼!"一个瓮声瓮气的声音响了起来,"你以为我会相信你的话?"这是一个男人的声音。

"信不信随你!反正警察很快就要来了,你到时候纵然长十张嘴都说不清楚!"女人笑了起来。

"哼!你真以为老大会信你不信我?"男人忽然哈哈大笑起来,"你的那点小伎俩,我早就看透了!"

"什么意思?"女人有点笑不出来了。

"你先看看那台电脑上的照片……"男人似乎胸有成竹。

一阵沉寂之后,女人惊呼起来:"不可能!你怎么会知道?连莫愁都不知道!"

"莫愁当然不知道你早就被那个警察收买了,但我却知道!"男人慢条斯理道,"本来我早就想除了你,不过正好将计就计,你帮我让那些国际刑警把那些土著人干掉,我还正要感谢你呢?更何况,我早就已经准备好了另外的地方,这个山谷……我早就打算放弃了!"

"你……你说什么?"女人大惊失色。

"在放弃这里之前,我故意让你把那个警察弄进来……你知道吗?他老婆也在这里……这里将会是东南亚最大的坟场……就在二十分钟之后……哈哈哈……你想知道那些最新型炸药的特点吗？哈哈哈……"

"你别忘了，你现在是我的囚犯！"女人大叫道，"你让人炸了这里，你自己也活不成！"

"哦！忘记告诉你一点了，我已经不打算活了。医生检查出我是肺癌晚期，最多只能有两个月了！正好让你们这群傻瓜为我陪葬吧！哈哈哈……"

"你……"女人似乎已经无法再说下去了，声音也消失了，只留下男人的大笑声。

沙若欣听得浑身战栗，这个山谷将要在二十分钟之后爆炸！

但是似乎还没有二十分钟，忽然一阵惊天动地的声响从不远的山头传来，一阵巨大的火光冲天而起！

沙若欣被惊得跳了起来，正当慌乱不知所措的时候，她听到了一阵呼唤：

"沙沙！"

她回过头去，看到了那张熟悉的脸庞，惊异地张开嘴巴，在极度的惊喜之中，身体一软，晕了过去……

沙若欣醒过来之时，已经躺在医院明亮的病房中了，而旁边，紧紧抓住她手掌的，是疲劳至极已经睡着了的宋城航。

看着宋城航消瘦的面容和他身上的伤口，沙若欣止不住心头一阵悸痛，忍不住低声抽泣。

宋城航被沙若欣的哭声惊醒，将她搂入怀中："别哭……一切都已经好了……"

此话一出，沙若欣哭得更厉害了，她不止一次暗暗地掐自己，这究竟是梦境的结束还是另一个梦境的开始？她不得而知，但是此刻她紧紧靠着的这个男人，的的确确是真实的。

此刻的任何一句话似乎都是多余的，两人紧紧地靠在一起，不知道过了多久，才被一个女声打断：

"哟……真不是时候？头一回看见宋警官爱老婆的样子！"

沙若欣一惊，继而抬起头来，看到眼前笑嘻嘻的脸庞，惊叫一声："可云？"

第十八章　逃出生天

"别动……你还没休息好呢……"可云急忙上前扶住她,生怕她手腕上的针管被拉断。

"看来恢复得不错啊……"可云身旁的刘豫笑道,拎着一篮水果走过来,又看看宋城航。

"嗯……我没什么事,就是有点担心她!"宋城航笑笑,"那你们呢?可云有没有受伤?"

"我很好啊……就是被吓坏了,不过也好,之前忘记的全都想起来了!"可云若无其事道。

"可云……受伤?怎么回事?你们怎么了?"沙若欣在一旁听得一头雾水。

"一言难尽!"宋城航看着爱妻,"等你恢复了,我再慢慢说给你听。"

"宋警官,难得见你温柔哦!"刘豫笑道。

沙若欣有些吃惊:"你们……两个,怎么会认识?"

可云也莫名其妙地看着刘豫:"对啊?你怎么认识宋警官的?你……到底还有什么是瞒着我的?"

宋城航急忙解释道:"可云,你可不要生气,估计你现在根本不知道这小子的身份吧?"

可云莫名其妙:"身份?"

刘豫笑笑,凑近可云的耳朵悄悄地说了一句话。

"什么?你是卧底?"可云大叫起来,眼睛瞪得大大的,"那么你……那么你……"她呆了片刻,忽然眼眶一红,"你对我……也是假的?"

刘豫愣住了,急忙上前:"可云……不是你想的那样,我对你本来就是真心的,这与案件本来就没有关系!"

可云又忍不住流下泪来:"原来我才是那个傻瓜,你一直都在耍我!"

刘豫神情慌乱:"可云,你听我说……"

宋城航摇摇头,毫不客气地示意二人离开:"你们俩要谈情就出去谈,我老婆还要休息呢!"

两人神情尴尬地退出病房,来到走廊上。

"委屈你了……沙沙……"宋城航摸摸沙若欣的额头,轻声叹口气,"让你吃了这么多苦!"

"不过我还是有些不太明白……绑架我的那些人是什么人？那些食人族又是怎么回事？"沙若欣此刻脑子里全都是问号。

"那些食人族不过是一个犯罪集团掩人耳目的一种方法，他们利用那些愚昧的食人族，将那些无辜的人绑架之后，用极其残忍的方法获取他们身上的器官……也就是你见到的那些女孩子，她们大多数是被自己的家人拐卖去那个部落的。食人族会在中间挑选一两个年轻的作为自己的祭品，而更多的则是直接将这些鲜活的生命送到那些罪犯手中。而这些食人族则可以从中获得他们想要的现代药品和生活用品。对于与现代社会格格不入的原始部落，这些奢侈品显得极为珍贵。而那些被送到犯罪集团手中的生命，便会在那个密林深处被开膛破肚了！"

沙若欣惊讶无比，她一直以为自己所遇到的是原始人类最野蛮的部落，却没想到这个部落背后居然隐藏着这样的秘密。

"对了，为什么这些食人族的样子，都像是被什么东西削去了一半？"沙若欣想起那些面目可憎的面孔，浑身忍不住颤抖起来。

"据说这个种族有一种遗传病，自身会分解出一种奇怪的液体，类似骨头溶解之类，渐渐将面部那半截骨头给溶解了……大概是这样，具体的我也不太清楚……"宋城航耸耸肩膀。

"那么……你是怎么找到我的？"沙若欣抬头看着他，轻声道。

"是一个……朋友带我进去的！"宋城航犹豫了一下，神情暗淡下来，"是我的一个卧底，她一直在暗中调查这件事……这一次我们能够安全回来完全是靠她，但是她却在爆炸中……"他没有说下去，但脸上的表情却已经表明了一切。

沙若欣有些伤感，轻声道："那真是要好好替她祈祷一番了。"

"嗯……"宋城航抬起头来，伸出手捏捏她的下巴，"亏你还为了她吃醋呢！"

沙若欣想起了那次和宋城航的争吵，原来就是出自这个神秘卧底的电话。

"那么她是谁呢？"她有些好奇。

"就是珍妮！莫愁的助理！"宋城航的这个答案让沙若欣大吃一惊。

"什么？莫愁的助理？这……这个境外贩卖人体器官的组织，和莫愁有关？"

第十八章　逃出生天

"在他们那个组织中,她只能算是一个掮客。她在国内的莫氏山庄,表面上是一个经营多元化的公司,但实际上它只是一个幌子。集团公司以招聘的形式,四处寻找那些离乡背井、身体健康的年轻人,用高薪将这些年轻人请来公司,然后利用集团公司在国内外的各种贸易,将这些所谓的'新人'送出国外培训或者任职,但一段时间过去后,这些新进的员工便开始逐一消失,而对国内的交代便是,这些没有道德的'新人',在国外物质生活的引诱下,私自隐匿了起来不肯回国。换而言之,就是偷渡。但实际上,这些被公司宣布的'偷渡者',已经在当地被剖膛破肚,体内的器官也已经转移到了某些有钱人的体内了!"宋城航面色凝重。

"那么我的推测是正确的!当时我就让可云帮我在莫氏山庄里打探来着!"沙若欣完全忘记了自己身体的虚弱,兴奋不已。

"窃听器是吗?"宋城航笑了起来摇摇头,"你们俩那点小伎俩……更何况莫氏山庄并不是他们的大本营,而只是一个中转站而已。真正的大本营应该在我们被禁锢的那个地方。但是很奇怪,他们居然放弃了。"

"那么……可云在黑灵镇上所见到的又是怎么回事?"

"黑灵镇的那片禁地里,传说是有一个巨大的宝藏,其实不过是一条通往老挝的秘密通道。莫愁从自己爷爷的笔记里获知这样的一条密道后,就想尽一切办法利用起来,最大的好处就是可以不用冒风险偷渡便能将那些器官秘密地运出国。"

"这么说我们所听到的那些骇人的传说都是有人故弄玄虚的?"

宋城航点点头:"包括镇上的那些居民,他们或多或少地得到过集团的利益。所谓的外来商机,其实都是莫氏集团给带来的。尽管那些原住民对莫氏集团的真实目的并不清楚,但是他们对于镇长的话确是俯首帖耳。镇长在莫愁的暗示下,提醒居民对那些打探秘密的人是要极力阻止的,因此你们所看到的那些居民,一旦听到有人打探镇上的秘密,便会故意为难你们,让你们知难而退!"

"难怪!那一次我和可云去黑灵镇的时候就发现当地人的态度那么恶劣,还差点被人泼水呢!"沙若欣恍然,"连车子都被偷了!可恶!"

"我估计你们的车就是被镇上那些参与走私的人偷的!目的就是要让你们两个女人对那个地方产生恐惧感!"

"哼!"沙若欣有些不屑道,"他们也太小看我们了吧!"

"换成别的人大概已经被吓得不知所措了,但是他们一定没想到你是个警察!"宋城航笑了起来,他其实也在替自己的未婚妻高兴。

"那么,说说他们走私的情况吧!"沙若欣被他一夸奖,兴致忽然高涨了许多,"我猜想那些偷车的人,就是那些走私犯吧!"

"偷渡的形式是多样化的,最好的当然是直接将人带出境外摘取器官,当然也有在国内将人杀害后送出境外的;还有和那个食人族的合作也是,不过其中最独特的就是莫愁在婚礼上运用的方法。"

"婚礼?"沙若欣诧异不已。

"还记得莫愁的那几次婚姻吗?她利用婚礼上的标价将新的货源出售给境外的购买者,购买者直接在互联网上观察,通过竞拍的形式将这些新郎买下!"

"啊?"沙若欣若有所思,"我想起来了,那些新郎的面具……"

"那是价格的标志!"宋城航解释道,"从前面几场婚礼来看,这几个丈夫都有各种不同质地的面具,有银的,有青铜的……这些其实都是在向境外的客户表明,这一批的货物大概是属于什么年龄或者数量的!"

"但她这样能结几次婚啊?"沙若欣觉得这样的做法太过牵强。

"她当然不是为了让人竞拍而去结婚,不过是个人的做法罢了。只不过她这样做真真假假、虚虚实实,让人摸不清头脑,更猜不出她的真实想法。包括她对外宣称怀孕一样,大概有些事情在某一段时间内会是真的,就像她表现出来很爱她丈夫一样,但是过了那个特定时间,她的目的就是想要让周围的人看不清楚她所作所为的真实目的。"

"你是说,莫愁没有怀孕?"沙若欣大吃一惊,"可云还亲耳听到医生说要保胎之类的话啊!"

"那本来就是要演戏给你们这两个傻丫头看的,你们俩都是女人,一听到她为了孩子如何如何,一定会打消对她的怀疑。并且想透过你提供一些假消息。"

"但是我没有对你说过什么啊?"沙若欣听得一头雾水。

"你当然不会亲口告诉我,但我总会有我的办法,要不然你们在黑灵镇出事后,会那么轻易地脱离那里?可云被人偷走的车子又会那么容易被人拿回来?"宋城航笑着捏捏她的鼻子。

第十八章　逃出生天

"原来是你啊!"沙若欣恍然,"你早就开始注意莫愁了?"

宋城航点点头:"从我接手市内那些失踪案开始,我就在盯着她了,一直都在搜集证据。包括我们这一次的蜜月也是一样,表面上是个会议,其实我在和我的线人联系。"

"那么……我忽然想起来,我们在K市遇到的那个男人,手臂上有一个狼头,他和这个组织有什么关系呢?"沙若欣的眼前浮现出那个男人绝望的眼神。

"他应该是从那个密林中逃出去的生还者。但是从他手上的标记来看,他应该是这个组织里的人物……假如我没猜错的话,这个男人应该就是王易青!"

"王易青?"沙若欣想了想,忽然恍然,"是不是'枫林小区'那个失踪的男人?"

"对!"宋城航面色沉重,"我还怀疑他其实就是莫愁那个失踪了的新郎!"

"陈易泉?"沙若欣瞪大眼睛。

宋城航点点头。

沙若欣的心情也随之沉重起来,一对看似相爱的夫妻之间,居然存在着这样危险的关系,真是令人匪夷所思。

"那么……可云发现的那个网站又是怎么回事?"她又想到了一个问题,"那些地狱啊,报应之类的,到底起到什么作用啊?"

"你可别小看那个博客,那也是他们和客户联系的方法之一……上面的一些数据就是一些货源身体的情况或者价格……整个集团的操作是很多样化的,最简单的是将那些离群索居的人骗至莫氏山庄直接切割器官,然后还利用一些不知情的人帮他们寻找货源,有个叫张文宾的男人就是他们的工具之一,这一两年来本市那些年轻女人的失踪就有部分是他做的……我估计他自己都不知道在为什么人做事。"

"还有……为什么可云会安全地没有被杀害?"沙若欣想到可云曾经在黑灵镇的遭遇,浑身不寒而栗,"如果莫愁是那样一个心狠手辣的女人,她一定会想要杀人灭口的啊!"

"当然!可云不止一次遭遇危险,所以刘豫才会请那对古怪的双胞胎兄弟出来,虽然他们看上去与现代社会格格不入,但是他们的身手却是一般人无法比拟的。所以可云才会那么幸运地逃过劫难,还不都是因为那两兄弟!因此还连累了可云小区里的那名保安,我估计莫愁派出的杀手把那保安也当成是黑衣人之一了!"

"哦……就是那对黑衣人啊……"沙若欣恍然点点头,但还是有些疑问,"但是要二十四小时保护可云,还是挺困难的……"

"其实也不是那么危险,莫愁故意找人对可云下手,不过是为了引刘豫自动跳出来和她合作,并不会真正伤害可云的!"

"这么说来,刘豫这小子真的是很在乎可云的?"沙若欣笑了起来。

宋城航笑了起来:"那就要问问那个最爱她的人喽!"

"哦!对了,我刚才还在纳闷,你怎么认识刘豫的?"沙若欣捶了他一下。

"呵呵,他和珍妮一样,都是我的人!"宋城航朝她眨眨眼睛。

门外的走廊上,可云静静地窝在刘豫的怀里轻声道:"你刚才说的,都是真的?你真的是在帮宋警官做事?"

"我现在完全没有骗你的必要了!对不起!"刘豫紧紧地搂住她,吻了吻她的头发。

"但是我还是有很多疑问……你对那个石洞为什么那么熟悉?"可云同样也是充满了各种疑问。

"你不是看过我的背吗?"刘豫示意背上那些伤痕,"那个就是石洞里的迷宫地图,是小时候爷爷刻上去的,我在爷爷假死之后就将背上的地图拓印了下来,早就对那里的地形了如指掌。"

"原来如此……"可云恍然,她忽然想起了什么,"但我还是有点不明白,那个张文宾,张幼媛的儿子,怎么会和莫愁混在一起,我就是从他那里被带走的!"

"他是莫愁的合作伙伴,警方已经在他家中发现了那些被害者的尸体,除了两具尸体保持完整之外,其余十几名年轻女性的内脏,基本上都被取走了,估计是与莫愁有交易,他将那些年轻的女性骗到家中,杀害之后,又将这些器官卖给莫愁来以此维生。"刘豫有些嗔怪,"你怎么那么相信别人,居然无缘无故跟着别人回家……"

可云有些委屈,但也不好反驳什么,说到底终究也是自己的错。

"那么,是不是有很多人因此而失去了生命?"可云心头沉重。

第十八章　逃出生天

"是的。张文宾也已经死了！被他们割破了胸腔,拿走了心脏……"刘豫神色凝重,"莫愁死在了墓地里的石洞中,而珍妮……"

"那个女人也死了吗?"可云愤怒起来,"她真可恶,把我抓去差点杀了我!"

"可云,你误会珍妮了！她其实是和我一样,在为警方做事。而且这一次要不是她,可能你和宋警官夫妻都已遭遇不测了……"刘豫神情悲哀起来,"我也是刚刚得知她是卧底。"

"我还是有点不明白,这一次你们怎么那么快就攻破了那个大本营?"可云有些不解,才多长时间,她们就获救了,几乎没有电影中那些战斗场面,几个爆炸之后就结束了,国际刑警也来得很快,但却看不到什么罪犯被抓。

"宋警官和珍妮最后有过接触,据说是集团似乎早就获知我们这一次的行动,而且那个原始密林中的大本营已经是他们放弃的对象了,这个集团非常庞大,在各个国家都有人,而且盘根错节地分布在各个领域中。我们低估了他们的能力,国际刑警进入他们的大本营之后,发现大部分设施已经被他们提前破坏了,而且也没有发现任何活口,完整保存下来的证据极少……"刘豫神色低沉,"从某种意义上来说,我们这一次的行动是失败的！不过还好,至少你没有事!"

可云沉默了片刻:"不知道和我一起的那些女孩怎么样了……"

"不好说,据说现场没有留下几个人,你们三个人的性命完全是珍妮救的……只不过她为了救你们,被弹片穿透了心脏……"刘豫神色暗淡无比。

可云哽咽起来:"我真没想到珍妮姐是警察,更没想到她会为了我们牺牲自己……"

刘豫拥着可云轻叹道:"真是要好好地感谢她,要是你真的出什么事,我都不知道怎么才能走完以后的道路……"

"别瞎说!"可云捂住了他的嘴。

"那么被刘豫打开的那条通道怎样了?"沙若欣好奇心丝毫不减。

"暂时被封住了,这条通道没有经过国家的允许,是不能擅自打开的!"宋城航捏了捏她的鼻子,"你还真想去冒险吗?"

"那当然！上一次要不是被人莫名其妙地弄晕,我就能找到那条通道!"沙若欣得意道。

"还说上一次！"宋城航立刻虎下脸来，"要不是刘豫那两个堂兄弟在暗中保护你们，你们俩早就被开膛破肚了！还好意思说！哼！不知天高地厚！"

"什么……是不是那两个黑衣人啊？"沙若欣恍然大悟，"原来是他们啊……"

"所以还得好好感谢刘豫！"

"现在你可以松口气了吧，这个案子破了，是不是有什么大奖啊？"沙若欣的跳跃思维立刻又转移了方向。

宋城航却没有她那么兴奋，而是摇摇头神色沉重："我们这一次的任务不算是成功！这个集团的能力远远超出了我们的意料，他们的人早就已经渗入到了各个国家的警察甚至安全系统，我们这一次的行动其实早就被人家知道了。"

"太恐怖了！那么这些随便窃取别人器官的罪犯还会到处作案吗？"沙若欣神色也渐渐凝重起来。

"就算有，也没有办法控制。毕竟那些有钱但是身体差的人太多了，谁不想拥有一套健康的器官呢？就算是非法，也会有人挺而走险。对于他们来说，这一行的利润也是极其丰厚的。"宋城航苦笑道。

"看来你又得开始忙碌喽！"沙若欣调笑道。

"很遗憾的是，我们在黑灵镇也只是端掉了他们在国内的一个基地，而莫氏山庄，也基本上全部毁于大火之中，能够找到的资料也很有限……我们的工作才刚刚开始！"宋城航摇头。

"莫氏山庄到底有些什么古怪的啊？"沙若欣想起可云对她描述过的情形。

"那个其实就是莫愁洗钱和联络国内客户的一个临时据点而已，不要看规模挺大，但紧要关头，这山庄却是说毁就毁的，就像是这一次 H 国的密林中的那个据点一样，一夜之间可以全都毁灭……这个组织不是我们想象的那样简单。甚至连珍妮都没办法知道，这个组织背后真正的老大是谁。她所见到的那个胖子，不过是组织中一个中层的管理者而已，也是一个前科累累的犯罪专家。但没想到的是，这个人居然会为了这个组织结束自己的生命，可见这可不是一般的犯罪集团所能做到的。"

"你们都没能查出来？"沙若欣颇有些失望，这个结局和那些电影小说不一样,那些大多数都是以正义者胜利为结局的。

"很遗憾!"宋城航神情有些失落,无奈地摇摇头,"我们这次任务,基本上不算成功,只不过你我活下来了!"

沙若欣心情低落下来,看来自己的丈夫以后要更忙了。

"对了,莫氏山庄被大火烧了之后,那个小林呢?"可云忽然又想起了那个可怜的弱智女孩。

"很遗憾……"刘豫看一眼流露出悲哀神色的可云,"警方没有找到其他的生存者,那个化名吴姐的女人,在被抢救的第三天就死去了……"

可云的眼泪不知不觉掉了下来:"小林她太可怜了……"

"对了,我还想问几个问题,就是我失忆之后,那两个黑衣人是怎么回事?"可云想起了那两个双生子。

"他们是我在黑灵镇最好的朋友,因为我当时无法出面来保护你,因此便请他们一直跟着你,并且保护你,只是因为他们长时间处于那种封闭的状态,可能在方法上有些古怪!"

"那我还真是误会他们了,现在他们在哪里呢?"

"现在他们……"他随之深深地叹了一口气。

"怎么了?"

"他们俩在保护爷爷的时候,被莫愁的手下围攻……"刘豫的眼神低垂下去,"就像是爷爷的灵魂一样,他们俩是四大长老的后代,忠心耿耿地陪伴了爷爷几十年,最后和爷爷同一天离开……连巨狼族最后那只巨狼也一样,他们一起都离开了……"

"刘豫……"可云忽然望向他,欲言又止。

"什么?"

"你爷爷……"可云看到了刘豫眼中的哀伤,只有打住话头。

刘豫叹了一口气:"他走了……应该不会有遗憾了,因为这一次他是为了保护族人而离去的……"

"嗯……"可云也伤感不已,不再说话了。

刘豫扶着可云慢慢地朝病房走去:"你不要太担心了,你现在还是要好好休息。准备好当我的黄脸婆了吗?"

"讨厌!瞎说什么呀?"可云笑了起来。

病房里的沙若欣和宋城航也拥在了一起,亲密无间。

医院的走廊上洒满阳光,明亮的玻璃窗外,一只红色的气球斜斜地飞上蔚蓝色的天空,大地终于呈现出一派明媚的暖色,阴郁的雨季终于结束,天空无限美好。